Diogenes Taschenbuch 22560

detebe

Henry Slesar

Mord in der Schnulzenklinik

Roman

Aus dem Amerikanischen von Jobst-Christian Rojahn

Diogenes

Originaltitel: ›Murder at Heartbreak Hospital‹

Die deutsche Erstausgabe erschien 1990
im Diogenes Verlag
Umschlagillustration: J. Chassaing,
›Portrait de Janie Marèse‹,
um 1927
(Ausschnitt)

Veröffentlicht als Diogenes Taschenbuch, 1993

120/93/43/1
ISBN 3 257 22560 1

Inhalt

1

Unsere liebe Freundin Sunday

»Wir können sie nicht einfach *umbringen*«, sagte der Mann in dem karierten Hemd mit ernstem Gesichtsausdruck, der nur ein ganz klein wenig dadurch entstellt wurde, daß der Gute sich ein Stückchen Krabbenschwanz aus den Zähnen zu pulen versuchte. »Ich meine, daß das die Grundvoraussetzung sein muß. Es darf nichts Offensichtliches sein, also nicht so was wie ein Messer oder eine Pistole. Wir müssen *gute* Arbeit leisten.«

»Schlau«, sagte einer seiner Tischgenossen, ein hagerer Mann mit schuhcremeschwarzem Haar und habichtartigem Profil. »Kein offensichtlicher Mord. Ein glaubwürdiger Unfall.« Er blickte auf seine Lasagne hinab. »Vielleicht eine Lebensmittelvergiftung.«

»Wir laden sie hierher zum Essen ein«, sagte der dritte Mann finster und betrachtete ein graues Stückchen Fleisch auf seiner Gabel. Nein, das war kein Mann – Troy Wayland wurde plötzlich klar, daß die letzten Worte von einer Frau gesprochen worden waren. Sie saß mit dem Rücken zu ihm. Einen Augenblick hatten ihn das Tweedjackett und das kurze Haar getäuscht, aber die Stimme war doch trotz all ihrer Rauheit unverkennbar weiblich. Irgendwie wurde dadurch alles nur noch schlimmer. Er war nicht nur rein zufällig auf dieses ruchlose Trio gestoßen, das da ganz beiläufig beim Mittagessen einen Mord plante, sondern was ihn noch weit mehr schockierte, war die Entdeckung, daß es sich bei einem der Beteiligten um eine Frau handelte. Möglicherweise war das ein Anflug von reinstem Chauvinismus, der vielleicht gerade bei einem Manne seines Berufes unverzeihlich war, aber so war es nun mal. Troy beschloß jedoch, sich mit seinen eigenen Charakterschwächen erst zu einem späteren Zeitpunkt zu befassen. Im Augenblick war viel wichtiger herauszufinden, warum sich diese drei Clowns einen derart öffentlichen Ort für ihre üble Konferenz ausersehen und offenbar überhaupt nicht die Möglichkeit in Erwägung gezogen hatten, daß jemand ihr Gespräch mit anhörte, unter Umständen sogar ein Mitarbeiter der New Yorker Polizei.

Diese Gefahr mußte ihnen im nämlichen Augenblick bewußt geworden sein, denn plötzlich blickten sich die beiden Männer schnell und besorgt in dem vollbesetzten Restaurant um.

»Keine Sorge«, sagte die Frau, trockenen Hohn in der Stimme. »*Die* würde nie hier essen, und wenn sie verhungern müßte. Sie ist wahrscheinlich just in diesem Moment bei Lutece, und André Soltner gibt ihr Feuer.«

»Ich mache mir nicht nur ihretwegen Sorgen«, sagte der habichtgesichtige Mann. »Wir müssen sicherstellen, daß *niemand* etwas davon erfährt. Es muß alles so schnell gehen, daß sie's nicht vorhersehen können.«

»Sie vergessen da eine Kleinigkeit«, sagte die Frau. »Die laufende Serie ist auf zweiundfünfzig Wochen angelegt, und sie hat noch zwanzig vor sich.«

»Wir müssen halt die Garantiesumme fressen«, sagte der erste Mann.

»Die schmeckt wahrscheinlich besser als dieses Kalbfleisch.« Sie stach voller Gehässigkeit hinein. »Warum essen wir eigentlich in diesem Lokal, um Himmels willen? Treibt uns die Todessehnsucht, oder was?«

»Ich sehne schon einen herbei«, sagte der habichtartige Mann dunkel. »Ich kann's gar nicht abwarten.«

Troy Wayland war sich nicht sicher, ob *er* das noch könne. Schließlich war es seine Pflicht und Schuldigkeit, Übeltäter vor, während oder nach Begehung eines Verbrechens festzunehmen, vorzugsweise das erstere. Es hatte einige Zeit gedauert, bis das Polizeipräsidium ihm gestattete, sich wieder ganz dieser Aufgabe zu widmen, die er zuvor als Streifenbeamter eines fruchtbaren Reviers im Village wahrgenommen hatte, wo er auf eine recht stattliche Anzahl von Festnahmen gekommen war. Er hatte alles getan, was erforderlich war, um dem Status eines Kriminalbeamten näherzukommen – bis ihm an seinem sechsundzwanzigsten Geburtstag eine Nutte mit dem Gesicht eines Botticelli-Engels und der Gesinnung einer Lucrezia Borgia ein Küchenmesser mit fünfzehn Zentimeter langer Klinge in die Brust gerammt und dabei sein Herz nur knapp verfehlt hatte. Seine erste Reaktion darauf war ein Gefühl der Überraschung gewesen, denn eine Verwundung hatte Troy bei der Planung seiner Polizistenkarriere nicht vorgesehen. Er war kein sonderlich kräftiger Mann – er hatte kaum das für seine Größe von einsfünfundachtzig geforderte Mindestgewicht, und es war stets eine große Willensanstrengung notwendig gewesen, um den sportlichen Anforderungen der Polizeischule gerecht zu werden. In seinen Augen war seine zukünftige Rolle eher eine intellektuelle gewesen. Er sah sich die kompliziertesten Fälle vermittels brillanter Analyse und scharfsinniger Deduktion lösen. Mit anderen Worten ausgedrückt: Er war ein Kind des Fernsehzeitalters.

Er hatte seine Zweifel gehabt, ob es auch ein Schritt in die richtige Richtung gewesen war, als er seine Versetzung zur Sonderkommission Film/Fernsehen der New Yorker Polizei beantragt hatte. Das hatte ihm sein Freund Gary an dem Tage empfohlen, an dem er zum ersten Mal Besuch an seinem Krankenbett empfangen durfte. Troy war noch nicht in der Lage gewesen, dem Freund direkt zu antworten, und hatte nur ein verneinendes Kopfschütteln zustande gebracht. Wenn er versucht hatte, sich die Arbeit dieser Sonderkommission vorzustellen, dann hatte er jedesmal einen Haufen von Blauhemden müßig am Rande von Straßen herumstehen sehen, die von irgendeinem Aufnahmeteam abgesperrt worden waren, das da einen geistlosen Werbefilm drehen wollte. Gary hatte alles getan, was in seinen Kräften stand, um dieser Sicht der Dinge entgegenzuwirken, wozu ihm auch ausreichend Zeit zur Verfügung gestanden hatte, hatte sich Troys Rekonvaleszenz doch in die Länge gezogen, und Gary war sein regelmäßigster Besucher gewesen – abgesehen von Fiona, der Blondine, mit der sich Troy damals seine Wohnung im Village geteilt hatte. Gary hatte der Sonderkommission den Anstrich eines wahren Polizistenhimmels zu geben gewußt. Er erhalte zum Beispiel alle seine Einsatzbefehle zu Hause und könne den eigenen Wagen benutzen, um zu den jeweiligen Drehorten zu gelangen. Kein Job gleiche dem anderen, hatte er voller Begeisterung erklärt, und der

Bürgermeister und seine Dienststelle gäben jede Menge Hilfestellung – man verrenke sich förmlich, um diese Hollywoodtypen dazu zu ermutigen, doch in der Stadt zu drehen, denn das sei überaus gut fürs Geschäft. In Wirklichkeit aber war Gary hoffnungslos allen Stars verfallen und gerade erst aus der Innenstadt gekommen, wo er kaum einen halben Meter von Cher entfernt gestanden hatte. Und übrigens – hatte Troy ihm nicht erzählt, daß er mal irgendwo einen Filmkurs mitgemacht hätte? (Das war an der New School gewesen, und der Kurs hatte drei Wochen gedauert.) Captain Bagley, so hatte Gary versprochen, würde ihn mögen – und wenn er die Stelle dann hätte, dann könne er doch mit den Filmstars in ihrer eigenen geheimnisvollen Sprache sprechen. Es gäbe da zwar eine lange Liste von Bewerbern, aber er, Gary, sei ganz sicher, daß es ihm gelingen werde, Troys Namen darauf unterzubringen. Er brauche nur den Kopf zu bewegen, diesmal auf und ab. Also?

Am Ende seines Krankenhausaufenthaltes hatte Troy ein klares Ja ausgesprochen. Er war zur Zentrale der Sonderkommissionen hinausgefahren, die sich in dem alten Pressehaus in Flushing Meadows befand. Die Büroräume des Dezernats Film/Fernsehen waren winzig klein, und nichts an ihnen deutete auf die glanzvollen Aufgaben hin, denen sie dienten. Und es deutete auch nichts darauf hin, daß das Showbusiness irgendeinen Einfluß auf den Chef der Abteilung ausgeübt hatte. Bagley gehörte zu jenen Leuten, denen es in erster Linie zu verdanken war, daß die Polizisten als »Bullen« bezeichnet wurden – er war ein schwerer Mann mit Fäusten so groß wie die Hinterschinken aus Smithfield. Allerdings beschlich Troy der Verdacht, daß sich hinter all dem muskelprotzigen Gehabe auch etwas sehr Defensives verbarg.

»Ich werde Ihnen mal sagen, was ich für den Job brauche«, hatte Bagley erklärt und Troy mit seinen blaublikkenden Augen fixiert. »Was ich brauche, das ist gesunder Menschenverstand. Und jetzt sage ich Ihnen, was ich *nicht* gebrauchen kann. Nämlich keine Leute, die jedesmal, wenn sie einen Filmstar zu Gesicht bekommen, ihren Schlagstock fallen lassen. Sollten Sie in dieser Hinsicht Probleme haben, Wayland, dann gehören Sie nicht in diese Einsatzgruppe.«

Es hatte sich dann herausgestellt, daß Bagley auch noch etwas anderes brauchte. Einer seiner Stellvertreter, ein Sergeant namens Horner, hatte sich nämlich gerade für den vorgezogenen Ruhestand entschieden. Horner war der Mann gewesen, der Bagley vor allem als »Verbindungsoffizier« gedient und damit eine Funktion erfüllt hatte, die von entscheidender Wichtigkeit für die Sonderkommission war. Deshalb hatte Bagley, als er erfahren hatte, daß Troy eine abgeschlossene Collegeausbildung besaß und den Jargon der Filmleute beherrschte, im Präsidium Druck gemacht – und Troys Name war innerhalb einer Woche bis hinauf an die Spitze der langen Bewerberliste geklettert.

Der Job brachte durchaus seine Vergünstigungen mit sich. Dieses Mittagessen gehörte beispielsweise dazu, wenngleich die Verschwörung am Nachbartisch einige Zweifel an der Qualität der Mahlzeit hatte aufkommen lassen, die er noch vor sich hatte. Vor zwei Tagen hatte ihm

Bagley die Anfrage einer in New York produzierten Tagesserie gezeigt, die bei den Außenaufnahmen umfangreichen Gebrauch von Drehorten in der City – sie reichten von der Battery bis zum Central Park – zu machen gedachte. Man hatte auch bereits die erforderliche Sicherheit in Höhe von einer Million Dollar hinterlegt und nun für die genaue Erkundung der einzelnen Schauplätze die Hilfe der Sonderkommission erbeten. Troy war alles andere als erfreut gewesen. Zur Zeit wurden in der Stadt gleichzeitig sechs Spielfilme gedreht, und Troy hatte gehofft, zu dem mit dem Titel *Hitzewelle* abgestellt zu werden. Ein Grund dafür war, daß dort zwei rauhbeinige männliche Stars mitwirkten, die er schon als Junge bewundert hatte. Und ein weiterer Grund war, daß es sich um einen Kriminalfilm handelte, um jene Art von Film also, die das Dezernat vor die größten Probleme stellte, kamen darin doch unechte Uniformen, Fahrzeuge und Waffen zum Einsatz. Und Troy mochte Schwierigkeiten. Zudem hatte er noch nie in seinem Leben eine Seifenoper gesehen, war aber trotzdem zutiefst von der kulturellen Wertlosigkeit dieses Genres überzeugt.

Erst später an diesem Nachmittag hatte er dann die Sache positiver zu sehen begonnen, als er sich nämlich zu einem vorbereitenden Gespräch mit der Produzentin der Serie getroffen hatte. Sie war etwa 25 Jahre alt und eine Blondine auf der Höhe ihrer Zeit.

»Assistentin der Produktionsleitung«, korrigierte sie ihn. »Was in Wirklichkeit bedeutet, daß ich Gene Badgers bessere Sekretärin bin. Gene ist der Produzent. Außerdem gibt es noch eine Produktionsleiterin, Phyllis Wykopf, und einen Chefproduzenten, der für den Sender arbeitet und Abel McFee heißt. Aber den werden Sie nie zu Gesicht bekommen, deshalb ist das nicht so wichtig.«

»Wichtig für mich wäre aber *Ihr* Name«, sagte Troy mit einem Lächeln, das sie für sein gebrochenes Nasenbein und sein zu schmales Gesicht entschädigen sollte. Es freute ihn, als er sah, wie sich die Leuchtkraft ihrer veilchenblauen Augen erhöhte.

»Der lautet Kiki«, sagte sie entschuldigend. »Kiki Carney. Meine Mutter fand das schick. Nun ja, alles, was Sie im Kopf behalten müssen, ist der Titel der Sendung.«

»Ich kann mich nicht entsinnen, den schon jemals gehört zu haben«, sagte Troy.

»Die Serie heißt *Haus der einsamen Herzen*.«

Das war also ihre erste Begegnung gewesen, und nun wartete er auf ausführlichere Informationen von Kiki, die dafür dieses Restaurant ausgesucht hatte, dessen Name ihm schon wieder entfallen war. Die unheilige Dreieinigkeit am Nachbartisch, die er zu überwachen hatte, lenkte ihn viel zu sehr ab. Wie alle Polizisten war auch er zum Mißtrauen erzogen worden. Man hatte ihm eingebläut, Männern mit Argwohn zu begegnen, die in der Nähe von Schulen oder Spielplätzen in Autos rumsaßen oder die große Pakete bei sich trugen oder die – das war ein neuer Punkt auf der Liste – in einem Restaurant einen Mord planten. Aber es gab keinerlei Möglichkeit für ihn, gegen sie einzuschreiten, denn das, was er mit angehört hatte, lieferte noch keine ausreichende Rechtfertigung. Die Verschwörung zum Mord war zwar ein Verbrechen, aber eine Unterhaltung bei Tisch noch kein unumstößlicher Beweis.

Dann kam es zu einer weiteren Komplikation. Kiki Carney, die noch weit besser aussah, als er es in Erinnerung hatte, zwängte sich zwischen den Tischen durch und winkte grüßend mit der Hand. Das galt aber nicht ihm, sondern dem Lunch Club der Mordgesellen. Troy zuckte regelrecht zusammen, als ihm klar wurde, daß *sie diese Leute kannte.*

Schon wenig später kannte auch er sie.

»Phyl Wykopf«, sagte Kiki, und die Frau reichte ihm eine überraschend weiche Hand. »Phyl ist unsere Produktionsleiterin.«

»Wie nett von Ihnen, daß Sie uns helfen wollen, Lieutenant.« Sie sah ihm mit ihren blauen Augen so fest in die seinen, als wolle sie ihm auf telepathischem Wege eine Botschaft übermitteln. Er korrigierte die Anrede, aber sie zuckte nur mit den tweedbekleideten Schultern. »Tut mir leid, aber in Seifenopern sind alle Polizisten grundsätzlich immer Lieutenants.«

»Ich bin Gene Badger«, sagte der Mann in dem karierten Hemd. Er hatte ein einnehmendes, offenes Gesicht und sandfarbenes Haar, das von einzelnen grauen Strähnen durchzogen war. »Sie sehen selbst wie ein Schauspieler aus, Mr. Wayland. Waren Sie mal auf diesem Gebiet tätig?«

»Ein bißchen auf dem College, bis mir einer beim Football auf die Nase trat.«

»Ein Ehrenzeichen«, sagte der habichtgesichtige Mann. »Der Heidelberger Schmiß der Amerikaner.« Kiki stellte ihn als Bob Neffer, den Chefautor von *Haus der einsamen Herzen*, vor. »Der Chefautor dieser Woche«, fügte Neffer niedergeschlagen hinzu. »Gewinnen Sie mich nicht zu lieb, Lieutenant, denn ich bin wahrscheinlich nicht mehr allzu lange da.«

Troy verzichtete auf eine neuerliche Richtigstellung. Statt dessen richtete er murmelnd ein paar höfliche Worte an das Trio und gestattete Kiki dann, ihn an seinen Tisch zurückzugeleiten. Er war sehr erleichtert, als er sah, daß die drei zahlten und gingen, denn das ermöglichte es ihm, ein volles Geständnis abzulegen.

»Vorsicht, Sie werden gleich lachen«, sagte er. »Aber ich habe die drei da für kaltblütige Killer gehalten. Ich hätte daran denken sollen, daß Ihr Studio ja direkt hier gegenüber liegt, daß sie ganz schlicht und einfach ... eine neue Seifenoper konzipiert haben.«

Kiki lachte nicht. Sie sah vielmehr sehr ernst drein.

»Die haben nichts konzipiert«, sagte sie. »Das waren Tagträume. Es gibt keine Möglichkeit, sich Sunday Tylers zu entledigen. Sie reden wahrscheinlich jedesmal darüber, wenn sie zusammen zu Mittag essen, aber das wird sich einfach nie verwirklichen lassen.«

»Ich nehme an, ich sollte wissen, wer Sunday Tyler ist, aber ich weiß es nicht. Ist das eine Schauspielerin oder eine Rolle?«

»Eine Schauspielerin«, sagte Kiki. »Sie können aber Ihre Dienstmarke darauf wetten, daß ihr Name genauso unecht ist wie sie selbst.«

Troy grinste. »Klingt ganz so, als gehörten Sie dem gleichen Fan-Club an.«

»Oh, alle hassen Sunday«, sagte sie leichthin. »So, wie alle Andrea Harmon hassen sollen.«

»Wer ist Andrea Harmon?«

»Keine Schauspielerin. Das ist die Rolle. Die, die Sunday spielt. Aber natürlich *lieben* die Leute Andrea, weil sie so hassenswert ist. Und Sunday macht sie so hassenswert, weil Sunday sich sehr gut darauf versteht, andere dazu zu bringen, sie zu hassen. Deshalb werden sie es auch nie schaffen, Sunday loszuwerden, weil sie Andrea nicht loswerden können... Was haben Sie denn?«

»Ich denke daran, Ihnen einen Strafzettel wegen Überschreitung der Geschwindigkeitsbegrenzung auszustellen.«

»Verzeihung. Was ich sagen will, ist, daß sie ein elendes Miststück ist und ein solches vorzüglich *spielen* kann und wir sie deshalb weder feuern noch abschlachten können, ohne der Show großen Schaden zuzufügen. Können Sie mir jetzt folgen?«

»Klammere mich ans Trittbrett.«

»Autos haben keine Trittbretter mehr.«

»Meins schon. Es ist ein zwanzig Jahre alter Volvo. Wenn Sie am Wochenende nichts vorhaben, zeige ich Ihnen den gern mal.«

»Ich denke, wir sollten lieber über das *Haus der einsamen Herzen* sprechen.«

Sie bestellten etwas zu trinken. Kiki erbat ein Glas Weißwein, während Troy – ein wenig aus Rücksicht auf die Tatsache, daß er sich im Dienst befand – eine Flasche Bier wählte.

»Diese Serie gibt es schon seit acht Jahren. Das ist in unserem Geschäft noch keine lange Zeit. Serien wie zum Beispiel *Wie die Welt sich dreht* oder *Der Leitstrahl* wurden schon gesendet, als ich noch gar nicht geboren war. Die sind wie Schildkröten. Sie bewegen sich langsam voran, Tag um Tag, und leben hundert Jahre.«

»Sie wollen sagen, Seifenopern werden nie abgesetzt?«

»Natürlich werden sie das. Manchmal schon in zartem Kindesalter. Manchmal auch erst nach fünfunddreißig Jahren, wie *Auf der Suche nach morgen*. Sie überleben sich, oder das Nielsen-Pendel schwingt zu einem anderen Sender hinüber. Und wenn das passiert, dann ist das etwas anderes als eine Streichung im Programm der Hauptsendezeit. Kein Mensch findet etwas dabei, wenn Serien des Abendprogramms abgesetzt werden. Aber wenn eine Tagesserie fällt, dann kommt das dem Sturz eines Dinosauriers gleich. *Krach!* Die Erde bebt.«

»Ich verstehe«, sagte Troy mit verschmitztem Lächeln. »Sie sind wie Schildkröten *und* Dinosaurier.«

»Da bin ich also nicht im Bild geblieben«, sagte Kiki gereizt. »Na so was aber auch.«

»Was wollten Sie sagen?«

Sie sah ihn spöttisch an. »Sie halten nicht viel von Seifenopern, nicht wahr? Oder bin ich in diesem Punkte lediglich überempfindlich?«

Troy zuckte die Achseln. »Ich verstehe gar nichts davon. Aber irgend etwas sagt mir, daß es das Schicksal der westlichen Kultur nicht im mindesten tangieren würde, wenn sie *allesamt* wie Dinosaurier fielen. Krach!«

Ihre kleinen roten Lippen öffneten sich und ließen sehr weiße Zähne sehen, die in höchst entzückender Weise ein ganz klein wenig vorstanden. Troy hatte sogleich ein schlechtes Gewissen und murmelte eine Entschuldigung.

»Ist schon gut«, sagte Kiki, aber es war noch immer eine Andeutung von Mißmut in ihrer Stimme. »Die meisten Menschen denken über Seifenopern so wie Sie, auch wenn sie sich nie welche ansehen.«

»Ich wußte gar nicht, daß solche Serien auch außerhalb der Studios gedreht werden.«

»Das geschieht ständig. Um die Einschaltquoten raufzudrücken. Normalerweise zieht man in die Karibik oder an ähnliche Orte, um dort die Außenaufnahmen zu machen. Bei *Haus der einsamen Herzen* hatten wir das Gefühl, daß wir lieber die Stadt nehmen sollten. Ich meine, wir haben hier alles, was wir brauchen.«

»Das ist das Problem«, sagte Troy. »Alles da, acht Millionen Menschen und vier Millionen Fahrzeuge eingeschlossen. Ich kann nur hoffen, daß Sie sich über all die Schwierigkeiten im klaren sind, die auf Sie zukommen werden.«

Sie bestellten ihr Mittagessen. Troy entschied sich für ein Nudelgericht, von dem er hoffte, daß es idiotensicher sei, das dann aber nach Tapetenkleister schmeckte. Kiki knabberte an einem großen Salat herum und beantwortete seine Fragen.

»Ich bin den Seifenopern schon auf dem College verfallen«, sagte sie. »Zu meiner Zeit war da so eine komische Art von Gegenrevolution im Gange – es war schon beinahe schick, ein braver Bürger zu sein, wenn Sie verstehen, was ich meine. Ich weiß nicht, wann das anfing, aber plötzlich versammelte sich das ganze Jungvolk in den Aufenthaltsräumen und starrte in die Glotze, um zu sehen, ob die Laura dem Luke verzeihen würde, daß er sie vergewaltigt hatte, und ob sie je den Gangstern, die hinter ihnen her waren, entkommen, die wahre Liebe finden und... Oh, ich weiß wohl, wie albern das klingt, und ich nehme an, das stimmt auch, aber es wurde zu so etwas wie einer gemeinsamen, einer geteilten Erfahrung. Auch wenn wir uns *untereinander* nicht kannten, so kannten wir doch alle die gleichen fiktiven Gestalten und begeisterten uns für sie... Ich glaube, das ist noch immer der entscheidende Grund für die Beliebtheit der Seifenopern. Mein erster Job hatte allerdings noch nichts mit Seifenopern zu tun, sondern ich arbeitete zunächst für eine Firma, die Spielshows produzierte, Goodson-Todman mit Namen.«

»Goodson-Todman? Das klingt eigentlich eher wie etwas, was Juden an hohen Fest- und Feiertagen zueinander sagen.«

»Es war nur ein Job auf Zeit, aber ich lernte Leute aus der Branche kennen, unter anderem einen Burschen, der für den Produzenten von *Am Rande der Nacht,* für Nick Nicholson, arbeitete. Nick brauchte eine Sekretärin, und ich hatte mir geschworen, nie, nie, nie einen Job anzunehmen, bei dem ich morgens dem Chef seinen Kaffee bringen mußte. Aber in dem Augenblick, in dem ich dieses Studio da in der 44. Straße betrat und Sky Whitney leibhaftig vor mir sah und dann auch noch Geraldine Whitney und Raven und diesen fürchterlichen Gunther...« Sie hielt inne, als sie seinen Gesichtsausdruck bemerkte. »Das waren Gestalten aus der Show. Diese Leutchen waren für mich auf dem Bildschirm so *real* geworden, daß es sehr verwirrend war, sie plötzlich leibhaftig vor mir zu haben.

Und außerdem aufregend. P.S. Ich habe den Job angenommen.«

»Und Nick seinen Kaffee gebracht?«

»An dem einen oder anderen Morgen brachte er mir *meinen*. Und er sprach auch mit mir, ließ mich das Geschäft erlernen. Zumindest, soweit man ein Geschäft überhaupt erlernen kann, das so eigenartig und kompliziert ist... Ich ging nur sehr ungern von der Show weg, denn dort im Studio herrschte ein wirklich kameradschaftlicher Umgangston. Aber als ich das Angebot von *Haus der einsamen Herzen* bekam... Nun ja, es war einfach zu gut, um es ablehnen zu können.«

»Irgendein Grund, den Schritt zu bedauern?«

»Nur einer.«

»Lassen Sie mich raten«, sagte Troy. »Sunday Tyler.«

»Es ist nicht, daß sie mir allzu arg zusetzte. Ich bin ja nur ein kleines Licht – den Energieaufwand nicht wert. Sie tut einfach so, als ob ich gar nicht da wäre. Aber ich bin da und sehe, wie sie alle anderen um mich herum schindet, und das ist nicht so leicht zu ertragen.«

»Wer bekommt am meisten ab?«

»Im Augenblick ist es wohl Bob Neffer, glaube ich.«

»Der Chefautor.«

»Sunday weigert sich schlicht und einfach, die Existenz von Autoren anzuerkennen, nicht einmal als notwendiges Übel. Wenn sie ein Drehbuch in die Hände bekommt, betrachtet sie es als persönliche Beleidigung, daß es jemand wagt, ihr Worte in den Mund zu legen. Nicht, daß Bob etwa Drehbücher schriebe.«

»Was macht er denn dann?«

»Der Chefautor ist für die längerfristige Anlage der Story zuständig. Für ihn arbeiten drei weitere Autoren, die auf der Grundlage seiner Vorgaben die täglichen Sendungen konzipieren. Und dann gibt es noch drei, die aus diesen Konzepten richtige Drehbücher machen. Natürlich holen sich die Produzenten immer wieder mal einen anderen Autor ran, der längerfristige Entwürfe beisteuert, und gelegentlich machen auch andere Leute die Konzeption der einzelnen Sendungen, während die eigentlich dafür zuständigen Autoren die Drehbücher schreiben...« Sie sah seinen verwirrten Gesichtsausdruck und lachte. »Ich bringe Sie schon wieder ganz durcheinander. Na ja, eigentlich sind die meisten der heutigen Seifenopern in puncto Effizienz kaum als vorbildlich anzusehen. Die Abgrenzung der Kompetenzen ist ziemlich unklar geworden, vor allem in den vergangenen fünf bis zehn Jahren. Wahrscheinlich, weil die Spieleinsätze immer höher geworden sind.«

»Was für Spieleinsätze?«

»Geld natürlich. Seifenopern sind das große Geschäft. Hören Sie die Großbuchstaben? GROSSES GESCHÄFT. Die Sender verdanken den Tagesserien die größten Gewinne, weil deren Produktion im Vergleich zu der von Sendungen des Abendprogramms relativ kostengünstig ist. All diese rührseligen Frauen und ungewollten Babys kommen für die Verfolgungsjagden per Hubschrauber und Auto auf, welche in der Hauptsendezeit stattfinden.«

»Und das macht ihren Mangel an Effektivität aus?«

»Es macht sie *nervig*. Alle, die bei Seifenopern mitwirken, sind die reinsten Nervenbündel. Sie machen sich dauernd solche Sorgen um die Einschaltquoten und den Sender und ihren Job, daß sie die Hälfte ihrer Zeit damit zubringen, sich in die Hosen zu scheißen.« Troys nudelgefüllter Mund verzog sich mißbilligend. Er war inzwischen gewiß an unanständige Ausdrücke aller Deftigkeitsgrade gewöhnt, aber wenn solche über Kiki Carneys Lippen kamen... »Nun«, fuhr diese fort, »ich hatte durchaus nicht die Absicht, Ihnen zu erzählen, was an diesem Geschäft alles faul ist. Es macht immer noch großen Spaß, wenn man sich nur entspannt und die Dinge zu nehmen weiß. Bob Neffer ist das leider versagt. Sein Job ist echt in Gefahr.«

»Dann war das also kein Witz? Daß er nicht mehr so lange dabeisein werde?«

»Sagen wir mal, es gibt da... Gerüchte.«

»Hat er keinen Vertrag?«

»Doch, den hat er – für die nächsten zwei Jahre. Aber die meisten Schauspieler und Autoren haben einen schlauen, kleingedruckten Passus in ihren Verträgen, der den Produzenten der Show die Möglichkeit einräumt, sie alle dreizehn Wochen rauszuschmeißen.«

»Und Sie glauben, daß von dieser Möglichkeit Gebrauch gemacht wird?«

»Es würde niemanden wundern. *Haus der einsamen Herzen* hat in den zurückliegenden anderthalb Jahren schon fünf Chefautoren erst ausgesaugt und dann ausgespuckt. Die letzten beiden fielen dem Beil zum Opfer, und raten Sie mal, wer das wohl geschwungen hat?«

»Unsere liebe Freundin Sunday?«

»Schlaues Kerlchen. Und jetzt steht Bob ganz oben auf

ihrer Liste. Er hat den großen Fehler begangen, ihre neuesten Vorschläge zu mißachten.«

»Dann ist sie also auch Autorin?«

»Schauspieler kommen stets mit guten Ideen daher, die natürlich vor allem ihre eigene Rolle aufwerten. Normalerweise klopft man ihnen freundlich auf die Schulter, und die Sache ist erledigt. Nicht so in Sundays Fall. In diesen Tagen können Sie überall und bis in die Schaltzentrale des Studios hinein hören, wie da eine Schneide geschärft wird.«

»Hat sie wirklich so viel Einfluß, daß sie Leute feuern lassen kann?«

»Sunday hat den Sender davon überzeugt, daß es allein ihr zu verdanken ist, wenn die Show zu den fünf Sendungen mit den höchsten Einschaltquoten gehört. Bedauerlicherweise«, fügte Kiki noch hinzu, »könnte sie sogar recht damit haben.«

»Ist sie so gut?«

»Sie ist *das* Ekel schlechthin. Ich kann Ihnen gar nicht sagen, wie wichtig diese Rolle für eine Seifenoper ist. Eine Tages- und in diesem Falle auch Abendsendung dieser Art ist ganz undenkbar ohne zumindest ein Miststück von Weltgeltung, das alle und jeden in Schwierigkeiten bringt, das jeden Mann verführt, der daherkommt, die verheirateten inbegriffen, das lügt, betrügt, intrigiert...«

»Man sollte meinen, Frauen würden so eine als abschreckend empfinden.«

»Nein, sie *identifizieren* sich mit ihr. Sie wollen so *sein* wie sie. Gehen Sie mal zu diesen Testvorführungen...«

»Worum geht's da?«

»Das ist eine Art Forschung. Sie stecken ein Dutzend oder so Zuschauerinnen in einen Raum und befragen die zu der Seifenoper, die sie vorgeführt bekommen. Derweil beobachtet sie eine andere Gruppe von Show- und Agenturfritzen – durch so einen Einwegspiegel. Oder ist es ein Zweiwegspiegel? Ich habe das nie richtig begriffen.«

»Und Sie meinen, alle mögen das Ekel?«

»Sie mögen ja ›gute‹ Frauen ›mögen‹, aber die bösen, die bewundern und beneiden sie. Viele von ihnen würden sich eine Sendung, in der kein Ekel vorkommt, gar nicht ansehen. Und von allen Tages-Miststücken gibt es keines, das sie lieber haßten als Andrea Harmon. Jetzt verstehen Sie vielleicht, warum Sunday Tyler eine solche Gefahr für den Gegenverkehr ist.«

»Nicht ganz«, sagte Troy nachdenklich. »Ich weiß ja, daß Erfolg verdirbt, aber ... es muß doch auch Ausnahmen geben.«

»Da haben Sie recht«, sagte Kiki und nickte mit dem Kopf. »Es gibt einen Haufen von erfolgreichen Showleuten, die sich nicht in Monster verwandeln. Aber das ist ja gerade das Problem. Sunday hält sich selbst nämlich nicht für ›erfolgreich‹. Ja, tief in ihrem Innersten haßt sie sogar *Haus der einsamen Herzen*. Sie ist der Ansicht, sie sollte besser in Hollywood und ein STAR sein. Wie etwa Kathleen Turner – die spielte ursprünglich auch in Seifenopern mit. Sunday wartet dauernd darauf, daß dieser Blitz endlich herabfährt, aber er will und will nicht kommen.«

»Und deshalb produziert sie ihre eigenen Donnerschläge.«

»Wo immer sie kann. Aus diesem Grunde fürchte ich wirklich für Norm … ich meine, für Bob Neffer.« Troy ging auf den Versprecher nicht ein, aber Kiki beschloß von sich aus, ihn zu erläutern. »Norman ist einer der Drehbuchschreiber, die für Bob arbeiten. Ein Freund von mir. Er wird halt seinen Job auch los, wenn Bob rausfliegt. Das wäre ein Jammer. Er ist wirklich gut.«

»Und was ist mit dem Produzenten, also mit Ihrem Chef, dem Mr. Badger? Und Phyllis Wie-heißt-sie-doch-gleich? Von Ihnen gar nicht zu reden?«

»Niemand ist vor *ihr* sicher«, sagte Kiki. »Was Sunday haben will, das kriegt sie auch. Und wir haben schon viel zuviel Zeit damit vergeudet, über sie zu reden.«

»O ja – was ist nun mit dem ›Krimi‹? Was wollen Sie jetzt machen, wo Sie doch Sunday nicht umbringen können?«

»Wir werden einen anderen umbringen.« Kiki sah auf die Uhr und biß sich auf ihre hübsche Unterlippe. »Es ist schon fast zwanzig nach eins. Der Probedurchlauf der heutigen Sendung beginnt um halb zwei. Hätten Sie die Zeit, mit mir zum Studio zurückzugehen?«

»Ich bin ganz der Ihre«, sagte Troy.

Das Studio zweiundzwanzig war in einem Gebäude in der West Side untergebracht, an dem er schon Hunderte von Malen vorbeigegangen war, ohne sich Gedanken über seine Bewohner zu machen. Sie warteten endlos auf den Lift, bis Kiki schließlich genug hatte und ihn durch einen schwach erleuchteten Gang zu dem größten Lastenaufzug führte, den er je gesehen hatte – groß genug, um an Konzertflügeln sitzende Elefanten in die Höhe zu hieven. Er hielt nur einmal auf ihrem Weg in den dritten Stock, und die tollste Frau, die Troy je gesehen hatte, stieg zu. Er war nicht sonderlich überrascht, als Kiki sie mit »Sunday« begrüßte. Was ihn aber überraschte, war die Tatsache, daß sie ein blutbeflecktes Beil in der Hand hielt.

2

Der Sturm im Verborgenen

(Szene: Mrs. Armstrongs Limousine. Mrs. Armstrong auf dem Rücksitz, Herbert am Steuer. Er bremst plötzlich.)

MRS. ARMSTRONG Was ist los, Herbert?

HERBERT Ein junger Mann auf dem Fahrrad, Madam. Fährt ziemlich waghalsig.

MRS. ARMSTRONG Er hat mir irgend etwas zugerufen, als er vorbeisauste. Was ist eine »Präsertüte«?

HERBERT Ich glaube, das hat etwas mit Vorsicht zu tun, Madam.

MRS. ARMSTRONG Oh, ich dachte schon, er wollte mich beleidigen.

Norman Levi blickte auf den orange leuchtenden Monitor und kicherte leise vor sich hin. Eine ganze Minute lang erwog er ernsthaft, diese Szene so, wie sie war, in den Teil HEH-3994 aufzunehmen. Das war die Nummer der Episode, an der er gerade schrieb, der Skizze von Ophelia Utley folgend. Noch vor zwei Jahren, also bevor Sunday Tyler die Rolle der Andrea übernommen und aus einem zweitklassigen Ekel das Herzstück der Serie gemacht hatte, hätte er diese kleine parodistische Szene ohne weiteres stehenlassen und darauf vertraut, daß sie Kiki Carneys scharfen Augen nicht entgehen würde, die sie dann *nach* einem anerkennend-amüsierten Auflachen gestrichen hätte. Ihre Anerkennung hatte Norman stets motiviert – dieses Spielchen, das er mit Gene Badgers frecher neuer Sekretärin so gern gespielt hatte. Er hatte damit nicht etwa bloß deshalb aufgehört, weil Kiki zur »Assistentin der Produktionsleitung« avanciert war. Nein, es war der humorlose Zorn von Sunday Tyler, den er fürchtete. Irgendwie war es Sunday gelungen, all die sonst üblichen Produktionstabus außer Kraft zu setzen. Sie hatte Zugang zu sämtlichen Drehbüchern, Skizzen, Entwürfen und auch Plänen, die sowohl auf Studio- als auch auf Agenturebene erarbeitet wurden. Nach Normans Ansicht waren ihre Privilegien keineswegs nur das Ergebnis ihrer herausragenden Rolle in *Haus der einsamen Herzen*, sondern auch der Rolle, die sie in Abel McFees Schlafzimmer spielte.

Mit dem Seufzer des niemals anerkannten Künstlers drückte Norman die Löschtaste seines PC und sah zu, wie sein Dialog dahinschwand. Dann machte er sich erneut an die Arbeit, las noch einmal den wortreichen Absatz von Ophelia durch, in dem sie die *Szene 2B* erläutert hatte, und schrieb dann:

MRS. ARMSTRONG Beeilen Sie sich, Herbert. Der Verwaltungsrat der Klinik tritt um drei zusammen, und Dr. Grayson ist so ekelhaft pünktlich.

HERBERT Ja, Madam.

MRS. ARMSTRONG Ach du liebe Güte! Ist das nicht Miss Harmon, die uns da zuwinkt?

HERBERT Ja, Madam. Ich glaube, sie möchte mit Ihnen sprechen.

(Andrea nähert sich dem Wagen.)

ANDREA (trocken) Was für ein netter Zufall! Ich habe schon den ganzen Vormittag versucht, Sie zu erreichen, Mrs. Armstrong. Ich war ja *so* enttäuscht, daß Sie gestern abend nicht zu meiner Party kommen konnten.

MRS. ARMSTRONG (verwirrt) Ja, ich war auch...

ANDREA Und ich bin *so* glücklich zu sehen, daß Sie sich von Ihrer Grippe wieder erholt haben! Sie haben ganz offensichtlich einen wunderbaren Arzt. Sie müssen mir mal seinen Namen verraten!

MRS. ARMSTRONG Ein andermal, meine Liebe. Ich muß zu einer Besprechung und bin schon ziemlich spät dran... Fahren Sie weiter, Herbert...

(Die Limousine fährt davon. Andrea schaut ihr mit zusammengekniffenen, gefährlich blickenden Augen nach.)

ANDREA (zu sich selbst) Ja, Mrs. Armstrong... Ich hoffe wirklich, Sie haben einen *guten* Arzt!

Norman seufzte erneut, diesmal aber vor Erleichterung. Die Szene war kürzer als die, die Ophelia skizziert hatte, und die Auseinandersetzung zwischen Andrea und der alten Dame war nicht so heftig ausgefallen wie vorgesehen (der reiche, aber schwächliche Sohn der letzteren war in wahnsinniger Liebe zu dem EKEL entbrannt, jedenfalls nach dem neuesten Handlungsentwurf). Aber da es im sechsten Akt zu einer weiteren Begegnung der beiden kam, hatte Norman beschlossen, erst dann das wirklich große Feuerwerk abzubrennen. Ein Privileg des Autors, sagte er sich – wenn der Verfasser von Seifenopern in diesem Zeitalter des großen Geldes, der Machtfülle der Sender und der Selbstherrlichkeit der Superstars überhaupt noch irgendwelche Privilegien hatte.

Er erhob sich von seinem Arbeitstisch, tätschelte seinem schläfrigen Dobermann den Kopf und trottete in die Küche, wobei seine Hausschuhe vergnügt auf die Fliesen klatschten. Norman trug immer diese Latschen, wenn er arbeitete. Ehe er Robin kennengelernt hatte, hatte er immer eine Kappe mit eingebauten Kopfhörern aufgesetzt. Er hatte nie zugeben wollen, daß er die nur trug, um eine kahl werdende Stelle zu verbergen.

Wie so viele in dieser Sparte tätige Autoren war auch Norman einmal Schauspieler gewesen. Er hatte sentimentale junge Männer gespielt, deren Schönheit letztlich ihr Verderben wurde. In *Lebenslust* hatte er eine Erbin geehelicht, sich in *Die Ärzte* einer Lebertransplantation unterzogen, war in *Texas* vom Pferd gefallen und in *Am Rande der Nacht* erdolcht worden. Als er danach zwei Jahre lang ohne Arbeit geblieben war, hatte er sich zu der Ansicht bekehrt, daß ihm die Mitwirkung in abgesetzten Sendungen den Ruf eines Unglücksraben eingetragen hatte. Eines Tages aber hatte sein Zimmergenosse ein Skript von *Haus der einsamen Herzen* mit heimgebracht und angesichts des Textes, den er da auswendig lernen sollte, laut gestöhnt und geächzt. Norman hatte daraufhin den Text für ihn umgeschrieben, und die Produktionsleiterin war zu der Auffassung gelangt, daß sein Wirken sehr zur Verbesserung des Drehbuches beigetragen hatte. Noch wichtiger aber war gewesen, daß Phyl Wykopf ihn aufgefordert hatte, es doch mal mit einem vollständigen Skript zu versuchen. Das Ergebnis seiner Bemühungen war immerhin so gut ausgefallen, daß es auch gesendet wurde.

Norman schätzte sich glücklich, diese regelmäßige Arbeit zu haben, und bestrebt, wie er nun einmal war, Gefallen zu erregen, beklagte er sich nie über die schwankende Qualität der Story oder die manchmal unübersehbare Schwachsinnigkeit des Plots. In seinen ersten Skripten ging es um eine abgelegene Burg, deren Bewohner glaubten, noch im Mittelalter zu leben. Eines Tages dringend des medizinischen Beistands bedürftig, beauftragten sie einen fahrenden Ritter damit, jenseits der Grenzen ihres Königreiches einen Arzt zu suchen. Besagter Ritter entführte schließlich Dr. Jonathan Masters, einen der noch unverehelichten, sehr umschwärmten Helden von *Haus der einsamen Herzen*. Der Patient, um den es bei alledem ging, stellte sich natürlich als wunderschönes junges Mädchen heraus, das Dr. Masters mit Hilfe der modernen Alchemie heilte und in das er sich dabei dann auch prompt verliebte. Dem Geiste der Sendung entsprechend oblag es Andrea Harmon, der Burgenvernichterin, der schönen Romanze ein Ende zu machen.

Wenn Norman ehrlich war, dann mußte er zugeben, daß es ihm Spaß machte, für Sunday Tyler zu schreiben. Die Rolle hatte es in sich, und die Schauspielerin war eine versierte Interpretin seiner Zeilen. Das Problem war eigentlich nur, daß Sunday nie zur Kenntnis nahm, daß es *seine* Zeilen waren. Die Verachtung, die sie allen Autoren entgegenbrachte, wurde nur noch von ihrem Egoismus übertroffen. Bei jeder Leseprobe beschwerte sie sich bitterlich, und ihr spitzer roter Stift fuhr durch jede Rede, über der ANDREA stand, um Wörter auszutauschen oder die Abfolge der Sätze zu verändern, bis zu guter Letzt allen ganz schwindlig war. Sobald es dann aber zur Aufzeichnung der einzelnen Szenen kam, gab sie mit allen Anzeichen des Widerstrebens die meisten ihrer Textänderungen wieder auf und »rettete« den Autor lieber durch ihre schauspielerische Leistung aus allen künstlerischen Verlegenheiten. Sunday war überzeugt davon, daß sie auch das Telefonbuch vorlesen und die Zuhörer damit zum Weinen bringen könne.

Aber sie hatte wirklich Talent. Norman wäre der letzte gewesen, das nicht zuzugeben. Ihre Macht beruhte auf ihrer Begabung. Um es mit den Worten Bob Neffers auszudrücken: Es war unmöglich zu sagen, wo Sunday Tyler aufhörte und Andrea Harmon anfing. Der Gedanke an Bob ließ Norman ins Wohnzimmer zurückkehren, ein großes Glas Eistee mit dem Abziehbild einer Hummel darauf in der Hand. Er fragte sich, ob er den Chefautor anrufen und sich erkundigen sollte, ob dieser irgend etwas hinsichtlich einer Auswechslung gehört habe. Ihm war nur allzu schmerzlich bewußt, daß Bobs Schicksal und das seiner Drehbuchautoren untrennbar miteinander verbunden waren, zumal auch die Laufzeit ihrer Verträge die gleiche war. Wenn Sundays Rachefeldzug zum Erfolg führte, dann würde sein Haupt beim zweiten Streich des Beils fallen.

Beil. Warum erinnerte ihn das an etwas?

Bevor er sich diese Frage zu beantworten vermochte, öffnete sich die Tür. Robin war zurück. Einen Augenblick vergaß Norman ihren morgendlichen Krach und hätte ihn beinahe fröhlich begrüßt. Sich gerade noch rechtzeitig erinnernd, schwang er auf seinem Drehstuhl herum und versetzte dem Computer einen Schlag.

Robin trat hinter ihn und küßte die kahle Stelle auf seinem Schädel.

»Damit du's nur weißt«, knurrte Norman, »das ist keine erogene Zone.«

»Für mich schon, mein Süßer.«

»Ich dachte, du wärst bei den Proben«, sagte Norman und bemühte sich, seiner Stimme eine gewisse Schärfe des Mißfallens zu lassen.

»Sie haben die heutige Show vorgezogen«, sagte Robin Dillard. »Das Spinnenweib ist morgen in der Show von Dave Letterman zu Gast, und deshalb haben sie alles umgeschmissen und ich den Nachmittag frei. Vielleicht schaffen wir's mal, ins Kino zu gehen?«

»Vielleicht könnte ich erst mal mein Skript schaffen, wenn du von meinem Buckel runterrutschtest.«

»Immer noch wütend wegen gestern abend? Ich hab dir doch gesagt, daß ich mit diesem Carlos nur *geredet* habe. Er hat ein Paar Lautsprecherboxen, die er vielleicht verkaufen will.«

»Ich wette, daß das nicht alles ist, was er verkaufen will... Er hat heute morgen hier angerufen.«

»Wer?«

»Dein südländischer Liebhaber. Jedenfalls glaube ich, daß er es war. Er hat einen so dicken Akzent, daß man eine Machete braucht, um durchzublicken. Als er hörte, daß ein Mann dran war, hängte er auf.«

Robin lachte und ging in die Küche, um wenig später

mit einer Flasche Perrier zurückzukommen. Er war groß, hatte breite Schultern und schmale Hüften. Man hätte ihn in Cowboyfilmen einsetzen können, aber er konnte seinen leicht nasalen Bostoner Akzent nicht loswerden. Er spielte in *Haus der einsamen Herzen* eine Nebenrolle, nämlich einen jungen Assistenzarzt, der zumeist nur »Wir tun, was wir können« zu sagen hatte.

Mit der freien Hand ließ Robin das Schloß seines von T. Anthony gefertigten Aktenköfferchens aufschnappen und entnahm ihm einen Umschlag aus festem, braunem Papier.

»Ich hab ein Geschenk für dich«, sagte er.

»Ich brauche keine Friedensgaben, danke.«

»Willst du wirklich nicht wissen, was es ist?« Als Norman nicht antwortete, fuhr Robin fort: »Sagt dir das Wort ›Mordbeil‹ etwas?«

Norman schnellte herum, seine Augen leuchteten begierig. »Hast du sie bekommen? Die Story von Ellenberger?«

»Dem Meister direkt aus dem Hintern durch die Nase gezogen, wenn man das so sagen kann. Natürlich unter Andeutung zukünftiger Sexfreuden, aber das wird ein kalter Tag in der Hölle werden, versteht sich.« Mit einer kleinen Verbeugung überreichte er Norman das fotokopierte Exemplar, der schnell auf das Titelblatt blickte.

HAUS DER EINSAMEN HERZEN

Handlungsentwurf

von Keith Ellenberger

Norman hatte wirklich und wahrhaftig erwartet, auf dem Manuskript den roten Stempelaufdruck STRENG GEHEIM zu finden. Denn natürlich war die ganze Sache unzulässig. Auch wenn die Produzenten der Sendung durchaus das Recht hatten, sich von einem beliebigen, nicht unter Vertrag stehenden Autor einen solchen Entwurf anfertigen zu lassen, erforderte doch das Statut des Autorenverbandes, das auch für *Haus der einsamen Herzen* Gültigkeit hatte, daß sie ihren Chefautor von einem solchen Schritt in Kenntnis setzten. Norman war sicher, daß Bob Neffer nicht die geringste Ahnung von der an Ellenberger ergangenen Aufforderung hatte. Falls doch, wäre er allerdings wohl auch nicht übermäßig schockiert gewesen, denn er war in der Vergangenheit schon häufiger hinterlistigen Aktivitäten dieser Art zum Opfer gefallen. Zudem hatte Neffer seinerseits auch schon ohne Wissen und Zustimmung seiner Vertragsautoren solche »außerplanmäßigen« Entwürfe für andere erarbeitet. Das gehörte eben zu dem Spiel, dessen Regeln einzig und allein dazu da waren, gebrochen zu werden, und bei dem man verletzte Gefühle mit der scherzhaften, aber doch ernstgemeinten Bemerkung bedachte: »Deshalb kriegst du ja all das dicke Geld, mein guter Freund.«

»Da sind sie also tatsächlich zu Ellenberger gegangen«, sagte Norman. »Der muß inzwischen doch schon achtzig sein, und sie rennen ihm immer noch nach.«

»Er ist fünfundsechzig«, sagte Robin. »Und mit seiner Libido hat er keine Probleme, dieser dreckige alte Homo.«

»Es heißt ja, daß er für jede Seifenoper geschrieben hat, die je auf Sendung ging, ausgenommen *Ma Perkins*.« Er schlug die erste Seite auf. »Hat er Sunday Tyler irgendwann erwähnt?«

»Natürlich nicht. Er würde doch nie zugeben, daß er seinen Entwurf nur für *sie* geschrieben hat. Er behauptet, es sei nur so ein Versuch gewesen.«

»Meine Fresse«, sagte Norman. »Sunday hat Ellenberger diesen Job verschafft. Aber ich wette, daß sie das Geld dafür aus Abel McFee rausgeholt hat. Ich würde nur zu gern wissen, was sie für diesen Schrott hier gezahlt haben.«

»Woher weißt du, daß es Schrott ist? Du hast's doch noch gar nicht gelesen.«

»Ich hab doch wohl 'ne Nase, oder etwa nicht?«

Er lehnte sich in seinem Drehstuhl zurück und fing an zu lesen.

ANDREA, *wütend über* JONATHANS *Verlobung mit* MARIBETH ARMSTRONG, *versucht nicht, ihre Gefühle zu verbergen. Als* MRS. ARMSTRONG *eine Verlobungsparty für ihre Tochter gibt, nimmt sie natürlich Andreas Namen nicht in die Liste der einzuladenden Gäste auf. Aber Andrea erscheint gleichwohl – am Arm ihres »Zukünftigen«, des jüngeren Bruders von Maribeth namens* MONTY. *Andrea sieht hinreißend aus, so daß sich Maribeth in ihrer Gegenwart höchst reizlos und unscheinbar vorkommt. Aber Jonathan versichert ihr, daß die Vergangenheit tot sei, daß er sie weit mehr liebe, als er seine Exfrau je geliebt habe. Das offensichtliche Scheitern ihrer Taktik macht Andrea nur um so wütender. Sie betrinkt sich und schwört vor allen Versammelten, daß die Hochzeit nie stattfinden werde, daß sie Jonathan eher in seinem Grab als mit irgendeiner anderen verheiratet sehen wolle. Sie stürmt hinaus. In der Eingangshalle des Herrenhauses sieht sie die Ritterrüstung mit der Streitaxt, ergreift diese und schlägt sie zum Zeichen ihrer Verachtung in das Porträt von Montgomery Armstrong Sr.*

»Da ist es ja«, gluckste Norman. »Sundays berühmtes Beil! Bob meint, sie rede schon von dieser Szene mit dem Beil, seit die Armstrong-Kulissen um diese blöde Rüstung bereichert wurden.«

»Ich traf sie heute morgen in der Requisite. Da schaute sie dabei zu, wie sie Blutflecken draufmachten.«

»*Blutflecken*?« sagte Norman. »Wozu die denn?«

»Lies nur weiter, Macduff.«

Norman blätterte hastig die Seiten um.

Wir befinden uns in der Hartford-Klinik, und es ist nach Mitternacht. Ein erschöpfter Dr. Masters beendet gerade nach sechzehn langen Stunden seinen Dienst. Er wünscht einem jungen Assistenzarzt eine gute Nacht und geht einen stillen, dunklen Korridor entlang. Er verläßt das Gebäude und tritt auf den Parkplatz hinaus. Als er gerade die Tür seines Wagens aufschließt, tritt eine Gestalt aus dem Schatten auf ihn zu. Es ist eine hochgewachsene Frau in einem langen schwarzen Mantel, deren Gesicht noch im Dunkeln bleibt und fast nicht zu erkennen ist. Etwas glitzert metallisch im Licht, und nun sehen wir, daß sie ein Beil in den Händen hält. Ihre Augen funkeln irre, als sie ganz ins Licht tritt. Wir erkennen nun, daß es Andrea Harmon ist. Sie holt mit dem Beil zum Schlag aus, Jonathan wendet sich ihr zu und sieht den Tod auf sich zufliegen.

»Mein Gott!« sagte Norman. »Soll ich das etwa glauben? Daß Sunday Tyler vorhat, *sich selbst* zum Killer zu machen?«

»Lies weiter«, sagte Robin geheimnisvoll.

Norman tat, wie ihm geheißen, las diesmal aber laut vor:

»›Sich schnell zur Seite drehend, entgeht Jonathan dem herabsausenden Beil nur um Millimeter. Aber bevor er noch das verrücktgewordene Weib packen kann, hastet Andrea schon über den Parkplatz davon und zum Eingang des Krankenhauses. Der junge Assistenzarzt, der gerade herausgekommen ist, erblickt sie und schreit auf. Andrea hebt das Beil erneut und schlägt zu. Diesmal trifft sie ihr Ziel, und der Assistenzarzt stürzt zu Boden. Jonathan eilt ihm zu Hilfe, aber es wird augenblicklich klar, daß diese zu spät kommt. Der junge Assistenzarzt ist tot und die Mörderin entkommen. Alles, was Dr. Masters zu tun bleibt, ist, die Polizei anzurufen, um ihr die schockierende, höchst unwahrscheinlich klingende Mitteilung zu machen, daß seine eigene Exfrau durchgedreht und zur Mörderin geworden ist...‹«

Norman ließ das Manuskript sinken und schaute mit großen Augen auf.

»Jetzt verstehe ich«, sagte er mit gedämpfter Stimme. »Sie hat zu guter Letzt doch noch einen Weg gefunden, ihre verdammte *Zwillingsgeschichte* in der Show unterzubringen.«

Robin applaudierte dezent. »So ist es, mein Süßer. Sie steht auf Seite sechs. Andrea Harmon hat eine Zwillingsschwester, von der niemand was gewußt hat. Total verrückt, hatte man sie in irgendeiner Klapsmühle im Ausland verschwinden lassen. Jetzt aber ist sie dort ausgebüxt und glaubt, *sie* sei Andrea – kapiert? Sie hat Andreas Eskapaden über Jahre hinweg verfolgt, was ihr die gute alte Tante Sally ermöglicht hatte, die ihr wöchentlich schrieb ... Nun ist sie entkommen, um Andreas Probleme auf die einzige Art zu lösen, die sie kennt, nämlich mit einem blutigen Beil. Ganz schön pfiffig, was?«

Norman hatte den benommenen Blick eines Erdbebenopfers.

»Ich kann einfach nicht glauben, daß sie das ernst nehmen«, sagte er. »Selbst Abel McFee hat doch verkündet, daß er verflucht sein wolle, wenn sie noch eine weitere Zwillingsgeschichte bringen würden. In jeder auch noch so schwachsinnigen Serie kommt eine vor. Im vergangenen Jahr muß es *vier* gegeben haben, und zwei davon sind im Augenblick noch im Gange. Auch in *Haus der einsamen Herzen* kam übrigens schon eine Zwillingsgeschichte vor. Das war 1983, erinnerst du dich?«

»Möchtest du eine Prognose hören? Es wird eine weitere gesendet werden.«

»Nein«, sagte Norman und schüttelte heftig den Kopf. »Das kann ich nicht glauben. Nur über Bobs ...« Er hielt inne. »Was sage ich da? Bob ist ja wahrscheinlich jetzt schon tot.«

»Worauf du dich verlassen kannst. In ein paar Wochen wird das *Haus der einsamen Herzen* einen neuen Chefautor haben. Vielleicht heißt der gar Keith Ellenberger, obwohl ich das bezweifle. Er ist zwar ein Arschloch, aber er ist nicht so bescheuert, in *dieses* haifischverseuchte Gewässer zu hüpfen.«

»Dir ist doch klar, was du da sagst, nicht wahr? Nämlich, daß ich mal wieder arbeitslos bin.«

Robin sah nachdenklich drein. Er ging zur Bar hinüber und schenkte sich ein großes Glas Port ein. Norman, der wußte, daß sich Robin nichts aus Alkohol machte, verspürte ein leichtes Kribbeln im Nacken. Es erwies sich als berechtigt.

»Da ist noch was, was ich dir sagen muß«, sagte Robin behutsam. »Es geht mir immer wieder durch den Kopf, daß du und Bob Neffer vielleicht nicht die einzigen Leute seid, die in den kommenden Wochen voneinander getrennt werden. Ich meine, was ist, wenn sie beschließen, daß der ›junge Assistenzarzt‹, den das Beil da auf dem Parkplatz erwischt, der liebenswerte, gleichwohl aber durchaus entbehrliche Robin Dillard ist?«

»Warum sollten sie?« fragte Norman gereizt.

»Warum nicht? Wie viele ›junge Assistenzärzte‹ gibt's denn in *Haus der einsamen Herzen*? Und du weißt sehr wohl, daß ich für die Geschichte keine gar zu große Rolle gespielt habe, nicht wahr?«

Norman schaute ihn auf eine Weise an, daß sich Robin einigermaßen unbehaglich fühlte und sich abwandte. Den breiten Rücken seinem Zimmergenossen zugekehrt, sagte der Schauspieler:

»Wenn Bob Neffer rausfliegt, was wohl eine ausgemachte Sache ist, dann fliegst auch *du* raus, weil du Bob Neffers Knabe bist. Und wenn sie nun nach einem Mordopfer suchen, dann könnten sie doch just nach ebendiesem Muster verfahren und auf jemanden wie mich verfallen, weil... na ja, machen wir uns doch nichts vor. Bei der

Show weiß schließlich jeder, daß du... meine bessere Hälfte bist.«

»Ach du dickes Ei!« sagte Norman. »Was ist denn das für eine tumbe Logik?«

»Die Logik von Sunday Tyler... Also, jetzt reg dich bitte nicht auf. Ich versuche ja nur, die Sache nüchtern zu sehen. Das hier ist ein hartes Geschäft, und du mußt pausenlos darauf achten, was hinter deinem Rücken vor sich geht.«

»Das müßtest du doch wissen – mein *Süßer.*«

»Sei vernünftig«, sagte Robin, indem er sich umdrehte und die Hände ausstreckte. »Das Spinnenweib hat dich auf ihrer Abschußliste, Norm. Und wenn sie nach dir schmeißt, dann möchte ich nicht in der Nähe sein und was von dem Segen abkriegen. Ich hab *Schulden*, Mann! Das weißt du doch. Ich kann's mir im Augenblick nicht leisten, meinen Job zu verlieren. Deshalb denke ich, warum sollten wir uns nicht für ein Weilchen trennen, bis sich der Staub wieder gelegt hat?«

»Was hast du denn noch da in deinem Köfferchen, Robin? Eine spanische Grammatik etwa?«

»Es gibt keinen anderen, ich schwör's dir. Du weißt, was ich für dich empfinde. Aber ich hab auch Angst. Da tobt diese gemeine Hexe rum und will Blut sehen...«

Das Telefon klingelte. Norman war dankbar dafür, denn das ermöglichte es ihm, die bitteren Tränen hinunterzuschlucken, die ihn zu ersticken drohten. Er griff nach dem Hörer und dröhnte: »Hier ist Norman Levi. Ich bin gerade nicht zu Hause, aber wenn Sie mir Ihre Tele...« Er brach ab. »Ah – hallo, Bob!«

»Hallo, Norm, wie steht's denn so?« Bob Neffers Stimme tönte aus der Muschel wie die Klänge eines Musikinstruments. Von dem Geräusch genervt, blickte Norman Robin an und sagte:

»Ich arbeite gerade an 3994. Die Episode, wo Andrea mit Mrs. Armstrong zusammenstößt.«

»Jawoll, jawoll, das ist 'ne klasse Show, ganz prima«, sagte Bob erleuchtet. »Sorg nur dafür, daß sie sich gegenseitig ordentlich zerfleischen. Die Zuschauer mögen solche Szenen...«

»Mannomann, du klingst vielleicht peppig«, sagte Norman. »Du bist doch nicht etwa wieder beim Schnupfzeug gelandet, oder?«

»Wer, ich? Ich werd doch keinen Mißbrauch treiben mit diesem meinem herrlichen Körper, Jungchen. Ich fühl mich bloß wohl, das ist alles.«

»Warte noch«, sagte Norman. »Hast du irgendwas gehört? Ich meine, in Sachen Personalplanung?«

»Nein, noch nichts. Aber es wird alles gut werden, das kann ich dir versprechen. Wir werden uns wegen des elenden Luders aus dem Süden keine Sorgen mehr machen müssen. Sie ist erledigt!«

»Mach Scherze! Willst du etwa sagen, sie ist aus der Sendung raus?«

»Wer?« fragte Robin neugierig. »Doch nicht etwa *Sunday*?«

»Sie ist so gut wie raus aus der Tür«, sagte Bob Neffer mit einer Fröhlichkeit, die an Hysterie grenzte. »Wenn du wissen willst, wieso, dann komm heute abend zur Vorführung her.«

»Was für eine Vorführung?«

»Wir treffen uns in meinem Büro, halb sieben, okay? Sag's niemand weiter, es sind keine Plätze mehr frei.«

Er legte auf, und Norman sah Robin an.

»*Madre Dios*«, sagte er voller Verwunderung.

3

Gegen den Sturm

Die Führung durch das Studio zweiundzwanzig vermittelte Troy Wayland den Eindruck, als habe er eine Schlangengrube unter und eine Flickendecke über sich. Das Gewirr der überall herumliegenden Kabel machte den Rundgang zu einem wahren Hindernislauf, und Balken, Laufstege, Drähte und Beleuchtungskörper bildeten oben unter der hohen Decke höchst verwirrende Muster. Es gab ein Dutzend voneinander abgesetzter Kulissen, darunter auch einen großen Salon, dessen Einrichtung auf dem Bildschirm wie stilechtes Louis-Quatorze wirkte, in Wirklichkeit aber wie schäbigste Kaufhausware aussah. Es gab eine Arztpraxis, komplett mit Sprech- und Untersuchungszimmer, in dem ein bärtiger Mensch in Sweatshirt und Turnschuhen ausgestreckt auf dem weißen Tisch lag und ein Nickerchen machte. Dann noch eine Schwesternstation, ein Zimmer in einer Privatklinik und einen kleinen Krankensaal, den die verzerrende Kamera riesig aussehen ließ. Gruppen von Schauspielern standen zwischen den Aufbauten herum und lernten still ihren Text. Kiki, die Troy wie einen Blinden führte, geleitete ihn bis zu einem Raum, den er mit tiefem Erschrecken wiedererkannte. Es war eine Polizeiwache, die wie eine echte mit Fahndungsplakaten an den Wänden und zerkratztem Eichenmobiliar ausgestattet war, wobei das schäbige Aussehen in diesem

Falle durchaus wahrscheinlich wirkte. Die Authentizität wurde durch einen hemdsärmeligen Polizisten mit Schulterhalfter noch erhöht. Er war jung, schwarz und ähnelte der Mehrzahl der Kollegen, mit denen zusammen Troy seinerzeit in dem Revier im Village Dienst getan hatte. Natürlich war das hier ein Schauspieler, was auch – und noch viel offensichtlicher – für den Mann galt, der mit ihm den Text durchging. Er war auf eine altmodische Weise hübsch – ein etwas zu scharfes Profil, eine Nase und eine Kinnpartie, die Troy eher an die Helden der Stummfilmleinwand als an die des Fernsehbildschirms erinnerten.

Kiki stellte ihn zuerst vor: »Milo Derringer«, sagte sie. »Er spielt in der Show den Dr. Jonathan Masters. Und das hier ist Troy Wayland. Er ist Polizist, deshalb bieten Sie ihm lieber keine illegalen Handelswaren an.« Sie lächelte ein Ich-mach-ja-nur-'n-Scherz-Lächeln, das Milo Derringer aber nur andeutungsweise erwiderte.

»Nett, Sie kennenzulernen, Officer.« Troy bemerkte wohl, daß Derringer ihm nicht wie alle anderen den Rang eines Lieutenant zuerkannte. Er fühlte sich ein wenig gekränkt, aber vielleicht war ihm ja auch nur das übertrieben gute Aussehen des Schauspielers zuwider. »Ich hoffe, Sie können meinem Freund hier ein paar gute Tips geben«, sagte Derringer und grinste den Schwarzen an. »Bringen Sie ihm wenigstens bei, wie man sich *nicht* in den eigenen Fuß schießt.«

»Ramsey Duke.« Der Pseudopolizist streckte Troy die Hand hin. »Vielleicht könnten Sie auch mal mit dem Autor reden. Ich muß alle fünf Minuten einen Bericht anfertigen. Irgendwas sagt mir, daß Polizisten das nicht tun.«

»Nicht ganz so oft«, sagte Troy. »Aber ich werde keinem von Ihnen eine große Hilfe sein können. Ich bin nämlich kein Berater, sondern von der Sonderkommission Film/Fernsehen.«

»So ein Pech. Wir könnten hier einen technischen Berater wirklich gut gebrauchen. Vor allem die Drehbuchschreiber.«

Kiki tätschelte seinen blauen Ärmel. »Schieb die Schuld nicht Norman zu. Wir müssen alle noch viel lernen.« Sie blickte Troy an. »Es ist das erste Mal, daß ein Polizist in *Haus der einsamen Herzen* eine bedeutendere Rolle spielt.«

»Ich werde gern alle Fragen beantworten, soweit mir das möglich ist«, sagte Troy. »Aber nur ganz inoffiziell, versteht sich.«

Ramsey sagte: »Vielleicht können wir ja mal zusammen zum Mittagessen gehen.«

»Klar doch. Solange es nicht das Restaurant hier gegenüber ist.«

Kiki kicherte. »Ich habe ihn gerade in die ›Grüne Grotte‹ eingeführt.«

»Eins unserer Berufsrisiken«, sagte Derringer. »Geh mit ihm in die Russische Teestube, Ram. Du erzählst doch immer allen, daß dich die Blini, die es da gibt, zum Mörder machen könnten.« Er blinzelte Troy verschmitzt zu. »Ramsey ist auf den Geschmack gekommen, als er noch gleich nebenan in der Carnegie Hall tanzen lernte. Genau der richtige berufliche Hintergrund für einen Polizisten, was?«

Der finstere Blick, den Ramsey ihm zuwarf, war nicht

ganz ernst gemeint. Später erfuhr Troy, daß beide Schauspieler schon bei einer anderen Seifenoper mitgewirkt hatten und daß es Derringer gewesen war, der Duke für die Rolle des Rick Savage vorgeschlagen hatte. Des *Lieutenant* Rick Savage natürlich.

»Das stimmt«, sagte Duke. »Ich war etwa vier Jahre lang beim *New York City Ballet*. Aber in diesem Geschäft lebt man schnell und stirbt jung. Deshalb bin ich zur Schauspielerei übergewechselt.«

»Und wenn die mal zu hart wird«, sagte Derringer, »kannst du's ja mit der Politik versuchen.« Seine Blicke wanderten zu einem anderen Teil des Studios, und seine Stimme nahm an Säuregehalt zu. »Wer weiß? Vielleicht bewerbe ich mich auch schon bald für die Präsidentschaft.«

Troy folgte der Richtung seines Blickes, der in der Ferne an Sunday Tyler hängengeblieben war, die gerade in dem geräumigen Kulissensalon zusammen mit einem großen, schlaksigen, ständig nach vorn gebeugten Menschen ihren Teil der heutigen Sendung probte. Troys natürliche Neugier war wieder geweckt. Gab es irgendeine Verbindung zwischen der Bemerkung von Derringer und Sundays wohlbekanntem Ruf?

»Ich schaue lieber mal nach, ob Gene jetzt für uns frei ist«, sagte Kiki. »Bin gleich wieder da.« Sie eilte davon, und Troy murmelte vor sich hin, daß er die Schauspieler nicht länger bei ihrer Arbeit stören wolle. Er entfernte sich langsam, wobei er vorsichtig über die fußangelnden Kabel hinwegstieg und plötzlich merkte, daß er sich ganz unbewußt auf den magnetischen Glanz Sunday Tylers zubewegte. Als er nahe genug herangekommen war, um hören zu können, was gesprochen wurde, wurde ihm ferner klar, daß sie mit dem großen, gebeugten Mann gar nicht ihren Text probte, sondern sich mit ihm stritt.

»Es sind ja nicht *deine* Anweisungen, Lou, die ich nicht befolgen will«, sagte sie mit eiskalter Ruhe, »sondern es ist das, was in diesem Scheißskript drinsteht. Habe ich mich klar genug ausgedrückt?«

Der mit Lou angesprochene Mann hatte einen vorstehenden Adamsapfel, der jetzt nervös auf und ab hüpfte. »Wenn du Probleme mit dem Skript hattest, Sunday, warum hast du das dann nicht bei der Probelesung zur Sprache gebracht?«

»Ich war bei der Lesung nicht dabei, wie du wohl weißt. Ich hab's nicht geschafft, weil mein Wecker nicht geklingelt hat. Aber daraus brauchen wir doch wirklich keine Staatsaffäre zu machen, Lou. Laß uns einfach diesen blödsinnigen Kuß streichen. Ist das denn zuviel verlangt?«

»Ach, mein honigsüßes Zuckerpüppchen du, glaubst du nicht, daß die Zuschauer ein bißchen unruhig werden, wenn du nicht ein einziges Mal den Mann küßt, den du doch heiraten sollst?«

»Streichen wir nun den Kuß oder nicht?«

»Das klärst du wohl besser mit Gene, Sunday. Ich führe ja bei der Show nur Regie und schreibe dieses Zeug hier nicht... Entschuldige mich jetzt bitte.« Er war so sehr darauf bedacht, Sunday Tyler zu entkommen, daß er rückwärts in Troy hineinrannte und dabei auf einen Fuß trat, der schon schmerzte, seit eine erboste Nutte in der Jane Street den ihren mit einiger Heftigkeit daraufgestellt hatte.

Der Regisseur entschuldigte sich, ohne sein Opfer eines Blickes zu würdigen. Troy, der ein Aufstöhnen unterdrückte, sah dafür, wie ihn Sunday Tyler amüsiert anblickte.

»Wer sind Sie denn?« fragte sie. »Sie sind nicht wie ein Schauspieler angezogen, also müssen Sie vom Sender sein.«

»Nein«, sagte Troy. »Nicht vom Sender, sondern von der New Yorker Polizei.«

»Was?«

»Ich bin Polizeibeamter«, sagte Troy und fühlte sich unbehaglich unter ihrem prüfenden Blick. Sie betrachtete ihn so offen abschätzend, wie sich Frauen die Männer in den von Singles frequentierten Bars anschauen – obwohl Troy seit seiner Trennung von Fiona in keiner solchen mehr gewesen war. Plötzlich wurde ihm bewußt, wie lange es nun schon wieder her war, daß Fiona ihre gemeinsame Wohnung verlassen und ihre Klamotten, seine Bruce-Springsteen-Platten und alles, was sie sonst noch schleppen konnte, mitgenommen hatte. Sein Freund Gary hatte vorgeschlagen, sie wegen Diebstahls zu belangen, aber das hatte er abgelehnt, war er insgeheim doch sehr erleichtert über ihren Auszug gewesen. Fiona war eher der Typ der Pfadfinderführerin, während Troy etwas in sich hatte, das ihn zu weniger soliden, ja gefährlicheren Frauen hinzog. Zu Frauen vom Schlage jener, die da vor ihm stand.

»Ich weiß, wer Sie sind«, sagte Sunday und riß ihn aus seinen Träumen. »Sie sollen uns bei den Außenaufnahmen helfen.«

»Ich will mein Bestes tun«, sagte Troy. »Aber ich weiß immer noch nicht, was da eigentlich aufgenommen werden soll.«

»Wieso, ein Mord natürlich«, sagte Sunday lächelnd. »Hat Ihnen das wirklich noch niemand gesagt? Wir bringen jemanden um.«

Kiki winkte ihm von der anderen Seite des Salons zu und kam dann langsam zu ihnen herüber.

»Ich bin sicher, daß Ihnen unser kleines Wuselbienchen da alles erzählen wird, was es darüber weiß«, sagte Sunday mit süßer Stimme. »Leider weiß sie nur nicht ganz soviel, wie sie zu wissen meint. Wenn Sie gern erfahren möchten, was *wirklich* gespielt wird – warum laden Sie mich nicht mal zu einem Drink ein?«

Troy riß die Augen auf, und sie erkannte das Zeichen der Ungläubigkeit.

»Doch, das ist ernst gemeint. Heute abend bin ich besetzt, und morgen wird diese Letterman-Show aufgezeichnet, aber danach bin ich für den Rest des Abends frei ... Können Sie sich gut Zahlen merken?«

»Ich kann's nur versuchen.«

Sie rasselte eine Telefonnummer herunter und ging in dem Augenblick davon, in dem Kiki, die sich für die Verzögerung entschuldigte, sie erreicht hatte. Als sie ihn zum Büro von Gene Badger geleitete, lächelte sie und sagte:

»Hat sie sich etwa rangeschmissen?«

»Warum sagen Sie das?«

»Sie sehen so aus, als versuchten Sie, eine Telefonnummer auswendig zu lernen.«

Troy gab ihr für ihre Wahrnehmungsfähigkeit eine Eins.

Der Weg zum Büro des Produzenten führte durch endlos scheinende, düstere und vollgestopfte Gänge. Es gab unterwegs nur zwei Dinge, die von Interesse waren. Da war zum einen ein kleiner Vorführraum, in dem der habichtartige Chefautor hauste, den Troy beim Lunch kennengelernt hatte und der jetzt nervös darauf zu warten schien, daß etwas geschähe oder jemand käme, und zum anderen gab es da ein Anschlagbrett an der Wand neben Gene Badgers Schaltzentrale. Daran hing ein wüstes Durcheinander von Notizen, Zeitungsausschnitten, Karten und Briefen, und da gerade jemand beim Produzenten drin war, vertrieb sich Troy die Wartezeit damit, die diversen Anschläge genauer zu betrachten. Am faszinierendsten waren die Briefe – sie stammten ganz offenkundig von den glühendsten Anhängern von *Haus der einsamen Herzen*. Einer lautete:

Wie können Sie das nur der Andrea, diesem fiesen Luder, durchgehen lassen! Geht AN EIN UND DEMSELBEN ABEND *mit zwei verschiedenen Männern ins Bett!!! Und tut noch so, als ob sie beide lieben würde, wo doch jeder weiß, daß sie überhaupt niemanden liebt außer vielleicht ihr eigenes verhurtes Ich!!! Wann tickt ihr Leutchen eigentlich endlich mal, was dieses Miststück alles treibt? Wann tritt mal jemand diesem dreckigen Flittchen die* SCH...E *aus dem Leib oder rammt ihm ein Messer in die Eingeweide? Ich kann's gar nicht erwarten, daß die mal* IHR FETT *wegkriegt!!! Aber* BITTE, BITTE *nicht an einem Montag, weil ich da auf der Arbeit bin und erst spät nach Hause komme.*

Darunter stand: »ANDREAS GRÖSSTER FAN«.

Die meisten der anderen Briefe gingen gleichfalls auf Andrea ein, auch wenn etliche an andere Schauspieler gerichtet waren. Oder eher noch, wie Troy bemerkte, an die Gestalten, die sie verkörperten. In den Köpfen der Zuschauer kam es ganz offensichtlich zu einer Verwechslung der Identitäten. Vor allem ein Brief, der an den Schauspieler adressiert war, den er soeben kennengelernt hatte, enthielt einen überaus eindrücklichen Satz:

Lieber Milo Derringer

Dr. Jonathan Masters kann sich wahrhaft glücklich schätzen, daß Sie ihn spielen.

Ein Schreiber hatte sogar viel Geld für ein langes Brieftelegramm ausgegeben, was angesichts des Anlasses aber auch gerechtfertigt erschien:

LIEBE TAMMY UND STEVE. HERZLICHEN GLÜCKWUNSCH ZU EURER HOCHZEIT UND ICH HOFFE DASS IHR GLÜCKLICH WERDET. IHR HABT BEIDE PHANTASTISCH AUSGESEHEN UND ICH FAND TOLL WIE IHR EUCH SO LANGE GEKÜSST HABT DASS ALLE IN EIN OOOOOOO AUSGEBROCHEN SIND. ICH DENKE IHR HABT RECHT DAMIT NIEMAND ZU SAGEN WO IHR EURE FLITTERWOCHEN VERBRINGEN WOLLT ABER ICH HOFFE DASS ES EIN HÜBSCHER ORT IST. KUMMER MACHT MIR NUR EURE RÜCKKEHR – BITTE PASST AUF ANDREA AUF! IHR WISST JA WIE SIE ALLEN DAS LEBEN SO SCHWER MACHT UND AUCH WENN SIE SAGT DASS SIE DEN WUNDERBAREN DOKTOR MASTERS HEIRATEN WILL TRAUE ICH IHR NICHT

EIN BISSCHEN UND IHR TUT DAS BESSER AUCH NICHT. ICH HOFFE IHR MÖGT DAS HOCHZEITSGESCHENK DAS ICH EUCH GESCHICKT HABE ABER MACHT EUCH KEINE GEDANKEN WEGEN EINES DANKSCHREIBENS. EMILY POST SAGT IHR HABT BIS ZU SECHS MONATEN ZEIT. MIT BESTEN GRÜSSEN UND WÜNSCHEN VON EURER FREUNDIN LOTTIE.

Troy bemerkte, wie Kiki ihm über die Schulter blickte und mitlas. Ihre Nähe verursachte ihm ein Kribbeln im Nakken.

»Das Brieftelegramm ist von der ›bekloppten Lottie‹«, sagte sie. »Sie schickte ein silbernes Teeservice, als Tammy und Steve heirateten.«

»Tammy und Steve sind ... Rollen?«

»Aber gewiß doch. Ich bezweifle, daß Lottie die Namen der Schauspieler überhaupt kennt. Ich glaube, sie will einfach auch gar nicht zugeben, daß hinter den Masken Schauspieler stecken. Unglaublich, was? Wenn man bedenkt, welche *Macht* solche Shows haben! Ich muß noch immer darüber staunen ... über die Tatsache, daß es Millionen von Leuten gibt, die meinen, daß die Figuren, die sie da auf dem Bildschirm sehen, tatsächlich *real* sind.«

Troy zuckte die Achseln. »Die halten doch auch die Ringkämpfe für echt.«

»Nein«, sagte Kiki, »das ist etwas anderes. Die Leute von der Seifenoper kommen fast jeden Tag zu ihnen nach Hause. Sie offenbaren sich rückhaltlos, kein noch so intimes Detail bleibt verborgen. Sie weinen, sie lachen, sie lieben und betrügen sich, sie murksen sich gegenseitig ab! Aber sie plaudern auch belangloses Zeug, bereiten Mahlzeiten zu oder sitzen bloß so rum und trinken Kaffee, was alles zur Erschaffung einer verrückten Form von Realität beiträgt, die wirklicher als wirklich ist... Manchmal ist das schon unheimlich!«

»Es könnte aber auch sein, daß Sie ein ganz verzerrtes Bild erhalten. Vielleicht sind doch die einzigen, die Briefe oder Brieftelegramme schicken, die Spinner und Psychopathen. Solche wie die bekloppte Lottie.«

Kiki erstarrte, und Troy bereute augenblicklich, was er gesagt hatte.

»Sie wären überrascht, wenn Sie wüßten, wer alles sich Seifenopern ansieht, *Officer* Wayland. Ich kann Ihnen versichern, daß es nicht nur Köche und Dienstmädchen und Invalide und Irre sind... Ich könnte Ihnen Untersuchungen vorlegen...«

»Nur das nicht – bitte!«

»Die Figuren dieser Seifenopern werden für die Menschen so wirklich wie ihre eigenen Familienangehörigen. Nein, mit einem Unterschied. Im allgemeinen kennen die Leute die Seifenoperngestalten weit *besser* als ihre Familienangehörigen.«

»Und glauben Sie, daß das alles gesund ist?«

»Für viele Menschen ja. Ich erinnere mich da an eine alte Dame. Sie war schon über neunzig Jahre alt und regte sich so über die schlimmen Dinge auf, die den Fernsehgestalten widerfuhren, daß uns deshalb ein besorgter Nachbar anschrieb. Gene meinte, wir sollten ›barmherzig‹ sein und der alten Frau mitteilen, daß alles, was sie auf dem Bildschirm sähe, Erfindung sei, daß sie sich deshalb wirklich nicht zu beunruhigen brauche... Und das taten wir dann auch ... Sie starb eine Woche nachdem sie unseren Brief erhalten hatte.«

»Und die Moral von der Geschicht?«

Kiki zuckte die Achseln. »Vielleicht hielt nur die Show sie am Leben. Vielleicht ist es besser, sich mit imaginären Menschen auseinanderzusetzen als mit gar keinen.«

Badgers Tür öffnete sich, und der Besucher kam heraus. Es war der große, gebeugte Regisseur, und Troy konnte sich denken, worum es bei dem Gespräch gegangen war. Der auf den Flur tretende Lou sah aus wie ein Mensch, der Migräne hat. Badger dagegen saß scheinbar ruhig hinter seinem Schreibtisch, schlürfte Kaffee aus einem Plastikbecher und lächelte milde. Später erfuhr Troy, welches Maß an Unterstützung Badger jener kleinen Pille verdankte, die er seinen »lieben Onkel Val« nannte.

»Es stimmt«, gab er zu, als Troy Sunday Tylers Bemerkung zitierte. »Wir werden eine Mordgeschichte machen. Das ist natürlich nichts Ungewöhnliches. Schon seit fünfzig Jahren werden in Seifenopern Leute am hellichten Tage umgebracht.«

»Ich dachte immer, das sollten ›Familiensendungen‹ sein.«

Badger kicherte. »Ich sehe schon, daß Ihnen Tagesserien völlig unbekannt sind. Diese Shows könnten ohne Verbrechen gar nicht fortbestehen. Man kann nicht unendlich viele neue Geschichten über Dreiecksverhältnisse und Liebestolle und kaputte Ehen erzählen ... Früher oder später muß es zu einem Raub kommen oder jemand plant die Beseitigung eines Rivalen oder wird in eine Spionageaffäre verwickelt. Und wenigstens einmal im Jahr erscheint das Syndikat in der Stadt und fängt an, die nicht vertraglich abgesicherten Schauspieler abzuschlachten.«

»Manchmal auch unter Vertrag stehende«, erlaubte sich Kiki hinzuzufügen.

»Nun, Mord ist eben eine der Methoden, Charaktere loszuwerden, die ihre Nützlichkeit überlebt haben. Oder die einfach nicht beliebt genug sind.«

»Oder Darsteller, die nicht parieren wollen. Die zu viele Forderungen stellen oder zuviel Geld haben wollen oder...«

»Jetzt wollen wir uns mal nicht hinreißen lassen«, sagte Badger mit einem Räuspern. »Wir wissen alle, daß es so etwas wie Temperament gibt, und man kann's diesen Leuten nicht übelnehmen, wenn man mal bedenkt, was für einen Job sie haben. Treten da Tag für Tag vor die Kamera...«

»Ich glaube, sie haben den härtesten Schauspielerjob, den es überhaupt gibt«, sagte Kiki. »Ich staune immer wieder darüber, wie gut sie ihre Sache machen.«

»Mich verblüfft mehr, wie sie das schaffen, für jede Folge einen neuen Text zu lernen«, sagte Troy.

»Und die alten wieder zu vergessen«, sagte Badger. »Das ist wirklich eine ganz besondere Fähigkeit, und wer sie nicht hat, der kann bei solchen Serienproduktionen einfach nicht mitmachen.«

»Sie könnten sich die Sache doch mit diesem Teleprompter, diesem Lesegerät, erleichtern, oder nicht?«

»Das benutzen wir nicht mehr«, sagte Kiki. »Schon deshalb nicht«, fügte sie trocken hinzu, »weil es uns sechzig Riesen jährlich gekostet hat.«

»Die echt guten Darsteller haben es sowieso nie benutzt«, sagte Badger. »Da liegt halt der Unterschied zwischen gutem *Lesen* und gutem *Spiel.*«

»Eine der echt guten Darstellerinnen ... wäre Sunday Tyler das?«

Badger zögerte nur für den Bruchteil einer Sekunde.

»Sie ist ohne jede Frage eine der besten. Wird wahrscheinlich in diesem Jahr für den Emmy nominiert. Bekommt ihn vielleicht sogar. Warum fragen Sie?«

»Ich dachte gerade, ob sie vielleicht auch Ihre Kandidatin für das Mordopfer ist.«

Kiki seufzte. »Sie sollten vielleicht wissen, daß Mr. Wayland Sie heute mittag beim Essen reden gehört hat. Sie haben alle sehr laut gesprochen.«

»Aber das war auch schon alles«, sagte der Produzent und produzierte ohne sichtliche Anstrengung ein breites Grinsen. »Das war nur so Gerede. Wir haben natürlich nur Spaß gemacht. Niemand möchte Sunday wirklich und wahrhaftig abservieren.«

»Das hörte sich aber ganz so an.«

»Nicht, daß Andrea nicht ein durchaus naheliegendes Opfer wäre«, sagte Badger schnell. »Ich meine, ihre Rolle verlangt eigentlich geradezu danach. Sie ist das große Ekel, und das Ekel hat viele Feinde, was sie ganz fraglos zum Mordopfer prädestiniert. Und doch spricht etwas dagegen. Wir möchten nämlich nicht, daß mit ihr auch unsere Einschaltquote gekillt wird.«

»Das habe ich Mr. Wayland auch schon verklickert«, sagte Kiki mit geheimem Vergnügen.

»Alles klar«, sagte Troy. »Bin im Bilde.«

»Deshalb also... haben wir was anderes vor. Statt Andrea zum Opfer zu machen... machen wir sie zur Täterin.«

Troy lehnte sich zurück. »Läuft das nicht auf dasselbe hinaus? Man kann einen Killer doch nicht ungeschoren davonkommen lassen. Ich nehme an, daß es diesbezüglich irgendwelche Vorschriften gibt.«

»Die gibt es«, sagte Kiki. »Das NAB-Statut. Wir dürfen ein Kind nicht ernsthaft verletzen, Selbstmord nicht als möglichen Ausweg darstellen und Mörder nicht ungestraft entkommen lassen. Selbst wenn wir es irgendwie schafften, das Statut zu umgehen, gäbe es immer noch die Zensoren beim Sender...«

»Was wollen Sie also machen? Nicht, daß mich das irgendwas anginge.«

»Eine Menge von dem, was da geplant ist, tangiert die Außenaufnahmen«, sagte Badger. »Wir dachten uns, daß es ganz interessant wäre, wenn die gesamte Mordfolge draußen spielte.« Er sah Kiki an. »Vielleicht sollte Sergeant Wayland mal ein Exemplar des Handlungsentwurfs zu sehen bekommen. Das vermittelt ihm zumindest eine allgemeine Vorstellung von der ganzen Geschichte.«

»Die allgemeine Vorstellung ist die«, sagte Kiki, »daß wir es so *aussehen* lassen, als sei Andrea die Mörderin, aber in Wirklichkeit ist sie ganz unschuldig. Das ist nicht sehr originell. Die fälschliche Beschuldigung, das ist eine ziemlich abgedroschene Sache, aber wir haben uns davon nicht abschrecken lassen.« Sie tat so, als bekäme sie Badgers Mißbilligung überhaupt nicht mit. »Wir hoffen vielmehr, daß Bob Neffer der Sache noch irgendeinen besonderen

Dreh geben kann, damit die Zuschauer nicht schon alles gleich am ersten Tag durchschauen... Blaue Erbsen.«

»Was, bitte schön?«

Badger sagte: »Kiki redet schon seit Wochen davon. Sie hat ein Interview mit einem Kriminalschriftsteller gelesen, der meinte, daß die Leser und Zuschauer inzwischen viel zu schlau seien, um noch auf die kunstvoll ausgelegte Spur aus grünen Erbsen, will sagen auf die falschen Fährten des Autors hereinfallen. Man müsse sie schon mit *andersfarbigen* Erbsen austricksen. Zum Beispiel mit blauen.«

»Also mit falschen Hinweisen, von denen sie *meinen*, daß sie falsch sind?«

Kiki klatschte in die Hände. »Genau! Wir lassen die Zuschauer *glauben*, sie seien uns auf die Schliche gekommen, indem wir blaue Erbsen ausstreuen. Verstehen Sie?« Dieser Appell war an Troy gerichtet. »Gene tut's *nicht*. Und bei Bob Neffer bin ich mir auch nicht sicher. Die ganze Geschichte würde ja so *langweilig*, wenn uns die Zuschauer eins voraus wären. So aber brauchen sie Wochen, um hinter die Wahrheit zu kommen. Sollten sie diese sofort erraten, dann erleben wir bei den Einschaltquoten ein echtes Desaster.«

Badger konnte seine Irritation nicht länger verbergen. »Was sollen wir also Ihrer Meinung nach tun, Kiki? Sunday Tylers bescheuerte Zwillingsidee aufgreifen?«

»Was heißt das?« fragte Troy.

»Sunday hat einen eigenen Plot entwickelt«, sagte der Produzent, dessen milde Freundlichkeit einer Belastungsprobe ausgesetzt wurde. »Sie möchte, daß der Autor eine

Zwillingsschwester erfindet, von der bis jetzt niemand was gewußt hat, die aus einer Klapsmühle in der Äußeren Mongolei oder wo auch immer ausbüxt, in die Vereinigten Staaten kommt und diesen Mord begeht, weiß der liebe Himmel, wieso und warum. Natürlich beschuldigen alle Andrea, die Zuschauer eingeschlossen...«

»Ein bißchen weit hergeholt, oder nicht?«

»Sie wissen natürlich, warum Sunday das vorgeschlagen hat. Wenn Sunday Zwillinge spielt, dann erscheint sie doppelt so häufig auf dem Bildschirm und bekommt das doppelte Honorar. Aber«, fuhr Kiki fort, »im Augenblick arbeiten noch zwei andere laufende Seifenopern mit solchen Zwillingsgeschichten, und in *Haus der einsamen Herzen* kam vor nicht allzu langer Zeit auch schon mal eine vor. Die Zuschauer würden sich das wohl kaum gefallen lassen.«

»*Ich* werde mir das nicht gefallen lassen«, sagte Gene Badger. »Wenn diese verdammte Zwillingsgeschichte realisiert werden soll, dann nur über meine Leiche.«

Wie auf ein Stichwort hin – kein Regisseur hätte das besser arrangieren können – öffnete sich in diesem Augenblick die Tür. In ihr erschien Sunday Tyler und hielt eben jenes blutbefleckte Beil in den Händen, das Troy sie schon im Aufzug hatte schwingen sehen.

»Ich dachte, du würdest dir das vielleicht gern mal anschauen, Liebling«, sagte sie. Sie trat vor, um dem Produzenten eine bessere Sicht zu ermöglichen. »Ich hab Freddy gebeten, es mir mit Blut zu beschmieren. Verursacht dir das gar keine Gänsehaut?«

»Schaff sofort dieses Ding weg«, knurrte Badger.

Sunday lachte, als habe er etwas Witziges geäußert. »Er ist ja so empfindlich«, sagte sie, ohne sich an jemand Bestimmten zu wenden. »Nun gut, mein Besuch hat noch einen anderen Grund. Ich habe gerade mit Lou gesprochen. Er sagt, er hätte dir von meinen Einwänden gegen die letzte Szene heute berichtet. Von der Sache mit dem Kuß.«

Troy wollte sich vom Stuhl erheben, aber Kiki bedeutete ihm mit einem schnellen Kopfnicken, er solle sitzen bleiben.

»Der Kuß gibt der ganzen Episode den Akzent«, sagte Gene in einem Ton, den man als sachlich hätte bezeichnen können, wäre da nicht dieses leichte Beben gewesen. »Die Zuschauer *warten* geradezu darauf, daß Andrea Jonathan küßt. Sie *betteln* förmlich darum, daß die beiden sich küssen. Sie drohen sogar, das Studio zu stürmen, wenn sich die beiden *nicht* küssen.«

»Gut«, sagte Sunday mit süßer Stimme. »Sehr schön. Aber laß uns doch auch mal an die alte Seifenoperregel denken, die da besagt: *Gib den Zuschauern nie das, was sie gern haben wollen.*«

»Ich war schon immer der Ansicht, daß das die unsinnigste Regel ist, von der ich je gehört habe.«

»Und das Unsinnigste, was ich je gehört habe, steht in dem Skript da auf deinem Tisch. ›ANDREA SEUFZT UND SINKT IN JONATHANS ARME. SIE KÜSSEN SICH. EINEN AUGENBLICK LANG HAT SIE SICH GANZ UNTERWORFEN UND IST ZUR FRAU GEWORDEN.‹ Damit kriegen wir eine gute Million Kotztüten voll.«

»Ein Kuß wird dich wohl nicht umbringen, Sunday.«

»*Dieser* macht aber die ganze Andrea kaputt. Er macht ein harmloses Frauchen aus ihr. Er gibt ihm *Macht über sie*.«

»Hier geht's doch nicht um einen Machtkampf, sondern schlicht und einfach um eine Romanze. Und der verdanken wir Woche für Woche unser Einkommen.«

»Da bin ich aber ganz anderer Ansicht. *Andrea* ist anderer Ansicht. Und deshalb wird sie heute Dr. Jonathan Masters *nicht* küssen!«

Wenn sie versucht haben sollte, eine Explosion zu provozieren, dann konnte sie jetzt einen Erfolg verbuchen. Badger sprang so plötzlich auf, daß sein Stuhl nach hinten geschleudert wurde und gegen die Wand knallte. Er wies mit spitzem Finger auf das fotokopierte Skript, das auf seinem Schreibtisch lag, und brüllte:

»Der Kuß steht im Drehbuch, mein liebreizendes Engelchen! Und wenn du den nicht bringst, dann werde ich mich an die Equity wenden. Die hat Vorschriften für diese Dinge, weißt du, Vorschriften zur Frage der Befolgung von Regieanweisungen. Die Gewerkschaft würde uns kaum Vorwürfe machen, wenn wir dich auf der Stelle und mit einem kräftigen Tritt in den Hintern aus der Show rausschmissen.«

Einen Moment lang herrschte tiefe Stille, was alle gewahr werden ließ, daß sie den Atem angehalten hatten. Dann trat Sunday einen Schritt vor, hob mit beiden Händen das Beil und ließ es in einem kleinen, aber wirkungsvollen Bogen so herabsausen, daß seine Schneide in das auf Badgers Tisch liegende Drehbuch fuhr und dieses auf der Schreibunterlage festnagelte.

»Alles, worum ich bat, war ein einziger kleiner Schnitt«, sagte sie freundlich.

Dann machte sie auf dem Absatz kehrt und legte einen vollendeten Abgang hin. Im gleichen Augenblick, in dem sich die Tür hinter ihr schloß, fiel Troy ihre Telefonnummer wieder ein. Und er wußte auch, daß er sie später am Abend anrufen würde.

Sundays gekonnte Darbietung verlor nichts von ihrer Vollkommenheit, als sie den vollgestellten Gang entlang zum Studio zurückkehrte. Erst als sie an dem kleinen Vorführraum vorbeikam, ließ sie ein Kichern in den höchsten Tonlagen aufhorchen und stehenbleiben. Irgend etwas daran klang vertraut. Aber obwohl es nicht viele Menschen gab, die auf eine so genaue, pfeifende Art lachten, wollte es ihr doch nicht gelingen, sich den Mund wieder ins Gedächtnis zurückzurufen, von dem das Lachen ausging. Und dann wußte sie plötzlich, warum nicht. Sie war Norman Levi, bevorzugter Drehbuchschreiber Bob Neffers, immer nur bei den Weihnachtsfeiern und anderen Festlichkeiten der *Einsamen Herzen*-Mannschaft begegnet. Das war stets ein passender Rahmen für Normans so besonderes Lachen gewesen. Was aber war da in dem Vorführraum so komisch? Es gab nur eine Möglichkeit, dies herauszufinden.

Sunday stieß die Tür auf. Das U-Matic-Videogerät lief, und sein kleines grünes Licht leuchtete in der Dunkelheit. Und auf dem Monitor leuchtete – für die zwei Zuschauer noch viel heller – das Bild einer jüngeren, schlankeren und gänzlich entblößten Sunday Tyler. Nein, nackt war das zutreffendere Wort. Zu sehen war die nackte Sunday Tyler, die träge die Hand ausstreckte, um den gleichfalls nackten Po eines anderen, gleichfalls sehr hübschen Mädchens zu liebkosen.

4
Schöne Aussichten

Jedermann kennt Stunden der Schlaflosigkeit, in denen er über sich und die Welt nachsinnt. Von seinem fünfzigsten Geburtstag an hatte Abel McFee jedoch seine kontemplativeren Momente auf den Morgen verlegt und zum Bestandteil eines Rasierrituals gemacht, in dessen Verlauf das Bild dort vor ihm im Spiegel und jenes andere, welches er in seinem Kopf hatte, stumme Zwiesprache miteinander halten konnten. Er gab letzterem den Vorzug, denn dieser unsichtbare Abel war alterslos, potent und vor allem schlank. Der wohlbeleibte Schwindler da, der Rasierschaum auf seinen Backen verteilte, hatte lediglich die Aufgabe, für die Durchführung der Rasur zu sorgen.

An diesem Morgen war sein Kopf von so düsteren Gedanken umwölkt, daß er die Dunstschwaden, die den Spiegel verhüllten, gar nicht wahrnahm. Seine Depression fand ihre Erklärung – zumindest teilweise – in der Tatsache, daß Donnerstag war. Donnerstag war Nielsen-Tag, und in den zurückliegenden fünf Wochen war die Einschaltquote von *Haus der einsamen Herzen* stetig gesunken. Seit der Hochzeit von Tammy und Steve hatte die Sendung Woche für Woche einen halben Punkt eingebüßt. Eigentlich hatte dieses Absinken sogar schon früher eingesetzt, nämlich bei den Folgen, die auf den Virgin Islands spielten – ein Drehort, der bei Seifenopern sehr beliebt war und der, wie Abel insgeheim glaubte, einzig und allein dazu da war, Ensemble und Aufnahmeteam zu einem kleinen kostenlosen Extravergnügen zu verhelfen. Die Sendung hatte in der Woche, als die in St. Thomas gedrehten Episoden ausgestrahlt wurden, übertriebene 30% und eine Bewertung von 10,5 erreicht, um dann nach der Rückkehr ins Studio wieder auf die normalen Werte abzusinken, wie Abel es befürchtet hatte. Jetzt aber lag man bei 27% und 8,5. Das war nun wahrlich kein kleines Stück von dem Kuchen, der mit der Ausbreitung des Kabelfernsehens von Jahr zu Jahr kleiner wurde, aber es bedeutete gleichwohl den Verlust von zwei Millionen Haushalten und damit noch mehr Stirnrunzeln in den Chefetagen des Senders und noch heftigeres Donnergrollen hinter fest verschlossenen Türen.

Abel sah zu, wie sein Doppelgänger die Rasierklinge über sein zweites Kinn führte, und beschloß, fest daran zu glauben, daß die Testfamilien diesmal lieb sein würden. Dieser Anflug von Optimismus verschaffte aber lediglich seinen anderen Sorgen Gelegenheit, ihr Haupt zu erheben. Er war mit seinen Unterhaltszahlungen für seine *beiden* Exfrauen bereits drei Monate im Rückstand. Er traute sich schon nicht mehr, seinen Ferrari zu benutzen, weil er fürchtete, dieser könnte gepfändet werden – er hielt ihn in der Garage seines Wochenendhauses in Pound Ridge versteckt. Seine augenblickliche Ehefrau, Vera, würde in den nächsten Tagen von ihrer Verjüngungskur in der Schweiz zurückkehren, und dann würden die Gespräche über die Regelung der Scheidung fortgesetzt werden müssen. Seine beiden Sprößlinge, Ryan und Diane (die er für sich in Ruin und Desaster umgetauft hatte), verlangten lautstark nach teuren Geschenken. Irgendwie war die Welt zu der Ansicht gelangt, daß der Posten des Vizepräsidenten eines Senders den Zugang zu unermeßlichem Reichtum bedeutete – wo er doch brutto kaum 90 000 pro Jahr verdiente, nach der entsprechenden Plünderung durch den Staat und andere also noch weitaus weniger.

Es gab da noch eine andere Sorge, die eigentlich diesen dunklen Morgen Abel McFees ebenfalls hätte belasten müssen – wenn er es nicht vor langer Zeit schon gelernt hätte, sie so sicher am Eindringen in seine Gedanken zu hindern, wie die Tür zum Kontrollraum des Studios Besucher daran hinderte, dieses während laufender Dreharbeiten zu betreten. Als er jetzt jedoch seinen beleibten Zwillingsbruder dabei beobachtete, wie er After Shave Lotion in seine Haut einmassierte, öffnete sich die Tür in seinem Kopf einen kleinen Spalt, und das Wort ›Talentmarkt‹ wurde in sein Ohr geflüstert, woraufhin seine zwei Bilder augenblicklich zu einem einzigen und sehr erschrockenen verschmolzen. Er war dem Klingeln des Telefons im Schlafzimmer dankbar, daß es seine Gedanken unterbrach.

»Ah, du bist noch da. Das ist gut.«

»Sunday? Was treibt dich denn so früh schon um? Ich meine, du hättest mir was gesagt, daß du heute nicht dran bist.«

»Bin ich auch nicht. Und du gehst besser auch nicht zur Arbeit, bevor wir nicht miteinander gesprochen haben. Es ist sehr dringend.«

Abel stöhnte auf. »Ich habe einen lausigen Tag vor mir. Donnerstag!«

»Ist mir egal, und wenn's der Jüngste Tag wäre! Ich muß dich unbedingt sprechen. Du fängst doch sowieso nie vor zehn an.«

»Wenn es wegen der Geschichte mit dem Beil ist, dann hab ich schon von der gehört. Es überrascht mich direkt, daß man sie nicht schon gestern in den Abendnachrichten gebracht hat. Tolle Masche, meine Liebe, ganz toll. Du wirst dir noch als große Spinnerin einen Namen machen.«

»Es geht um meinen Ruf, deshalb muß ich mit dir reden«, sagte Sunday. »Liegst du noch im Bett?«

»Wäre dir das lieb?« fragte Abel hoffnungsvoll. Er hatte in den vergangenen zwei Monaten einige Male vergeblich versucht, sie zu verführen, und das eigenartige Sträuben der Schauspielerin hatte sie nur um so anziehender gemacht, ja, sie zu einer wahren Obsession werden lassen. Nun, vielleicht nicht ganz so eigenartig, dachte er reuevoll, als er seinen dickbäuchigen Leib in dem großen Spiegel an der Schranktür erblickte.

Dieser Anblick seines weichen weißen Körpers war genau der Ansporn, der ihm gefehlt hatte. Er öffnete den Schrank und holte seinen Jogginganzug heraus. Abel war seinem zu Neujahr gefaßten Vorsatz, an drei Tagen der Woche im nahegelegenen Central Park zu laufen, nicht sonderlich treu geblieben. Natürlich würde es heute morgen auch nur zu einer kleinen Runde reichen, da Sunday schon auf dem Weg zu ihm war. Fünfzehn Minuten – da bliebe ihm gerade noch Zeit, sich zu duschen, bevor sie eintraf. Er würde, wenn sie kam, noch naß sein und rosig glühen in seinem Bademantel. Seine zweite Frau hatte ihm mal gesagt, daß er so naß sehr sexy sei. Er fing an, den Tag in helleren Farben zu sehen.

Als er aus dem Wohnblock trat, traf er auf drei andere Jogger, die an der Hauswand ihre Streckübungen absolvierten und mit gegen den Stein gestützten Armen und gesenktem Haupt die Knie vor dem großen Gott ERTÜCHTIGUNG beugten. Er winkte ihnen kameradschaftlich zu und trottete in Richtung Park. Es war ein sonniger, klarer Morgen. Abel fühlte sich großartig. Trotzdem war er schon so außer Atem, als er die Straßenecke erreichte, daß er stehenbleiben mußte und deshalb an der Ampel das grüne Licht verpaßte. Sein Herz schlug schnell, aber das hielt er für gar nicht so übel. Lag nicht der Sinn dieser aeroben Übungen gerade darin, daß das Herz schneller schlug und das träge alte Blut nur so durch die Adern zischte? Er gelangte folglich zu der Ansicht, daß er seine Pflicht erfüllt habe, bog um die Ecke und umrundete langsam den Block, bis er den Eingang des Hauses, in dem er wohnte, wieder erreicht hatte. Zum Glück waren die drei Jogger fort und der Portier damit beschäftigt, ein Taxi herbeizuwinken. Er verspürte nicht das leiseste Schuldgefühl, als er aus dem Lift trat. Er kehrte in seine Wohnung zurück, schenkte sich ein riesiges Glas Orangensaft ein und strebte dann der Dusche zu. Als das Wasser auf seinen rosafarbenen, stattlichen Leib herabspritzte, sang er fröhlich vor sich hin. Sexy, wenn naß! sagte er lachend zu sich selbst.

Abel schloß gerade seinen Bademantel, als es an der Tür klingelte. Sunday hatte sich beeilt! Wie üblich, war sie auf einem silbernen Fahrrad der Marke Peugeot durch die

Straßen der Stadt geflitzt, eine Sonnenbrille von Porsche auf der Nase und einen flatternden Schal von Hermes um den Hals. Als sie nun zu ihm hereinsegelte, hatte sie den Schal um den Kopf gewunden, um ihr unfrisiertes Haar zu verbergen. Sie nahm den Schal nicht ab, wohl aber die Brille, und ließ ihn so ihre Augen sehen, die von Mangel an Schlaf gerötet und geschwollen waren.

»Du siehst ja fürchterlich aus«, sagte Abel. »Hübsch, aber fürchterlich.«

»Ich bin die halbe Nacht auf gewesen.«

»Hattest du Kummer? Weswegen?«

»Ich hatte keinen Kummer, sondern zu tun. Aber lassen wir das. Ich wollte mit dir über Bob Neffer und seinen kleinen Schützling sprechen.«

Abel seufzte müde. »Bist du deshalb hergekommen? Hab ich das nicht alles schon zu hören bekommen, Sunday? Die Geschichten über Neffer und Desowitz und Moody und all die anderen Autoren der Sendung?«

»*Die* hast du bestimmt noch nicht gehört.« Sie hüpfte aufs Sofa, nahm ein Kissen, umarmte es wie einen Teddybären und lehnte den Kopf an den samtigen Stoff. »Diese Dreckskerle haben's auf mich abgesehen, Abel«, sagte sie mit gedämpfter Stimme. »Und irgendwie ... haben sie die Sache mit ... mit Peaches Paree herausgefunden.«

Das war gut vorgetragen. Abel konnte die Auslassungen in ihrem Satz fast hören. Das einzig Bedauerliche war nur, daß er nicht die geringste Ahnung hatte, worum es da ging.

»Wer oder was ist Peaches Paree?«

Pause. Ein Abwarten, das der Steigerung der Neugier diente.

»Das bin *ich*.«

»Was?«

Schau auf. Blick ihm in die Augen. Sieh gequält, geängstigt, hilflos aus.

»Es ist ein Pseudonym, das ich mal benutzt habe.«

»Du machst Witze. Sunday Tyler ist schon absonderlich genug, meine Süße, aber ... *Peaches Paree*? Klingt wie der Name einer Stripperin. Oder wie der von einer dieser Pornoqueens ...«

Seine eigene schauspielerische Leistung war auch nicht schlecht. Abels Rede hatte sich zum Ende des Satzes hin unmerklich verlangsamt. Nun machte er große Kulleraugen, und sein Mund öffnete sich, so daß das lehrbuchgemäße Bild von 1. Überraschung, 2. Ungläubigkeit und 3. schrecklicher Vorahnung entstand.

»Also, Sunday, du willst mir doch nicht erzählen, daß ... *du* ...«

»Oh, mach bloß nicht so ein schlechtes Gesicht, da kann einem ja ganz erstaunt davon werden.«

»Der Satz stimmt so nicht.«

»Leck mich am Arsch! Hab ich das richtig hingekriegt?«

»Also um des Himmels willen, jetzt sag mir doch endlich mal, worum's hier eigentlich geht. Wann, zum Teufel, warst du ›Peaches Paree‹? Wo hast du überhaupt die *Zeit* hergenommen, noch jemand anderes zu sein als ... wie war der Name doch gleich? Du hast's mir mal erzählt, aber ich hab es wieder vergessen.«

»Eileen Ovitz, aber den versuche ich auch zu vergessen.« Sunday warf das Kissen in die Mitte des Zimmers und erhob sich. »Ich war damals siebzehn. Es war die erste

Rolle, die ich hier in New York gekriegt habe. Immer noch besser, als auf den Strich zu gehen, auch wenn einige Leute meinen, daß es aufs selbe hinausläuft.«

»Tut's das nicht auch?«

»Ich habe ganze *zwei* von diesen gottverdammten Filmen gemacht!« schrie Sunday. »Der erste wurde zerschnipselt und die Bilder erschienen in entsprechenden Heftchen. Sie drehten ihn mit einer Taschenlampe und einer Brownie, kein Witz! Der zweite hieß *Spiele am Strand* und wurde in Rockaway Beach aufgenommen. Im Oktober! Ich habe mir fast den Arsch abgefroren und ganze fünfhundert Dollar dafür bekommen. Keine Punkte. Ich war nicht mal der Star, sondern kam erst unter ferner liefen.«

»Und ich vermute«, sagte Abel, der die Antwort auf seine Frage gar nicht hören wollte, »daß dieser zweite Film *nicht* für Pornoheftchen zerschnipselt wurde?«

»Ich dachte, es gäbe überhaupt gar keine Kopie mehr davon! Ich weiß immer noch nicht, wie die da dran gekommen sind, Neffer und dieser kleine Scheißer. Sie waren gestern abend beide im Studio – *in unserem Studio*! Sie saßen im Vorführraum, sahen sich ein Video von diesem verdammten Film an und kicherten wie die Backfische.«

»Ein Video! Das ist die Erklärung. Die Firma, für die du gearbeitet hast, hat alles auf Videobänder überspielt. Die nicht jugendfreien. Das haben sie praktisch mit allen Pornofilmen gemacht. Mein Himmel«, fuhr Abel fort, »das bedeutet ja, daß du in allen Videotheken zu finden bist... Wenn das die Kontrollstelle erführe, Sunday...«

»Sie würden nicht das geringste merken! Dazu müßten

sie sich den Film schon sehr genau ansehen. Ich komme ja nur in zwei Szenen vor. In der ersten tolle ich mit drei anderen Mädchen im seichten Wasser rum... unterscheide da mal ein Paar Titten vom anderen. In der zweiten Szene... na ja, da gibt's eine Nahaufnahme von mir. Ich war damals aber... natürlich noch jünger. Sehr viel jünger. Wenn dir niemand sagte, daß ich das bin, würdest du's nicht mitbekommen.«

»Aber wenn man auf dich hinwiese...?«

»Ja, dann wär's klar.«

Abel, der auf einem gepolsterten Hocker gesessen hatte, stand auf und ging zur Hausbar. Ganz vergessend, daß er noch gar nicht gefrühstückt hatte, goß er sich ein halbes Glas Bourbon ein und trank davon in kleinen Schlucken. Sunday, die seines Wissens nie Alkohol trank, bot er nichts an.

»Schön«, sagte er dann, »laß uns mal nachdenken. Vielleicht ist ja alles gar nicht so schlimm, wie's klingt?«

»Wieso? Weil die Chancen nicht sehr groß sind, daß es jemand rausfindet?«

»Zum Teil.«

»Glaubst du wirklich, daß Neffer und seine Märchenprinzessin den Mund halten werden? Die hassen mich wie die Pest, Abel, falls du das vergessen haben solltest. Sie werden wahrscheinlich versuchen, mich mit diesem verfluchten Streifen zu erpressen. Vielleicht auch dich, die Sendung, den Sender, alle.«

»Das werden sie nicht tun. Es würde nie klappen, und sie wären für die gesamte Branche erledigt. Dafür sind sie viel zu clever, Sunday, und du wirst ebenfalls clever sein müssen. Selbst wenn sie auspacken sollten, könnten wir den Sender wohl immer noch davon überzeugen, daß das eben ein törichter Fehler war, den du begangen hast, als du noch sehr jung warst. Wir leben nicht mehr in der McCarthy-Ära, Kindchen, die Menschen sind heute etwas aufgeschlossener. Es vermittelt ihnen ein gutes Gefühl, wenn sie dir deine kleinen Sünden vergeben können.«

»Da gibt's nur ein Problem«, sagte Sunday trocken. »Niemand hat bisher gewußt, daß meine kleinen Sünden *dieser* Art sind.«

»Und das bedeutet?«

»Ich will sagen, daß es nicht ›einfach‹ nur so ein Pornofilm ist. Nein, es ist eine ganz bestimmte Art von Pornofilm.«

»Ich kann dir nicht folgen.«

»Es ist so ein kleines Filmchen, in dem es nur munteres Geplauder, bunte Farben und hübsche junge Mädchen gibt.«

»Sunday, möchtest du mir jetzt bitte mal...«

»Es ist ein Lesbenfilm, Abel.«

Er brauchte sofort etwas zu essen, wenn er sich nicht übergeben wollte. Aus einem entlegenen Winkel ihres innersten Wesens kramte Sunday Tyler ein winziges Stückchen Hausfraulichkeit hervor und ging in die Küche. Sie hatte keinen Schimmer, wie man mit Eiern, Schinken oder sonstigen, ein ganz klein wenig Kochkunst erfordernden Dingen umging, weshalb sie eine Schale mit Cornflakes der Marke »Krachi« füllte. Sie war viel zu nervös, um das komisch finden zu können. Sie trug die

Schale zu Abel ins Wohnzimmer, und dieser äußerte die Vermutung, daß ein wenig Milch die ganze Geschichte möglicherweise genießbarer mache. Sie brachte die Milch und sah dann zu, wie er langsam aß und versuchte, ihre Offenbarungen zusammen mit seinem Frühstück hinunterzuschlucken.

»Ich kann das alles einfach nicht glauben«, sagte er. »Ich werde das Gefühl nicht los, daß ich noch schlafe und träume. Ein Lesbenfilm. Erklärt das, warum du ...«

»Nein«, sagte sie ausdruckslos, »ich habe keine diesbezüglichen Neigungen, hab sie nie gehabt. Ich bin *Schauspielerin,* verdammt noch mal, und wenn ein Regisseur von mir verlangt, daß ich eine Lesbe *spiele,* bitte, dann spiele ich eben eine. Das ist alles. Was mir wahrscheinlich beim Sender nicht das geringste hilft.«

»Gut«, sagte Abel und kaute knirschend, »ich werde mit Bob reden. Ich werde herauszubekommen versuchen, ob er Ärger machen will oder nicht. Vielleicht führt er ja gar nichts Böses im Schilde. Vielleicht schreien wir schon, bevor noch irgendwas passiert ist.«

»Nein«, sagte Sunday mit einer Stimme, die so spröde war wie die Cornflakes. »Das würde uns nicht weiterhelfen. Denn wenn Bob Neffer vielleicht auch im Augenblick nicht in rachelüsterner Stimmung ist, dann stell dir nur mal vor, wie er reagieren wird, wenn er erst Wind davon bekommt ... von Andreas Zwilling.«

»O Gott«, stöhnte Abel. »Das hätte ich ja fast vergessen, Sunday. Vielleicht sollten wir ...«

Sie fuhr mit Blitzesgeschwindigkeit dazwischen. »Sag's nicht! Wage es, mir vorzuschlagen, meine Story über Bord zu werfen! Du hast mir versprochen, daß wir sie realisieren! Und vergiß nicht das Geld, das du gerade Keith Ellenberger für seinen Entwurf gezahlt hast. Wieviel war das? Zwanzigtausend?«

»Das Geld ist mir schnuppe. Wenn's futsch ist, werden wir das halt schlucken müssen.«

»Alles, was du schlucken mußt, sind deine Cornflakes. Entweder wir machen die Sache mit den Zwillingsschwestern, oder es wird dir sehr, sehr leid tun!«

»Du weißt doch, womit Bob für den Fall gedroht hat, daß wir ihm diese Geschichte aufs Auge drücken. Dann will er kündigen!«

»Und wollen wir nicht, daß er just dies tut, mein Schätzchen? Haben wir das nicht schon alles durchgesprochen? Keith Ellenberger, das alte Roß, schnauft schon vor Ungeduld. Oder muß es ›schnaubt‹ heißen?«

»Aber das war *vor* dieser Peaches Paris-Geschichte!«

»Peaches Paree. Ich hab den Namen selbst erfunden. Darin bin ich sehr gut. Ich denke daran, meine Zwillingsschwester Prudence zu nennen. Meinst du nicht auch, daß das von sehr feiner Ironie ist, vor allem wenn man bedenkt, daß sie eigentlich eine mordlüsterne Irre ist?«

Abel verging der Appetit. Er stellte die Schale mit den restlichen Cornflakes auf den Tisch und sagte: »Sei bitte vernünftig, Sunday. Wenn du recht hast, dann hält Neffer da ein geladenes Gewehr in Händen – und er könnte damit auf deinen Kopf zielen.«

»Nun, ich habe nicht vor, den Rest meines Schauspielerdaseins bei *Haus der einsamen Herzen* und vor dem Lauf eines auf mich gerichteten Gewehrs zu verbringen.

Ich schlage vor, daß wir... vor ihm losballern. Gleich jetzt.«

»Also, diese Analogie gerät außer Kontrolle.«

»Ich schlage vor, daß du Neffer sofort feuerst. Ihn und seinen schwulen Kavalier. Schmeiß sie beide raus, dann bietet sich ihnen kein Anreiz mehr, uns zu erpressen. Sein nächster Programmabschnitt endet zwar erst in sechs Wochen, und du mußt auch das Geld in den Wind schreiben, aber das ist die Sache wert.«

Abel zögerte. »Ich glaube nicht, daß ich das machen kann, Sunday.«

»Du bist doch der Produzent, oder nicht?«

»Selbst der Boss hat einen Boss.«

»Warum solltest du Neffer fürchten, wenn ich's nicht tue? Es ist doch mein Arsch, der auf dem Spiel steht. Oder in diesem Fall auf dem Strand liegt.«

»Bitte mich nicht darum, Sunday!«

»Wie kommst du darauf, daß ich dich *bitte*?«

Abel sah sie an. Er saß und sie stand. Und sie sah so viel größer aus als sonst, imposanter, gefährlicher. Er wußte auch nicht, warum er dieses Wort gebraucht hatte.

»Du meinst, daß du es von mir verlangst? Ist das vielleicht nett, einen Freund zu drangsalieren?«

»Ach, mein Liebling, ich habe schon vor langer, langer Zeit gelernt, daß es gerade die *Freunde* sind, die am meisten drangsaliert werden müssen.«

Er versuchte ein Kichern, erhob sich und legte den Arm um ihre Taille. Sie widersetzte sich dem nicht, sah ihm bloß in die Augen, wobei sie ein ganz klein wenig nach unten blicken mußte, und sagte:

»Talentmarkt, Abel.«

Sie hätte ebensogut sagen können: »Die Russen haben gerade die Bombe abgeworfen, Abel.«

»Und was soll das nun wieder heißen?« sagte er und bewunderte seine eigene Ruhe.

»Ach Gott, wie ich diesen Satz hasse«, sagte Sunday ausdruckslos. »Die Drehbuchautoren benutzen ihn andauernd, ist dir das schon mal aufgefallen? Ich nehme an, daß er dazu dient, die Seite zu füllen. Ich glaube, dies ist das erste Mal, daß ich ihn jemanden im wirklichen Leben habe sagen hören.«

»Das ist aber auch meine Frage. Was soll das Wort ›Talentförderung‹ bedeuten?«

»Gut!« Sie lächelte. »Sehr gut. Tu nur so, als hättest du's falsch verstanden. Netter kleiner Trick, Abel, aber nicht sehr wirkungsvoll. Du weißt sehr wohl, daß der Name der Firma ›Talentmarkt‹ lautet. Ich bin sicher, daß du ihn dir selbst ausgedacht hast. Klingt irgendwie unangenehm. Du hast bei Namen keine so gute Hand wie ich.«

Er entfernte sich von ihr, obwohl er wußte, daß sie das als Vermeidung eines Blickkontaktes interpretieren würde. Und so war's im Grunde genommen ja auch – er konnte ihr tatsächlich nicht mehr in die Augen blicken.

»Na schön, dann sag schon, was du sagen mußt«, murmelte er, und seine Stimme klang ihm selbst ganz weit entfernt.

»Du bist im Büro viel gewiefter als zu Hause, Liebling. Ich bin sicher, daß du da keine belastenden Papiere offen auf deinem Schreibtisch rumliegen läßt, wo sie jeder einsehen kann. Aber zu Hause... nun ja, da neigst du zur

Sorglosigkeit. Dem verdanke ich die Erkenntnis, daß ›Talentmarkt‹ wohl mehr war, als es den Anschein hatte. Mehr, als der Sender weiß. Muß ich weiterreden?«

»Ja, das mußt du.«

»Erinnerst du dich noch an den Abend, als du mich betrunken gemacht und dann hergeschleppt hast? Um deinen Willen mit mir zu haben, wie das mal so schön hieß?«

»Es war nicht meine Absicht, dich betrunken zu machen. Mir war lediglich nicht klar, daß du nicht sehr viel verträgst.«

Sie lächelte süß. »O doch, das wußtest du sehr wohl, mein Lieber. Deshalb bekam ich doch statt der Virgin Mary, die ich haben wollte, eine Bloody Mary. Aber das ist ja auch egal. Ich hatte gar nichts dagegen, ein bißchen beschwipst zu sein, obwohl es mir schon irgendwie unangenehm war, daß ich mich dann übergeben mußte. Kotzen ist was so gänzlich Unweibliches, nicht wahr?« Ihr Lächeln wurde breiter. »Und es lädt nicht gerade zum Schmusen ein, wie dir schnell klar wurde. Und so... endete alles damit, daß ich friedlich in deinem Bette schlief. Allein. Und als ich am nächsten Morgen erwachte... war ich immer noch allein.«

Seine Augen wanderten zur Schlafzimmertür.

»Mein Himmel«, sagte er, »das Schreibpapier!«

»Ich hab nicht rumgeschnüffelt. Ich habe lediglich nach einem Schmerzmittel gesucht. Du weißt ja, wie so ein Kater ist. Bei mir war es der allererste.«

»Warum hast du nicht im Medizinschränkchen nachgeschaut?« fragte er rauh.

»Ich wollte kein *Aspirin*, mein Schätzchen. Ich hoffte, du hättest vielleicht was Interessanteres da. Normalerweise ist's ja auch so, oder willst du das auch leugnen? Na schön, ich dachte mir halt, daß deine Kommodenschubladen ein geeigneter Aufbewahrungsort sein könnten, also sah ich dort nach. Und sieh mal einer an, was fand ich da? Schachteln voller Schreibpapier mit dem Briefkopf ›Talentmarkt‹. Und ein nettes Scheckheftchen in einem Ringbuch. Und ein hübsches kleines Firmenstempelchen. Tja, selbst so ein Dummkopf wie ich konnte sehen, daß mein süßes kleines Abelchen da so ein klitzekleines Nebengeschäftchen betrieb.«

»Daran... daran ist doch wohl nichts auszusetzen, oder? Du liebe Güte, was ist denn schon Verkehrtes dran an so einem kleinen Privatunternehmen?«

Sunday lachte, und dieses Lachen hatte einen wirklich entspannten Klang.

»Oh, du bist einfach göttlich, Abel, fast ein komisches Genie. Ein kleines Privatunternehmen. Betonung auf privat, na klar doch. Aber wie ich schon sagte, der Name erschien mir ziemlich greulich. Vor allem eingedenk der Tatsache, daß du gar nicht mit ›Talenten‹ gehandelt hast und daß es da gar keinen ›Markt‹ gab. Was für Schlußfolgerungen konnte ich also nur aus all dem ziehen?«

»Das erzähl mir mal.« Abel hatte das Gefühl, von seinem Schlips stranguliert zu werden. Er wollte ihn lockern und merkte erst da, daß er noch im Bademantel war.

»Nun, ich mußte zu der Ansicht gelangen, daß es sich bei ›Talentmarkt‹ um ein Schwindelunternehmen handelt und daß alle Schecks des Senders, die du zugunsten dieser

Firma ausstellst, stracks in deine eigene Tasche wandern. Krieg ich eine Eins dafür, Herr Lehrer?«

Abel sagte ruhig: »Vor zehn Minuten haben wir über Erpressung gesprochen. Und worüber sprechen wir jetzt?«

»Gegenseitige Hilfeleistung«, sagte Sunday prompt.

»Du meinst einen Handel.«

»Einen durch Handschlag zu besiegelnden Handel, Lieber, in aller Freundschaft abgeschlossen. Ich *bin* deine Freundin, weißt du? Denk nur mal dran, wie lange ich schon von dieser kleinen Gaunerei weiß, ohne auch nur ein Sterbenswörtchen gesagt zu haben. Sagte ich klein? Die in dem Ringbuch verzeichnete Summe belief sich auf über hunderttausend Dollar.«

»Du hast doch nur auf den richtigen Augenblick gewartet, ist's nicht so?«

Sunday griff nach ihrer Handtasche. Die sah groß und flach aus, fiel aber in sich zusammen, als sie den darin steckenden Umschlag herauszog.

»Ich lasse dir mal dieses hier«, sagte sie.

»Was ist das?«

»Das, was mich die halbe Nacht wachgehalten hat. Ich habe Keith Ellenbergers Entwurf umgeschrieben.«

»Aha, dann bist du jetzt also auch als Autorin tätig«, sagte Abel. »Möchtest du auch den Job noch haben?«

»Nein, mein Süßer. Wenn ich *zwei* Rollen in *Haus der einsamen Herzen* zu spielen haben werde, dann habe ich genug zu tun. Und ich habe es auch nicht auf den Pulitzer-Preis abgesehen. Nein, ich habe nur ein paar kleine Änderungen vorgenommen. Wir können ja darüber reden, wenn du's gelesen hast. Ich muß mich jetzt erst einmal auf das Letterman-Interview vorbereiten. Ich werde den Nachmittag größtenteils bei der NBC sein, aber du kannst mich heute abend ab acht zu Hause erreichen.« Sie tätschelte seine frischrasierte Wange. »Schau nicht so unglücklich drein, mein Liebling. Alles wird gut werden. Die Story wird wunderbar, die Einschaltquoten gehen up, up and away. Tschüß, Silvercup.«

»Es muß ›Tschüß, Silver‹ heißen«, verbesserte sie Abel traurig, »Silvercup war der Sponsor vom Lone Ranger und außerdem ein Weißbrot.«

»Das bist du auch, mein Engel«, sagte Sunday Tyler.

Abel wußte nichts mit sich anzufangen, als sie fort war. Er trug die Schale mit den restlichen Cornflakes in die Küche und stellte sie ins Spülbecken. Er dachte daran, sich anzuziehen, aber dann wurde ihm klar, daß ihm das nur gewichtige modische Entscheidungen abverlangen würde – und er fühlte sich überhaupt nicht in der Lage, irgendwelche Entscheidungen zu treffen. Schließlich kam er zu dem Schluß, daß das Sinnvollste, was er in diesem Augenblick tun konnte, war, den Umschlag zu öffnen, um nachzusehen, was ihm Sunday Tyler, die große Kommunikatorin, hinterlassen hatte.

In dem Umschlag befanden sich nur zwei mit doppeltem Zeilenabstand beschriebene Seiten. Hatte sie wirklich die halbe Nacht gebraucht, um ganze zwei Seiten umzuschreiben? Er las sie sehr langsam.

Wir befinden uns in der Hartford-Klinik, und es ist nach Mitternacht. Ein erschöpfter Dr. Jonathan Masters beendet gerade nach sechzehn langen Stunden seinen Dienst. Er wünscht einem jungen Assistenzarzt eine gute Nacht, der ihn nach seiner bevorstehenden Hochzeit fragt. Jonathan sagt: er ist der glücklichste Mann auf Erden, und der Assistenzarzt pflichtet ihm bei: Andrea Harmon ist eine der schönsten Frauen, die er je gesehen hat ... Dann verläßt Jonathan das Gebäude und tritt auf den Parkplatz hinaus. Als er gerade die Tür seines Wagens aufschließt, tritt eine Gestalt aus dem Schatten auf ihn zu. Es ist eine hochgewachsene, in ein langes schwarzes, mit Pailletten besetztes Cape gehüllte Frau, deren Gesicht noch im Dunkeln bleibt und fast nicht zu erkennen ist. Etwas glitzert metallisch im Licht. Es erregt Jonathans Aufmerksamkeit, und er dreht sich um, weil er wissen möchte, was es ist. Er sieht die Frau und fragt, wer sie ist. Sie antwortet nicht. Dann aber macht sie einen Schritt nach vorn, und nun sieht man ihr Gesicht. Es ist Andrea, die sehr hübsch aussieht, aber auch fremd. Er ruft überrascht ihren Namen aus. Was macht sie hier auf dem Parkplatz?

Jonathan geht auf seine Verlobte zu, lächelt. Er streckt ihr die Hände entgegen. Plötzlich wird ihm klar, woher das metallische Funkeln kommt. Es ist ein Breitbeil, die gleiche schreckliche Waffe, die aus der Eingangshalle des Hauses der Armstrongs verschwunden ist. Er ist überrascht, sie in ihren zarten Händen zu sehen, und fragt, was um alles in der Welt sie damit vorhat? Wieder antwortet sie nicht. Aber als er näher kommt, hebt die Frau plötzlich das Beil und läßt es herabsausen! Und während wir den eigentlichen Hieb nicht sehen, hören wir seinen Entsetzensschrei und wie sein Körper zu Boden fällt ... Einen Augenblick später kommt der junge Assistenzarzt, von dem Schrei herbeigelockt, auf den Parkplatz gelaufen. Er beugt sich über den am Boden liegenden Körper und sagt: »Mein Gott – das ist ja Dr. Masters! Und er ist ermordet worden!«

Es war ein Morgen voller Erschütterungen gewesen. Wenn Abel sie nach der Richter-Skala hätte bewerten sollen, dann hätte er diese wohl als die zweitstärkste einstufen müssen. Sunday Tyler hatte wirklich und wahrhaftig vor, den eindeutig populärsten männlichen Darsteller von *Haus der einsamen Herzen* zu eliminieren!

5
Straße des Lebens

Troy traf sich mit Ramsey Duke nicht in der Russischen Teestube. Duke hatte einem Chinarestaurant den Vorzug gegeben und knabberte nun zufrieden an einer großen Portion honigglasierter Spareribs herum. Grinsend nahm er die dritte Rippe in die Finger und sagte: »Diese Leute verstehen schon, wie man Rippchen macht, was?«

Troy lächelte zustimmend, aber das war nur eine ganz mechanische Bewegung seiner Mundmuskulatur. Er hatte einen schlimmen Vormittag im Dezernat Film/Fernsehen der New Yorker Polizei hinter sich. Captain Bagley war nach einem Krach mit der Stadtverwaltung schlechter Laune gewesen und hatte ihn angeraunzt, weil er den mit dem Einsatz bei *Haus der einsamen Herzen* verbundenen Papierkram noch nicht erledigt hatte. Dann hatte seine Schwester Daisy angerufen und wissen wollen, ob er zu dem Festessen aus Anlaß des Hochzeitstages seiner Eltern in der nächsten Woche zu erscheinen gedenke. Ihr aggressiver Ton hatte deutlich erkennen lassen, daß sie auf eine Absage gefaßt war, die sie dann auch bekam. Er hatte darauf verwiesen, daß ein 29jähriges Jubiläum nicht bedeutend genug sei, einen Besuch zu rechtfertigen – er wisse einfach nicht, woher er die freie Zeit nehmen solle, die er brauche, um die Reise nach Dutchess County machen zu können. Mit einer Stimme, die das Trinkwasserreservoir von Croton hätte austrocknen können, hatte Daisy zurückgefragt, ob denn die Kriminalität ganz und gar außer Kontrolle geraten würde, wenn er mal einen Tag lang nicht da in den Filmkulissen herumhinge. Mit diesem Tiefschlag hatte sie das Gespräch beendet und ihn mit einer Depression und Schuldgefühlen alleingelassen. Und wie um den Morgen zu krönen, war er, als er gegen Mittag in den Sonnenschein von Flushing Meadows hinausgetreten war, auf Fiona gestoßen, die in ihrem kleinen roten Mercedes saß und auf ihn wartete. Ihr Haar hatte blonder ausgesehen, als er es in Erinnerung hatte, aber die Art, wie sie es streng zurückgekämmt hatte, ließ sie weniger wie eine Pfadfinderführerin, sondern weit mehr wie eine stellvertretende Schuldirektorin aussehen. Sie müsse ihn unbedingt sprechen, ob sie nicht zusammen zu Mittag essen könnten. Sein Hinweis darauf, daß Mittagessen nicht gehe und Abendessen noch viel weniger, hatte sie nur noch entschlossener dreinblicken lassen. Sie würde später am Abend bei ihm vorbeikommen, hatte sie erwidert und, nicht geneigt, sich seine Einwände anzuhören, voll aufs Gas getreten, um mit unerlaubt hoher Geschwindigkeit davonzubrausen, ausgerechnet an der langen Reihe geparkter Polizeifahrzeuge vorbei. Erst als sie schon außer Sichtweite gewesen war, war ihm eingefallen, daß sie ihm nie seine Wohnungsschlüssel zurückgegeben hatte.

»Was halten Sie vom weiteren Verlauf der Geschichte?«

Troy holte sich in die Gegenwart zurück und versuchte, eine vernünftige Antwort zu finden. Er hatte Bob Neffers Manuskript am Abend zuvor gelesen, war aber am Morgen mit einer nur noch sehr verschwommenen Erinnerung an den überaus komplizierten Plot erwacht. Er schob seine Antwort dadurch auf, daß er seinerseits eine Frage stellte.

»Woher wissen Sie denn, daß ich's gelesen habe?«

»Der Badger kann nun mal kein Geheimnis für sich behalten«, sagte Duke. »Manche Produzenten halten die Hand vor ihre Karten, lassen die Schauspieler nie was von den ausgearbeiteten Folgen oder Handlungsskizzen sehen. Nicht Gene. Der glaubt an Zusammenarbeit. Er meint, Schauspieler seien keine Rindviecher, auch wenn Hitchcock dieser Ansicht gewesen ist. Wenn Sie jedoch meine Meinung hören wollen ... zum Teufel damit, wahrscheinlich nicht.«

»Aber sicher doch«, sagte Troy höflich.

»Badger hat Angst. Der Druck, der auf dem Burschen lastet, muß etliche Tonnen pro Quadratzentimeter ausmachen. Er möchte so viele Leute auf seiner Seite haben wie nur irgend möglich, deshalb ist er den Schauspielern gegenüber stets der liebe, nette Onkel.«

»Ist daran irgendwas auszusetzen?«

Ramsey Duke zuckte die Achseln. »Es gibt Zeiten, da *brauchen* die Schauspieler ein bißchen Härte, einen kleinen Stoß ins Kreuz. Nehmen Sie zum Beispiel Milo Derringer. Der ist zwar mein Freund, aber ich muß Ihnen doch sagen, daß der Kerl vor die Hunde ginge, wenn niemand da wäre, der ihn in Schach hielte. Er büffelt die ganze Zeit, kaut die einzelnen Szenen immer wieder durch. Er braucht einfach einen, der auf ihn aufpaßt.«

»Ist das nicht die Aufgabe des Regisseurs?«

»Wir haben bei der Sendung vier Regisseure, und das heißt, daß keiner von ihnen eine überwältigende Autorität hat. Es bleibt am Produktionsleiter hängen, Leute wie Milo daran zu hindern, sich aufzureiben. Erst kürzlich...« Er hielt inne und besah sich die halb abgenagte Rippe in seiner Hand. »Nun ja, was halten Sie davon? Von der Mordgeschichte?«

»Wollen Sie eine literaturkritische Betrachtung hören oder die Ansicht eines Polizisten?«

Duke grinste. »Sowohl als auch.«

»Ich hab das alles nicht kapiert. Da waren zu viele Namen, die mir nicht bekannt waren, zu viele Motive, die ich nicht nachvollziehen konnte. Und... die Geschichte war nicht zu Ende geführt. Der Mörder wurde nicht genannt.«

»Das ist Absicht. Sie wollen nicht, daß der Schauspieler Bescheid weiß.«

»Weil er arbeitslos wird?«

»Und aus anderen Gründen. Es gibt da die berühmte Story von dem Schauspieler, der bei einer Talkshow zu der Seifenoper befragt wurde, bei der er mitspielte. Der sagte: ›Oh, da bin ich nicht mehr lange dabei, Merv, ich bin nämlich der Mörder.‹«

Troy grinste. »Ich verstehe.«

»Sie fürchten auch immer, daß der Schauspieler auf seine Schuld dadurch aufmerksam macht, daß er die Augen rollt oder sich im Dunkeln rumdrückt. Ich persönlich glaube, daß das alles ziemlicher Blödsinn ist. Ein Profi würde so etwas nie machen. Obwohl, wenn's Milo wäre, dann wär's wahrscheinlich schon denkbar.«

»Aber er kann es doch nicht sein, oder? Spielt er nicht einen von den Guten?«

»Nein, Milo wird's nicht sein. Er ist die Nummer eins, was die P-Quoten anbelangt.«

»Was ist das?«

»Das ist noch so eine Bewertungsmasche. Nur zählen sie da nicht die Anzahl der Zuschauer wie bei Nielsen, sondern sie untersuchen, welche Darsteller die populärsten sind. Oder vielleicht sollte ich besser sagen, welche *Charaktere.* Es ist nicht leicht zu sagen, wo der Unterschied zwischen beiden liegt.«

»Ist Milo schon lange bei der Sendung dabei?«

»Von Anfang an. Er *ist* Dr. Jonathan Masters. Ich bezweifle, daß sie die Rolle neu besetzen würden, wenn er sich mal entschlösse auszusteigen.«

»Könnte das je passieren?«

Duke schüttelte den Kopf. »Nein, Milo würde nie freiwillig gehen. Er droht zwar damit, immer wenn er sich mit dem elenden Luder aus dem Süden anlegt – ich nehme an, Sie wissen inzwischen, wer damit gemeint ist?«

Troy beantwortete diese Frage nicht, denn er zögerte, in den großen Chor einzustimmen – zumal da er sich ja mit eben diesem e. L. für den heutigen Abend verabredet hatte.

»Wie auch immer, er würde nie irgendwas Drastisches tun. Milo wird ja so sehr mit dieser Rolle identifiziert, daß er fürchten muß, nie wieder eine andere zu bekommen. Vielleicht mit Recht. Sehen Sie sich doch George Reeves an.«

»Wen?«

»Der Schauspieler, der in der ursprünglichen Film- und Fernsehversion den Superman gespielt hat. Als alles vorbei war, war der arme Kerl einfach nicht mehr woanders unterzubringen. Er hat sich das Leben genommen. Und wie ich Milo kenne...« Er hielt inne.

»Was, glauben Sie, würde er tun?«

»Von seinem Gaul runterfallen«, sagte Duke besorgt. »Er hängt im Augenblick schon schief genug drauf...« Er schüttelte die Anwandlung ab und verzog das Gesicht zu einem zahnreichen Lächeln. »Aber was soll's, warum sich sorgen? Er ist nun mal nicht der Bösewicht des Stücks, sondern sein Held. Sie haben ja den Handlungsentwurf gelesen. Obwohl ich die Untersuchungen leite, ist es doch Jonathan Masters, der am Ende die Antwort findet. Das ist das, was man die Gerechtigkeit der Weißen nennt.«

Troy blickte auf, die Augenbrauen fragend hochgezogen.

»Verstehn Sie mich nicht falsch«, sagte Duke und stocherte in seinen Spareribs herum. »Ich bin froh, daß ich diese Rolle habe. Wenn's in den Tagesserien keine Polizisten mehr gäbe, dann gäb's vielleicht überhaupt keine Jobs mehr für schwarze Schauspieler.«

»Sie meinen, in den Seifenopern sind die Polizisten immer schwarz?«

»Nicht alle, aber eine ganze Menge. Eine gute Methode, um mit dem fertig zu werden, was sie das ›Minderheitenproblem‹ nennen, verstehn Sie? Polizisten müssen nicht positive Gefühle erwecken oder so was, sondern helfen den weißen Leutchen nur dabei, ihre Probleme zu lösen. Natürlich gibt es auch Ausnahmen. Aber das *Haus der einsamen Herzen* gehört nicht zu ihnen.«

»Okay, also Sie leiten die Untersuchung. Aber nach

allem, was ich gestern abend gelesen habe, ist das durchaus kein Kinderspiel. Ich konnte jedenfalls nichts finden, was irgendwie nach einem Hinweis ausgesehen hätte.«

»Ich werd Ihnen einen geben. Teufel auch, ich werde Ihnen sogar den Namen des Mörders nennen. Ich glaube, es ist Alan Laker. Der spielt den Steve.«

»Warum glauben Sie das?«

Duke pochte sich mit dem Finger gegen die Stirn und schaute wissend drein. »Einfache Schlußfolgerung. Es ist mal wieder Vertragsverlängerungszeit! Ich habe gehört, daß Alan ohne eine hübsche Erhöhung seiner Gage nicht weitermachen will. Können Sie sich ein besseres Motiv vorstellen?«

»Jedenfalls ist's nicht das übliche, das ist mal sicher.«

»Natürlich ist der Steve eine sehr beliebte Figur, und deshalb kann ich nicht darauf schwören, daß ich recht habe. Kann auch sein, daß am Ende gar noch ich der Mörder bin.«

»Sie? Der die Untersuchungen leitende Beamte?«

»Niemand ist sicher. Das ist eines der absonderlichen Merkmale von Seifenopern. Im Abendprogramm kann man einen Tom Sellek oder Don Johnson nicht einfach abservieren, aber den Helden einer Seifenoper, den kann man sehr wohl erledigen. Ist schon vorgekommen.«

»Ich kann trotzdem nicht sehen, wie man den Ermittler zum Killer machen will. Soviel ich weiß, ist das bisher nur einmal mit Erfolg versucht worden, und zwar von Agatha Christie.«

»Wollen Sie damit sagen, daß Sie wirklich und wahrhaftig Kriminalromane lesen?«

»Näher kann ich im Augenblick dem Verbrecher kaum kommen.«

Duke sah Troy an. »Macht Ihnen das zu schaffen? Daß Sie keine Fälle lösen, keine Leute verhaften können und solche Sachen?«

»Manchmal«, gestand Troy ein.

Duke verfolgte dieses Thema nicht weiter. »Nun ja, ich habe nicht wirklich die Befürchtung, der Mörder zu sein. Es gibt da ja ein Statut, das mich davor bewahrt.«

»Statut? Wie das der NGS, der Nationalen Gewerkschaft der Schauspieler?«

»So was in der Art, ja. Nur steht NGS in diesem Falle für ›Nichts gegen Schwarze‹!« Er lachte, aber dies mit unbeteiligten Augen. »Ich meine, sehen wir die Sache doch mal so, wie sie ist, Mann. Sie lassen einfach nicht zu, daß ein *Schwarzer* rumzieht und Leute umbringt. Jedenfalls nicht in einer Tagesserie. In Seifenopern begehen Schwarze so gut wie nie ein Verbrechen, wußten Sie das noch nicht? Wir sind alle anständige, aufrechte Leute. Gilt auch für Spanischsprachige, Orientalen, jede andere identifizierbare Minderheit. Das ist *Gesetz*!«

»Das klingt nicht so, als seien Sie sehr erbaut darüber.«

»Wie sollte ich auch?« Duke schob seinen Teller zurück, auf seinem dunklen, ausdrucksvollen Gesicht nicht die Spur eines Lächelns. »Das tut doch nur so als ob. Erst an dem Tag, an dem auch ein Kerl wie der Rick Savage der Mörder sein kann, werden die Seifenopern erwachsen werden.«

»Wie ist das Chop Suey?«

Das war eine andere Stimme, die aus dem allgemeinen

Stimmengewirr herausklang. Troy blickte auf und sah Phyl Wykopf auf ihren Tisch zukommen, eine grobgliedrige Frau, die durch die Art und Weise, wie sie sich zurechtmachte, mit ihrer Körpergröße zurechtzukommen versuchte. Troy machte Anstalten, sich zu erheben (eine Geste, die ihm seine Mutter anerzogen hatte), aber als er sah, daß Ramsey Duke blieb, wo er war, änderte er seine Meinung.

»Was machen Sie denn hier, Phyl?« sagte Duke und blickte sie neugierig an. »Ich dachte, Sie mögen kein chinesisches Essen.«

»Ich hätte lieber Borschtsch in der Russischen Teestube gegessen«, sagte sie leichthin, »aber Sie waren ja nicht dort.«

»Wollen Sie etwa sagen, daß Sie mich gesucht haben?«

»Ist er nicht schlau?« sagte sie zu Troy. »Vielleicht können Sie ihn bei der Polizei gebrauchen?«

»Wir haben im Augenblick leider schon zu viele Schauspieler«, sagte Troy vergnügt. »Aber wollen Sie sich nicht setzen?«

»Danke, ich habe keine Zeit. Ich wollte Ramsey nur fragen, ob es ihm was ausmachen würde, nach dem Lunch mal im Studio vorbeizukommen. Wir haben da ein... kleines Problem, bei dem er uns vielleicht behilflich sein kann.«

Troy konnte spüren, wie der Schauspieler neben ihm erstarrte.

»Geht's um Milo?«

»Was sage ich? Er schießt nie daneben.« Obwohl sie zunächst dankend abgelehnt hatte, setzte sie sich nun doch hin. »Milo hat ein frühes Mittagessen in der ›Grünen Grotte‹ zu sich genommen? Er haßt das Essen dort, schätzt aber vielleicht die Getränke? Letzteres heute ein wenig zu sehr.«

»Heiliger Strohsack«, stöhnte Duke. »Geht's ihm so richtig schlecht?«

»Er ist bei Bewußtsein, soviel kann ich immerhin sagen.«

»Wenigstens das, dem Himmel sei Dank!«

»Es wäre vielleicht besser gewesen, wenn er da im Restaurant in Ohnmacht gefallen wäre? Er ist nämlich in einer Stimmung, die man wohl als ›aufsässig‹ bezeichnen könnte?« Troy hörte die Fragezeichen am Ende ihrer melodisch gesprochenen Sätze, und es wurde ihm klar, daß Phyl Wykopf irgendwann einmal in ihrem Leben eine große Südstaatenschönheit gewesen sein mußte. Der Streß schien das besonders deutlich zutage treten zu lassen.

»Gottlob ist Sunday Tyler heute nicht dran«, sagte Duke grimmig. »Auf so was wartet sie nur, das bedeutet weitere Munition...« Er warf seine Serviette auf den Tisch und stand auf. »Tut mir leid, ich wollte mich wirklich mal mit Ihnen unterhalten.«

»Das ist schon in Ordnung. Um die Wahrheit zu sagen, wollte ich Ihnen sowieso vorschlagen, sich gelegentlich mit einem unserer Leute vom Morddezernat zusammenzusetzen. Mit einem Mann namens Dan Lipschitz, den ich gut kenne. Er weiß viel besser, wie man eine solche Untersuchung leitet, als ich. Soll ich Ihnen seine Telefonnummer geben?«

»Das wäre großartig«, sagte Ramsey Duke. Troy

schrieb die Nummer auf eine Papierserviette, und Duke faltete sie zusammen und steckte sie in seine Brieftasche, der er zugleich ein paar Geldscheine entnahm. Aber Phyl winkte ab.

»Das Mittagessen zahlt die Show. Das ist das wenigste, was wir tun können.«

Duke eilte zur Garderobe, während die Produktionsleiterin den Blick eines fernöstlichen Auges auf sich zu lenken trachtete.

»Ist, äh, so etwas schon mal passiert?«

»Derartiges ist nie vorgekommen, bis wir die Rolle der Andrea Harmon neu besetzten. Ich glaube, Sie wissen, was das bedeutet?«

»Sie meinen, jemand anders hat die Rolle gespielt... vor Sunday Tyler?«

»O ja. Sie hat die Rolle nicht erst geschaffen. Julia Porterfield war die erste Andrea. Der stiegen dann aber all die Blablabla-Artikel in den Fan-Magazinen zu Kopf...«

»Fan-Magazine?«

»Kennen Sie die nicht? Es muß ein Dutzend davon geben. Manche erscheinen schon seit Jahren, andere sind recht kurzlebige Geschichten. Alles über die TV-Lieblinge der Tagesserien. In meiner Jugend, da unten in Charlotte, pflegte ich sie regelmäßig zu lesen, bis ich sie überhatte.«

Troy lächelte. »Das hat Ihnen aber allem Anschein nach die Tagesserien nicht vermiesen können, oder?«

»Ich *liebe* die Tagesserien«, sagte Phyl ernst. »Deshalb habe ich ja auch was gegen die meisten dieser Hefte. Sie schreiben darin immer über die Schauspieler und was sie denken, was sie kochen und mit wem sie schlafen... Sie kapieren einfach nicht, daß die Zuschauer gar nicht wissen wollen, was *Sunday Tyler* kocht oder mit wem sie ins Bett geht. Die interessiert, was *Andrea Harmon* kocht und ... na ja, Sie verstehn schon, worum's geht.«

»Ja, ich verstehe. Was aber wurde aus dieser Julia Porterfield? Wenn das eine so gute Rolle war, warum ist sie dann gegangen?«

Phyl zuckte die Achseln. »Der Hollywoodbazillus hat sie befallen. Ihre Popularität ließ sie zu der Ansicht gelangen, daß sie der Stoff sei, aus dem ein Star gemacht werden müßte, will sagen, daß eine Hauptrolle in einer Seifenoper nicht genug sei. Sie reiste rüber zur Pazifikküste und erwartete, daß die Chefs aller großen Studios sie am Flugplatz in Empfang nehmen würden.«

»Und taten sie das?«

»Wie es manchmal in schlechten Filmen heißt ... wir leben in zwei verschiedenen Welten. Damit meine ich das Tag- und das Abendprogramm. Sie würden staunen, wenn Sie wüßten, wie wenig Aufmerksamkeit Hollywood dem widmet, was tagsüber gesendet wird. Oh, eine Zeitlang schien es, als würde sich das ändern. Die Medien fingen an, den Seifenopern große Beachtung zu schenken, was einigen Schauspielern auch zu Jobs beim Film und bei Sendungen des Abendprogramms verhalf. Ich persönlich kann nicht begreifen, was an einem guten Tagesjob Schlechtes sein soll, aber ... ich habe da wohl Vorurteile?«

»Aus all dem schließe ich, daß es Miss Porterfield nicht geschafft hat?«

»Verschwand spurlos«, sagte Phyl Wykopf. »Es gelang ihr, ein oder zwei kleinere Rollen bei Serien zu bekommen, dann nichts mehr. Ich glaube nicht, daß sie in den letzten zwei Jahren Arbeit hatte. Es sei denn, sie stünde bei Neiman-Marcus an einem der Kosmetikstände.«

»Glauben Sie, daß es ihr leid tut, gegangen zu sein?«

»Unbedingt. Vor allem, weil sie ja sehen kann, was Sunday aus der Rolle gemacht hat. Sunday ist eine verdammt gute Schauspielerin, auch wenn sie...«

»...das elende Luder aus dem Süden ist«, vollendete Troy ihren Satz. »Ja, ich weiß. Ich fange an zu glauben, daß die Dame nicht einen Freund auf der großen weiten Welt hat.«

Phyl war es gelungen, die Aufmerksamkeit der Bedienung zu erregen. Während sie eine Kreditkarte aus ihrer Handtasche zog, sagte sie zu Troy:

»Sie müssen aber nicht warten, bis ich hier endlich bezahlt habe. Ich bin sicher, daß Sie Wichtigeres zu tun haben.«

»Vielleicht kann ich mir was Entsprechendes ausdenken«, sagte Troy unbeschwert.

Er verabschiedete sich und eilte dem Ausgang zu. Dann fiel ihm aber ein, daß er seinen Trenchcoat auf dem Stuhl an seinem Tisch hatte liegenlassen, und kehrte dorthin zurück. Phyl Wykopf sah ihn nicht kommen. Sie starrte auf etwas hinab, das sie zusammen mit der Kreditkarte aus ihrer Handtasche geholt hatte. Es war ein Foto, dessen Hochglanzoberfläche das Licht der Deckenbeleuchtung widerspiegelte. Nur kurz konnte er das Bild eines traurig aussehenden jungen Mannes sehen, der, einen Mantel über dem Arm, an einer Backsteinmauer lehnte. Was aber eigentlich seine Aufmerksamkeit fesselte, war das Fragezeichen, welches mit rotem Fettstift wie ein rätselhaftes Graffito auf das Foto gemalt worden war.

Gary Naughton hatte den Job übertragen bekommen, den Troy so gerne übernommen hätte, nämlich die polizeiliche Aufsicht bei den Dreharbeiten zu *Hitzewelle*. Vorschützend, daß er etwas mit ihm zu besprechen habe, in Wirklichkeit aber hoffend, einen Blick auf die beiden von ihm am meisten verehrten Filmhelden werfen zu können, fuhr Troy zum augenblicklichen Drehort, einem Komplex von Lagerhäusern in der West Side. Die Suche nach einem geeigneten Drehort hatte einige Schwierigkeiten bereitet, die der Naivität oder Arroganz (bitte nur ein Kästchen ankreuzen!) des Regisseurs zu verdanken gewesen waren, eines bärtigen Wundertäters, der die Wogen des Roten Meeres von Hollywood zu teilen vermochte und daraus geschlossen hatte, derartiges auch in New York vollbringen zu können. Das Drehbuch verlangte eine sehr komplizierte Verfolgungsjagd einschließlich Schießerei, an der zwei Limousinen mit Überlänge, ein Müllauto, ein BMX-Rad, ein Porsche und drei Streifenwagen beteiligt sein sollten. Der größte Teil dieser Episode sollte von einem Hubschrauber aus gefilmt werden, und es war völlig klar, daß es, wenn es nach dem Regisseur ging, die Verfolgungsjagd aller Verfolgungsjagden werden sollte. Der zunächst von ihm ausgewählte Drehort war der Times Square gewesen, aber diesen Gedanken hatte ihm Captain Bagley sehr schnell wieder ausgeredet. Sie hatten sich am folgenden Tag nach einer Alternative umgesehen, sich aber nicht einigen können. Am gleichen Abend noch hatte der Regisseur, allein durch die Stadt streifend, den idealen Ort gefunden, nämlich eine trostlose Ansammlung verlassener Lagerhäuser in der Nähe des Flußufers. Von der Brauchbarkeit dieses Hintergrundes überzeugt, hatte er sofort veranlaßt, daß sich Ensemble und Aufnahmeteam am nächsten Morgen dort einfanden. Es waren eine Menge Unterkiefer herabgefallen und entrüstete Kraftausdrücke erklungen, als sie bei ihrer morgendlichen Ankunft die verlassene Gegend total verändert und dreißig Lastwagen voller Obst und Gemüse dort vorgefunden hatten. Es gereichte Captain Bagley zur Ehre, daß er nicht einmal gelacht hatte. Die Stadtverwaltung wäre stolz auf ihn gewesen.

Als Troy an dem Drehort eintraf, der sich als akzeptabel erwiesen hatte, war weit und breit kein Filmstar zu sehen, nur eine gelangweilte Bande von Aufnahmeleuten und Polizisten, die auf den nächsten Schritt in dem ermüdenden Prozeß warteten. Selbst die Menge der Schaulustigen jenseits der Absperrung hatte sich bis auf ein paar Rumtreiber verlaufen. Er fand Gary auf dem Rücksitz eines der Streifenwagen ruhend, womit er aber gegen keine Dienstvorschriften verstieß, war das Fahrzeug doch von einem Requisitenverleih angeliefert worden. Gary, der das bäuerliche, über seine Herkunft aus Brooklyn hinwegtäuschende Aussehen eines Landjungen besaß, hatte sich einen zu diesem Image passenden Akzent zugelegt.

»Wie kommt deine Seifenoper voran?« fragte er, ein Auge noch geschlossen. »Wenn du gern tauschen möchtest, dann können wir meinetwegen darüber reden.«

Troy verlieh seinem Erstaunen Ausdruck. »Ich dachte, du hättest den Auftrag unbedingt haben wollen. Von wegen du und Burt und Kirk und so.«

»Keine Miezen«, knurrte Gary. »Kein Weibsbild in dem ganzen vermaledeiten Fil-em. Wenigstens nicht in dem Teil, den sie hier drehen. Sie ham se alle da in L.A. gelassen.«

»Was mich erinnert«, sagte Troy. »Würde es dir etwas ausmachen, wenn ich heute bei dir übernachte? Natürlich nur, wenn du niemanden erwartest.« Er wartete die Frage nicht ab. »Ist wegen Fiona. Sie hat sich mal wieder blicken lassen und angekündigt, sie wolle in die Wohnung kommen. Um zu *reden.* Kann sein, daß sie wieder zu mir ziehen will, aber noch mehr Springsteen ertrage ich einfach nicht.«

»Hm, kommt drauf an«, sagte Gary, wobei er sich das Haar aus der Stirn strich und seine Mütze zurechtrückte. »Erzähl mir von deinem Seifenopernjob. Müssen ein paar klasse aussehende Miezen da im Studio sein, oder nich?«

»Mehr als eine«, sagte Troy. Er blickte auf die Uhr. Noch immer sechs Stunden, bis er Sunday Tyler wiedersehen würde. Es schien ihm dies eine sehr lange Zeit zu sein.

Gary hatte sich natürlich einverstanden erklärt, seinen Kumpel bei sich aufzunehmen, und Troy versuchte, sich nicht schuldig zu fühlen, wenn er sich vorstellte, wie Fiona da in die leere Wohnung in der Bleeker Street eindrang. Er hatte Auseinandersetzungen noch nie gemocht, was seine Entscheidung, Polizist zu werden, nur um so bemerkenswerter machte. Die meisten Menschen glaubten, der gewaltsame Tod seines älteren Bruders Morgan habe ihn zu diesem Entschluß gelangen lassen. Sie meinten, Troy habe allen Gesetzesbrechern Rache geschworen, nachdem ein Straßenräuber dem Leben des jungen Historikers auf einer dunklen Straße nicht weit vom Campus der Columbia University ein Ende gemacht hatte. Einen solchen Racheschwur hatte es aber nie gegeben, und die einzige emotionale Befriedigung, die er bei seinem Eintritt in die Polizeischule angestrebt hatte, war die gewesen, ein Leben der Tat und nicht der Gelehrsamkeit zu führen. Ursprünglich hatte er den Fußstapfen des Bruders folgen und sich in den langsam voranschreitenden Zug der Akademiker einreihen wollen, den seine Urgroßeltern eröffnet hatten. Nach Morgans Tod jedoch hatte Troy das Gefühl gehabt, daß die Kette gerissen, ihm sein freier Wille zurückgegeben worden war – und er nun selbst über seinen beruflichen Werdegang bestimmen konnte, ohne dabei Rücksicht auf die Vorstellungen seiner Familie nehmen zu müssen.

Da er vor seiner Verabredung noch ein paar Stunden herumbringen mußte, beschloß Troy, die Zeit dazu zu nutzen, das Berichtsformular der Sonderkommission Film/Fernsehen, das Auskunft über die geplanten Außenaufnahmen geben sollte, auszufüllen. Er rief Kiki Carney im Studio an, aber da gab es Probleme.

»Ich habe kein Büro«, sagte sie trocken. »Nur einen Tisch in dem, was sie hier den ›Allzweckraum‹ nennen. In dem bringen wir die Drehbücher, den Fotokopierer, zwei Schreibkräfte und mich unter. Das Fußvolk, klar?« Sie hatte einen besseren Vorschlag parat. Sie und Gene Badger wollten sich an diesem Nachmittag mit Bob Neffer in dessen Wohnung treffen, um die Außenaufnahmen durchzusprechen. Bis er dort einträfe, würden sie die vollständige Liste vorliegen haben. Troy war einverstanden.

Neffer wohnte als Dauergast in einem Hotel in der West Side. Seine Suite strahlte etwas Kühles, Vorläufiges aus – die Möbel darin schienen die Anwesenheit von Menschen nicht zu mögen. Als sich Troy in einem der gepolsterten Sessel niederließ, quietschte er protestierend.

»Sie, äh, leben ständig hier?« fragte Troy.

»Erst seit meiner Scheidung«, sagte Neffer. Troy blickte auf einen der wenigen im Raum vorhandenen Ziergegenstände, nämlich ein gerahmtes Foto, das auf dem Couchtisch stand. Kein Familienbild, sondern das Bild eines grinsenden Basenji.

Kiki gab sich geschäftsmäßig.

»Was die Drehorte anbelangt, so gibt es da einige Meinungsverschiedenheiten«, sagte sie. »Phyl Wykopf möchte den Großteil der Szenen im Central Park drehen, aber ich denke, daß das keine richtige Stadtatmosphäre vermitteln würde. Ich meine, die Bäume und Sträucher könnten überall sein, oder nicht?«

»Was meinen Sie, Mr. Wayland?« fragte Neffer. »Sie haben doch die Handlungsskizze gelesen, nicht wahr?«

»Ich habe sie überflogen«, sagte Troy. »Ich dachte, es wäre für mich nicht gar so wichtig, die ganze Geschichte zu kennen ... daß der Teil reicht, der das Dezernat Film/Fernsehen angeht.«

Kiki lächelte verschmitzt. »Ich habe nicht den Eindruck, als sei es uns gelungen, den Sergeant zur Seifenoper zu bekehren.«

»Ich interessiere mich eigentlich für gar keine Form von Oper, auch nicht für die ganz große.«

»Haben Sie sich mal die Handlung von ein paar Opern angesehen?« fragte Badger. »Die lassen *Haus der einsamen Herzen* wie *cinema verité* aussehen.«

»Wirklich?« sagte Troy erleuchtet. »Ich habe mal eine unserer Sekretärinnen nach Ihrer Sendung gefragt. Sie sagte mir, daß es da eine weibliche Figur gäbe, die schon sechsmal verheiratet war, zweimal entführt, ferner vergewaltigt, geblendet, nervlich zerrüttet und des Mordes angeklagt.«

Badger nahm das freundlich auf. »Sie litt außerdem noch an Gedächtnisschwund, hatte eine gespaltene Persönlichkeit und drei Kinder. Eines von denen wurde Spion, ein anderes Killer, und das dritte ging nach oben, um seine Hausaufgaben zu machen, und ward nie mehr gesehn.«

»Es klingt immer blöd, wenn man den Inhalt so zusammenfaßt«, sagte Kiki verteidigend. »Wir reden da doch von Geschichten, die monate-, ja oft sogar jahrelang laufen. Man muß schließlich dafür sorgen, daß was passiert!«

»Und das mit den Figuren, die vorhanden sind«, sagte Badger. »Wir können doch nicht bei jeder neuen Geschichte eine völlig neue Besetzung bringen, auch wenn die Versuchung groß ist.«

»Das würde unseren Einschaltquoten Abbruch tun«,

sagte Kiki. »Die Fernsehzuschauer *wollen* ihre Langzeitlieblinge haben, unbeschadet aller Unwahrscheinlichkeiten. Und je länger die bei einer Sendung dabei sind, desto wirklicher werden sie für die Zuschauer... Also, es wird langsam spät, vielleicht sollten wir mal anfangen... Was ist das?«

Sie sah zu, wie Troy einen Bogen Papier aus der Tasche zog.

»Papierkrieg«, sagte er. »Ich muß diese Liste einreichen. Ich brauche die Namen aller Leute, die bei den Außenaufnahmen mitarbeiten, und ich muß wissen, welche Aufgabe sie jeweils haben. Ich muß außerdem die Namen aller Schauspieler und eine Vorstellung davon haben, wie populär sie jeweils sind.«

»Wozu müssen Sie das denn wissen?«

»Wir müssen die Größe der Menschenmenge abschätzen können, die womöglich von ihren Dreharbeiten angelockt wird. Vor ein paar Monaten hatten wir Michael Jackson zu Außenaufnahmen hier und mußten fast die gesamte Bereitschaftspolizei mobilisieren. Obwohl ich nicht annehme, daß man Seifenopernstars eine so große Beachtung schenkt.«

»Falsch, Bulle«, sagte Kiki sarkastisch. »Sie würden staunen, wenn Sie wüßten, wie sehr man von denen Notiz nimmt. Manchmal sogar mehr als von Filmstars! Die Leute gehen den Schauspielern auf der Straße nach und reden sie mit Vornamen an.«

»Mit dem Vornamen der jeweiligen Figur in der Sendung natürlich«, sagte Bob Neffer. »Das ist der große Unterschied. Sie halten die Darsteller für die Charaktere, die sie spielen... He, hast du ihm schon mal die Geschichte mit dem Toilettenpapier erzählt?«

Kiki sagte: »Es gibt eine wunderbare Schauspielerin, Lois Kibbee, die seinerzeit in *Am Rande der Nacht* die große alte Dame spielte. Eine Frau erkannte Lois in einem Supermarkt, als diese gerade Toilettenpapier in ihren Einkaufswagen packte, und stieß hervor: ›Also Mrs. Whitney! Ich hätte nicht gedacht, daß auch *Sie* aufs Klo gehen!‹«

Badger überflog das Formular der Polizei und fragte Troy, warum sie wissen müßten, ob die außerhalb des Studios gedrehten Szenen in der Vergangenheit oder Gegenwart spielten.

»Das macht sehr viel aus«, sagte Troy. »Vor nicht allzu langer Zeit hatten wir mit einem Film zu tun, der in den vierziger Jahren spielen sollte. Das Problem war, daß damals die Ampeln und die Parkuhren in New York gänzlich anders aussahen.«

»Und wie wurde das gelöst?«

»Die Sachen wurden ausgewechselt, auf Kosten der Filmleute natürlich. Wir machten Polaroidaufnahmen, um sicherzustellen, daß sie hinterher alles wieder so herrichteten, wie's gewesen war. Aber dazu kam es nicht.«

»Und warum nicht?«

»Die Bewohner des Viertels mochten die alten Ampeln so sehr, daß sie die Stadtverwaltung baten, sie zu lassen.«

»Nostalgie«, sagte Badger verträumt. »Ich kann sehr gut nachvollziehen, was die Leute empfanden. Wenn Sie mich fragen, damals war *alles* besser.«

»Die Seifenopern eingeschlossen?« fragte Kiki.

»Vor allem die Seifenopern! Da ging's noch um Liebe, Sex, Eifersucht, Leidenschaft, all die guten Sachen. Heute geht's um Gauner, Agenten, Mörder, Erpresser – und um Polypen.« Er sah Troy fast anklagend an, als das Telefon klingelte. Kiki griff ganz automatisch nach dem Hörer, noch immer ein Opfer der Konditionierung, die sie ihrem Sekretärinnendasein verdankte. Sie blickte besorgt, als sie die Hand über die Sprechmuschel legte und dem Chefautor zuraunte:

»Es ist Abel McFee... für Sie.«

Bob Neffers Augen zeigten noch größere Beunruhigung, aber das Lächeln wich doch nicht gänzlich von seinem Gesicht. Er begrüßte den Manager einigermaßen freundlich und nickte dann in Beantwortung einer an ihn gerichteten Bitte.

»Aber ja doch, Abel. Ich komme vorbei, sobald wir hier fertig sind. Wir haben eine Produktionsbesprechung, es geht um die Außenaufnahmen, aber...« Er hielt inne, da er offensichtlich unterbrochen worden war. »Ja, okay, ich bin in einer halben Stunde da.« Er legte den Hörer so vorsichtig auf, als handle es sich um das letzte Stückchen eines Puzzles. »McFee will mich sprechen«, sagte er unnötigerweise.

»Hat er auch gesagt, weswegen?« fragte Kiki.

»Ich möchte das lieber nicht erraten«, sagte Neffer.

Damit war die Besprechung beendet. Troy war darüber nicht traurig. Als nächstes stand ja nun Sunday Tyler auf der Tagesordnung.

Im Vergleich zu Bob Neffers düsterem Quartier stellte Sunday Tylers Wohnung eine Verbesserung dar, wenn auch keine wesentliche. Troy hatte ein verführerisches Ambiente erwartet – niedrige, samtige Sitzmöbel und rosafarbenes Licht verströmende, hinter Blenden verborgene Lampen. Es hätte ihn nicht im mindesten überrascht, wenn er ein weißes Bärenfell vor einem brennenden Kamin vorgefunden hätte, auch wenn das nicht sonderlich subtil war. Wenigstens aber hatte er mit dicken Teppichen und einer wohlgefüllten Hausbar gerechnet. Was er statt dessen in Sundays in der dritten Etage des Hochhauses an der 66. Straße gelegenen Wohnung zu sehen bekam, das war ein Fußboden mit blankgebohnertem Eichenparkett, übersät mit gehäkelten Teppichen, die gut aus irgendeinem Kunstgewerbeladen in Vermont hätten stammen können. Als Lichtquelle dienten Messinglampen, die das Petroleum-Zeitalter nachäfften, während das Mobiliar vage dem Kolonialstil entsprach. Das Sofa, mit Schondeckchen auf den Lehnen und viel zu straff gepolstert, war kaum dazu angetan, zu amourösen Tändeleien einzuladen, auch wenn Troy, was das anbetraf, durchaus keine allzu optimistischen Erwartungen hegte. Dieses Wohnzimmer sah so aus, als müsse in ihm eigentlich so ein Tuch mit einem aufgestickten, irgendeine Tugend preisenden Spruch hängen – und siehe da, es hing tatsächlich eins an der Wand. Aber das entdeckte Troy erst später, als er Gelegenheit hatte, sich genauer umzuschauen. Zunächst einmal hatte ihn Sunday Tyler in Jeans und einem übergroßen Sweater an der Tür begrüßt – eine Ausstattung, die sie als ihre David-Letterman-Garderobe bezeichnete. Sie war gerade erst von der Aufzeichnung der Talkshow zurückgekehrt, die länger gedauert hatte als gedacht, und wollte dringend unter die Dusche.

»Ich schwitze immer wie ein Affe, wenn ich bei einer dieser Talkshows mitmache. Komisch, was? Wenn ich im Studio bin, bin ich nie nervös, aber ich glaube, das kommt daher, daß dort *sie* alles unter Kontrolle hat.«

»Wer sie?« fragte Troy.

»Andrea natürlich.« Sie ließ plötzlich ein Bein nach vorn schnellen, so daß der Hausschuh hoch in die Luft flog. Sie fing ihn geschickt auf und wiederholte die Darbietung mit dem anderen Bein. Beide Pantoffeln in den Händen, enteilte sie ins Schlafzimmer, nicht ohne ihn zuvor aufgefordert zu haben, sich selbst etwas zu trinken zu besorgen. Es gelang ihm jedoch nicht, irgendwelche Flaschen zu finden, obwohl er auf allen Regalen nachschaute, die er entdecken konnte. Nach anderen Beschäftigungsmöglichkeiten suchend, trat er an das bestickte Tuch heran, um es sich eingehender zu betrachten. Dieses Sticktuch war eine echte Antiquität, lauter verblichene Grün- und Brauntöne, und das Gewebe schon so altersdünn, daß man die mit so viel Sorgfalt draufgestickte Botschaft kaum noch erkennen konnte.

Morgen wird mein Tanzfest sein.
Ach, wollte doch die Liebe mein
Den Sinn nur recht erfassen.
Ich lade sie zum Tanze ein
Und will sie nicht mehr lassen.

»Ich habe das nie richtig verstanden«, sagte Sunday hinter ihm. Er drehte sich um und erblickte sie in etwas, das wie ein Negligé mit Pfefferminzgeschmack aussah. Ihre Beine waren nackt und schimmerten beunruhigend, als sie sich auf das zu straff gepolsterte Sofa fallen ließ und sie unter sich zog. »Einer meiner Goldanusse hat mir das geschickt und gemeint, es könne vielleicht zu meiner Besserung beitragen. Fragen Sie mich nicht, wie.«

»Einer Ihrer was?«

»Meiner Fans, Lieber. Ich nenne sie Goldanusse, weil sie genau das sind. Arschlöcher, alle miteinander, aber kostbar – überaus kostbar. Ich nehme an, daß Sie auch nicht wissen, was das da bedeuten soll? Das Gedicht?«

»Wer, ich?«

»Ich dachte, weil Sie doch Kriminalpolizist sind und so.« Sie lächelte, neigte den Kopf und ließ den Strahl ihrer blauumschatteten Augen auf Troy fallen, daß ihm ganz schwindlig wurde. Kein Zweifel – diese Frau war das Engelsluder seiner Träume. Die hastig vorgenommenen Ausbesserungen an ihrem Make-up ließen zwar noch sichtbarer werden, daß sie ein paar Jahre älter war als er, aber das machte nicht das geringste aus. Ein benommener Troy versuchte sich daran zu erinnern, was sie soeben gesagt hatte, aber das erwies sich als unnötig. »Ich weiß ja auch, daß Kriminalpolizisten nicht literarisch gebildet sein müssen. Andererseits sehen Sie nicht allzusehr wie ein Kriminalbeamter aus. Sie sind eine Fehlbesetzung, mein teurer Freund. Ich meine, Sie sollten mal mit Ihrem Agenten sprechen.«

»Ich bin gar kein Kriminalpolizist«, sagte Troy. »Ich

bezweifle, daß ich einen sehr guten abgeben würde, denn ich war ja nicht mal in der Lage, Ihre Bar zu finden.«

»O nein!« Sie sprang so behende vom Sofa auf, daß ihr Pfefferminzgewand hochwirbelte und Troy einen kurzen Blick auf eine vollkommene, S-förmige Linie erhaschte. »Wie dumm von mir«, sagte sie. »Die Bar ist in gewissem Sinne unauffindbar. Das war die Idee meines tumben Innenarchitekten.« Sie machte sich an einer niedrigen Kommode aus Ahornholz zu schaffen, und eine verborgene Schublade schwenkte heraus, in der glitzernde Flaschen standen. Troy nahm dankend den Glenlivet an, den er sofort entdeckt hatte, und war froh, daß sie sich ihm anschloß.

»Kein Weißwein? Ich dachte immer, das sei das Getränk, dem im Augenblick alle Frauen New Yorks den Vorzug geben.«

»Ich bin nicht *alle* Frauen«, sagte sie distanziert. »Ich bin *Andrea*!« Sie lachte, als sich seine Augen weiteten. »Das sind Sätze aus dem Drehbuch, Liebling, kein Grund zur Beunruhigung. Ich bin *keine* Fallstudie. Ich nehme Andrea nie mit, bringe sie nie aus dem Studio raus. Ich schließe sie weg wie ein Bauchredner seine Puppe. Das hier bin *ich*, also Sunday Tyler.« Sie hob ihr Glas. Troy tat das gleiche und fragte dabei:

»Wie sind Sie eigentlich auf diesen Namen gekommen?«

»Es hat ganz den Anschein, als sei meine Großmutter auch ein Goldanus gewesen. Sie war nämlich der im Radio gesendeten Seifenoper *Unsere liebe Freundin Sunday* verfallen und überredete meine Mutter dazu, mich nach der Heldin zu benennen. Es hätte auch was Schlimmeres sein können. Wenn ich ein Junge gewesen wäre, hätte sie mich wahrscheinlich nach Sundays Mann genannt.«

»Und wie hieß der?«

»Lord Henry Brinthrope.« Sie kicherte in ihr Whiskyglas. »Ich kann mich noch genau an die Anfangszeilen dieser Sendung erinnern. Meine Mutter pflegte sie mir schon vorzusprechen, als ich noch in der Wiege lag.«

»Wie gingen die?«

»›Unsere liebe Freundin Sunday – eine Geschichte, die die Frage stellt: Kann dieses Mädchen aus einer Industriestadt des Westens ihr Glück als die Frau eines wohlhabenden, adligen Engländers finden?‹« Sunday warf den Kopf zurück und lachte – ein melodiöses, ungezwungenes Lachen, das Troys Libido nicht unberührt ließ. Er konnte sich nicht erinnern, daß schon je ein flüchtiger Blick und ein freies, leichtes Lachen ausgereicht hätten, ihn dermaßen anzutörnen – aber genau das war die Wirkung, die Sunday Tyler auf ihn ausübte. Er kippte den Rest seines Whiskys hinunter und sagte:

»Hm, was war's denn nun eigentlich, was Sie mir erzählen wollten? Von der neuen *Einsamen Herzen*-Geschichte?«

Seine Bemerkung schien eine Veränderung ihrer Stimmung zu bewirken, und Troy bedauerte, sie gemacht zu haben. Sunday stand erneut vom Sofa auf, tat einen Spritzer Soda in ihr Glas und ignorierte sein geleertes.

»Was immer man Ihnen erzählt hat, stimmt nicht«, sagte sie tonlos. »Andrea *wird* fälschlich des Mordes bezichtigt werden. Das Opfer wird aber nicht dieser Doofmann von schwulem Assistenzarzt sein, sondern eine sehr viel wichtigere Figur, was ganz automatisch auch der *Story* ein größeres Gewicht geben wird, meinen Sie nicht auch?«

Troy räusperte sich. »Ich glaube, Miss Tyler, es ist Ihnen nicht so ganz klar, was für einen Job ich...«

»Nennen Sie mich Sunday«, sagte sie und wandte sich ihm mit einem Sirenenlächeln zu. »Sie dürfen auch jeden anderen Tag nehmen, wenn Sie möchten.«

»Ich wette, Sie haben diesen Satz schon öfter gesagt.«

»Sie wollen mich doch nicht etwa wegen sittenwidrigen Verhaltens belangen, oder, Officer?«

»Ich habe nur versucht zu erklären, daß ich nicht das geringste mit der Story Ihrer Sendung zu tun habe. Für mich ist wirklich belanglos, wer da umgebracht wird und wer der Täter ist.«

»Sie *denken* nicht mal wie ein Polizist.«

»Mein Job ist es, dafür zu sorgen, daß die Nutzung öffentlicher Bereiche für die Dreharbeiten keine Schwierigkeiten für andere Bewohner dieser Stadt mit sich bringt. Das ist alles.«

Sie schmollte fast, als sie sagte: »Und ich hatte gedacht, Sie wären so eine Art technischer Berater. Ich hatte gedacht, Sie sollten uns behilflich sein.«

»Das sind wir ja auch. Das ist die andere Seite unseres Jobs, nämlich es allen Beteiligten leichter zu machen, hier in der Stadt Kino- und Fernsehfilme zu drehen. Das ist gut fürs Geschäft.«

»Wenn Ihnen aber die neue Story eigentlich scheißegal ist, warum wollten Sie dann unbedingt meine Version hören? Deswegen sind Sie doch hier und trinken meinen Whisky, Lieutenant, oder etwa nicht?«

»Ich bin sehr wohl an Ihrer Geschichte interessiert«, sagte Troy lächelnd. »Aber nicht an der von Andrea Harmon, sondern an der von Sunday Tyler.«

Sie betrachtete ihn lange mit kühlem Blick. Troy war sich nicht ganz sicher, ob sie seine Antwort mochte – oder gar ihn.

»Ich verstehe«, sagte sie schließlich. »Sie dachten, ich hätte das lediglich als Vorwand benutzt, um Sie in meine Wohnung zu kriegen. So eine Art aktualisierte Fassung von ›Wollen Sie nicht mit hinaufkommen und sich meine Briefmarkensammlung anschauen?‹«

»Werde ich jetzt rausgeschmissen?«

»Nein«, sagte Sunday unbewegt. »Sie werden gleich bekommen, was Sie haben wollten. Auch wenn Sie's vielleicht bedauern werden.«

Sie erhob sich von der Couch. Troy war ganz entgangen, daß ihr Glas schon wieder leer war. Sie trank den Glenlivet, als handle es sich dabei um Pepsi Light. Diesmal entsann sie sich aber ihrer guten Manieren und bot auch ihm an, sich nachzuschenken. Dann machte sie es sich wieder mitten auf dem Sofa bequem, nun förmlicher, den Rücken gerade, die Beine nebeneinander gesetzt – ein braves kleines Mädchen, das im Begriff steht, einem zu Besuch weilenden Verwandten etwas vorzutragen.

»Ich kam in North Carolina zur Welt. Meine Familie besaß dort eine Farm, schon seit langer, langer Zeit.« Sie war in die schleppende Sprechweise des Südens verfallen. Troy fühlte sich an jemanden erinnert, aber es wollte ihm nicht einfallen, an wen. »Ich war das jüngste von sechs Kindern und von dem Tage an, da ich das Laufen lernte, die Schauspielerin in der Familie. Mama hat mir erzählt, ich hätte bereits nach meinem ersten Schritt eine Verbeugung gemacht.« Sie kicherte, ein klein wenig mechanisch, und Troys Augen verengten sich. »Als ich sechzehn war, kam ein Tourneetheater in unsere Stadt und gab eine richtige Vorstellung – da wußte ich, daß ich Schauspielerin werden oder sterben mußte. Also rannte ich von zu Hause fort und in die große Stadt, wo ich eine Menge *schlechte* und ein oder zwei *gute* Leute kennenlernte und eine Schauspielschule besuchte. Und dann bekam ich allerlei Jobs, weit, weit weg vom Broadway. Schließlich geriet ich als Zweitbesetzung an die wahnsinnig berühmte Schauspielerin, und die wurde, wie Sie schon ahnen, eines Abends krank, so daß ich für sie einspringen mußte, und das Publikum war einfach ganz *vernarrt* in mich. Und dann ...«

»Einen Augenblick bitte«, sagte Troy.

»Stimmt irgend etwas nicht?«

»Doch, doch«, sagte Troy mit gerunzelter Stirn. »Aber ich glaube, ich hab den Film gesehen.«

»Aber mein Bester«, sagte Sunday mit klimpernden Augenlidern und einem Akzent, der jetzt so zäh wie südlicher Zuckerrohrsirup war, »Sie wollen doch nicht etwa sagen, daß ich mir das alles aus den Fingern sauge, oder?«

»Sie foppen mich, daß es schon weh tut. Wenn Sie sauer auf mich sind, weil ich mir Ihre Mordgeschichte nicht anhören wollte ... also gut, ich höre. Aber erwarten Sie bloß keine ›technische‹ Beratung von mir. Das ist nun mal nicht meine Aufgabe.«

Das Lächeln, mit dem sie ihm antwortete, unterschied

sich deutlich von dem bisherigen. Sie trank ihr Glas leer und sagte:

»Wissen Sie was, Officer? Sie sind echt nett.«

Troys Gesicht rötete sich ein wenig, aber das war keineswegs ein Zeichen der Verlegenheit. »Hören Sie damit auf!« sagte er barsch.

»Mit was denn?«

»Das Zeug da in sich reinzuschütten wie Zitronenlimo! Sie haben in den vergangenen zehn Minuten drei davon gekippt!«

»Wirklich?« Sie lachte. »Es geht einem so glatt runter, daß man's gar nicht merkt.«

»Sie werden's schon merken, wenn Ihr Kopf auf dem Fußboden aufschlägt. Trinken Sie jeden Abend so viel?«

»Ach, wie lieb! Sie hören sich wahrhaftig an wie mein kleines Daddylein. Die meisten der Männer, die mich hier besuchen, haben nichts dagegen einzuwenden, wenn ich ein winzigkleines Schlückchen oder auch zwei zu mir nehme. Ja, eigentlich sind sie es, die dafür Sorge tragen, daß ich was im Glas habe.«

»Das kann ich mir vorstellen«, sagte Troy sauer.

»Es liegt wohl daran, daß Sie Polizist sind«, sagte sie, den Blick über den Rand des Glases hinweg auf ihn gerichtet. »Deshalb sind Sie so ... so ... umsichtig. Vielleicht ist es genau das, was ich mein Leben lang gebraucht habe. Einen Mann, der mir sagt, was ich tun muß.«

»Ich kannte mal ein Mädchen, das sich so ähnlich zu äußern pflegte«, sagte Troy mit noch größerer Säuernis in der Stimme. »Es *liebte* die Polypen förmlich, weil sie für Autorität standen. Ja, für sie waren das gar Vaterfiguren mit Revolvern. In ihrem Kopf waren Disziplin und Sex vollkommen durcheinandergeraten. Da gab's nur ein Problem.«

»Und welches?«

»Wie die meisten ungezogenen kleinen Mädchen, die auf Bestrafung abfahren, wurde sie immer ungezogener. Ich nehme an, sie wollte sehen, ob es nicht noch schönere Strafen gäbe. Ihr Polizistenfreund schoß ihr am Ende eine Kugel in den Kopf.«

Sunday zuckte zusammen. »Was für eine grauenvolle Geschichte.«

»Ich sehe wohl, daß sie nicht ganz so gut ist wie die Ihre. Die für das *Haus der einsamen Herzen*, meine ich. Also los, jetzt erzählen Sie sie mir endlich.«

»Setzen Sie sich zu mir«, sagte Sunday und klopfte mit der flachen Hand auf den Sitz neben sich. »Da können Sie mich besser hören.«

Troy zögerte nur eine Sekunde und ging dann zum Sofa hinüber. Ihr vereintes Gewicht drückte die zu straffe Polsterung schön flach. Sie wandte ihm ihr Gesicht zu, und nun wurde ihm klar, was ihre Augen so lebhaft hatte blitzen lassen. Sie trug Kontaktlinsen. Und dann roch er den Duft ihres freimütigen Parfüms, das wie ihre leicht geöffneten Lippen eine unmißverständliche Botschaft an seine Sinne übermittelte. Er legte den Arm um ihre Taille und spürte die anmutige Einbuchtung deutlich durch das dünne pfefferminzgrüne Gewebe, da sie nichts anderes darunter anhatte. Sie schien ihm entgegenzugleiten, und ihre Lippen berührten sich ganz leicht, als seien sie übereingekommen, daß ihre erste Berührung eine versuchsweise sein sollte. Kaum aber war diese Probe überstanden, wurde der Kuß hungriger, heißer und drängender. Troy zog sie so fest an sich, wie das die körperlichen Gegebenheiten nur zulassen wollten. Seine linke Hand glitt ihren Rücken hinauf bis zum Halsausschnitt. Dort schob sich sein Daumen unter den Rand des Negligés und zog diesen langsam herab, die weißesten Schultern enthüllend, die er je gesehen hatte. Er war gerade bis zu diesem Punkt gekommen, als plötzlich eine Wildkatze mit schrecklich gellendem Schrei ins Zimmer gesprungen kam und ihn mit ihren ausgefahrenen Krallen packte, wobei dieser Angriff so schnell, unvorhergesehen und wild erfolgte, daß jede Verteidigung unmöglich erschien. Zumindest war das Troys erster Eindruck von dem, was sich da ereignete – bis ihm schließlich aufging, daß es sich bei der Wildkatze um Sunday Tyler und bei den Krallen, die ihn am ganzen Leibe zerfleischten, um ihre wohlmanikürten und wohlgeschärften Fingernägel handelte.

6
Aus diesen Wurzeln

Noch während er sich Sunday Tylers tödlicher, blutroter Krallen zu erwehren trachtete, kam Troy Wayland schmerzlich zu Bewußtsein, daß er weitaus erfahrener im Zweikampf mit Frauen als in dem mit Männern war. Bei der Sittenpolizei hatte er mit einer ganzen Menge tretender, kratzender, auf Füße trampelnder, mit dem Knie in die Leistengegend zielender Prostituierter gerauft, die mit seiner Einmischung in ihre tägliche oder nächtliche Tätigkeit gar nicht einverstanden gewesen waren. Die letzte Begegnung dieser Art hatte ihm dann ja auch die Stichverletzung eingetragen und zu seiner Versetzung geführt. Keines der früheren Scharmützel hatte ihn jedoch auf eine Attacke wie die augenblickliche vorbereiten können. Auf den Straßen von Greenwich Village war er stets auf einen Kampfeinsatz vorbereitet gewesen, aber nicht hier in Sunday Tylers Wohnung im dritten Stock des Hauses an der 66. Straße. Die einzige Verteidigungstaktik, die ihm in den Sinn kam, war ein Ausweichmanöver, das heißt der Versuch, so schnell wie nur irgend möglich aus dieser Wohnung wieder rauszukommen. Er stieß Sunday mit der gleichen Heftigkeit von sich, mit der er sie noch vor ein paar Sekunden an sich gerissen hatte, und zog sich sodann in einen anderen Teil des Wohnzimmers zurück, abwartend, ob sie ihm zähnefletschend nachsetzen würde wie eines dieser Wesen aus dem *Fluch der Katzenmenschen*. Dann aber sah er, daß die Schauspielerin in ihrem Negligé immer kleiner wurde, daß sie in seinen Falten zu etwas Harmlosem und Winzigem zusammensank. Sie blickte voller Demut zu ihm auf und sagte:

»Sie bluten.«

Troy griff sich an den Kopf und fühlte etwas Klebriges.

»Das Bad ist da draußen auf der anderen Seite des Flurs.« Sie wies mit dem Kopf auf eine offenstehende Tür. Er fand den Weg und ein kleines Bad, das mit schwarzen Marmorkacheln ausgekleidet war. Im Spiegel sah er, daß seine Backe zwei parallel verlaufende rote Linien aufwies, die wie eine Skispur aussahen. Sie waren nicht tief genug, um Narben zu hinterlassen, aber sie garantierten ihm immerhin das wissende Grinsen einiger seiner Kollegen. Er wusch sich das Gesicht mit kaltem Wasser, trocknete es mit einem Handtuch ab, auf dem die Buchstaben ITS standen, und kehrte dann ins Wohnzimmer zurück. Sunday goß sich gerade einen Whisky ein.

Troy sagte: »Ich kannte mal eine Frau wie Sie. Immer, wenn die zuviel getrunken hatte, wurde sie wieder zur Jungfrau.«

»Sie haben schrecklich viele Frauen gekannt, nicht wahr, Officer?« Sie bemerkte das auf seine Backe gepreßte Taschentuch, und ihre Stimme nahm einen mitfühlenden Tonfall an. »Ist es sehr schlimm?«

»Ich bin schon öfter mal bei Einsätzen verletzt worden.«

»Es tut mir leid ... ich hätte nicht so heftig sein dürfen. Gelegentlich kommt's halt über mich.«

»Wenn der Mond voll ist? Oder das Glas?«

Sie setzte ihr Glas ab, ohne daraus getrunken zu haben. »Vielleicht sollte ich uns einen Kaffee machen. Wäre Ihnen das lieber?«

»Das ist auch so ein Gerücht, daß Kaffee einen wieder nüchtern macht«, sagte Troy. »Fragen Sie mal einen Polizisten am Silvesterabend.«

»Ich bin nicht betrunken!« Sie wirbelte herum, und ihr Gesicht beantwortete eine Frage, die Troy im Kopf herumgegangen war. Kontaktlinsen verhinderten Tränen offensichtlich nicht. Denn solche strömten ihr still über das Gesicht und hinterließen tiefe Furchen in einem Makeup, das Troy gar nicht wahrgenommen hatte.

»Gut«, sagte er, und sein Zorn legte sich langsam. »Machen Sie uns einen Kaffee. Er wird Ihnen besser bekommen als das hier.« Er nahm ihr die Whisky-Flasche aus der Hand und stellte sie in die Bar zurück. Sunday sah ihm mit ausdruckslosem Gesicht zu, wandte sich dann ab und verschwand durch wieder einen anderen Ausgang, der aller Wahrscheinlichkeit nach in die Küche führte. Als sie draußen war, untersuchte Troy die kleine, im Kolonialstil gehaltene Kommode und fand den hölzernen Hebel, der die Bar wieder in ihrem Versteck verschwinden ließ.

Es dauerte fast zwanzig Minuten, bis Sunday aus der Küche zurückkehrte, zwei Becher mit dampfendem Kaffee in den Händen. Troy war einigermaßen amüsiert, als er sah, daß sie es auch geschafft hatte, einen gesteppten Morgenmantel aufzutreiben und sich überzuziehen. Sie schien seine Gedanken erraten zu haben, denn sie sagte:

»Mir wurde plötzlich kalt. Die drehen in diesem verdammten Gebäude um elf die Heizung ab.«

»Ist es schon so spät?« sagte Troy. »Ja, ja, wie schnell doch die Zeit vergeht, wenn man sich so ein bißchen vergnügt.«

»Ich hoffe, Sie trinken Ihren Kaffee schwarz, denn ich habe weder Milch noch Sahne da. Ich habe auch nichts, was ich Ihnen dazu anbieten könnte. Mein Mädchen kümmert sich um die Einkauferei, aber es ist schon seit ein paar Tagen krank.«

»Schwarz ist er genau richtig für mich«, sagte Troy.

»Wahrscheinlich ist er zu stark oder zu schwach. Ich bin nicht sehr gut in der Küche. Und in anderen Räumen im übrigen wohl auch nicht.«

»Führt all diese Ergebenheit zu irgend etwas hin?«

»Ja, zu einer Erklärung. Wenn Sie sie hören wollen.«

»Ich dachte, die Sache spräche für sich selbst. Sie mögen es nicht, von Polizisten traktiert zu werden. Oder nur nicht von Officer Troy Wayland. Aber«, fügte er sanft hinzu, »ein schlichtes ›Nein, danke‹ hätte völlig ausgereicht.«

»Das ist ja das Arge«, sagte Sunday. »Ich wollte doch so gern ja sagen. Sie ahnen ja gar nicht, wie sehr ich ja sagen wollte. Aber irgendwie konnte ich nicht. Ich erwarte nicht von Ihnen, daß Sie das verstehen.«

»Gut, denn ich tu's auch nicht.«

»Soll ich es Ihnen erklären?« Er antwortete nicht. »Sie sagten vorhin, Sie seien nicht an der Geschichte von Andrea Harmon interessiert, sondern an der meinigen.«

»Und ich bin immer noch bereit, sie mir anzuhören«,

sagte Troy. »Aber ich denke, ich werde lieber auf dieser Seite des Zimmers bleiben.«

»Ich war ein wirklich *hübsches Kind*«, begann Sunday Tyler. Sie hatte sich wieder niedergelassen, diesmal aber in dem Ohrensessel, in dem Troy gesessen hatte, bevor es zu ihrem kleinen Gerangel gekommen war.

»Ich bin nicht auf einer Farm auf die Welt gekommen«, fuhr sie fort, »sondern in einem Dorf. Mein Vater war Chef der örtlichen Sparkasse und zugleich für Zwangsvollstreckungen zuständig. Mir war nie klar, welche Beziehung zwischen seinem Job und dem Gewehr bestand, das er im Wohnzimmerschrank stehen hatte. Er war nicht glücklich, trank die ganze Zeit. Meine Mutter betete in einem fort und sorgte dafür, daß wir mit ihr beteten. Ich hätte eine wirklich lausige Kindheit gehabt, wäre ich nicht so *verdammt hübsch* gewesen. Ich wußte es, alle wußten es, alle *sagten* mir, daß sie es wüßten – und ich wuchs in dem Glauben auf, daß ich der wunderbarste Mensch sei, den es auf Erden gebe.

Eines Tages aber saßen wir in der Scheiße. Mein Vater, verzweifelt bemüht, sich die Zuneigung der Leute zu erhalten, hatte etliche Kreditnehmer ein paar Rückzahlungsraten überspringen lassen. Sein Arbeitgeber kam dahinter und schmiß ihn raus. Erst war er empört, dann besoffen und dann so dumm, hunderttausend Dollar zu klauen. Sie erwischten ihn und steckten ihn ins Gefängnis. Als sei das für eine Zwölfjährige noch nicht genug der Überraschungen, hatte meine Mutter eine noch größere parat. Als Daddy uns ade gesagt hatte, zog sie mit dem Besitzer des Eisenwarenladens zusammen. Sie hatte es offensichtlich schon seit Jahren mit ihm getrieben, ohne daß Daddy etwas davon gewußt hatte. Und nun, da er hinter Gittern und sie sicher war, konnte sie unbeschwert mit ihm in der Hängematte im Hinterhof rumbumsen, so oft ihr danach zumute war. Es gab da nur ein Problem. Sie war der Ansicht, daß ich bei diesem neuen Arrangement nicht ›glücklich‹ werden würde, und schickte mich deshalb fort zu ihrer Schwester Ursula. Ich erriet aber den wahren Grund dafür. Eisenfritze hatte nämlich ein Auge auf schön Meinkleinwenigkeit geworfen, und ich wurde von Tag zu Tag reifer. Soviel zu der im Gebet vereinten Familie.

Ursula! Wenn sie mal mein Leben verfilmen, dann werde ich darauf bestehen, daß die von Margaret Hamilton gespielt wird. Aber sie lebt gar nicht mehr, nicht wahr? Wie auch immer, sie wäre die ideale Besetzung gewesen. Nun, ich bekam schon bald spitz, daß Tante Ursula meine Mutter sogar noch mehr haßte als ich. Und warum? Weil Mama ihr den einzigen Mann weggeschnappt hatte, den sie je wirklich geliebt hatte. Meinen Vater ... warten Sie, es gibt noch welchen.«

Sunday nahm langsam einen Schluck aus ihrem Becher und verzog das Gesicht zu einer Grimasse.

»Himmel, ich mache vielleicht einen schlechten Kaffee! Aber ich bin sicher, daß der auf dem Polizeirevier auch nicht besser ist.«

»Noch so ein Gerücht«, sagte Troy. »Wir stellen unsere eigene Mischung aus kolumbianischem Kaffee zusammen und servieren jeden Nachmittag frische Croissants. Aber machen Sie sich nichts draus, erzählen Sie lieber weiter.«

»Ursula haßte meine Mutter«, sagte Sunday. »Was auch egal war, da sie sich ja nie sahen. Was nicht egal war, das war die Tatsache, daß sie all ihren Haß an mir ausließ. Ich spreche von Tritten und blauen Flecken, von billigen, häßlichen Klamotten und Fußbodenschrubben und Demütigungen in aller Öffentlichkeit. Der einzige, der mir das Leben überhaupt noch erträglich machte, war ihr Mann, so ein lieber Weihnachtsmanntyp mit schneeweißem Haar, der mir Geschenke kaufte und mich ins Kino einlud und in die Eisdiele und an meinem dreizehnten Geburtstag in ein schickes Hotel in Disneyland, wo er mich vergewaltigte.« Sie lachte plötzlich, aber es war nicht das freie, ungezwungene Lachen, das Troy vor einer Stunde so erregt hatte, sondern es hatte einen harten, metallischen Klang wie ein schlecht gespieltes Kornett. »Ich weiß, was Sie denken«, sagte sie. »Seifenoper. Sehr schlechte Seifenoper. Nun, damit hätten Sie aber unrecht. So eine Scheiße würde kein Sender je bringen, denn die ist viel zu *real.*«

Troy wollte etwas sagen, konnte aber die Worte nicht finden.

»Was glauben Sie, was ich in dieser Situation unternommen habe? Die Polizei gerufen? Ich hatte mehr Angst vor den Bullen als vor meinem Onkel Lennie. Alles der Tante Ursula erzählen? Die hätte das lediglich auf die Gene meiner Mutter geschoben. Nein, ich tat das einzig Vernünftige, mein Guter, und ließ meinen Onkel Lennie eine Menge neuer Kleider für mich kaufen.« Sie sagte das letztere in herausforderndem Ton, aber Troy enthielt sich noch immer jeden Kommentars.

»Noch etwas anderes Wichtiges passierte mir in jenem

Jahr. Erinnern Sie sich an diesen Blödsinn von wegen dem Tourneetheater, den ich Ihnen erzählt habe? Das war der einzige Teil meiner Geschichte, der der Wahrheit entsprach. Das kam tatsächlich in unsere Stadt, oder doch zumindest nach Charlotte, und inzwischen konnte ich Onkel Lennie ziemlich mühelos dahin bringen, mir so gut wie alles zu verschaffen, was ich haben wollte. Nun ja, in diesem Falle wollte ich das Stück sehen, das sie spielten.

Du lieber Himmel, ich wurde fast verrückt, als ich diesen Vorhang hochgehen sah! Und die schönen Menschen auf der Bühne, die all diese hübschen Worte sprachen, sich umarmten, anschrien, ihrer Liebe Opfer darbrachten, weinten, lachten, kämpften, starben... o Himmel, es machte mich ganz verrückt. Ich wollte auf die Bühne springen und mitmachen, Teil der Geschichte werden. Ich wollte nicht *spielen*, ich wollte dort *sein*! Ich wollte alles, was ich war, loswerden und eine von denen sein und in dieser schönen Welt leben, ewig und immer...«

Sunday bedeckte beide Augen mit den Händen, als wolle sie Tränen vor ihm verbergen. Dann aber merkte Troy, daß sie nur ihre Kontaktlinsen herausnahm.

»Ich muß mal diese verdammten Dinger raustun, sie sind ganz beschlagen. Ich habe nicht mehr so viel geweint, seit ich im Alter von Margaret O'Brian war. Sie wissen wahrscheinlich gar nicht, wer das war.«

»Eine Schauspielerin«, sagte Troy. »Ich besitze ja schließlich ein Fernsehgerät. Sie war das kleine Mädchen, das da in so einem Film fünf Minuten lang heult.«

»Und ich war das kleine Mädchen, das noch ein Jahr nach dem Ende des Stückes weinte«, sagte Sunday Tyler. »Deshalb rannte ich dann auch von zu Hause fort, denn ich wollte sehen, ob ich diese andere Welt nicht wiederfinden könnte. Ich wußte natürlich, wo sie war, denn selbst in North Carolina war uns bekannt, wo großes Theater gespielt wurde. Nämlich in New ... York ... City.«

»Und dort haben Sie dann die bösen Leute getroffen?« sagte Troy lächelnd. »Ich bin sicher, daß dieser Teil Ihrer Geschichte auch stimmte.«

»O ja, eine Menge übler Leute. Aber wissen Sie, welche die übelsten waren? Die Konkurrentinnen! Die haßte ich am meisten. Nicht die Zuhälter und Ganoven und Presseleute und all die anderen Dreckskerle, sondern diese verdammten *Schauspielerinnen*! All diese kleinen Scheißmiezen aus dem Mittleren Westen mit ihren kullerrunden Titten und zig Schönheitsoperationen, die meinten, sie seien Gottes Geschenk an den Broadway. All diese großäugigen, kehlig sprechenden, hüftenschlenkernden Teenager, die frisch von der Schauspielschule kamen! O Gott, es gab Tausende davon! Und sie schienen alle genau zu wissen, hinter welcher Rolle ich gerade her war. Sie warteten, bis ich das Haus verließ, und folgten mir dann in gemieteten Bussen. Sie kippten gemahlenes Glas in meinen Kaffee, damit ich heiser wäre, wenn ich zum Vorsprechen ging. Sie lockerten die Absätze meiner Schuhe, damit ich stolperte und hinfiel, wenn ich über die Bühne lief. Und dann taten sie das wirklich Allerschlimmste und erzählten allen für Rollenbesetzung zuständigen Leuten und Produzenten in New York, daß ich jedem, der eine Rolle für mich hätte, wüste Sexorgien verspräche.

Oh, verstehen Sie mich bitte nicht falsch«, sagte Sunday

grimmig. »Klein Sunday hätte schon alles getan, was man von ihr verlangte, um ihren kleinen Fuß auf diese Bühne setzen und in jene wunderbare Welt der schönen Menschen, die so herrliche Dinge sagten, hineingehen zu können ... Das Fatale war nur – *sie konnte nicht.* Ich meine, sie ... konnte ... es schlicht und einfach ... nicht. Weil der gute alte Weihnachtsmann, der liebe Onkel Lennie, seinem dreizehnjährigen Pflegekind mehr angetan hatte, als es seine Absicht gewesen war. Deshalb war er ja auch immer so nett zu mir gewesen und deshalb hatte er mich auch nie wieder angefaßt. Denn er hatte mir solche Angst gemacht, daß ich noch heute Alpträume habe, in denen er vorkommt ... mit seinen weichen, dicklichen Händen, die so viel kräftiger waren, als sie aussahen ...«

Er sah, wie sie zitterte. Der Drang, den Arm um sie zu legen, war stark, aber er widerstand ihm.

»Mein Gott«, sagte Sunday.

»Was ist denn?«

»Mir ist da gerade etwas bewußt geworden. Nämlich die Tatsache, daß ich diese Geschichte noch nie jemandem erzählt habe. Nicht einem Menschen auf der Welt. Und wem erzähle ich sie jetzt als erstem? Einem Bullen!«

»Macht das was aus?«

»Vielleicht ja. Vielleicht war das ja Absicht. Vielleicht glaubt mein Unterbewußtsein, ein Polizist könne in der Zeit zurückwandern und all die bösen Leute festnehmen, die mir weh getan haben. Halten Sie das für eine brauchbare Theorie, Officer?«

»Das ist noch so was, was ich nicht bin, nämlich Psychiater.«

»Sind Sie der Meinung, ich bräuchte einen?«

»Das habe ich nicht gesagt.«

»Um der Wahrheit die Ehre zu geben, ich hab's mal ausprobiert. Bei einer netten polnischen Dame, größer als Dr. Ruth. Sie sagte mir, ich trüge eine riesige Scheißladung Schuld mit mir rum. Sie meinte, daß ich mir an jeder schlimmen Sache, die mir widerfahre, die Schuld gäbe, daß ich zutiefst in meinem Innersten glaubte, das elende Luder aus dem Süden zu sein. O ja, ich weiß wohl, daß sie mich so nennen... Und es hat mir nie was ausgemacht. Ich schaue täglich in den Spiegel und sage ›Luder! Luder! Luder!‹ Ich fühle mich wohler, wenn ich's mir eingestehe.«

»Wirklich?«

Sie schenkte ihm ein dünnes Lächeln. »Sie müssen doch zugeben, daß das gemein war, was ich vorhin gemacht habe. Und glauben Sie bloß nicht, Sie seien der erste, Schätzchen. Sie sind gerade einem exklusiven Club beigetreten.«

»Ich frage mich, ob ich ihm wirklich beitreten möchte. Wo Sie doch gesagt haben, die Mitglieder seien alles rechte Schweinigel.«

»Vielleicht waren da auch ein paar gute Jungs dabei. Ich gab ihnen halt nie die Möglichkeit, das zu beweisen.«

»Vielleicht wußten sie ja auch nicht, wie«, sagte Troy. »Vielleicht kannten sie das Losungswort nicht.«

»Wenn es ein obszönes war, dann kannten sie's«, sagte Sunday trocken.

»Es ist ein obszönes Wort«, sagte Troy.

Er trat zu ihr und flüsterte es ihr ins Ohr. Das Wort ließ

sie tief Luft holen. Sie sah mit schockiertem Erstaunen zu ihm auf, und ihre kontaktlinsenlosen Augen begannen zu schmelzen.

Gary Naughton erzählte Mitso, der ständig kichernden eurasischen Aushilfssekretärin, die für Captain Bagley arbeitete, gerade Geschichtchen von Filmstars, als Troy das Büro in Flushing Meadows betrat. Er trug Schuhe mit Kreppsohlen, was aber nicht die einzige Erklärung für das Hüpfende in seinem Schritt war. Gary fiel zunächst kein Unterschied auf – er fragte Troy lediglich, was zum Teufel am gestrigen Abend mit ihm gewesen sei. Er habe bis ein Uhr nachts auf ihn gewartet und sei schließlich vor dem Fernseher eingeschlafen. Ob Troy sich eines besseren besonnen habe und am Ende doch nach Hause gegangen sei, trotz der drohenden Auseinandersetzung mit Fiona? Erst dann bemerkte er die verblaßten Kratzer auf Troys Backe und quittierte diese Entdeckung genau so, wie jener es erwartet hatte – mit einem wissenden Grinsen.

»Was ist passiert?« fragte er. »Ist sie etwa handgreiflich geworden?«

»Ich habe mich gar nicht mit Fiona getroffen«, sagte Troy. »Ich hab nur meine Pläne geändert.«

»Fiona! Aha, das ist der Name«, sagte Mitso und suchte nach ihrem Notizblock. »Sie hat vor zehn Minuten hier angerufen, aber ich war nicht sicher, ob ich den Namen richtig verstanden hatte.« Sie gab Troy den Block. Der Name war mit zwei e geschrieben. Und dann war da noch eine aus einem einzigen, richtig geschriebenen Wort bestehende Botschaft notiert, die DRINGEND lautete. Troy zerknüllte das Papier und fragte:

»Ist der Captain zu sprechen? Ich habe die Sachen von *Haus der einsamen Herzen* fertig.«

»Wow, ich bin ganz versessen auf diese Sendung«, sagte Mitso. »Was glauben Sie, ob ich mal bei den Dreharbeiten zuschauen dürfte?«

»Heiliger Strohsack«, sagte Gary. »Ich habe Ihnen gerade *Burt Lancaster* angeboten! Und da wollen Sie unbedingt so eine bescheuerte Seifenoper sehen?«

»Dieser Dr. Masters!« seufzte Mitso. »Wow, Mann, der ist vielleicht so was von sexy! Haben Sie ihn mal kennengelernt?«

»Ich habe den Schauspieler kennengelernt, der diese Rolle spielt, ja«, sagte Troy.

»Ich kann einfach nicht begreifen, was er mit diesem Mistweib will«, sagte Mitso und schüttelte den Kopf. Ihr entging das Lächeln, das über Troys Gesicht huschte. Sie ging in Captain Bagleys Büro, um nachzusehen, ob er zu sprechen sei. Das war er, aber Mitso fragte sich, ob Troy ihn wirklich gleich würde sehen wollen – bei der Stimmung, in der er sich befand! Troy ließ es jedoch darauf ankommen und traf auf einen Captain, der aussah, als sei er bereit, sogleich Feuer zu spucken.

»Eines Tages werde ich das verdammte Luder noch umbringen«, sagte er, und Troy wußte, daß dies nicht *seinem* Luder galt, sondern Millicent Ludwig, der neuen stellvertretenden Bürgermeisterin, deren ganz besonderes Interesse dem Dezernat Film/Fernsehen galt und die sich und andere fragte, warum es da dreißig ausgebildete Polizeibeamte gab, die ihre Zeit nicht der Bekämpfung des Verbrechens widmeten.

»Ich weiß schon«, sagte Troy. »Es ist Freitag. Sie haben ihren üblichen Freitagsanruf bekommen.«

»Die Ludwig hat gerade den neuen Haushaltsentwurf studiert und ist dagegen. Hat eine Aktennotiz zu diesem Thema verfaßt. Ich hab ihr gesagt, sie solle ihre Notiz nehmen und dem Oberbürgermeister irgendwohin... Also, was zum Teufel ist bei dieser beknackten Seifenoper los? Warum habe ich das Formular noch immer nicht vorliegen? Ich habe fünf Filme mit beachtlichem Budget in der Stadt, und Sie blödeln da bei dieser lausigen Fernsehshow rum.«

»Das Formular liegt auf Ihrem Schreibtisch«, sagte Troy und fand es dort. »Und was die lausige Fernsehshow angeht, so wird die noch in New York sein, wenn die fünf Aufnahmeteams von den Kinofilmen schon lange wieder weg und sonstwo sind.«

Bagley überflog den Bogen, und sein Gesichtsausdruck verdüsterte sich noch mehr.

»Nächste Woche? Nächste Woche? Das ist unmöglich! Da bin ich völlig überlastet. Beim Krimi drehen sie in der nächsten Woche die Verfolgungsjagd, Hansen geht in den Ruhestand, vier Leute sind krank geschrieben. Und ich dachte, die würden dieses Wall-Street-Zeug am Sonntag machen, wenn kein Verkehr ist.«

»Sie können's nicht am Sonntag drehen, da gibt es irgendwelche Schwierigkeiten mit der Gewerkschaft. Ich versuche gerade, einen neuen Drehort für sie zu finden, wo wir keine Verkehrsprobleme haben.«

»So was wie ›keine Probleme‹ gibt's einfach nicht. Es gibt nur kleine Probleme und große.« Troy quittierte diese Bemerkung mit einem freundlichen Grinsen und zog dadurch einen argwöhnischen Blick auf sich. »Was zum Teufel läßt Sie an diesem Morgen ein so helles Sonnenscheinchen sein, Wayland? Ich dachte, Sie wären grad erst geschieden worden?«

»Ich war nie verheiratet«, sagte Troy.

»Ah«, knurrte Bagley, »das erklärt alles.«

Troy wollte gerade das Zimmer verlassen, als ihn der Captain an der Tür aufhielt.

»Hören Sie mal, da Sie an diesem Wochenende nichts zu tun haben, könnten Sie uns vielleicht etwas bei dem Projekt *Hitzewelle* aushelfen.«

»Ich würde nur allzu gern behilflich sein, Captain, aber leider habe ich schon etwas vor.«

Die Sonne seines Lächelns stand nun im Zenit.

Als Troy ins Studio 22 kam, fand er die Mannschaft von *Haus der einsamen Herzen* mitten bei der Probe und bestrebt, die erste Episode dieses Tages ordentlich hinzukriegen. Es ging dabei um eine Abendgesellschaft im Hause der Armstrongs, wobei die Dekorationen um einige Bauten ergänzt worden waren, die Troy zuvor noch nicht gesehen hatte – so zum Beispiel um eine sehr realistische, aus Klinkersteinen gemauerte Terrasse mit einer Brüstung, auf der Pelargonienkästen standen. Ein gemalter Prospekt dahinter verhalf dem Ganzen zu einem Nachthimmel mit Mond und Sternen und dem Blinken eines kleinen roten Signalfeuers irgendwo in der Ferne. Die

Schauspieler – Troy konnte nur Milo Derringer erkennen, der sich von dem gestrigen alkoholischen Exzeß gut erholt zu haben schien – waren samt und sonders in Abendgarderobe und tranken aus Sektgläsern, was Troy für Ginger Ale hielt. Der Gesamteindruck, den die Szene vermittelte, war der überzeugender Eleganz und unbeschwerter Heiterkeit. Und noch etwas anderes war da – Respektlosigkeit wurde spürbar, als die Darsteller ihren jeweiligen Text sprachen und ihn mit ihren eigenen, extemporierten Zusätzen würzten.

»Ich frage mich, wo Andrea wohl stecken mag«, sagte einer der Herren und blickte sich suchend um. »Man merkt immer gleich, wenn sie bei einer Party nicht anwesend ist, nicht wahr?«

Eine junge Frau sagte: »Ich habe sie in der Toilette gesehen, aber das ist schon ein Weilchen her.«

Eine hochelegante, matronenhafte Dame mit arroganter Miene äußerte: »Sie sitzt wahrscheinlich noch immer auf dem Klo. Sie ist so vollgestopft mit Scheiße, daß sie sich gut und gerne den Rest der Nacht dort aufhalten könnte.«

Die Mitspieler fingen zu kichern an, und eine Stimme dröhnte aus dem Lautsprecher des Kontrollraums. Troy erkannte sie als die des Regisseurs Lou Blankenship, der sagte: »Okay, Kinderchen, Spaß muß sein, aber jetzt laßt uns mal mit dieser Szene fertig werden.«

Sie fingen wieder von vorne an, wobei immer noch eine gewisse Leichtfertigkeit in der Luft lag, wenn auch schon schwächer geworden. Als man beim dritten Probendurchlauf angelangt war, sprachen alle ihren Text mit ernster Konzentration, und Troy war fasziniert – nicht nur von der schauspielerischen Leistung aller Beteiligten, sondern auch vom Inhalt der gespielten Szene. Natürlich kannte er die Antwort auf die Frage, die gestellt worden war. »Andrea« lag in Sunday Tylers warmem Bett, tief in die zerwühlten Bettücher und satinbezogenen Kissen vergraben und zufrieden wie ein kleines Kätzchen. Zumindest hatte sie so ausgesehen, als Troy an diesem Morgen um halb sieben ihre Wohnung verlassen hatte. Sie hatte so etwas vor sich hingemurmelt wie daß sie einen freien Tag hätte und warum er sich nicht auch frei nähme, aber er hatte der Versuchung widerstanden. In gewisser Weise war er froh, von ihr losgekommen zu sein, denn er wollte nicht, daß das kalte Licht des Morgens Einfluß auf seine Stimmung nahm und ein Gefühl veränderte, das er bei Fiona oder Mary Ellen Price, bei Ruth Lachman, Yvette, Jackie, Louise, Bettina und etlichen anderen, deren Namen bereits in seiner Erinnerung verblaßt waren, nie gehabt hatte. Fionas Schläue, Mary Ellens Reife, Ruth Lachmans erotische Ausstrahlung und all die anderen Qualitäten der Frauen, die er gekannt hatte, waren zu nicht mehr geworden als zu brauchbaren Stichworten für den Eintrag in sein Sammelalbum. Er würde sich stets liebevoll an sie alle erinnern, sagte er sich, aber sie würden immer nur Vorspiele zu seinem Leben bleiben, denn nun gab es da Sunday...

Die Sunday-lose Episode wurde schließlich abgeschlossen. Die Schauspieler liefen auseinander, und der Aufnahmeleiter dirigierte die Kameras zum Balkon, wo eine ätherische junge Frau in weißem Reifrock seelenvoll auf ein Gestell voller Requisiten, einen Cola-Automaten und zwei Techniker schaute, die ganz ruhig Liar's Poker spielten.

Eigentlich hatte sie natürlich einen weitaus romantischeren Anblick auf die Lichter der Stadt und den sternenübersäten Himmel – und dabei unglückliche Gedanken im Kopf. Das jedenfalls ging aus den Eröffnungsworten hervor, die Milo sprach, der Dr. Masters spielte und zu ihr auf den Balkon hinaustrat, um sich zu erkundigen, ob »alles in Ordnung« sei.

»Mir geht es gut«, sagte die junge Frau daraufhin tapfer. »Du brauchst dir meinetwegen keine Sorgen zu machen, Jonathan.«

»Mir ist bei alledem gar nicht wohl, Maribeth. Ich hatte ja keine Ahnung, daß Andrea ungeladen bei der Party erscheinen würde. Ich hoffe, du nimmst mir das ab.«

»Natürlich tue ich das. Sie hat schon so vieles kaputtgemacht, aber was wird sie erst tun, wenn sie das hört ... die Bekanntgabe unserer Verlobung?«

Irgendwo außerhalb der Szene ertönte ein gequälter Aufschrei. Troy drehte sich um und sah Kiki, die ein Drehbuch in der Hand hielt und unter Schmerzen litt, die nicht physischer Art zu sein schienen.

»Was ist da hinten schon wieder los?« rief der Regisseur mit einer Stimme, die an die Gottes gemahnte.

»Aufzeichnungsfehler!« stöhnte Kiki. »Was ist los mit euch allen? Warum hat das keiner gemerkt?«

Milo sah verwirrt drein. »Versteh ich nicht. Was ist denn falsch?«

»Patricias Text! Andrea *weiß* doch schon von der Verlobung! Das ist für sie keine Überraschung mehr.«

»Mein Gott«, sagte die junge Schauspielerin, »das stimmt. Wir haben das gestern so geprobt.«

Lou Blankenship kam aus dem Kontrollraum herausgelaufen und verlangte eine Erklärung. Als Kiki ihm die geliefert hatte, schrie er nach Phyl Wykopf. Niemand wußte, wo sie steckte, aber ein bebrillter junger Mann in T-Shirt meinte schließlich, er glaube, daß sie erkrankt sei. Kiki hatte derweil zu stöhnen aufgehört, aber Blankenship sprang für sie ein.

»Das haben wir davon, daß wir so viele Sendungen hinhudeln! Ich hab Gene doch gesagt, daß uns das nichts wie Schlamassel bringt! Warum hat Phyl das nicht gesehen? Es ist ihr Job, solche Sachen rechtzeitig zu entdecken! Und was machen wir jetzt?«

»Natürlich umschreiben«, sagte Kiki energisch. Sie nahm ihr Drehbuch und marschierte zu dem Couchtisch im Wohnzimmer des Armstrongschen Herrenhauses. Niemand erhob Einwände, als sie im Text herumstrich und neue Zeilen hinkritzelte. Troy sah diesem Tun voller Bewunderung zu, aber irgend etwas daran beunruhigte ihn auch. Entweder war Kiki eine versierte Stückeschreiberin, oder sie kannte die Zeilen bereits, die sie nun in das Drehbuch einfügte.

Gerade als Kiki mit ihrer Überarbeitung des Textes fertig geworden war, trat Gene Badger in Erscheinung, und der Regisseur informierte ihn kurz über das entstandene Problem. Als Kiki dem Produzenten das Skript reichte, tat sie dies in sehr zögernder Manier.

»Ich kann natürlich nicht so gut schreiben wie Norman«, sagte sie. »Aber wir haben wirklich nicht die Zeit...«

»Ich weiß, ich weiß«, sagte Badger, der den geänderten

Text überflog und dabei mit dem Kopf nickte. »Jawoll, das geht sehr gut so, sehr gut.« Sein patentiertes Lächeln kehrte wieder. »Okay, Jungs und Mädels, machen wir uns wieder ans Werk. Wir sind schon ziemlich spät dran.«

Als Troy Kiki beiseite zog, um ihr von seinem Treffen mit Captain Bagley zu berichten, beglückwünschte er sie zunächst zu ihrer schnellen Reaktion auf den eingetretenen Notfall.

»Fehler kommen halt immer wieder mal vor«, sagte sie und zuckte mit den Achseln. »Wenn Sie sich vor Augen führen, an wie viele Einzelheiten da so gedacht werden muß, dann ist es ein Wunder, daß es nicht noch viel mehr gibt. Natürlich, diesen hätte Phyl nun *wirklich* bemerken müssen ... Ah, übrigens war da vor noch nicht allzu langer Zeit ein Anruf für Sie.« Sie lächelte. »Eine junge Dame. Sie hat ihren Namen nicht genannt.«

Fiona, dachte Troy.

Er ließ sich aber die Stimmung nicht verderben. Er würde Fiona später anrufen und ihr sagen, daß er zuviel zu tun habe, um sich mit ihr treffen zu können, und daß er für den Abend schon verabredet sei. Um sicherzugehen, daß dem auch wirklich so sein würde, ging er zum Münztelefon am Eingang des Studios und wählte Sundays Nummer – er hatte sie sehr gewissenhaft in sein kleines Notizbuch eingetragen, eine Gewohnheit aus seiner Zeit als Streifenbeamter.

Das Telefon klingelte fünfmal, bevor der Hörer abgehoben wurde und Sunday erklärte:

»Ich war unter der Dusche. Es ist herrlich, und ich wünschte, du wärst hier.«

»Ich rufe wegen heute abend an«, sagte Troy.

»Heute abend muß ich dreißig Seiten Text lernen.«

Er schluckte seine Enttäuschung runter und sagte: »Also morgen?«

»Morgen hab ich was vor.«

»Denk an das, was ich dir über den Widerstand gegen Polizei gesagt habe«, gab Troy zurück, aber der Scherz klang dumm und schwerfällig in seinen Ohren.

»Ich *bin* mit einem Beamten verabredet«, sagte Sunday. »Sein Name ist Wayland, kennen Sie ihn? Groß, schlank, gebrochenes Nasenbein? Und süß. Ganz, ganz süß...«

Irgendwo klang plötzlich Musik auf, und ein Schluchzen von Geigen verstärkte seine Gefühle. Aber so ganz überraschte ihn das nicht. Schließlich geschah so etwas in Filmen, nicht wahr? In diesem Falle war es eine Seifenoper. Die Schauspieler waren zurückgekehrt, um eine weitere Episode des im Armstrongschen Kulissenhaus stattfindenden Kostümfestes zu proben, und ein Streicherensemble spielte den Feiernden auf.

»Ich werde um acht da sein«, sagte Troy.

»Komm doch schon um sieben«, sagte Sunday Tyler. »Die Proben fangen um acht Uhr morgens an, deshalb muß ich früh ins Bett.«

»Dafür werde ich schon sorgen«, sagte Troy.

Er legte auf, drehte sich um und blickte direkt in einen Monitor. Die Partyszene war auf dem winzigen Bildschirm farblos eingefangen. Ein Mann bahnte sich besorgt seinen Weg durch die Menge, um zu Dr. Jonathan Masters, dem Mädchen namens Maribeth und der hochnäsigen Matrone zu gelangen. Als er die drei erreicht hatte, sagte er:

»Kommen Sie bitte mit, Dr. Masters. Andrea ist etwas zugestoßen!«

Man sah noch kurz die Reaktion des Arztes, dann wurde der Bildschirm langsam schwarz.

Um vier Uhr dreißig verließen Troy, Kiki und Lou Blankenship das Studio, um sich den Drehort am East River anzusehen, den Troy für die Außenaufnahmen vorgeschlagen hatte. Er lag neben dem South Street Seaport, und die Takelage der großen Schiffe sowie die Türme der Hochhäuser bildeten einen kontrastreichen Hintergrund für die zu drehende Folge. Kiki war von den Möglichkeiten, die der Ort bot, ganz begeistert, aber der Regisseur schien in nervenaufreibender Weise seiner Sache nicht sicher zu sein. Es war schon fast sieben, als sie sich endlich – dank der Beharrlichkeit Kikis – geeinigt hatten. Troy aß in einer Cafeteria und legte zwischen Hauptgericht und Nachtisch eine Pause ein, um in seiner eigenen Wohnung anzurufen und sich zu vergewissern, daß sich keine unwillkommenen Besucher – sprich: Fiona – dort aufhielten. Dann gönnte er sich einen Kinobesuch. Es handelte sich um einen Film, bei dem das Dezernat Film/Fernsehen mitgewirkt hatte, und er errötete im Dunkeln, als er die entsprechende Danksagung auf der Leinwand sah: *Wir danken dem Bürgermeister und der Polizei von New York für ihre Unterstützung.*

Um halb elf war er in seiner Wohnung, wo er drei Nachrichten auf seinem Anrufbeantworter vorfand. Die eine war von Gary Naughton, der wissen wollte, ob er, Troy, in der Stimmung sei, mit ihm, Gary, übers Wochenende zum Angeln zu fahren. Die zweite war von seiner Schwester, die anfragte, ob er, was die Party zu Ehren des Hochzeitstages seiner Eltern anbetreffe, seine Meinung geändert habe. Der dritte Anruf stammte von Dan Lipschitz, und Troy fragte sich, ob der vielleicht sauer auf ihn war, weil er Ramsey Duke auf ihn angesetzt hatte, um sich Rat bei ihm zu holen.

Zunächst rief er seine Schwester an, um ihr zu sagen, daß er kommen werde. Ganz offensichtlich hatte sie eine solche Zusage nicht erwartet.

»Was ist dir denn seit neulich widerfahren?« fragte Daisy. »Hast du die Religion für dich entdeckt, oder was?«

»Oder was«, sagte Troy freundlich.

Dann rief er Gary an. Als er dem Freund mitteilte, daß er am Wochenende schon vergeben sei, meinte dieser:

»Du hast also was Besseres vor?«

»Ich glaube schon«, sagte Troy und versuchte, nicht selbstgefällig zu klingen.

»Oha, oha. Wieder mal Fionazeit, hm? Manche Leute lernen nie dazu.« Troy legte auf und war gerade dabei, die dritte Nummer zu wählen, als sein Blick auf den weißen Briefumschlag fiel, der auf seinem Kopfkissen lag. Er wußte, daß er von Fiona war, noch bevor er ihn aufgerissen und den darin steckenden Zettel herausgezogen hatte. Sie hatte ihre Botschaft in Blockbuchstaben niedergeschrieben, um ganz sicherzugehen, daß sie auch lesbar war. Sie war es nur allzu sehr.

SEHR KOMISCH. GEH DA MAL MIT EINEM LACHEN DRÜBER WEG! ICH BIN SCHWANGER. ICH WEISS, DAS JUCKT DICH NICHT, DENN DICH INTERESSIERT DOCH NUR DEINE LAUSIGE DIENSTMARKE, ABER DU FÄNGST DOCH BESSER GLEICH MAL AN, DARÜBER NACHZUDENKEN.

Sie hatte sich nicht damit aufgehalten, auch noch ihren Namen unter das Schriftstück zu setzen.

Troy starrte lange auf die Botschaft hinab, sprach dann laut die drei häßlichsten Wörter vor sich hin, die er kannte, und knüllte den Zettel schließlich zu einem kleinen Kügelchen zusammen. Er zielte damit auf den Papierkorb und traf daneben.

Um sich ein wenig abzureagieren, lief er schnell im Zimmer auf und ab. Allerdings konnte er dabei keine sehr lange Strecke zurücklegen, denn seine Wohnung war nur ein Einzimmerapartment mit Eßecke und Kochnische. Es gab keine Möglichkeit, Fionas Nachricht zu entgehen, die den ganzen Raum auszufüllen schien, als leuchte sie von einer großen Reklametafel herein.

Endlich setzte er sich aufs Sofa, dessen schäbige Polster von einem Überzug verborgen wurden, den niemand anders als Fiona angefertigt hatte. Als ob es noch eines weiteren Hinweises auf ihre Gegenwart bedurft hätte!

Er fing an, auf seinen Fingerknöcheln herumzukauen.

Stimmte das wirklich? War Fiona tatsächlich schwanger? Oder war das bloß ein Trick? War es eine Drohung? Was wollte Fiona? War's Mitgefühl? War's Geld? War's die *Ehe*?

Sehen Sie morgen, wie es weitergeht.

Seifenoper! dachte Troy.

Gut. Er würde morgen sehen, wie's weiterging. Heute abend würde er erst einmal nicht mehr daran denken. Er wollte sich durch nichts seine Stimmung verderben lassen, die er mit nach Hause gebracht hatte.

Er begann sich auszuziehen, um ins Bett zu gehen, aber dann fiel ihm ein, daß er ja eine Telefonnachricht noch nicht beantwortet hatte und Dan Lipschitz einen Rückruf schuldete.

Die Nummer, die Dan hinterlassen hatte, gehörte zum 19. Revier, und der Kriminalbeamte klang gehetzt, als Troy ihn dort endlich erreichte.

»Ich kann auch später noch mal anrufen«, sagte Troy.

»Ist schon gut«, sagte Dan. »Ich wollte nur mal mit dir über diese Seifenoper reden, bei der ihr Leutchen da gerade tätig seid.«

»Ich schließe daraus, daß er dich angerufen hat, dieser ›Lieutenant Savage‹.«

»Wer?«

»Der Schauspieler. Hoffe, es macht dir nichts aus, daß ich ihm deinen Namen genannt habe. Ich dachte nur, du könntest ihm weitaus besser helfen als ich, da sie eine Mordgeschichte drehen und du doch Experte auf diesem Gebiet bist.«

»Niemand hat mich angerufen«, knurrte Lipschitz. »Ich wußte nicht mal, wessen Leiche das überhaupt war, bis ein Nachbar mir's gesagt hat. Als ich den Namen hörte, fiel mir ein, daß du ihn mal erwähnt hast, und da dachte ich, du könntest mir vielleicht ein paar nützliche Informationen geben.«

»Danny«, sagte Troy voller Geduld, »ich habe nicht den blassesten Schimmer, wovon du redest.«

»Ich rede von der Frau, die heute abend in der 66. Straße Ost ermordet worden ist. Die, die bei der Seifenoper mitgespielt hat. Bei *Haus der einsamen Herzen*.«

7
Dunkle Schatten

HAUS DER EINSAMEN HERZEN

SKRIPT #3995

VORSPIEL:

WARTERAUM IN DER KLINIK: JONATHAN, MRS. ARMSTRONG, MARIBETH, DONNA, DOKTOR (U/5). *Während sie alle darauf warten, etwas über Andreas Zustand zu erfahren, setzt sich Donna bei Jonathan dafür ein, daß er herauszufinden versucht, was mit ihrer Schwester geschieht. Er sei Arzt und sollte in der Lage sein, etwas darüber in Erfahrung zu bringen. Er versichert ihr, daß sie alles tun, was in ihrer Macht steht. Maribeth sagt: sie fühlt sich so hilflos – und schuldig! Unsinn, sagt ihre Mutter. Es ist nicht ihre Schuld, daß Andrea versucht hat, sich das Leben zu nehmen! Dann ist plötzlich ein Arzt da, der sehr ernst blickt. Er hat Neuigkeiten von Andrea.* – AUSBLENDEN.

Norman Levi stöhnte auf und wünschte, Robin wäre da, um sich seinem verachtungsvollen Urteil über diesen klischeebefrachteten Abschnitt anzuschließen. Norman wünschte sich Robin wohl ein dutzendmal am Tage herbei, seit der Schauspieler aus ihrer gemeinsamen Wohnung in der Jane Street ausgezogen war. Bislang war jedoch noch kein Märchenprinz erschienen, um seinen Wunsch in Erfüllung gehen zu lassen.

Er fühlte sich versucht, die Szene genau so zu schreiben, wie sie ihm vorgegeben war, das heißt, all die üblichen Wartezimmersätze einander in langweiliger Prozession folgen zu lassen, einen nach dem anderen:

»Warum sagt uns denn niemand was?«

»Aber, aber, sie tun doch alles, was in ihrer Macht steht.«

»Wenn's nur irgendwas gäbe, was ich tun könnte! Ich fühle mich so . . . so ohnmächtig.«

»Alles, was wir im Augenblick tun können, ist warten – und beten.«

Norman griff nach einem großen Glas Apfelsaft und nippte daran, ohne etwas zu schmecken. Etwas, was er *nicht* tun würde, sagte er sich, war, den Teaser mit der angegebenen Zeile enden zu lassen. Der U/5 – ein Schauspieler, der unter der Bedingung angeheuert worden war, daß er nicht mehr als fünf Sätze sprach – würde entweder überhaupt nichts sagen, wenn er die Szene betrat, oder aber mehr als nur »Ich habe Neuigkeiten von Andrea!« Es ging Norman einfach gegen den Strich, die Neugier des Zuschauers nur dadurch wachzuhalten, daß er den Text stutzte.

Er seufzte wieder und las die nächste Szene der Handlungsskizze:

SZENE EINS:

BÜRO VON LT. SAVAGE – RICK, CAPT. LEWIS. *Rick telefoniert gerade, um einen Bericht über irgendeinen gesuchten Verbrecher anzufordern, als Captain Lewis, der sehr wütend aussieht, sein Büro betritt. Er will wissen, warum Rick im Fall Masters keine Fortschritte macht. Rick sagt: das ist schwieriger, als es aussieht. Dr. Masters hat uns keinerlei Hinweis geben können auf die Person, die ihn da im Dunkeln niedergeschlagen hat. Es hätte jeder sein können – ein Patient etwa, der Masters eine fehlerhafte Diagnose vorwirft oder eine mißglückte Operation oder auch schlicht eine zu hohe Rechnung. Es hätte eine eifersüchtige Krankenschwester sein können, die über seine Verlobung mit Miss Armstrong erbost war. Es hätte ein Straßenräuber sein können oder ein Süchtiger, der in der Arzttasche Drogen gesucht hat ... Captain Lewis sagt: Gibt es da nicht noch eine Möglichkeit, die Sie vergessen haben zu erwähnen, Lieutenant? Sie wissen doch sehr wohl, daß Dr. Masters öffentlich mit dem Tode bedroht worden ist! Rick sagt: Das war nur eine erregte Auseinandersetzung in einem Restaurant, Captain. Ich kann nicht glauben, daß Andrea Harmon das ernst gemeint hat. Lewis sagt: Sie sollen doch hier der gescheite Kopf sein, Savage. Kennen Sie denn den alten Spruch nicht, der da lautet: »Der Zorn der Hölle ist nichts gegen den einer verschmähten Frau«? Andrea Harmon ist in Dr. Masters verliebt, und er verlobt sich mit einer anderen! Das Telefon klingelt, und Rick nimmt den Hörer ab. Er ist bestürzt über das, was er hört, und Lewis verlangt zu wissen, was es ist. Rick zögert, die Nachricht an ihn weiterzugeben: daß nämlich Andrea anscheinend versucht hat, sich das Leben zu nehmen. In den Augen von Captain Lewis erscheint ein Funkeln der Befriedigung – dann* SCHNITT:

Das strategisch begründete Klingeln des Telefons in der Handlungsskizze wiederholte sich in der Wirklichkeit – es klingelte bei Norman. Er hob den Hörer ab und vernahm Bob Neffer, der ein ganz uncharakteristisches Knurren von sich gab.

»Wo zum Teufel hast du den ganzen Abend gesteckt?« sagte er. »Ich habe dich mindestens ein halbes dutzendmal angerufen.«

»Ich war fort«, sagte Norman wenig hilfreich.

»Du fährst im Gelände rum, und uns fliegt hier die ganze Welt um die Ohren! Ich habe heute nachmittag mit Abel McFee gesprochen. Er hat mir gesagt, daß Sunday mich gefeuert sehen möchte – *uns* gefeuert«, ergänzte er.

»So viel also zu deinem schlauen Erpresserplan«, sagte Norman trocken. »Wir hätten wissen können, daß das nicht funktionieren würde. Sie ist schnurstracks zu ihrem kleinen Dicken gerannt und hat ihm alles über ihren Pornofilm erzählt.«

»Hör zu, Norman, ich möchte, daß *du* mir ganz genau erzählst, wo du heute abend warst.«

Der Autor hielt den Hörer von sich weg und starrte ihn an.

»Warum? Was hat denn das zu bedeuten?«

»Es ist wichtig, glaub mir. Wenn du diesen Job wirklich behalten möchtest...«

»Ich scheiß auf den Job«, sagte Norman voller Bitterkeit und verspürte schon das dreizehnte Mal an diesem Tage den Schmerz des Verlangens nach dem abwesenden Robin. »Ich kann jederzeit auch für 'ne andre Show schreiben. Ich hab grad kürzlich erst gehört, daß bei *Jung und ruhelos* was frei sein soll.«

»Du würdest doch nie nach L.A. ziehen, jedenfalls

nicht, solange Robin noch in New York arbeitet.« Norman sagte dazu nichts. »Sieh mal, ich hab dich doch bisher noch nie um einen Gefallen gebeten, oder? Aber jetzt tu ich's: Sag mir, was du getrieben hast. Warst du mit irgend jemandem zusammen?«

Norman zögerte. »Nein, ich war allein.«

»Hast du irgend jemanden getroffen, den du kennst?«

»Niemanden. Ich war nur in einer Bar, um in aller Ruhe was zu trinken. Ich war zum ersten Mal da. Selbst den Namen der Bude weiß ich nicht mehr.«

»Dann finde ihn heraus. Wir beide waren zusammen dort!«

»Was?«

»Wir waren zusammen«, sagte Bob Neffer. »Wir haben uns getroffen und uns ein bißchen über den weiteren Handlungsablauf unterhalten. Wenn dich irgend jemand fragt, dann war es das, was ich heute abend gemacht habe, okay?«

»Und was hast du in Wirklichkeit getan? Eine Bank ausgeraubt?«

»Die Banken haben abends nicht geöffnet.«

»Geldautomaten schon. Weißt du, ich hab mich schon immer gefragt, was wohl wäre, wenn man eine Pistole auf einen von denen richten und ihn auffordern würde, sein Geld rauszurücken.«

»Versprich mir, Norman, daß du das für mich tun wirst. Falls irgend jemand fragt. Ich meine *jeden.* Ja?«

Normans Blick blieb an einer gerahmten Fotografie von Robin hängen – eine Porträtaufnahme, die Norman ihm aus der Brieftasche geklaut hatte.

»Klar doch, Bobby«, sagte er und lächelte zum ersten Mal an diesem Tage. »Wir waren heute abend zusammen.«

Der Nachtwächter Albie war keineswegs überrascht, Phyl Wykopf um – wie spät war es? – kurz vor Mitternacht am Eingang zu Studio 22 zu erblicken. Er überprüfte die Zeit durch einen raschen Blick auf seine dem Porsche-Design nachempfundene Armbanduhr, die er von einem kolumbianischen Straßenhändler erworben hatte. Punkt Mitternacht – das bedeutete, daß er nur noch sechs Stunden vor sich hatte, von denen er zwei ungefährdet in dem Sessel verschlafen konnte, den er sich aus einer Kulissenbibliothek besorgt hatte. Albie war daran gewöhnt, die Produktionsleute auch außerhalb der normalen Arbeitszeit im Studio anzutreffen, und er begrüßte Phyl unter Verwendung von Bestandteilen des Jargons, den er in Erfüllung seiner Pflicht aufgeschnappt hatte.

»Hallo, Miss Wykopf, noch 'n bißchen was durchchekken, was?«

Phyl lächelte ihm müde zu. »Muß grad noch ein paar Sachen für morgen früh vorbereiten, Albie.«

»He, also die Sendung da gestern, die hat mir wirklich gut gefallen. Ein paar von den ›special effects‹ warn klasse. Wie sie die Fenster da rausgebrannt haben, echt toll.«

»Danke, Albie«, sagte Phyl. Sie segelte an ihm vorbei, eine große Frau mit langen, gleitenden Schritten. Gar nicht mein Typ, dachte Albie bei sich. Er mochte die hübsche kleine Blonde, die Sunday Tylers Schwester spielte. Es war schon Pech, daß er nicht bei der Tagesschicht war, denn dann hätte er sie vielleicht mal zu Gesicht bekommen –

und sie ihn. Er war schließlich ein Mann in Uniform. Dann fiel ihm noch etwas ein, und er rief hinter Phyl her:

»Ach, Miss Wykopf?«

»Ja?«

»Wollt's Ihnen nur sagen, damit Sie nicht erschrecken. Da ist noch jemand im Studio drin, kam ungefähr vor 'ner halben Stunde. So 'n Schwarzer, aber der is in Ordnung. Ich meine, ist auch 'n Schauspieler.«

»Ja«, sagte Phyl, »das macht alles gut, nicht wahr?«

Ramsey Duke tat seine Anwesenheit kund, noch bevor die Produktionsleiterin ihn sehen konnte. Auf dem Plattenteller drehte sich nämlich eine Scheibe, deren Musik bis in den letzten Winkel des Studios drang. Der Rhythmus war drängend, ungeduldig, unerbittlich. Man konnte sich nur schwer vorstellen, daß jemand dazu tanzen könnte, aber als Phyl eintrat, erblickte sie Ramsey mitten im Studio – ohne Hemd, ohne Schuhe, nur mit einem Paar engen Jeans bekleidet. Er hatte einen auf einem Stativ montierten Scheinwerfer auf sich gerichtet, und Schweißperlen glitzerten auf seiner nackten Haut. Er wand und krümmte sich, verdrehte seinen Körper in aggressiven, ja kriegerisch-feindseligen Bewegungen, die zugleich aber durchaus graziös wirkten. Eigentlich war das kein Ballett, denn es steckte viel zuviel Zorn in dem Tanz. Aber Phyl war tief beeindruckt, und als die Musik zu Ende war, klatschte sie ganz spontan Beifall. Duke erstarrte, als er bemerkte, daß man ihm zugeschaut hatte, und griff schnell nach seinem T-Shirt.

»Wußte nicht, daß hier jetzt noch jemand reinkommen würde«, murmelte er.

»Entschuldigen Sie sich doch nicht«, sagte Phyl. »Das war wirklich sehenswert.«

»Danke.«

»Ich wußte wohl, daß Sie mal Tänzer waren«, sagte sie. »Aber ich wußte nicht, daß Sie so gut sind. Warum tanzen Sie nicht in der Sendung?« Über das zerknautschte Kleidungsstück hinweg, das er sich gerade über den Kopf gezogen hatte, warf er ihr einen kalten Blick zu. »Tut mir leid, das war eine blöde Bemerkung. Ich meine, warum schreiben wir nicht was in die Sendung rein, das Ihnen die Möglichkeit gibt, mal zu tanzen?«

»Ich bin ein Bulle, Miss Wykopf, ist Ihnen das entfallen?«

»Das macht doch nichts. Ich bin sicher, daß wir einen Weg finden würden, um das glaubhaft einzubauen.«

»Machen Sie sich keine Umstände. Ich bin ganz glücklich damit, einen Polizisten spielen zu können.«

»Diese Serie könnte ein bißchen neue Lebenskraft durchaus gebrauchen«, beharrte Phyl. »Ich glaube, so etwas würde ihr wieder ein wenig mehr Farbe geben.«

»Aber sicher, Miss Wykopf.«

Sie wurde rot und zog sich aus dem Lichtkreis zurück, damit er es nicht sähe. »Sie wissen, wie ich's meine. Vielleicht gibt es ja irgendeinen Aspekt, den wir uns für die Sendung zunutze machen können. Ein Polizist, der tanzt ... also, ich meine mich an irgend so was zu erinnern, daß Polizisten Tanzstunden beim Ballett bekommen, um ihre Agilität zu steigern ...«

»Sie denken an Footballspieler.«

»Was macht das für einen Unterschied? Jedenfalls meine

ich, daß ich mal mit Bob Neffer darüber reden sollte. Vielleicht fällt ihm was dazu ein.«

»Mir wär's lieber, Sie täten das nicht.«

»Wie bitte?« Phyl blinzelte ihn an.

»Ich sagte, mir wäre es lieber, wenn Sie das nicht täten«, sagte Ramsey eisig. »Es ist mir schon klar, daß ich der einzige Mensch in der ganzen Show bin, der *Rhythmus* hat, Miss Wykopf. Aber ich würde ganz gern kein großes Aufheben davon machen. Verstehen Sie, was ich meine?«

»Ach du liebe Güte, jetzt sind Sie richtig *gekränkt*, nicht wahr? Sie glauben, es hat was zu tun mit ... warten Sie ... Sind Sie verärgert über ... über Sunday Tyler?«

Ramsey, der gerade den Scheinwerfer hatte ausstellen wollen, hielt inne.

»Was ist mit ihr?«

»Diese törichte Bemerkung, die sie gestern bei der Letterman-Show von sich gegeben hat.«

»Ich hab die Letterman-Sendung gar nicht gesehen.«

»Oh«, sagte Phyl und war diesmal nicht in der Lage, ihr Erröten zu verbergen. »Dann vergessen Sie's. Es war nichts, wirklich. Sie wollte niemanden beleidigen, es war halt nur so was, was ... na ja, was Leute eben so sagen.«

»Was denn?« Als sie zögerte, fuhr er fort: »Da Sie die Sache aufs Tapet gebracht haben, sollten Sie's mir auch sagen.«

»Sie sprach da nur von den verschiedenen Rollen in *Haus der einsamen Herzen*, das ist alles. Über die Guten und die Bösen und all die anderen Stereotypen.«

»Und wo gehörte ich hin?«

»Sie meinte es satirisch«, sagte Phyl. »Ich meine, die

Wendung, die sie wählte, sollte satirisch sein. Letterman war das klar, und er hat das auch gesagt.«

»Und welche ›Wendung‹ wählte sie?«

»Sie nannte Sie den Alibischwarzen der Serie«, sagte Phyl Wykopf. »Aber da haben Sie Sunday, wie sie nun mal so ist.«

Kiki mochte das Grinsen des Fahrstuhlführers, der sie in die zehnte Etage des Wohnhauses in Central Park West und damit zum Apartment von Milo Derringer hinaufbeförderte, überhaupt nicht. Es erinnerte sie an diese Geschichte von P. G. Woodhouse. Woodhouse war ein begeisterter Anhänger von *Am Rande der Nacht* gewesen, und bei der Party aus Anlaß des 25jährigen Jubiläums dieser Sendung hatte ihr Ethel Woodhouse erzählt, daß ihr lieber »Plummy« immer eine Wohnung im Erdgeschoß vorgezogen habe, »weil er nie wußte, was er mit dem Liftboy reden sollte«. Kiki fiel zwar das eine oder andere ein, was sie gerne gesagt hätte, aber sie hielt sich dann doch zurück.

An der Tür von 10-D angelangt, mußte sie sechsmal klingeln, bis Milo endlich reagierte, und dann weitere drei Minuten warten, in denen er an den Schlössern, Riegeln und Ketten herumfummelte, die ihn vor der heulenden Wildnis draußen schützten. Als sie endlich eingelassen wurde, sah sie, daß Chin, was den Grad von Milos ›Vergiftung‹ anbetraf, nicht übertrieben hatte. Chin war sowohl Besitzer als auch Barkeeper der ›Lotosblüte‹, einer von Milos halbem Dutzend »heimlicher« Stammlokale. Phyl Wykopf hatte die meisten davon ausfindig gemacht, und, als Kiki dann zu *Haus der einsamen Herzen* gekommen war, dieser die Liste zusammen mit einer ganzen Reihe anderer unangenehmer Obliegenheiten übergeben. Kiki hatte die Bars alle persönlich aufgesucht, den richtigen Leuten etwas aus dem Kleingeldfundus der Serie zukommen lassen und ihnen Telefonnummern hinterlassen, die sie bei »Notfällen« anrufen sollten. Sie hatte das Wort »Notfälle« betont, denn sie wollte nicht mit unbedeutenderen Zwischenfällen behelligt werden. Als sie bei ihrem Eintreffen im chinesischen Restaurant erfahren hatte, daß Milo bereits nach Hause gegangen war, hatte sie ihre Irritation nicht verbergen können. Daraufhin war Chin in eine erregte Schilderung von Milos Zustand ausgebrochen, aber da diese größtenteils in Mandarin gehalten war, hatte Kiki beschlossen, lieber doch noch nach dem Schauspieler zu sehen. Auch wenn nicht mehr die Gefahr bestand, daß er in der Öffentlichkeit unliebsames Aufsehen erregte, blieb doch noch zu bedenken, daß er bei der morgigen Sendung an fünf Szenen beteiligt war.

Milo erhob keinerlei Protest, als er Kikis ansichtig wurde. Es war ja auch nicht das erste Mal, daß sie zu einem Rettungseinsatz erschien. Anläßlich ihres ersten Auftritts hatte er trunkenes Entzücken an den Tag gelegt und augenblicklich einen verliebten Satz in ihre Richtung gemacht, nur um sich alsbald auf dem Boden wiederzufinden, sein vollkommenes Profil in den langen Flor des Teppichs gebettet. Als er dann wieder relativ nüchtern war, hatte sich Kiki bei ihm entschuldigt – nicht etwa für ihre instinktive Reaktion, sondern dafür, daß sie die Schwäche eines betrunkenen Gegners ausgenutzt hatte.

Als sie aus ihrem ersten BH herausgewachsen war, hatte ihr Vater darauf bestanden, daß sie einen Schnellkurs in Judo mitmachte.

Wahrscheinlich erklärte sich Milos Unterwürfigkeit aus seiner Erinnerung an diese seine erste Erfahrung mit Kiki. Jedenfalls befolgte er ihre Anweisungen und ging voll angekleidet, wie er war, ins Bad, um eine kalte Dusche zu nehmen. Er blieb so lange fort, daß sich Kiki schließlich genötigt sah, die Badezimmertür zu öffnen und nach ihm zu rufen. Er reagierte darauf mit der Einladung, sich ihm doch zuzugesellen. Zufrieden, daß er in keine Ohnmacht gefallen war, kehrte sie ins Wohnzimmer zurück, wo Milo ganz offensichtlich damit beschäftigt gewesen war, sein Ego zu stärken. Er hatte seine Fanpost gelesen.

Daran herrschte kein Mangel. Milo Derringer bekam die meisten Zuschriften von allen, und das wahrscheinlich deshalb, weil er der einzige Star war, der sich eines aktiven Fan-Clubs rühmen konnte. Gene Badger bezeichnete seine Anhänger als »Milos Monster«, ließ aber doch Jahr für Jahr an Milos Geburtstag ein halbes Dutzend von ihnen ins Studio ein, damit sie vor versammelten Seifenopern-Berichterstattern die Geburtstagstorte anschnitten. Die Fans waren alle weiblichen Geschlechts, alle über dreißig – und alle schiefmäulig. Das Foto von der Feier des letzten Jahres stand auf dem Couchtisch, und Kiki nahm es in die Hand. Milo hatte es geschafft, seinen Arm um vier seiner Verehrerinnen zu legen, die angesichts dieser Auszeichnung ganz entrückt dreinblickten. Die beiden restlichen waren nicht minder glücklich, dabeisein zu dürfen, und Kiki erkannte die plumpe Gestalt von Lottie Orwasher aus Crown Heights, Brooklyn, die vom Ensemble unfreundlicherweise die ›bekloppte Lottie‹ genannt wurde. Lottie hatte auf dem Foto keine Augen. Das Blitzlicht war direkt auf die konvexen Flächen ihrer dicken Brillengläser gefallen und hatte nur runde weiße Kreise entstehen lassen. Mit ihrem Strahlenkranz aus krausem Haar sah sie aus wie ein kleines, hilfsbedürftiges Waisenkind.

Kiki nahm einen der Briefe auf und las:

Lieber Mr. Derringer

Jeden Tag sehe ich Sie mir in *Haus der einsamen Herzen* an ich meine an den Tagen an denen Sie dabei sind um die Wahrheit zu sagen mache ich mir nix aus der Sendung wenn Sie nicht mitmachen. Sie sind so ein guter Arzt und Mensch und auch so schön. Ich mache mir Sorgen um Sie wegen dieser Andrea die was nur Ärger macht und ich glaube nicht daß die Ihnen erlauben werden Maribeth zu heiraten trotzdem sie die ganze Zeit davon reden. IRGENDWAS wird passieren, warten Sie nur mal ab die Hochzeit wird nie nicht stattfinden worauf Sie sich verlassen können!!!

Volltreffer, dachte Kiki sarkastisch. Den Fans konnte man nichts vormachen, die waren ihnen immer einen Schritt voraus. Phyl Wykopf war der Ansicht, daß das nichts ausmache, daß es oft besser war, den Zuschauererwartungen zu entsprechen, als sie zu durchkreuzen. Phyl war sich nicht einmal sicher, ob die Zuschauer überhaupt überrascht werden *wollten.* In diesem Punkte stimmte Kiki ganz und gar nicht mit ihr überein, was soweit ging, daß Gene Badger die beiden Frauen schon nicht mehr zusammen zu einer Story-Konferenz einlud. Aber Kiki war fest davon überzeugt, im Recht zu sein – sie konnten nicht mehr so weitermachen, die Stories durften nicht mehr so verflixt vorhersehbar sein. Obwohl... sie wußte da das eine oder andere, auf das sich die Zuschauer nicht mit Sicherheit verlassen konnten...

Sie nahm einen weiteren Brief auf.

Lieber Dr. Masters...

Ohne noch ein weiteres Wort lesen zu müssen, wußte sie, daß dieser Brief von Lottie Orwasher stammte. Sie war nämlich das einzige Mitglied von Milos Fan-Club, das ihn stets nur mit seinem Rollennamen anredete. So war sie eigentlich eher das einzige Mitglied des »Jonathan Masters Fan-Club«.

Lieber Dr. Masters

Ich muß Ihnen etwas sehr Wichtiges mitteilen. Sie sind in SCHRECKLICHER GEFAHR. Andrea Harmon muß doch wahnsinnig werden, weil Sie die Maribeth heiraten wollen. SIE WAR DIE, DIE SIE AN DEM ABEND DA BEI DER KLINIK UMZUBRINGEN VERSUCHT HAT!!! Ich weiß, Sie werden mir nicht glauben, aber bitte, bitte, hören Sie auf mich. Ich hab sie da MIT MEINEN EIGENEN AUGEN gesehen. Sie hielt sich im Schatten versteckt und versuchte, Sie mit diesem schweren Metalltablett zu erschlagen. Es war ein Glück, daß Sie sich gerade noch weggedreht haben, denn sonst hätte sie Ihnen sicher den Schädel eingeschlagen. Und ich weiß noch etwas, aber Sie werden mir auch das nicht glauben. Andrea wird bei der Verlobungsparty im Haus der Armstrongs einen SELBSTMORD VORTÄUSCHEN. Was immer Sie machen, FALLEN SIE DA NICHT DRAUF REIN! Sie versucht nur, Ihr Mitgefühl zu erregen und Sie dazu zu bringen, Ihre Hochzeit zu verschieben! Bitte, bitte, hören Sie auf mich. ALL IHR GLÜCK STEHT AUF DEM SPIEL!!! Wie stets die Ihre,

Lottie

Aus dem Bade erscholl ein Schmerzensgebrüll, und Kiki fuhr erschrocken herum. Sie lief zur Badezimmertür und klopfte an, immer lauter, bis das Geräusch fließenden Wassers aufhörte und Milo ihre besorgte Frage beantwortete:

»Ist schon gut«, sagte er. »Ich hab mich nur gerade an der Zahnpasta geschnitten.«

»An der Zahnpasta?«

»Ich meine das Glas!« sagte er. »Dieses gottverdammte Zahnpastaglas! Hören Sie, warum kochen Sie uns inzwischen nicht einfach mal einen Kaffee? Das hat Phyl immer gemacht.«

»Es ist schon spät«, sagte Kiki. »Wenn Sie meinen, daß Sie sich wieder besser fühlen, dann möchte ich jetzt wirklich gehen.«

»Bleiben Sie wenigstens noch, bis ich nicht mehr blute.«

Die Tür tat sich auf, und Kiki schrak erneut zusammen, denn sie hatte kein Bedürfnis, einem nackten Milo zu begegnen. Aber er hatte einen Bademantel an und ein blutbeflecktes Hemd in der Hand. Der Rest seiner Bekleidung, also der Anzug, der Schlips, die Schuhe, Socken und Unterwäsche, lagen fein säuberlich zusammengefaltet auf einem kleinen Hocker.

»Das muß ein ziemlich schlimmer Schnitt sein«, sagte Kiki.

»Nur keine Sorge«, entgegnete Milo und schenkte ihr sein allerschönstes Lächeln. »Durch die Kamera wird man's nicht sehen.«

Abel McFee trat aus der Dusche, ohne sich erfrischt zu fühlen. Es gab Zeiten, da vermochte es selbst der pulsierende Massagestrahl nicht, ihn zu beleben. Erneut fühlte er den kalten Schweiß ausbrechen, als er den Frotteemantel überzog und zum zweiten Mal an diesem Tage in den Spiegel schaute.

Sein Abendgesicht war ein ganz anderes als sein Morgengesicht. Die Veränderungen waren aber eher auf Verschleiß als auf Müdigkeit zurückzuführen. Die Zeit zehrte ihn auf, fraß unbeobachtet die Zellen seines Körpers auf. Wunderbarerweise machte ihn das nicht dünner.

Er rasierte sich noch einmal. Seine Hand zitterte so sehr, daß er sich in beide Kinne schnitt.

Als die schwierige Arbeit der Rasur erledigt war, zog er seinen feinsten Schlafanzug an und tauschte den Frotteemantel gegen einen samtenen Morgenrock mit einem Streifenmuster aus verschiedenen Brauntönen ein. Er war stets der Ansicht gewesen, daß ihn senkrechte Streifen größer und schlanker machten. Er befragte den Schlafzimmerspiegel, aber dieser war nicht seiner Meinung.

Er ging ins Wohnzimmer und machte sich daran, sich in seinem Steuben-Krug einen Martini zu mixen, wobei er bemerkte, daß seine Hände nun noch viel heftiger zitterten. Als es an der Tür klingelte, beschloß er, die Dinge zu vereinfachen – er goß Wodka in ein Glas und trank ihn warm herunter. Dieser verwandelte sich in seiner Brust zu einem Stück glühender Kohle, als er die Tür öffnete und Carol einließ.

»Hallochen«, sagte sie und schob den Schneefuchs zurück, den sie ständig um den Hals trug. »Wie ist's dir so ergangen?« fragte sie daraufhin mechanisch.

»Gut«, log Abel.

Sie ließ sich aufs Sofa fallen und kreuzte die seidig glänzenden Beine. Abel bemerkte, daß sie seine jüngst vorgetragenen Anmerkungen zu ihrem Make-up ignoriert und ihr Gesicht so dicht beschichtet hatte, daß ihre frische junge Haut völlig darunter verschwand. War aber auch egal. Carol würde sich nie ändern, warum sich also den Kopf darüber zerbrechen?

»Wie läuft das Geschäft?« fragte sie. »Kann ich was zu trinken haben?« Er wußte, daß damit eine kalorienarme Orangenlimonade gemeint war, und hatte diese für sie vorrätig. Sie stürzte die Hälfte davon schnell hinunter, setzte dann das Glas auf den Tisch und stand auf. Sie zog ihren leichten Sommermantel aus und ließ ihn aufs Sofa fallen. Dann knöpfte sie die Bluse auf und enthüllte ihren BH-losen Oberkörper. Sie zog gerade den Reißverschluß ihrer Hosen auf, als es erneut klingelte, was sie verdrießlich dreinblicken ließ. »Du hast mir nicht erzählt, daß das 'ne Party werden soll«, sagte sie.

»Wird's auch nicht«, sagte Abel schnell. »Schau ... vielleicht gehst du besser mal da ins Schlafzimmer rein.«

Carol zuckte die Achseln und sammelte Mantel und Bluse auf. »Mach nicht so lange, Mann. Ich hab noch einen weiteren Besuch zu machen.«

»Bin gleich wieder da«, versprach Abel.

Carol war im nächsten Augenblick verschwunden, nicht so jedoch ihr Parfüm. In der Hoffnung, den Geruch vertreiben zu können, wedelte Abel schwächlich mit den Händen in der Luft herum, wo er den durchdringenden Blumenduft vermutete, aber der Erfolg blieb aus. Entmutigt ging er, um die Wohnungstür zu öffnen, und war eher verärgert als überrascht, Gene Badger mit gezwungenem Lächeln davorstehen zu sehen.

»Was machen Sie denn hier?« sagte Abel. »Warum haben Sie mich nicht angerufen, wenn Sie mich sprechen wollten?«

»Ich habe angerufen. Und eine Nachricht auf Ihrem Anrufbeantworter hinterlassen.«

»Wirklich?« Abel blickte zu dem Gerät hinüber, das auf seinem Schreibtisch stand. »Ich hab völlig vergessen, das verdammte Ding abzuhören.« Das holte er jetzt nach, schaltete das Gerät ein und drückte auf den Rückspulknopf. Als er nun das Band anlaufen ließ, hörte er Gene Badgers Stimme sagen:

»Ich muß Sie unbedingt sprechen, Abel. Noch heute abend. Es ist sehr wichtig. Rufen Sie mich bitte zu Hause an, falls es nicht paßt. Sonst komme ich irgendwann nach zehn vorbei.«

Abel schaltete den Apparat ab. »Ich hätte zurückgerufen«, sagte er. »Ich ... ich hab da einige Sachen zu erledigen ...«

»Sie sehen so aus, als seien sie bettfertig.«

»Es kann doch wohl nicht *so* dringend sein, oder?«

»Lassen Sie es mich mal so formulieren«, sagte der Produzent und lächelte nicht. »Es ist die dringendste Besprechung, die Sie und ich je hatten.«

Abel schluckte schwer und wandte sich vom Anrufbeantworter ab. »Na schön«, sagte er, »worum geht's denn?«

Gene Badger sagte: »Ich habe sie gerade umgebracht.«

Warum eigentlich Wasser? Was war das für eine urzeitliche Anziehungskraft, die die Bekümmerten an den Rand des Wassers zog? War das irgend so eine Freudsche Verbindung zum Mutterleib oder lediglich der beruhigende und tröstende Fluß der Strömung? Troy wußte keine Antwort auf diese Fragen. Aus dem Gebäude in der 66. Straße tretend, führten ihn seine Schritte einfach gen Osten. Und bald darauf fand er sich auf dem Gehweg am East River wieder, auf dem aber niemand mehr ging. Nur die späten Jogger waren noch unterwegs, ächzten an ihm vorbei und warfen ihm, stets auf der Hut vor Straßenräubern, von der Seite her argwöhnische Blicke zu. Niemand schaute ihn lange genug an, um zu bemerken, daß er selbst wie das Opfer eines Überfalls ausschaute – benommen, verletzt, all seiner Wertsachen beraubt, ohne jede Hoffnung auf Wiedergutmachung durch die Straßen irrend.

Er lehnte sich ans Geländer, dachte an nichts und war froh über dieses Vakuum. Aber so etwas war der Natur zuwider, und schon schwappten erneut Trümmerstücke in seinen Kopf zurück, Liedfetzen, Satzscherben und dann schließlich ein Wort. Irgendwie absurd, aber es war das Wort »Glücksfall«. Es war ihm schon einmal in den Sinn gekommen, damals, kurz bevor Morgan gestorben war, denn Morgan hatte da gerade den Schritt vom älteren Bruder zum Freund getan – und dies zu einer Zeit, da er, Troy, einen solchen angesichts des vor ihm liegenden einsamen Erwachsenendaseins dringend gebraucht hatte. Und dann hatte man Morgan umgebracht, bloß um an seine Brieftasche ranzukommen. Das war der in sein Gegenteil verkehrte »Glücksfall« gewesen.

Aber das war nicht das einzige Mal geblieben. Zwei Jahre später, als sein Stolz durch das Scheitern auf dem College tief verletzt gewesen war, hatte er Mary Ellen Price getroffen, deren Gesichtszüge so vollkommen gewesen waren, daß er von einer Verabredung zur anderen vergessen hatte, wie sie eigentlich aussah. Sie war intelligent, lustig und keusch – und alle hatten ihn beneidet. Er hatte diesen Neid so sehr genossen, daß er ihre Keuschheit hinzunehmen bereit gewesen war. Mary Ellen hatte ihm sein Ego zurückgegeben, es ihm dann aber auch wieder genommen, als sie ihm schließlich gestanden hatte, daß sie mit seinem besten Freund schlief.

Und jetzt Sunday.

Er schloß die Augen und hatte keinerlei Schwierigkeiten, sich ihr Aussehen zu vergegenwärtigen, wie sie da auf den prall gepolsterten Kissen des Sofas saß und ihm ihr Leid klagte.

Dann erinnerte er sich daran, wie sie in seinen Armen gelegen hatte. Er erinnerte sich an ihr nach oben gerichtetes, ihm zugewandtes Gesicht, erinnerte sich an ihren weichen, sich an den seinen schmiegenden Körper, erinnerte sich an ihre Augen, die in der Dunkelheit geleuchtet hatten wie die einer Katze. Er erinnerte sich an ihren Atem auf seiner Wange, an ihr Flüstern in seinem Ohr, an ihre Süße, die in ihn hineingeströmt war wie frisches Wasser. Ein »Glücksfall«. Er hatte die andere Hälfte von sich gefunden, und dann hatte jemand einen gänzlich unnötigen Eingriff vorgenommen, so daß weniger als die Hälfte von ihm übriggeblieben war. Sunday war tot, sagte er immer wieder zu sich selbst, Sunday war fort. Der »Glücksfall« ins Gegenteil verkehrt. Kein Glück mehr, nur noch Fall. Wortspielereien. Seine Mutter hätte das gut gefunden.

Für den Kriminalpolizisten Dan Lipschitz waren Wörter nur stumpfe Instrumente.

»Jemand hat sie zersäbelt«, hatte er gesagt. »Ich meine, die Frau ist nicht einfach erstochen worden. Man hat sie regelrecht in Stücke gehackt. Hiermit.«

Die Waffe hatte in einem zerknitterten Stück Zeitungspapier gelegen, was als eine höchst eigenartige Methode erschien, möglicherweise erhalten gebliebene Fingerabdrücke zu sichern, aber Dan hatte ihm gesagt, daß man sie genau so gefunden hatte – ein Hackmesser mit etwa zwanzig Zentimeter langer Schneide, aus rostfreiem Stahl gefertigt, als Markenzeichen eine eingestanzte Feder. Bei seinem jüngsten Gebrauch war so viel Blut angefallen, daß nur noch wenige Wörter auf dem Stück Zeitungspapier lesbar waren. Troy entzifferte ein paar davon. Feuer. Bürgermeister. Sturm. Streit. Steuern. Weißes Haus. Ermordung. Gartengemüse.

»Wir glauben, daß das Papier dazu benutzt worden ist, Fingerabdrücke abzuwischen«, hatte Dan gemeint. »Ob das geklappt hat oder nicht, müssen wir erst noch rausfinden.«

»Ist das alles, was ihr habt?« hatte er zurückgefragt, vom Schmerz wie betäubt. »Ich meine, nur die Waffe? Hat niemand irgendwas gehört oder gesehen? Da sie so übel zugerichtet worden ist, muß sie doch geschrien, sich gewehrt haben, irgendwas.«

»Nein«, hatte Dans tonlose Antwort gelautet. »Bis jetzt noch nichts. Es ist das, was ich einen ›Drei-Affen-Fall‹ nenne. Niemand hat was Unrechtes gesehen, niemand hat was gehört, niemand kann irgendwas dazu sagen. Zumindest im Augenblick nicht. Aber... wir haben ja auch gerade erst angefangen, nicht wahr?« Er hatte den letzten Satz in beruhigendem Tonfall gesprochen, als habe er gespürt, wie sehr Troy einer Rückenstärkung bedurfte.

Troy hatte sich den Leichnam nicht angesehen, hatte nicht darum gebeten, ihn sich anschauen zu dürfen. Er hatte mit Dan Lipschitz im Flur von Sundays Wohnung gesprochen und den Blick von der Tür ihres Wohnzimmers abgewandt, das so hell erleuchtet und voller Menschen gewesen war wie die Kulissen eines Films. Es war schon von ernüchternder Ironie, wie sehr sich Sundays letzte Szene und all die Szenen, die sie gespielt hatte, um sich damit ihren Lebensunterhalt zu verdienen, ähnelten. Diese Erkenntnis hatte den ersten Schock ein wenig gedämpft und ihm dadurch darüber hinweggeholfen.

Als er nun jedoch auf die friedlichen Wasser des Flusses hinausblickte, die ihre beruhigende Wirkung zu verlieren begannen, fing die Wirklichkeit an, wieder in Troy Waylands Bewußtsein zurückzukriechen. Und ein anderes Wort tönte durch seinen Kopf wie das Schrillen einer Alarmglocke:

Warum?

8

Auf der Suche nach morgen

Die ruhige, geschäftsmäßige Atmosphäre des Konferenzzimmers im Verwaltungsgebäude des Senders hatte ihn immer bedrückt und eingeschüchtert, an diesem Vormittag jedoch tröstete sie ihn, wie ihn auch die säuberlichen Reihen gelber Notizblöcke, noch gelberer, ordentlich gespitzter Bleistifte und unbenutzter Radiergummis trösteten; bedeutete dies alles doch, daß noch keine Urteile gefällt, noch keine Irrtümer begangen worden waren. Er traf ein paar Minuten vor der vereinbarten Zeit ein, um sich zu vergewissern, daß man ihn nicht aus Versehen ans Kopfende des Tisches gesetzt hatte. Abel verspürte nämlich keinerlei Verlangen danach, bei dieser Sitzung den Vorsitz zu führen. Sheldon Greenway, Vizepräsident des Bereichs Programmplanung, hatte diese Konferenz vorgeschlagen, und Abel war nur zu bereit, ihm den Vortritt zu lassen. Als die Leute von *Haus der einsamen Herzen* einzutrudeln begannen, setzte ihn jedoch Sheldons Sekretärin leider davon in Kenntnis, daß Mr. Greenway zu seinem außerordentlichen Bedauern zu offenbar dringlicheren Geschäften abberufen worden sei. Wo immer er auch Platz nahm – er war dran.

Als erste traf Ophelia Utley ein. Die stellvertretende Chefautorin war, wie deutlich sichtbar wurde, von dieser Umgebung nicht im geringsten beeindruckt. Sie trug den gleichen mit Ascheflecken verzierten Sweater und die gleichen sackartigen Denimjeans, die sie auch bei der Arbeit und – nach Meinung etlicher Leute – im Bett anhatte. Seit Abel sie vor vier Monaten bei der Weihnachtsfeier der *Einsamen Herzen*-Crew zum letzten Mal gesehen hatte, war sie dicker geworden. Mit ihrem Helm aus schwarzem, strähnigem Haar ähnelte sie ihrem literarischen Idol Ayn Rand. Ayn Rand mit Ziegenpeter!

Ihr Chef, Bob Neffer, erschien ein paar Minuten später mit dem Drehbuchautor Norman Levi im Schlepptau. Sie hatten beide eine Bekleidung gewählt, die sowohl zu einer geschäftlichen Besprechung als auch zu einer Totenwache paßte, was angesichts der Umstände besonders angemessen erschien. Unmittelbar nach ihnen traf Phyllis Wykopf ein, ausgemergelt und hohläugig – ihr Anblick erinnerte alle daran, daß sie dringend einen Kaffee brauchten, und Abel schickte seine Sekretärin Irma los, diesen herbeizuschaffen, ohne die Ankunft der zwei noch ausstehenden Teilnehmer abzuwarten, die sich nun schon um zwanzig Minuten verspätet hatten. Für Kiki Carney war das gar nicht typisch, da sie im Gegenteil für ihre große Pünktlichkeit bekannt war – aber sie hatte Gene Badger versprochen, ihn in seiner Wohnung abzuholen, und dieser wiederum kam, wie ebenfalls jedermann wußte, nur schwer aus den Startlöchern. Als sie schließlich eintrafen, sah Kiki frisch und munter aus, und selbst Badger war, ein hübsches ledernes Aktenköfferchen in der Hand, energiegeladen und ganz dynamische Führungskraft.

Als alle saßen, sprach Abel mit Zögern die eröffnenden Worte.

»Ich nehme an, wir wissen alle, warum wir hier versammelt sind«, sagte er und sah dabei so aus, als wüßte er es nicht. »Wir haben bei dieser Serie noch nie eine solche Situation gehabt, und deshalb war der Sender der Meinung, wir sollten mal unsere Köpfe zusammenstecken, um zu sehen, wie wir sie am besten in den Griff bekommen können. Wir werden uns also in dieser Sitzung, äh, dem Brainstorming widmen. Will sagen, wir sollten uns alle einfach mal öffnen, ganz locker sein, alles aussprechen, was uns so in den Sinn kommt...«

»Zu welchem Thema denn?« fragte Ophelia mit ihrem Froschbariton dazwischen. »Die Presse hat doch alles gesagt, was es zu sagen gibt, wenn Sie mich fragen.«

»Habt ihr die *New York Post* gesehen?« fragte Norman Levi. »Sie bringt eine dreiteilige Serie, grundgütiger Himmel!«

Bob Neffer knurrte: »Die *News* hatte die beste Schlagzeile von allen. SEIFENOPERNSTAR HINGEMETZELT. Ganz schön gruselig.«

»Die *Times* hat drei Tage lang was über die Sache gebracht, dann Schluß«, sagte Ophelia, wobei sie sich eine Gauloise ansteckte und erstickend dichte Rauchwolken zur Mitte des Tisches hinblies. »Wenn wir noch ein kleines Weilchen warten, dann gibt's eine neue Sensationsnachricht, und kein Mensch denkt mehr an Sunday Tyler.«

»Was ich nicht begreife«, sagte Kiki, »ist, warum das Fernsehen so wenig bringt. Das hätte ich für ganz natürlich gehalten, aber bereits eine Woche nachdem diese arme Frau ermordet worden ist, absolut nichts mehr.«

Abel räusperte sich. »Ich weiß nicht, wie das die anderen Sender halten, aber ich kann immerhin für diesen sprechen und sagen, daß es für uns eine politische Entscheidung war. Wir wollten diese Geschichte nicht breitwalzen, bevor wir nicht wußten, welche Auswirkungen sie auf die Sendung haben würde.«

»Was zum Teufel hat die *Serie* damit zu tun?« sagte Phyl Wykopf. »Ich dachte, Sie hätten eine ach so unabhängige Nachrichtenredaktion. Ist das etwa keine heiße Geschichte?«

»Nicht, wenn sich bei dem Fall nichts bewegt«, sagte Bob Neffer. »Und nach allem, was wir gehört haben, tut sich bis jetzt gar nichts. Stimmt's nicht, Abel?« Er blickte den Manager forschend an. »Die Polizei weiß noch kein bißchen mehr, als sie zum Zeitpunkt des Leichenfundes auch schon gewußt hat, nicht wahr?«

Abel zuckte mit seinen schmalen Schultern. »Was fragen Sie mich das? Ich bekomme auch keine detaillierteren Informationen. Ich nehme an, daß sie nach wie vor an ihrer ursprünglichen Theorie festhalten. Der gestörte Einbrecher und so weiter.«

»Nur, daß gar nicht eingebrochen wurde«, sagte Phyl. »Die Berichte sagen alle, daß nichts entwendet worden ist.«

»Also hört mal, Leutchen«, sagte Bob Neffer. »Wir haben uns so an den ganzen Polizistenmist gewöhnt, den wir senden, daß wir ihn schon mit der Realität verwechseln. Zu allererst einmal erzählen die Bullen der Öffentlichkeit nie die Wahrheit, wenigstens nicht die ganze. Ihr könnt euch drauf verlassen, daß sie genug für sich behalten, damit sie dem Irren, der Sunday zerhackt hat, alles anhängen können – wenn sie ihn erstmal haben.«

»Halt mal, halt mal«, sagte Abel McFee. »Das ist nicht die Art von Brainstorming, die mir vorschwebte. Wir haben genug Leute, die sich in dieser Sache um die PR kümmern. Nein, was wir brauchen, das ist irgendein Konsens, was jetzt mit der Story geschehen soll.«

»Sie sind doch davon in Kenntnis gesetzt worden, was wir inzwischen schon gemacht haben«, sagte Gene Badger. »Nämlich daß wir die Andrea erst mal für zwei Wochen ›rausgeschrieben‹ haben. Bob und Ophelia und Norman haben in sehr kurzer Zeit eine Wahnsinnsarbeit geleistet. Habe ich nicht recht?« Er blickte sich, Zustimmung heischend, um. Aber die einzige, die reagierte, war Ophelia, die einen Rauchring in die Luft blies und sagte:

»Verdammt recht.«

»Und wir haben natürlich auch«, fuhr Neffer fort, »über die langfristige Planung gesprochen und ein paar erste Ideen entwickelt, über die zu diskutieren wäre. Zum Beispiel meinen wir, daß wir, wenn wir irgendeinen Unfall oder irgendeine Krankheit für Andrea reinschreiben könnten, natürlich off-screen, klar doch, uns so lange durchzumogeln imstande wären, bis uns eine endgültige Entscheidung über die Rolle möglich ist.«

»Augenblick mal«, unterbrach Kiki ihn. »Wäre das nicht unsere vorrangigste Aufgabe? Ich meine, entscheiden, ob wir die Rolle sterben lassen oder neu besetzen wollen?«

»Genau das ist der schwierigste Teil«, sagte Norman bekümmert. »Wie oft waren wir uns nicht schon einig, daß man die Andrea nicht neu besetzen *kann*? Daß Sunday Tyler schlicht unersetzbar ist?«

»Ich denke noch immer so«, sagte der Chefautor. »Wenn wir unser abschließendes Urteil hier abgeben sollen, dann tue ich dies hiermit. Laßt zur Abwechslung mal die Kunst das Leben nachahmen. Laßt uns diese Mordgeschichte so umschreiben, daß das Opfer Sunday heißt.«

Dieser Vorschlag brachte zunächst den ganzen Saal zum Schweigen, dann aber redeten sie alle durcheinander.

»Das ließe sich machen«, sagte Ophelia. »Ich meine, sehen wir die Dinge doch, wie sie sind: Alle hassen Andrea, sie ist also das geborene Mordopfer. Wir können immer noch die Geschichte mit der fälschlichen Anschuldigung bringen, nur ist jetzt Andrea diejenige, die was aufs Haupt bekommt, und der arme Jonathan der, der festgenommen wird.«

»... lausige Publicity«, sagte Phyl, Ophelias Bariton begleitend. »Alle werden rumschreien, daß wir die Ermordung Sundays ausschlachten.«

»Da stimme ich Phyl zu«, sagte Kiki. »Erinnern Sie sich nicht mehr daran, was in *Am Rande der Nacht* passiert ist?«

»'ne Neubesetzung ist vielleicht kein ganz so riesiges Problem«, sagte Gene Badger. »Es gibt da was, Leutchen, was ihr noch nicht wißt...«

»Was ist denn in *Am Rande* passiert?« fragte Norman neugierig.

»Sie brachten eine Geschichte über so einen Jugendkult«, sagte Kiki. »Die Gruppe nannte sich ›Kinder der Erde‹ und wurde von einem dieser charismatischen Leute angeführt, für die die Menschen alles tun – sich sogar selbst umbringen, wenn er es ihnen befiehlt.«

»Jonestown«, sagte Abel McFee. »Sie hatten die Idee von den Vorfällen damals in Guayana geklaut. Wo alle diese jungen Leute vergifteten Saft tranken, bloß weil es Jim Jones so wollte...«

»Falsch.« Kiki schüttelte den Kopf. »Die Geschichte war schon lange *vor* Jonestown geschrieben worden. Sie wissen ja selbst, was für Vorlaufzeiten nötig sind, bis eine Story endlich auf dem Bildschirm erscheint. Als *diese* dann gesendet wurde, war das ausgerechnet die Zeit, als die Sache in Jonestown ans Licht kam, und es sah plötzlich ganz so aus, als wenn die Sendung Tag für Tag den Schlagzeilen der Nachrichten folgte. Und natürlich fingen die Zuschauer an, sich zu beschweren. Man beschuldigte uns der Ausbeutung, billiger Effekthascherei und was weiß ich nicht noch alles.«

»Und was habt ihr da gemacht?« wollte Norman wissen.

»Natürlich die Story gestrichen. Einfach beendet und was Neues angefangen. Was ich damit nur sagen will, ist, daß es mit großer Wahrscheinlichkeit zu ähnlich negativen Zuschauerreaktionen kommen wird, wenn wir die Andrea ermorden lassen. Ich meine, die Gefahr besteht, und wir sollten sie vermeiden.«

»Offen gestanden«, sagte Abel, »glaube ich, daß der Sender die Sache auch so einschätzen dürfte. Man würde es wohl lieber sehen, wenn die Öffentlichkeit den Mord vergäße und nicht die nächsten sechs Monate ständig an ihn erinnert würde.«

Phyl Wykopf brachte ein müdes Lächeln zustande. »Warum schicken wir Andrea nicht einfach nach oben, damit sie ihre Hausaufgaben macht? Wie wir das beim kleinen Davey doch schon vorexerziert haben?«

»Wir müssen nicht auf die Rolle verzichten«, sagte Gene Badger. »Ich bin dafür, sie neu zu besetzen. Und ich weiß auch, wie wir das machen können – zu dem Zeitpunkt, der uns als der geeignetste erscheint.«

Er öffnete sein Aktenköfferchen und entnahm ihm ein Hochglanzfoto – das Porträt einer attraktiven Frau, die ein wenig Sunday Tyler ähnelte, oder besser der Sunday Tyler, wie sie in der Rolle der Andrea Harmon ausgesehen hatte. Er hob das Foto in die Luft wie ein Zauberer sein weißes Kaninchen.

»Erinnert sich jemand an diese Dame hier?«

»Das ist Julia Porterfield«, sagte Abel. »Die erste Andrea.«

»Und wenn wir uns über die Bedingungen einig werden können«, sagte Badger mit einem Lächeln, »dann auch die nächste.«

»Wir dachten, sie sei verschwunden!« sagte Phyl Wykopf. »Seit fast drei Jahren hat niemand mehr was von ihr gehört.«

»Ich hab gehört, sie lebt in Italien«, sagte Norman Levi.

»Ich dachte, sie wäre tot!« Bob Neffer schnappte sich das Foto und betrachtete es ungläubig.

»Sie ist am Leben«, versicherte ihm der Produzent. »Am Leben und wohlauf und wohnt in New York City. Ja«, fügte er noch beiläufig hinzu, »zufällig sogar in der 66. Straße Ost. Im gleichen Haus wie Sunday.«

Das Schweigen, das dieser Aussage folgte, unterschied sich von dem vorhergehenden. Es war schwerer und spürbarer. Phyl brach es schließlich, indem sie sagte:

»Lieber Gott, das ist schrecklich. Wir sitzen hier rum und reden über die Auswechslung von Sunday Tyler, als sei sie ein Paar abgefahrener Reifen. Ihr beklagt euch da über die Presse, die diesen grauenvollen Mord übergeht, und was tun wir?«

Abel McFee sagte: »Uns geht das alles gräßlich an die Nieren, Phyl, und das wissen Sie auch.«

»Wir sind bei der Beerdigung gewesen«, sagte Badger. »Was können wir noch mehr tun?«

»Ich hab sogar *Blumen* geschickt«, brummte Ophelia.

»Wir können sie nicht wieder lebendig machen«, sagte Norman Levi. »Das Leben muß weitergehen.« Dann senkte er beschämt die Augen. »Tut mir leid«, fügte er hinzu, »ich schreibe schon zu lange Seifenopern.«

»Vielleicht ...« Kiki blickte verlegen drein, sagte dann aber doch, was sie hatte sagen wollen. »Vielleicht sollten wir eine Schweigeminute oder so etwas einlegen.«

Zum dritten Male wurde die Sitzung durch eine tiefe Stille unterbrochen, aber diesmal dauerte sie keine zehn Sekunden. Irma, Abel McFees Sekretärin, kam unter schamloser Mißachtung des feierlich-frommen Augenblicks, in den sie hineinplatzte, in den Konferenzsaal gesegelt, im Arm einen Stapel fotokopierter Blätter. Alle zeigten drei senkrechte Spalten, die ihrerseits wieder durch ein Dutzend waagerechter Linien unterteilt waren. In die so entstandenen Kästchen waren von Hand Zahlen eingetragen worden.

»Sie sagten, Sie wollten die hier so schnell wie möglich haben, Mr. McFee.«

»Um Himmels willen, das hab ich ganz vergessen«, sagte Phyl Wykopf. »Es ist ja Donnerstag.«

»Donnerstag, blutiger Donnerstag«, murmelte Norman dunkel.

Die Bogen gingen schnell von Hand zu Hand. Jetzt herrschte die Stille vollkommener Versenkung, da alle die Nielsen-Zahlen überflogen, wobei ihre Blicke wie Raubvögel auf die Kästchen hinabschossen, die dem *Haus der einsamen Herzen* vorbehalten waren.

»Man sehe sich das an!« rief Badger aus, und sein Mund blieb weit offen stehen.

»Wir sind rauf«, stieß Kiki begeistert hervor. »Wir haben die beiden anderen Sender geschlagen! Das haben wir schon seit sieben Monaten nicht mehr geschafft!«

»Acht!« sagte Abel aufgeregt. »Und das war 'ne Freakwoche, also Weihnachten, Neujahr, ich hab vergessen, was ...«

»Wir sind zweieinhalb Punkte rauf!« krähte Bob Neffer. »Und seht euch diese Quote an! *Einunddreißig Prozent!* Schon seit *zwei Jahren* sind wir nicht mehr über die dreißig rübergekommen.«

»Heiße Scheiße!« sagte Ophelia Utley grinsend. »Das ist das erste Mal, daß das Ekel der Serie was gebracht hat. Graben wir sie aus und murksen wir sie noch mal ab.«

Er hätte eigentlich schon längst auf der Brooklyn Bridge sein sollen. Der Tag war wie gemacht dafür. Die Stadt durchlebte zwar gerade die Hundstage des Monats August, aber dieser Morgen erinnerte viel eher an einen im April. Der April ist so betörend! War das nicht aus einem Lied, das seine Mutter, wie er sich erinnerte, mit ihrer nicht sehr kräftigen, aber klaren Stimme oft gesungen hatte? Seine Eltern hatten viel von »Die Familie versammelt sich ums Piano« gehalten. Das ihre war ein wuchtiger Steinway-Flügel gewesen, der ein Drittel des Wohnzimmers ausfüllte. Sein Vater hatte einen durchaus anhörbaren Tenor gehabt, und seine Schwester Daisy war der ganze Stolz des Schulchores gewesen – aber wenn *er* aufgerufen wurde, birnenförmige Töne zu produzieren, dann hatte das, was aus ihm herauskam, weit mehr wie kleine saure Äpfel geklungen... Er drängte die in ihn einströmende Nostalgie zurück und versuchte, an die Gegenwart zu denken. Er hätte schon vor einer halben Stunde auf der Manhattaner Seite der Brooklyn Bridge sein müssen, da er am letzten Drehtag von *Hitzewelle* dort zum Dienst eingeteilt war. Bagley hatte ihm diese Aufgabe zugewiesen, nachdem die Produktionsleitung der Seifenoper die Entscheidung gefällt hatte, die Außenaufnahmen bis auf weiteres zu verschieben – er aber war noch immer zu Hause und lag in zerknitterten Hosen, einem ungebügelten Hemd, aber ohne Socken und Schuhe auf seinem ungemachten Bett. Er hatte gar nicht gemerkt, daß er barfuß war, bis es an seiner Wohnungstür klingelte und er sie Dan Lipschitz öffnete, der auf seine Füße hinabblickte.

»Deine Fußnägel müßten mal geschnitten werden«, sagte er.

»Hat dich meine Mutter hergeschickt?« Diese Frage hatte einmal eine besondere Bedeutung gehabt, damals, als sie zusammen als Nachbarskinder in Sheepshead Bay aufgewachsen waren. Dann aber ging Troy auf, weshalb Dan aller Wahrscheinlichkeit nach zu ihm gekommen war, und ihm kam alle Schnoddrigkeit abhanden. »Was ist, Danny? Habt ihr was? Habt ihr diesen Dreckskerl gefunden?«

»Entspann dich«, sagte sein Freund. »Ich wollte eigentlich nur mal so mit dir reden. Vielleicht kannst du mir ja ein bißchen helfen.«

»Um alles in der Welt, das habe ich dir doch schon vor Tagen gesagt. Daß ich bei diesem Fall behilflich sein kann, daß ich eine Menge dieser Leute kennengelernt habe.«

»Ich weiß, ich weiß«, sagte Dan.

»Laß mich mit dir zusammenarbeiten, Danny. Es muß ja nicht offiziell sein, mir ist schon klar, daß du das nicht veranlassen kannst. Aber ich könnte mich doch vom Dezernat beurlauben lassen, ich könnte auch was von meinem Jahresurlaub nehmen...«

»Jawohl«, sagte Danny rauh, »das tu du nur! Du siehst wirklich aus, als könntest du einen Urlaub gebrauchen. Du siehst richtig ausgebrannt aus, mein Jungchen. Vielleicht sollte ich doch mal deine Mutter anrufen.«

»Das wäre nicht mehr ganz so einfach wie früher, denn sie wohnen nicht mehr in New York, sondern draußen in Dutchess County.«

»Das hast du mir nie erzählt.«

»Meine Mutter ist pensioniert, Papa unterrichtet noch an seinem Provinzcollege. Die alten Zeiten sind vorbei und dahin, Danny.« Troy war beunruhigt, als er spürte, daß ihm zum ersten Mal seit endlos langer Zeit wieder Tränen in die Augen zu steigen drohten. Er wandte sich ab und sagte: »Komm rein, ich mach uns einen Kaffee.«

Es zeigte das ganze Ausmaß seiner Besorgtheit, daß Dan Lipschitz gegen das Ergebnis dieses großzügigen Angebots – ein aus den Überbleibseln zweier verschiedener Pulverkaffees hergestelltes, bitteres und schwarzes Gebräu – keinen Einspruch erhob. Es war das erste Mal, daß sie zusammentrafen, seit der Name Sunday Tylers in die Akten des Morddezernats aufgenommen worden war, und obwohl Troy den Kriminalbeamten täglich angerufen hatte, war er über den Fall keineswegs besser informiert als jeder gewöhnliche Zeitungsleser auch. Sein Groll war so bitter wie sein Kaffee, als sei er der Ehemann oder ein naher Verwandter der Toten, dessen Interessen von den Behörden sträflich vernachlässigt würden. Wie hätte er ihnen aber auch das Wunder und das Rätsel seiner engen Beziehung erklären können, die in der kurzen Zeit von ganzen vierundzwanzig Stunden zwischen ihm und der toten Frau entstanden war? Wie konnte er ihnen begreiflich machen, daß er ein Recht darauf hatte, von ihnen ins Vertrauen gezogen zu werden, daß das einzig denkbare Mittel zur Linderung seines Schmerzes die urzeitliche Jagd, das Einfangen, ja vielleicht sogar das Erlegen jenes Tieres war, das Sunday Tyler ihr gesamtes und ihm so viel von seinem Leben entrissen hatte?

»Es ist immer noch ein Drei-Affen-Fall«, sagte Dan Lipschitz. Er war ein untersetzter, gerade erst dreißigjähriger Mann, dessen rundes, dickliches Gesicht durch auffallend dichtbewimperte, dunkle Augen, die ihm im Revier den Spitznamen »Valentino« eingetragen hatten, vor der Unscheinbarkeit bewahrt wurde. Troy konnte diese Augen jetzt nicht sehen, da er auf den angeschlagenen Rand seines Bechers starrte. »Es sind schon, na wieviel, sieben, acht Tage seit dem Mord vergangen? Und wir haben nicht einen Zeugen in diesem Wohnblock gefunden, in dem es achtundsechzig Wohnungen und vielleicht zweihundertfünfzig Mieter gibt. Das könnte einiges erklären. Die offensichtlichste Erklärung wäre wohl die, daß der Mörder jemand war, den deine Freundin Sunday kannte, jemand, den sie selbst eingelassen hat.«

»Was ist mit der Theorie von dem gestörten Einbrecher? Davon war in den Zeitungen zu lesen.«

»Die kannst du vergessen«, knurrte Dan. »Kein Mensch vom Morddezernat hat je was von einem Einbruch gesagt. Das hat irgendein Reporter so geschrieben, weil er sonst nichts zu schreiben hatte. Man kann nur gestört werden, wenn etwa der Wohnungsinhaber erst fort ist und dann überraschend wiederkommt. Aber soweit uns bisher bekannt ist, hat Sunday Tyler ihre Wohnung den ganzen Tag nicht verlassen.«

»Gibt's in dem Haus so was wie einen Portier?«

»Du warst doch dort. Erinnerst du dich nicht daran?«

»Nein ... nein, tue ich nicht.«

»Die Antwort lautet, daß es drei dort gibt, die im Schichtdienst arbeiten«, sagte Dan trocken. »Aber so gut wie alle Mieter, mit denen wir gesprochen haben, meinten, daß es eine echte Sicherheit dort nicht gäbe. Die Pförtner verstauen immer irgendwelche Pakete oder sind auf dem Klo im Erdgeschoß oder am Telefon in der Eingangshalle, von wo aus sie nicht mal die Haustür sehen können. Eigentlich sollen sie ja Besucher ankündigen, aber meistens tun sie eben dies nicht. Jedermann kann dort durch den Eingang hereinspazieren, zum Lift gehen, auf jeder beliebigen Etage aussteigen, an jeder Wohnungstür klingeln. Ob der Besucher eingelassen wird oder nicht, ist allein Sache des jeweiligen Bewohners – alle Türen haben immerhin einen Spion.«

»Und wenn Einbruchprofis an der Tür klingeln und niemand macht auf, dann gehen sie davon aus, daß die Wohnung leer ist, und versuchen, die Tür aufzubrechen. Handbuch der Einbruchsdiebstähle und Eigentumsdelikte, Seite eins. Und wenn die Pförtner schon bei den hereinkommenden Leuten so nachlässig sind, was ist dann erst bei denen, die das Gebäude verlassen? Wie könnt ihr so sicher sein, daß Sunday zwischenzeitlich nicht doch fort war?«

Dan seufzte. »Ich bin eigentlich hergekommen, um dir ein paar Fragen zu stellen, und nicht, um von dir befragt zu werden.« Dann zuckte er die Achseln und zog das vertraute kleine Notizbüchlein aus der Tasche. »Der Gerichtsmediziner meint, der Tod müsse zwischen sieben und neun Uhr abends eingetreten sein. Ja, die Verletzungen waren noch so frisch, als die Tote gefunden wurde, daß er den Zeitpunkt sogar ziemlich genau angeben kann, nämlich mit etwa acht Uhr. Selbst wenn wir diesen medizinischen Befund nicht vorliegen hätten, bliebe uns noch folgendes.« Er blätterte in dem Büchlein. »Um sechs Uhr fünfzehn rief Sunday Tyler einen Mann namens Abel McFee an, den Produktionschef ihrer Fernsehserie. McFee sagt aus, daß sie etwa fünfzehn bis zwanzig Minuten miteinander gesprochen hätten, über Geschäftliches, wie er sagt. Er ist sich, was die Zeit anbelangt, ganz sicher, weil sein Fernseher lief, die Lokalnachrichten. Er erinnert sich an das Pausenzeichen des Senders um sechs Uhr dreißig, das ein paar Minuten vor Beendigung ihres Telefonats auf dem Bildschirm zu sehen war. Dann folgte noch ein Telefongespräch, und zwar mit einer Agentin namens Honey Raider, die in der 57. Straße Ost wohnt. Offenbar hat sie diese Mrs. Raider häufiger angerufen, obwohl die sie schon seit drei Jahren nicht mehr vertritt.«

»Worum ging es bei diesem Gespräch?«

»Mrs. Raider sagt, um genau die Dinge, um die es immer und bei allen anderen Anrufen auch gegangen sei. Sunday habe sich mal wieder beklagt – über ihren augenblicklichen Agenten, über ihren Produzenten, über die Autoren der Sendung, die Story, die Toiletten in den Umkleideräumen, über einfach alles. Sie habe etwa eine halbe Stunde lang geredet, obwohl sie, Mrs. Raider, alles versucht habe, das Gespräch abzukürzen. Was sie schließlich im wahrsten Sinne des Wortes befreit habe, das sei die Türglocke gewesen.«

»Ihre oder Sundays?«

»Sundays. Sie sagte Mrs. Raider, daß da jemand an der Tür sei, daß sie ihn abwimmeln wolle, wer immer es sei, da sie ein fettes Drehbuch vor sich liegen habe und an diesem Abend noch jede Menge Rolle lernen müsse.«

»Ja«, sagte Troy, und seine eigenen Erinnerungen schmerzten ihn, »das hat sie mir auch gesagt. Daß sie noch dreißig Seiten zu lernen hätte.«

»Wir haben das Skript gefunden«, sagte Dan vorsichtig. »Es lag dicht bei ihrem Leichnam. Ich bezweifle, daß ihr Zeit zum Lernen blieb.«

»Du meinst, daß der, der da an der Tür war... sie umgebracht hat?«

»Erscheint mir wahrscheinlich, aber sicher sein können wir nicht.«

»Nach deiner Rechnung müßte es da sieben Uhr gewesen sein, kurz nach sieben.«

»Das ist richtig.«

»Und wenn sie fast eine Stunde später ermordet worden ist, dann bedeutet das, daß sich ihr Besucher einige Zeit bei ihr aufgehalten hat. Glaubst du deshalb, daß es jemand war, den sie kannte?« Dan nickte langsam. Allein die Höflichkeit ließ ihn das Angebot eines weiteren Kaffees annehmen. »Aber wenn es nun ein Eindringling mit einer Waffe war, ein total Fremder, dann hätte der sie doch zwingen können, seine Anwesenheit zu erdulden, oder nicht?«

»Das ist tatsächlich die Lieblingstheorie von Rivera.«

»Von wem?«

»Sam Rivera. Ein Kollege vom Morddezernat, der auch auf diesen Fall angesetzt worden ist. Du hast doch nicht etwa geglaubt, ich sei der einzige?«

»Wie viele sind's jetzt?«

»Fünf. Wahrscheinlich werden's zehn werden, wenn wir den Fall nicht bald lösen«, sagte Dan bedauernd. »Dann werden wir uns gegenseitig auf den Füßen stehen.«

»Und was meint dieser, äh, dieser Rivera?«

»Daß es durchaus nicht jemand gewesen sein muß, den

sie kannte. Daß es auch ein Irrer gewesen sein kann, der sie sich völlig willkürlich ausgesucht hat. Oder der sie in der U-Bahn sah und dann zu der Ansicht gelangte, daß es nicht schaden würde, wenn man ihr den Bauch aufschlitzte. Aber schließlich bearbeitet Rivera auch schon seit sechs Monaten den Fall eines Serientäters.«

»Serientäter«, wiederholte Troy verständnislos.

»Keine Tagesserie. Jemand, der willkürliche Morde begeht, einen nach dem anderen. Leute wie der Würger von Boston oder der Hillside-Mörder. Rivera hat seit letztem Oktober vier ungelöste Fälle zusammengetragen, die er für identisch hält. Wobei er der einzige ist, der davon überzeugt ist, daß sie ›identisch‹ sind. Ein Opfer war eine Stadtstreicherin, die mit einem Schlachtermesser zerstükkelt und dann in einem Einkaufswagen abgelegt wurde. Dann war da eine junge Frau, die in einer dieser die ganze Nacht geöffneten Buchläden im Village arbeitete. Wurde in eine dunkle Gasse gezerrt und erdolcht, ein paar Dutzend Stiche. Kein Sexualverbrechen. Den Kerl törnte offensichtlich das Blut an.«

»Ja«, sagte Troy, »an den Fall erinnere ich mich.«

»Der dritte ist der Fall Swenson – auch an den solltest du dich noch erinnern können. In Queens ermordetes Mädchen, auch ein Messerstecher.«

»Aber in dem Fall ist es doch zu einer Festnahme gekommen, war's nicht so? Ihr Onkel, der Kerl, den sie beschuldigt hatte, sie vergewaltigt zu haben?«

»Es lag ein Haftbefehl gegen ihn vor, der aber nie vollstreckt wurde. Der Bursche machte sich nämlich unsichtbar. Und als er schließlich gefunden wurde, lag er in einem

Motel in der Badewanne – mit aufgeschnittener Pulsader. Damit war der Fall so gut wie abgeschlossen. Nur meint Rivera, daß die Vergewaltigung zwar der Grund für seinen Selbstmord, nicht aber der Grund für den Mord war.«

»Riveras Theorie überzeugt mich allerdings auch nicht, Danny. Alles, was diese Fälle gemeinsam haben, sind Messer und Frauen.«

»Genau das meint der Chef auch. Aber Rivera läßt nicht locker. Sein vierter Fall ist erst zehn Tage alt, der Fall Claudine Potter. Weißt du darüber Bescheid?«

»Nein«, sagte Troy.

»Frau Ende zwanzig, angehende Schauspielerin, kam im Mai letzten Jahres nach New York, wohnte mit einer Mitmieterin zusammen im Zentrum von Manhattan. Die Zimmergenossin kam eines Abends nach Hause und fand Claudine in Stücke geschnitten. Auch da keinerlei brauchbare Hinweise. Und die Tatsache, daß sie Schauspielerin war wie Sunday Tyler . . .«

»Lieber Danny«, sagte Troy düster, »erspar mir, was nach deiner Meinung in diesem Falle *nicht* denkbar ist, sondern erzähl mir bloß, was deiner Ansicht nach wirklich passiert ist.«

»Du willst meine Ansichten dazu hören? Na gut. Ich glaube nicht, daß deine Freundin Sunday von irgend so einem unbeteiligten Spinner getötet worden ist. Ich glaube nicht, daß diese Mordtat eine willkürliche war. Ich glaube, daß sie von jemandem umgebracht worden ist, den sie kannte, und aus Gründen, die ihr ebenfalls bekannt waren. Ich glaube, daß sie Feinde hatte. Ich hatte gehofft, du könntest mir vielleicht ein paar von ihnen nennen.«

Sie ließen sich Pizza kommen, mit allem drauf außer Sardellen, und öffneten zwei Heineken. Es war fast so wie früher, wie damals in Brooklyn. Nur diskutierten sie jetzt nicht die Verdienste des Innenfeldspielers der Mets, die entfernten Möglichkeiten eines gemeinsamen Gebrauchtwagenkaufs oder die Frage, was dafür oder dagegen sprach, daß sie bei Shirley Shuster oder Louisa Watts »weiterkommen« würden. Heute sprachen sie über Mordverdächtige.

»Ich *kenne* diese Leute nicht eigentlich«, schränkte Troy ein. »Ich habe zwar ein paar von ihnen kennengelernt, aber das heißt ja noch nicht, daß ich sie auch kenne. Ich hab halt zugehört, was sie so redeten, über sich und über die anderen. Und ich habe auch Sunday zugehört, was sie von ihnen dachte.«

»Das ist mehr, als wir bislang haben«, sagte Dan ermunternd. »Alles, was wir haben, sind Namen auf Listen, die meisten davon direkt aus ihrem Adreßbüchlein entnommen. Wir haben natürlich alle befragt. Und alle sagten, sie seien wahnsinnig schockiert. Alle hatten für diesen Abend ein Alibi, manche ein gutes, andere ein wackliges. Aber eins weiß ich mit Sicherheit: Du bist wohl der einzige Mensch hier in unserer Stadt, der diese Frau *gemocht* hat.«

»Ich weiß«, sagte Troy. »Sunday tat wirklich alles, sich Feinde zu machen. Ich glaube, ich kann einige ihrer Beweggründe erraten, aber verlang bloß nicht von mir, daß ich sie analysiere. Ich bin kein Psychiater.« Wieder ein Echo.

»Ich verlange keine Analyse, nein«, sagte Dan Lipschitz. »Schon deshalb nicht, weil du sie dazu nicht lange genug gekannt hast.«

»Ich habe sie lange genug gekannt«, sagte Troy tonlos.

Der Kriminalbeamte blätterte eine Seite in seinem Notizbüchlein um.

»Abel McFee«, sagte er. »Alter 53. Dreimal verheiratet, zweimal geschieden, keine Kinder. Gerade dabei, sich von seiner dritten Frau zu trennen...«

»Stopp«, sagte Troy. »Den habe ich nie kennengelernt. Alles, was ich über ihn weiß, ist das, was mir Kiki Carney über ihn erzählt hat. Er ist der Chefproduzent dieser Seifenoper und arbeitet für den Sender...«

»Carney«, sagte Dan und überflog seine Liste. »Der Name stand nicht in Sunday Tylers Adreßbuch.«

»Sie war keine Freundin von Sunday, das steht fest. Sie ist Assistentin der Produktionsleitung.«

»Hat diese Kiki Carney sich mal irgendwann zu der Beziehung zwischen Miss Tyler und McFee geäußert?«

»Beziehung?« Troy zuckte kurz mit den Wimpern.

»Ich meine nicht beruflich, sondern haben sie was miteinander gehabt, gebumst, oder wie soll ich das nennen?«

»Nein«, sagte Troy barsch.

»Nimm's bitte nicht persönlich. Ich frage nur.«

»Kiki hat so etwas nie durchblicken lassen.«

»Natürlich kanntest du auch *sie* nicht sehr gut?«

»Sie hat eine Menge anderer unfreundlicher Dinge über Sunday gesagt. Ich glaube deshalb nicht, daß sie der Versuchung hätte widerstehen können, mir auch das zu berichten. Vorausgesetzt, da wäre was dran.« Er blickte von seinem Bierglas auf. »Ist es?«

»Ich weiß es nicht«, sagte Dan mit einem Achselzucken. »Immerhin deuteten zwei von den Leutchen, mit denen wir gesprochen haben, an, daß Sunday Tyler die Freundin von McFee gewesen sei, oder wenigstens doch seine Reservemieze. Sie ließen durchblicken, daß das der Grund für ihre unangreifbare Stellung bei der Serie gewesen sei. He, wie gefällt dir dieses Wort, Jungchen? *Unangreifbar.* Sag deiner Mutter mal, daß sich mein Wortschatz beständig erweitert.«

»Es ist viel eher dein Urteilsvermögen, das mir Kummer macht.«

»Ich hab doch nicht gesagt, daß ich das alles auch glaube. Ich bin sicher, daß deine Freundin noch Jungfrau war. Eine 35jährige Jungfrau.«

»Fünfunddreißig? Sunday war noch nicht so alt.«

»Das ist aber das, was das Geburtenregister aussagt. Sie wußte halt, wie man's machen muß, damit man jünger aussieht, das ist alles.« Dan blickte wieder in sein Notizbuch. »Okay. Über Abel McFee weißt du also nichts. Da er aber ganz vielleicht eine, hm, sagen wir romantische Beziehung zum Opfer hatte, können wir seinen Namen noch nicht von der Liste der Verdächtigen streichen, oder?«

»Du sagtest, er hätte mit ihr telefoniert.«

»Richtig«, sagte der Kriminalbeamte und nickte. »Und vielleicht hat ihn ja dieses Gespräch dazu angeregt, ihr einen Besuch abzustatten. Er hatte jede Menge Zeit, um bis sieben zu ihr hinzukommen. Und weil sein Wohnhaus einen sehr *gewissenhaften* Pförtner hat, wissen wir auch, daß Abel McFee selbiges *tatsächlich* verlassen hat, und zwar ungefähr um« – er sah in seinem Notizbuch nach – »sechs Uhr fünfundvierzig.«

Troy setzte sich gerade auf. »Hat er gesagt, wohin er gegangen ist?«

»Er hat einen langen Spaziergang gemacht«, sagte Dan lächelnd. »Es war der erste warme Abend in diesem Jahr. Er sei ins Stadtzentrum gegangen, sagt er. Habe unterwegs eine Crêpe oder eine Quiche oder so etwas bei einer dieser Gourmetbuden gegessen. Er sei auf Diät, sagt er, und halte sich an die Theorie, daß man, wenn man im Stehen esse, nicht dick würde. Danach sei er dann wieder nach Hause gegangen. Er habe vorgehabt, früh ins Bett zu gehen, aber dann sei noch ein Besucher gekommen.«

»Wer?«

»Ein Mensch namens Gene Badger. Kennst du den?«

»Er ist der Produzent. Sunday stand auf *seiner* Abschußliste, soviel ist mal sicher.«

»Badger streitet das auch nicht ab. Er sagt, es hätte ihn überrascht, wenn die Polizei *nicht* bei ihm erschienen wäre, um mit ihm zu reden. Das hätte sein Vertrauen in unsere Kompetenz erschüttert.«

»Komischer Kerl.«

»Er macht auf lieb und nett. Trägt dabei nach meinem Gefühl ein bißchen zu dick auf. Sein Alibi ist jedoch gar nicht so übel. Er sagt, er habe relativ lange im Studio zu tun gehabt und sei dann zu der kleinen Zweitwohnung gegangen, die er und seine Frau in der East Side haben. Er wohnt eigentlich in Greenwich, aber wenn es abends sehr spät wird, dann bleibt er in dieser Stadtwohnung.«

»Und seine Frau?«

»Die war in Connecticut. Sie bestätigt, daß ihr Mann sie gegen halb acht aus der Stadtwohnung angerufen habe und daß sie dann gut zwanzig oder dreißig Minuten miteinander geredet hätten.«

»Woher wußte sie, daß er von der Stadtwohnung aus angerufen hat?«

»Das kann sie nicht beschwören. Und natürlich ist sie die Frau dieses Mannes, weshalb wir nicht sicher sein können, ob sie nicht einfach nur darauf aus ist, sein Alibi abzusichern. Wir haben jedoch einen anderen Beweis in Händen.«

»Die Telefonabrechnung«, sagte Troy. »Es war ein Ferngespräch, und das bedeutet, daß Uhrzeit und Dauer aufgezeichnet wurden.«

»Wenn das also stimmt, dann hieße das, daß Badger just zu der Zeit telefoniert hätte, als Sunday Tyler zu Gehacktem verarbeitet wurde. O Verzeihung«, sagte Dan und wurde rot. »Ich vergesse immer wieder, daß ...«

»Geschenkt«, schnitt ihm Troy rauh das Wort ab. »Und ich würde die Geschichte trotz alledem nicht als erwiesen ansehen. Diesen Anruf hätte ja auch jemand anderes machen können. Vielleicht gibt's da so was wie eine Verschwörung ...«

»Ich sehe gar nichts als erwiesen an«, sagte Dan. »Aber gut, Badger sagt, er habe nach seinem Telefonat zu Hause weitergearbeitet und dann beschlossen, die Sache, an der er da gesessen habe, mit dem für die Serie verantwortlichen Produzenten, also mit Abel McFee, durchzusprechen.« Dan schnitt eine Grimasse. »Offenbar arbeiten diese Seifenopernfritzen alle Tag *und* Nacht.«

»Wann ist er bei McFee aufgekreuzt?«

»Gegen zehn. Wir haben McFee nach Badgers Geistesverfassung gefragt, und McFee meinte, Badger sei irgendwie erregt gewesen, was aber durchaus nichts Ungewöhnliches sei. Er behauptet, sie hätten ungefähr eine halbe Stunde über ›Probleme der Sendung‹ gesprochen, dann sei Badger wieder gegangen. Badger bestätigte uns diese Zeitangaben, blieb aber recht vage, was die Art der besprochenen ›Probleme‹ anbetraf. Nicht, daß mir das sehr viel sagen würde.«

»Es könnte doch für die Ermittlungen von Bedeutung sein«, sagte Troy.

»Und was heißt das?«

»Nun, das Problem, über das sie ständig sprachen, war Sunday Tyler. Es war ein abgeänderter Handlungsverlauf, den Sunday durchsetzen wollte. Sollte Badger gekommen sein, um das wirklich *ernsthaft* mit McFee zu diskutieren, dann kann er nicht gewußt haben, daß das ›Problem‹ schon gelöst war. Durch Mord.«

»Das ist in der Tat ein Gesichtspunkt, schätze ich. Es sei denn ... dies wäre Badgers Methode gewesen, die Tatsache zu verschleiern, daß er *wußte,* daß das Problem schon gelöst war. Und wie.«

»Ja«, räumte Troy ein, »das wäre auch möglich ... Hör mal, hast du da einen Kerl mit Namen Bob Neffer auf deiner Liste? Den Chefautor der Serie? Er war derjenige, der, was Sunday anbetraf, in der allergrößten Gefahr war, desgleichen ein Drehbuchautor namens Norman Levi.«

»In was für einer Gefahr?«

»Sunday wollte die beiden gefeuert sehen. Und falls du

das noch nicht wußtest: dieser Chefautor verdient eine halbe Million Dollar pro Jahr. Der Drehbuchautor bekommt nicht annähernd soviel, aber auch ihm wäre immerhin noch eine ganze Menge Zaster durch die Lappen gegangen.«

Der Kriminalbeamte runzelte die Stirn. »Die beiden verbanden also gemeinsame Interessen.«

»Richtig«, sagte Troy.

»Na, sie haben auch ein gemeinsames Alibi. Neffer und Levi erzählten übereinstimmende Geschichten. Sie hätten sich um halb acht getroffen und dann einen Zug durch die Bars oder die Gemeinde, oder wie immer ihr Gojim das heutzutage nennt, gestartet. Natürlich waren die Buden, die sie beehrten, so dunkel und voll, daß sie keine Bekannten trafen, die ihre Geschichte bestätigen könnten. Eine davon war übrigens eine Schwulenbar.« Ein weiterer Blick ins Notizbüchlein. »Sie heißt ›Orangen und Zitronen‹!« Er blickte fragend auf.

»Norman Levi bin ich nie begegnet«, sagte Troy. »Was Neffer anbetrifft, so machte er mir einen normalen Eindruck. Ja, er war gerade erst geschieden worden.«

»Vielleicht war das der Grund.«

»Dazu kann ich nichts sagen.«

»Na gut«, seufzte Dan. »Kehren wir also zum Adreßbüchlein zurück. Da standen nur drei Frauen drin. Miss Tyler hatte, wie's scheint, Freundinnen nicht gerade scharenweise. Eine davon war eine bei der Sendung mitwirkende Schauspielerin namens Rima Walters und am fraglichen Abend bei Freunden zum Essen eingeladen, so daß wir sie wohl von der Liste der Verdächtigen streichen können. Die zweite war so ein Dienstmädchen-Köchin-Putzfrauen-Typ und erwies sich ebenfalls als harmlos. Die dritte heißt« – Notizbuch – »Phyl, buchstabiert P-H-Y-L, Wykopf.«

»Produktionsleitung«, sagte Troy. »Stellvertreterin von Gene Badger. Hast du da was?«

»Nichts«, sagte Dan. »Sie wohnt für sich allein und kann nicht einen einzigen Zeugen benennen, der Angaben dazu machen könnte, wo sie zwischen sieben und neun Uhr gesteckt hat. Für die Zeit danach hat sie dafür gleich *zwei* Zeugen. Sie ist nämlich gegen zehn noch mal ins Studio gegangen, um irgendwelche vorbereitenden Arbeiten für die Aufzeichnungen des nächsten Tages zu erledigen. Der Nachtwächter hat sie gesehen, und dann noch ein Schauspieler mit Namen Ramsey Duke.«

»Den Schauspieler kenne ich«, sagte Troy. »War mal mit ihm zusammen beim Mittagessen. Er gab mir über einige die Sendung betreffende Dinge Auskunft.«

»Auch über Sunday Tyler?«

Troy zögerte. »Da ist noch ein Name, den ich vielleicht erwähnen sollte. Es handelt sich um einen Freund von diesem Ramsey Duke, um den Kerl, der in der Serie eine der männlichen Hauptrollen spielt. Er heißt Milo Derringer.«

»Der ist auf der Liste drauf«, sagte Dan schnell.

Troy verbarg seine Überraschung nicht. »Du meinst, auf Sundays Liste? Steht in ihrem Adreßbüchlein drin? Ich dachte immer, sie haßte den Burschen.«

»Er stand nicht im Büchlein, sondern wir haben ihn mit auf unsere Liste gesetzt – wegen der Verbindung.«

»Was für eine Verbindung?!«

»Hat sie dir das nie gesagt?« fragte Dan Lipschitz. »Er war ihr Mann.«

Troy hätte nicht verblüffter sein können, wenn ihm sein Freund plötzlich verkündet hätte, Sunday Tyler sei wieder ins Leben zurückgekehrt. In gewisser Weise war sie das ja auch. Vor seinem inneren Auge sah Troy ein winziges Viereck, das genau die Form eines Bildschirms hatte, darauf das einfarbige Bild von Sunday und direkt hinter ihr den vorspringenden Unterkiefer und die gleichfalls wie herausgemeißelt wirkende Nase von Milo Derringer, der sie auf den Hals küßte. Troy spürte Übelkeit in sich aufsteigen und schluckte schwer, als es an der Tür klingelte. Er war froh und dankbar, daß er etwas zu tun bekam. Er öffnete die Wohnungstür und erkannte kaum die Frau, die mit einer allzu dunklen Sonnenbrille und in einem allzu großen Regenmantel davorstand.

»Hallo, Daddy«, sagte Fiona schelmisch. »Hab ich etwa gar einen schlechten Zeitpunkt erwischt?«

9

Wenn ein Mädchen heiratet

Dan Lipschitz entschuldigte sich nicht für seinen plötzlichen Abgang. Er schob einfach Bier und restliche Pizza beiseite, stand auf und ging zur Tür, wobei er sich seinen Mantel über die Schulter warf und Troy zurief, er werde sich »später« wieder mit ihm in Verbindung setzen. Außerdem versprach er, ihm eine Kopie von Sam Riveras »Serienkiller«-Akte zukommen zu lassen. Im Grunde genommen war Dan froh, gehen zu können. Seit einer halben Stunde schon war ihm klar, daß ihn Troys relativ geringe Kenntnis von Sundays Freunden und Feinden (zu den ersteren schien sowie nur er zu gehören) auch nicht viel weiterbrachte. Was er da erfuhr, war eigentlich alles recht belanglos. Aber in Wirklichkeit hatte er ihn ja auch gar nicht deswegen besucht, sondern aus einem Schuldgefühl heraus, aus dem, was er den jüdischen »Kleister« nannte – dieser schuf Zusammenhalt unter den Menschen, aber ohne die tödliche Dauerhaftigkeit von Industrieklebern. Zwischen ihm und Troy gab es eine Menge Kleister, vor allem seit Troy beschlossen hatte, in fast wörtlichem Sinne seinen, Dans, Spuren zu folgen und drei Jahre nach ihm, der er selbst einer alten, bis in die Tage La Guardias zurückreichenden Familientradition gefolgt war, in den Dienst der New Yorker Polizei zu treten. Da hatten seine Füße bereits auf einem Schreibtisch geruht, war er doch nach etlichen Großtaten auf den übleren Straßen von Manhattan zum Kriminalbeamten aufgerückt.

Er hatte Troy keineswegs in seiner Entscheidung bestärkt, andererseits aber auch nicht allzuviel getan, um sie ihm auszureden. Obwohl er den Verdacht gehabt hatte, daß sie weniger einem echten Berufswunsch, als vielmehr der Auflehnung entsprungen war – der Auflehnung gegen das, was Troy als die akademische Tyrannei seiner Familie ansah. Er wußte wohl, wie sehr es Troy zu schaffen gemacht hatte, daß er für seine Familie eine »Enttäuschung« war, weil er Kriminalromane lieber las als Charles Dikkens, ihm das Fernsehen mehr gab als Leo Tolstoi. Sein Scheitern an der Columbia University und seine Unfähigkeit, den vom älteren Bruder in puncto Gelehrsamkeit gesetzten Maßstäben gerecht zu werden, hatten ihn zutiefst verbittert. Dan hatte ihm nicht dabei helfen können, das Gewirr von Gefühlen, mit dem er auf die Polizeischule gekommen war, zu entflechten, sich gleichzeitig aber doch für ihn verantwortlich gefühlt. Und jetzt beunruhigte ihn diese ganz neue Emotion, die er bei dem Freund entdeckt hatte. Troy trauerte um diese Tote, als sei sie seine langjährige, heißgeliebte Ehefrau gewesen.

Fiona Farrars Wahrnehmungsvermögen war bei weitem nicht so gut entwickelt. Für sie hatte der Schmerz, den sie in Troys Augen sah, ganz andere Ursachen. Sie bemerkte, wie sich sein Blick auf ihre Leibesmitte richtete, als sie ihren Regenmantel ablegte – und lachte.

»Nein, man sieht's noch nicht. Aber ich habe auch nicht gelogen, falls du das denken solltest. Ich hab den Untersuchungsbericht in meiner Handtasche. Willste ihn sehn?«

Troy schüttelte den Kopf.

»Willst du mir denn gar keine Fragen stellen?«

»Doch. Hast du mein *King Kong*-Band mitgenommen? Ich kann es nirgends finden.«

Fiona runzelte die Stirn und nahm die Sonnenbrille ab. »Was muß ich bloß tun, damit du mir Beachtung schenkst? Das Empire State Building ersteigen?« Ihre Augen waren geschwollen. Sie hatte keinerlei Versuch einer kosmetischen Ausbesserung unternommen, als wenn es darauf nicht mehr ankomme, als wenn er über ein Schönheitsgeheimnis verfüge, das sehr viel wirksamer war als all die Tricks, derer sie sich bislang bedient hatte. Außerdem hatte sie ihre Kleinmädchen-Naseweisheit gänzlich abgelegt, die immer ihr Markenzeichen gewesen war. Troy wurde bewußt, daß ohne diese nicht sonderlich viel übrigblieb.

»Laß uns doch mal eine Sache grundsätzlich klären«, sagte sie. »Ich will dieses Baby nicht irgendwie loswerden.«

»Ich dachte, du wärst pro Abtreibung eingestellt.«

»Bin ich auch. Bei andern Leuten. Mir macht die bloße Vorstellung schon Todesangst. Wenn du also gedacht haben solltest, daß das die Lösung sei, dann vergiß es.«

»Ich habe überhaupt nichts gedacht«, sagte Troy müde. »Darfst du Pizza essen?« Sie hatte ein großes Stück davon zusammengeklappt und sich in den Mund gestopft.

»Ich höre bei Durolabs auf. Sie kennen den Grund nicht, und es wäre mir auch ganz lieb, wenn sie ihn nicht erführen. Könnte ja sein, daß ich eines Tages gern wieder dorthin zurückgehen würde, und ich möchte nicht, daß sie was von dem Baby wissen.«

»Du willst aus New York weg?« Troy versuchte, nicht

hoffnungsvoll zu klingen, aber es mußte doch irgendwie durchgekommen sein.

»Immer mit der Ruhe. Ich hab meine Mutter angerufen, ihr gesagt, was passiert ist, und sie will, daß ich nach Hause komme. Sie wohnt in Englewood Cliffs. Das liegt in New Jersey, grad auf der andern Seite der George Washington Bridge.«

»Möchtest du ein Bier trinken?«

»Keinen Alkohol«, sagte Fiona mit Bestimmtheit. »Meine Mutter ist wirklich echt toll, von wegen dem Baby. Das einzige, was ihr Kummer macht, ist das Geld. Sie hat 'nen schlimmen Rücken und kann deshalb nicht arbeiten, aber die Leutchen von der Sozialfürsorge wollen ihr nicht glauben, und deshalb bekommt sie kaum was. Ich will damit nicht sagen, daß sie invalide wäre oder so was. Wenn sie erst mal ein paar Drinks intus hat, ist sie ganz goldig. Du wirst sie mögen.«

Der letzte Satz hallte unheilverkündend nach.

»Also jetzt hör mal, Fiona«, sagte Troy, »die Sache tut mir ehrlich leid. Ich weiß nicht, wie das passiert ist...«

»Nein?«

»Ich meine, ich könnte schwören, du hättest mir gesagt, daß du die Pille nimmst.«

»Niemand ist vollkommen«, sagte sie sentenziös. »Ich hab vielleicht ein oder zwei Tage ausgelassen. Aber wenn du versuchst, einzig und allein mir alle Schuld...«

»Ich spreche nicht von Schuld«, sagte Troy. »Erzähl mir nur mal, wie du die ganze Geschichte gehandhabt sehen willst. Ich werde dir so gut helfen, wie ich kann. Wir sind ja nicht die ersten Menschen, die dieses Gespräch führen.«

»Nein«, sagte Fiona. »Das waren Adam und Eva. Nur konnte die nicht nach Hause zu ihrer Mutter gehen.«

»Ich meine, daß das eine vernünftige Lösung ist«, sagte Troy. »Und wenn das Geld ein Problem ist...«

»Das ist es natürlich, schön, aber es ist nicht das einzige.« Sie tupfte sich fein den Mund ab und kam zur Couch, auf der Troy, in eine Ecke gedrückt, saß. Sie setzte sich neben ihn und nahm eine seiner Hände in die ihren. »Weißt du, Baby, nicht jeder eignet sich zum Material für die Zeitschrift ›People‹. Es gibt eine Menge Leute, die haben andere Wertvorstellungen, altmodische Wertvorstellungen. So zum Beispiel meine Mutter. Oder auch ich.«

»Und das heißt?«

»Unsere Beziehung war doch wirklich etwas Besonderes, oder nicht? Obwohl wir auseinander sind... weiß Gott, wieso eigentlich. Ich meine, ich kann mich nicht mal mehr daran erinnern, weshalb wir uns überhaupt gezankt haben. Oder kannst du's?«

»Weswegen wir uns halt immer gestritten haben – wegen meines Jobs.«

»Job! Was für ein komisches Wort für jemand, der 'n Bulle ist. Aber macht nichts. Wenn du das gern bist, dann bist du's eben. Und wenn du's gern bleiben willst, dann bleibst du's halt.«

»Danke«, bemerkte Troy trocken.

»Bullen haben auch Babys, nehme ich mal an«, sagte Fiona und drückte ihren Schenkel gegen den seinen. Es gelang ihr jedoch nicht, auf diese Weise angenehme Empfindungen in ihm zu erwecken. »Auch Polizisten haben

Familie. Man sieht sie im Fernsehen immer bei den Beerdigungen. Meine Mutter ist Polypen gegenüber kein bißchen voreingenommen, ehrlich nicht. Und übrigens ... ich hab ihr erzählt, daß du eines Tages wahrscheinlich in die Politik gehen wirst. Hast du nicht mal so was angedeutet?«

»Nie und nimmer«, sagte Troy. »*Du* bist die, die davon gesprochen hat. Und du hast jetzt schon dreimal deine Mutter erwähnt. Warum redest du dauernd von deiner Mutter?«

»Ich nehme an, weil ich selbst bald eine bin«, sagte Fiona mit der Andeutung eines Kicherns. »Ich nehme an, daß das so die Zeit ist, in der ein Mädchen seine Mutter schätzen lernt. Sie möchte dich wahnsinnig gern kennenlernen, Troy, ich hab ihr schon von deiner süßen kleinen zerbrochenen Nase erzählt.«

Sie zupfte daran und klimperte mit den Augenlidern – Tribut an die »Liebes-kleines-Mädchen-Taktik«, derer sie sich bedient hatte, um in ihren jetzigen Zustand zu gelangen –, und Troy schmeckte Käse, Tomatensauce und Peperoni, die gemeinsam den Versuch unternahmen, aus seinem Verdauungstrakt zurückzukehren. Er hatte sich hinsichtlich dessen, was Fiona von ihm wollte, getäuscht. Es war keineswegs Mitgefühl oder Geld oder die Ehe. Es war dies alles zusammen.

(Szene: Jonathans Praxis. Jonathan im Gespräch mit Mrs. Armstrong)

JONATHAN Natürlich liegt die Entscheidung bei Ihnen, Mrs. Armstrong. Aber ich rate dringend dazu, sich dieser Operation so bald als möglich zu unterziehen.

MRS. ARMSTRONG Aber Sie haben mir doch noch im vergangenen Monat gesagt, daß es keine Eile habe. Warum muß ich sie jetzt unbedingt gleich machen lassen?

JONATHAN Weil ich das Geld brauche.

Norman Levi gab ein kurzes, bellendes Lachen von sich und wandte sich dann schuldbewußt seinem Chef zu. Bob Neffer, der auf Gene Badgers Bürosofa saß, blickte nur kurz von seinen Notizen auf, unberührt von den Schreibgeräuschen, die Norman produzierte. Norman, der nicht an Badgers Gerät gewöhnt war, mußte die mit DELETE beschriftete Taste erst auf dem Keyboard suchen. Als er sie gefunden hatte, löschte er mit schneller Bewegung den letzten Satz und schrieb ihn dann neu:

JONATHAN Offen gestanden, liegt mir ebenso daran, Sie zu beruhigen, wie auch Ihre Tochter. Maribeth macht sich große Sorgen um Sie.

MRS. ARMSTRONG Wenn Sie die Wahrheit wissen wollen, Jonathan, dann sage ich Ihnen, daß ich mir ebensolche Sorgen um *Maribeth* mache.

JONATHAN Warum denn das?

MRS. ARMSTRONG *Ihretwegen* natürlich.

JONATHAN Wenn Sie wegen der... Verschiebung der Hochzeit beunruhigt sein sollten, so versichere ich Ihnen...

MRS. ARMSTRONG Verschiebungen haben es so an sich, daß sie sehr leicht zu etwas Andauerndem werden, Doktor. Das ist das, was ich glaube... und was Maribeth befürchtet.

JONATHAN Ich habe ihr doch aber erklärt...

MRS. ARMSTRONG Es tut mir leid, das sagen zu müssen, Jonathan, aber Ihre Beteuerungen bedeuten nicht viel, solange es da noch Andrea Harmon gibt!

(Das Telefon klingelt. Jonathan nimmt den Hörer ab:)

Ja, Lydia, was gibt's?... Nein, ich möchte nicht gestört werden...

(überrascht)

Sind Sie ganz sicher, daß sie es war?... Ja, in Ordnung. Bringen Sie's mir gleich rein.

(Jonathan hängt auf.)

Sie müssen das zweite Gesicht haben, Mrs. Armstrong.

MRS. ARMSTRONG Was wollen Sie damit sagen?

JONATHAN Andrea war gerade draußen bei meiner Sprechstundenhilfe. Sie hat einen Umschlag für mich abgegeben. Sagte, es sei... dringend.

(Die Sprechstundenhilfe kommt herein. Sie übergibt Jonathan den Umschlag und geht wieder hinaus. Er besieht ihn sich und will ihn dann in die oberste Schublade seines Schreibtisches tun.)

MRS. ARMSTRONG Nein, nicht doch. Machen Sie ihn nur auf. Ich kann wohl sehen, daß Sie Angst haben.

JONATHAN Also gut.

(Er öffnet den Umschlag.)

Es ist seltsam... daß Andrea so etwas tun sollte. Mitten am hellichten Tag einen Brief abgeben...

(Er beginnt zu lesen, und sein Gesicht verdüstert sich)

MRS. ARMSTRONG Schlechte Nachrichten?

JONATHAN *(grimmig)* Sie würden sie wohl kaum als schlecht ansehen.

(liest laut vor)

»Mein Liebling ... ich habe seit unserem letzten Zusammentreffen immer nur nachgedacht. Und ich bin zu der Ansicht gelangt, daß es um Deinet- wie um meinetwillen nur eine Lösung gibt. Auch wenn es schmerzlich sein wird, aber wir dürfen uns nie wiedersehen ...«

MRS. ARMSTRONG *(trocken)* Klingt in meinen Ohren ganz wie ein weiteres von Miss Harmons effekthascherischen Stückchen ... Ich bin sicher, daß sie das nicht im geringsten ernst meint!

JONATHAN Hören Sie sich auch den Rest noch an.

(liest)

»Ich weiß, daß es nur eine Möglichkeit gibt, diesen meinen Entschluß wirksam in die Tat umzusetzen ... nur eine Möglichkeit, mich der Versuchung zu entziehen, Dich wiederzusehen. Wenn Du diesen Brief zu Ende gelesen hast, werde ich bereits auf dem Weg zum Flugplatz sein. Ich werde Dir nicht sagen, welchen Flug ich wohin gebucht habe. Nur soviel sei verraten: Ich werde sehr, sehr weit weg reisen, mein Liebling ... Es wird notwendig sein, viele Meilen zwischen uns zu bringen, denn nur so bekomme ich eine kleine Chance zu vergessen, wie sehr ich Dich liebe ...«

»Mein Himmel«, sagte Norman Levi laut, »sie ist tatsächlich fort.«

»War das die letzte Zeile der Szene?«

»Ich denke schon«, sagte der Drehbuchautor, tippte wieder auf die Tasten und sprach die Worte mit, die er schrieb: *»›Jonathan: Mein Himmel, sie ist tatsächlich* *fort . . .‹*« Er zögerte. »Nein, es sollte noch ein Satz folgen: *›Mrs. Armstrong: Ich hoffe wirklich, daß das stimmt, Jonathan. Glauben Sie mir, daß ist die einzig mögliche Rettung für Sie beide! Ein chirurgischer Eingriff. Ein schneller Schnitt mit dem Messer!‹*«

»Nein«, sagte Bob Neffer.

»Nein was?«

»Diese letzte Zeile. Raus damit. Wir können Erinnerungen an Messer überhaupt nicht gebrauchen.«

»Oh«, sagte Norman düster. »Ja, das stimmt. Ich laß es einfach damit aufhören, daß Mrs. Armstrong mitfühlend seine Hand berührt. Da wird in ganz Fernsehland kein Auge trocken bleiben.« Er nahm die entsprechende Änderung vor und zog die Floppy Disc aus dem Gerät. Dann sah er sich im Büro des Produzenten um, konnte aber keinen Drucker entdecken.

»Badger hat keinen«, sagte Neffer. »Nimm's mit nach Hause und druck's auf deinem Epson aus. Es hat Zeit bis morgen.«

»Wie Sie befehlen, Boss.« Norman gähnte und nahm seine Jacke auf. Sie war von militärischem Schnitt und voller Schulterklappen, Schnallen und Haken für Granaten. Er schloß gerade den letzten Knopf, als Milo Derringer im Gefolge einer Wolke von Weindunst hereinkam.

»Kiki meinte, daß ihr meine morgige Szene umschreibt«, sagte er mit einer Wildheit, zu der ihn der Alkohol stets aufstachelte.

»So ist es«, sagte Neffer freundlich. »Also, keine Sorge, wir haben nur ein paar Zeilen geändert und die meisten davon auch schon schriftlich vorliegen.«

»Wollen Sie damit sagen, daß ich unfähig bin, den Text auswendig zu lernen?«

»Es handelt sich um einen Brief«, sagte Norman schnell. »Um einen Brief von Andrea. Er kommt an, wenn Sie gerade mit Mrs. Armstrong im Sprechzimmer sitzen. Es ist Andreas Abschiedsbrief.«

»Ihr was?«

»Ihre Abschiedsworte«, sagte Neffer. »Sie verläßt die Stadt, um niemals wieder zurückzukehren. Es sei denn, wir besetzten die Rolle neu, versteht sich.«

»Das ist eine ganz hundsgemeine Idee! Wessen hundsgemeine Idee war das?«

»Badgers«, sagte Neffer begütigend. »Es scheint, daß Julia Porterfield wieder da ist. Er meint, sie könne sofort und ohne Schwierigkeiten die Rolle übernehmen ... Hören Sie, wenn Ihnen diese Änderungen Kopfschmerzen machen, dann könnte Ihnen Norman eine Kopie der neuen Szene heute abend zu Hause vorbeibringen. Würdest du das übernehmen, Norman?«

»Aber klar doch, warum nicht?«

Norman verließ das Büro und sah fröhlich aus. Er dachte an die Paella, die er heute abend machen wollte. Er sah sich in der Küche, wie er die Krabben vorbereitete – und Luis kam herein und bewunderte sein Geschick. Er lächelte bei dem Gedanken an Luis. Robin war nicht der einzige, der einen südländischen Liebhaber zu finden in der Lage war! Die Rache war süß!

Am Ausgang sah er einen großen, schmalgesichtigen Menschen mit geknicktem Nasenbein, der gerade Albie, dem Nachtwächter, seinen Ausweis vorlegte. Er kam

Norman irgendwie bekannt vor, und es fiel ihm wieder ein, daß das ein Polyp war, worauf er wortlos an ihm vorbeihastete.

Troy Wayland dachte nicht wie ein Polizist. Die Tatsache, daß er Milo Derringer im Studio 22 aufsuchte, hatte nichts mit dem Fall zu tun, bei dem ein wenig mitzumischen er sich jetzt berechtigt fühlte. Nicht, daß Dan Lipschitz irgend etwas Derartiges gesagt hätte. Der bloße Umstand, daß der Kriminalbeamte ihn konsultiert hatte, war in Troys Augen eine stillschweigende Einladung zum Mitmachen gewesen, was durchaus nicht den Absichten Dans entsprach. Im Augenblick jedoch waren Troys Ermittlungen streng privater Natur, denn er suchte jene Antworten, die nur für einen eifersüchtigen Liebhaber von Bedeutung sind.

Er wußte, daß er Milo endlich gefunden hatte, als die erhobenen Stimmen aus dem Büro des Produzenten an sein Ohr drangen. Zuerst dachte er, das wäre die Probe einer Szene aus *Haus der einsamen Herzen*, aber diese Illusion war nicht von langer Dauer.

»Andrea ist *tot*, um Himmels willen!« schrie Milo erregt. »Sie ist mit Sunday gestorben, wißt ihr das etwa noch nicht? Ihr könnt doch nicht einfach jemanden da reinspazieren und ihren Platz einnehmen lassen!«

»Sunday ist doch seinerzeit auch an *Julias* Stelle getreten, oder etwa nicht? Vergessen Sie nicht, wer die Rolle als erste gespielt hat.«

»Julia Porterfield ist überhaupt nicht *fies* genug, hat schon mal einer daran gedacht?«

»Dann *machen* wir sie halt fieser!« Jetzt erkannte Troy

die zweite Stimme als die von Bob Neffer. Er klopfte an die halb geöffnete Tür und trat ein. Die Anwesenden verstummten sofort, fast so, als fühlten sie sich schuldig oder bei einem häuslichen Streit ertappt. Milo sagte nichts, während Neffer ihn nur mit einem nervösen Lächeln begrüßte.

»Habe nicht erwartet, Sie in diesen Hallen hier wiederzusehen, Officer. Ich meine, wo die Außenaufnahmen doch gestrichen worden sind.«

»Ich dachte nur, ich schau mal vorbei und sag hallo.« Troy blickte Milo an und merkte, daß er ihn mit ganz neuen Augen sah. Zuvor hatte der Schauspieler immer etwas Unwirkliches, Fremdes an sich gehabt. Jetzt aber war er aus solidem, wirklichem Fleisch – Fleisch, das einmal gegen Sunday Tylers warmen, lebendigen Körper gepreßt worden war.

Neffer schien sehr erfreut über die Gelegenheit zu sein, die Unterredung mit Milo zu beenden. »Tut mir leid, ich kann nicht länger bleiben«, sagte er und schob seinen Stuhl zurück. »Ich habe noch einen Termin. Wenn Sie zu der Besprechung mitkommen wollen, Milo, dann wird Abel nichts dagegen haben, denke ich. Wir treffen uns um sechs in der Agentur.«

»Wer wird alles dabeisein?«

»Außer Abel? Die Autoren, dann Gene, Phyl, Kiki ... und Julia, klar.« Er lächelte verbindlich. »Das wäre eine gute Gelegenheit, mal zu sehen, wie ihr beiden zusammen ausschaut.« Er blieb an der offenen Tür noch einmal stehen, um Troy nach den Fortschritten in dem »Fall« zu fragen, schien aber nur ein mildes Interesse an dessen nichtssagender Antwort zu haben.

Milo jedoch schien die angeschnittene Frage zu beunruhigen. Als sie allein waren, sagte er besorgt: »Ich wußte gar nicht, daß Sie mit diesem Mord befaßt sind. Ich meine, Sie sind doch eigentlich eine ganz andere Art von Polizist, nicht wahr?«

Troy traf eine strategische Entscheidung. »Man hat mich gebeten, bei der Mordkommission auszuhelfen«, log er. »Weil ich schon mit der Sendung zu tun hatte und so.«

»Ich verstehe«, sagte Milo und war gar nicht glücklich. »Und wollten Sie mich deshalb sprechen? Ich habe der Polizei neulich schon Rede und Antwort gestanden, wissen Sie. Ich habe den Leuten ganz genau geschildert, was ich an dem Abend gemacht habe, an dem Sunday umgebracht wurde.« Er zog eine Augenbraue hoch, ganz so wie Cary Grant. »Das, was ich an jedem Abend mache, mein Freund. Hat sie Ihnen das nicht erzählt?«

»Sie?« Troys Herz stolperte über sich selbst.

»Ihre Freundin Kiki. Mein Schutzengel. Mein Zerberus. Sie wissen doch, wer Zerberus war, oder nicht? Der dreiköpfige Hund, der die Pforten der Hölle bewacht, in die hineinzugelangen ich mir Abend für Abend die allergrößte Mühe gebe.«

»Wollen Sie damit sagen, daß Kiki an dem bewußten Abend bei Ihnen war?«

»Sie erschien zu meiner Rettung, wie sie das immer tut. Ich war in der ›Lotosblüte‹ gewesen und hatte wohl einen zuviel von diesen chinesischen Feuerwerksfröschen zu mir genommen ... Natürlich brauche ich kein Alibi vorzuweisen, nicht wahr? Weil ich nicht den geringsten Anlaß zu dem Wunsch hatte, daß die arme Sunday tot wäre.«

»Jeder an dieser Serie Beteiligte scheint ein Motiv gehabt zu haben«, sagte Troy barsch. »Nach allem, was ich so gehört habe, gab's niemanden, der seinen Job nicht durch sie bedroht sah.«

»Ich nicht«, sagte Milo geringschätzig. »Hat Ihnen das denn keiner gesagt? Ich bin der *Star* der Sendung, Baby. Schauen Sie sich doch mal die Popularitätsquoten an.«

»Ja«, sagte Troy, »ich weiß, daß Sie wohl relativ ungefährdet waren ... Aber Sie hätten ja auch Streit mit Sunday haben können. Ich meine, keinen beruflich bedingten, sondern einen ganz und gar privaten.«

Troy wurde die Befriedigung zuteil, Milo erstarren zu sehen.

»Offensichtlich haben Sie erfahren, daß Sunday und ich verheiratet waren. Wenn man das so nennen kann.«

»Gibt's denn noch eine andere Bezeichnung dafür?«

»Es gibt alle möglichen Arten von Ehen«, sagte Milo. »Das Band, das die unsere zusammenhielt, war von einem Steuerberater geknüpft worden, nicht von einem Geistlichen. Wir hätten es nur zu gerne schon vor Jahren gelöst, wenn sich's nur einer von uns beiden hätte leisten können.«

»Sie kennen sich doch so gut in der griechischen Mythologie aus. Gab's da nicht einen Burschen, der so einen Knoten einfach *durchgehackt* hat, weil der anders nicht aufzubringen war?«

»Das war kein griechischer Mythos, sondern ein Grieche. Alexander der Große. Und er benutzte kein Beil dazu, sondern ein Schwert.«

Die schnellen Antworten des Schauspielers machten,

daß sich Troy ihm unterlegen fühlte – nach so vielen Drehbüchern und Rollen war der andere einfach besser darin, auf Stichworte zu reagieren. »Tut mir leid«, sagte er, »das sollte nicht wie eine Beschuldigung klingen.«

»Ist schon gut. Ich nehme an, daß Mord eine relativ populäre Methode ist, sich einer ungeliebten Gattin zu entledigen. Aber in diesem Falle wär's nicht sehr sinnvoll gewesen. Denn, wissen Sie, Sunday war weit mehr an einer Scheidung gelegen als mir. Für sie war diese Ehe eine Belastung.«

»Und was war sie für Sie?«

»Eine nützliche Sache.« Er lächelte und zeigte dabei untadelige Zähne. »Es ist für einen Mann von großem Nutzen, einen Ehering am Finger zu haben, wenn seine diversen Gespielinnen anfangen, Forderungen zu stellen. Aber Sie glauben mir nicht. Sprechen Sie mit unseren Anwälten. Die werden Ihnen bestätigen, daß stets Sunday die Angreiferin war, wenn wir über unseren ... na ja, unseren Knoten sprachen.«

Troy fühlte sich allmählich wieder besser, da der dumpfe Schmerz der Eifersucht nachzulassen begann. Er hätte das Gespräch gern an dieser Stelle beendet, aber Milo wollte nicht davon ablassen.

»Wenn Sie jedoch meinetwegen noch Zweifel haben«, sagte der Schauspieler, »dann können Sie ja bei Zerberus nachfragen, was an jenem Abend los war.«

»Ich habe schon mit Kiki gesprochen«, sagte Troy ausdruckslos. »Sie erzählte mir, daß Sie die ›Lotosblüte‹ schon verlassen hätten, als sie dorthin gekommen sei. Mindestens eine Stunde bevor sie Sie endlich in Ihrer Wohnung erwischt hätte. Theoretisch – rein theoretisch, verstehen Sie? – hätten Sie genug Zeit gehabt, um bei Ihrer Frau vorbeizuschauen und mit ihr über ›Knoten‹ und über was sonst nicht alles zu sprechen.«

Milo sah aus, als fehle plötzlich eine Seite von seinem Skript.

»Hat sie *eine Stunde* gesagt? Die Frau hat doch überhaupt keinen Zeitsinn.«

»Sie meinte auch, daß Sie in ziemlich schlechter Verfassung gewesen seien. Daß Sie sich an einem Glassplitter geschnitten hätten und ihr Hemd voller Blut gewesen sei. Hat sie sich auch da getäuscht?«

»Nein«, sagte Milo. »Ich habe mich wirklich geschnitten. Hier.« Er streckte Troy seine linke Hand hin. Auf dem Handballen war eine dünne rote Narbe zu sehen, nur etwa zwei Zentimeter lang. »Mein Hemd war keineswegs ›voller‹ Blut. Nur ein paar kleine Flecken. Aber wenn Sie's gerne untersuchen lassen würden«, fügte er sarkastisch an, »dann kommen Sie leider zu spät, Mr. Holmes. Ich habe es bereits zu ›Eagle Hand‹ in die Reinigung gegeben. Glauben Sie, daß die da wirklich mit Adlerklauen waschen?«

»Nun, vielleicht habe ich Kiki ja auch nicht richtig verstanden.«

»Oh, das haben Sie wahrscheinlich sehr wohl«, sagte Milo säuerlich. »Es muß ihr eine Freude gewesen sein, so ein bißchen Verdacht auf mich zu lenken. Ich gehöre da im Studio nicht gerade zu ihren Lieblingen.«

»Sie beide mögen sich nicht?«

»Wissen Sie, wie ich Kiki immer nenne? Die ›Blonde Ambition‹.«

»Ist irgendwas auszusetzen an Ehrgeiz?«

»Kommt drauf an, wie sehr man dabei auf anderen Leuten rumtrampelt.« Jetzt konnte er sehen, wie Troy eine Augenbraue hob. »Treiben Sie sich mal ein paar Monate im Studio rum und schauen Sie ihr dabei zu, wie sie den Laden schmeißt. Beobachten Sie die Art und Weise, wie sie immer wieder was an der Arbeit von Phyl Wykopf auszusetzen hat ... meistens sind's Unstimmigkeiten im Text. Natürlich hat Kiki stets entsprechende Lösungsvorschläge parat.«

»Ich verstehe Sie nicht ganz.«

»Es ist Phyls Aufgabe, dafür zu sorgen, daß der Plot, daß die Geschichte stimmig bleibt, daß also nichts aufgezeichnet wird, was irgendwie nicht paßt. Kiki holt sich die Drehbücher zum Korrekturlesen, *nachdem* Phyl sie gelesen hat, und seltsamerweise schleichen sich immer wieder Fehler ein ...«

Troy runzelte die Stirn. »Soll das heißen, daß Kiki in den Drehbüchern rumpfuscht?«

»Sunday hat sie mehr als einmal dabei erwischt. Sie hatte absichtlich Fehler eingebaut, um sich dann als Retterin in der Not beweisen zu können.«

»Und wie ist es Sunday gelungen, sie zu ertappen?«

»Sunday bekam die Skripte wiederum vor ihr zu lesen. Privileg der Stars. So kam sie dahinter, daß Kiki die arme Phyl immer wieder mal schwer auf die Schnauze fallen ließ. Und sie wußte natürlich auch, warum.«

»Weil sie auf Phyls Job scharf ist?«

»Kiki will *Badgers* Job haben. Aber die Regeln besagen nun mal, daß sie erst einmal Phyl erledigen muß. Danach wird sie dann, wie ich annehme, Präsidentin der Sendeanstalt werden wollen und dann weiter ins Weiße Haus... wer weiß?« Er grinste über Troys Reaktion. »Das bringt wohl Ihr Weltbild durcheinander, was? All diese hübschen kleinen Frauchen, die's genauso treiben wie die garstigen Männer. Sie und ich leben in der falschen Zeit, Wayland.«

Troy arbeitete an seinem Gesichtsausdruck, denn er wollte nicht, daß der Schauspieler mitbekam, *wie* betroffen ihn dieses neue Porträt von Kiki Carney gemacht hatte. Er wechselte das Thema und sagte: »Sagen Sie mal, Mr. Derringer, haben *Sie* eigentlich eine Theorie, wer Ihre Frau ermordet haben könnte?«

Diese Frage erschreckte Milo nicht. »Reden Sie doch mal mit dem Mann, mit dem sie als letztem geschlafen hat«, schlug er freundlich vor. »Wahrscheinlich war's Abel McFee, jedenfalls ist das die allgemeine Meinung.«

»Die allgemeine Meinung befindet sich im allgemeinen im Irrtum«, sagte Troy schärfer, als er beabsichtigt hatte.

Er drehte sich um und spürte Derringers Blick auf seinem Rücken. Dieses Gefühl blieb, bis er den Ausgang des Studios erreicht hatte. Auf der Straße draußen fiel das Sonnenlicht hart und erbarmungslos auf die stählernen Kanten der Gebäude. Angesichts dessen, was er empfand, war diese Stadtlandschaft viel zu grell und viel zu wirklich.

Es ist Mitternacht durch in der Klinik von Hartford. Dr. Jonathan Masters ist gerade auf dem Weg zum Zimmer von Andrea, als er MARSHA *trifft, eine Krankenschwester, die bis über beide Ohren in ihn verliebt ist. Sie macht sich an ihn heran, aber Jonathan, der in Gedanken bei Andrea*

ist, stößt sie grob zurück. Sie wird aschfahl, als er sie beiseite schiebt und in Andreas Zimmer geht, die Tür leise hinter sich schließend. Er macht das Licht nicht an und erklärt ihr: Er hat gerade erfahren, daß ihr Selbstmordversuch nur vorgetäuscht war, und jetzt ist ihm klar, wie hoffnungslos ihre Liebe ist ... Er wird Maribeth heiraten ... Draußen lauscht Marsha an der Tür. Sie versteckt sich schnell, als Jonathan tief erschüttert aus dem Zimmer herauskommt. SCHNITT.
Andreas Zimmer. Ein Mann, der sich die ganze Zeit darin verborgen gehalten hat, tritt aus dem Dunkel und an ihr Bett. Er streckt die Hände nach Andreas Hals aus ...

Abel McFee seufzte, als er das nur aus einer Seite bestehende Schriftstück in den mit HANDLUNGSENTWÜRFE beschrifteten Aktendeckel schob und diesen auf den Couchtisch legte, gleich neben den Band *Die großen Maler der Renaissance.* Dieses Kunstbuch lag schon dort, seit die Wohnung eingerichtet worden war, und noch niemand hatte es je geöffnet. Abels Lektüre beschränkte sich auf ›People‹, ›Ad Age‹ und ›Handlungsentwürfe‹. Gott wußte, daß er von den letzteren in den vergangenen drei Monaten viel zu viele gelesen hatte.

Als das Haustelefon schnurrte, blickte er auf die Uhr und fragte sich, ob Carol wohl die Nachricht erhalten hatte, in der er gebeten hatte, den Zeitpunkt ihres Zusammentreffens zu ändern. In gewisser Weise hoffte er, daß dem nicht so wäre. Es war fünf, und die Konferenz bei der Agentur erst auf sechs Uhr angesetzt. Zeit genug für eine schnelle, entkrampfende kleine ... Aber der Portier enttäuschte ihn mit der Ankündigung eines weiteren Polizeibeamten. Wollten ihn denn diese verdammten Bullen nie mehr in Ruhe lassen?

Dies war ein neuer – dürr, traurig dreinblickend, zerbrochenes Nasenbein, keine sehr gute Besetzung. Abel hätte sein Okay gegeben, wenn es nicht um die Rolle eines Polizisten, sondern etwa um die eines idealistischen jungen Collegeprofessors gegangen wäre. Aber der Besucher konnte eine Dienstmarke vorweisen, also schön, und sein Name klang ihm irgendwie vertraut. Auch seine Fragen taten das, und Abel sträubte sich, als er sie vernahm.

»Also hören Sie mal, ich glaube nicht, daß ich das alles immer und immer wieder erzählen muß«, erklärte er. »Ihr Leutchen habt mein Statement bekommen. Ich *habe* an jenem Abend mit Sunday gesprochen, und zwar am Telefon. Ich *habe* meine Wohnung um 6 Uhr 45 verlassen, aber ich war nur etwas länger als eine Stunde weg.«

»Und dann hatten Sie Besuch, stimmt's?«

»Ja. Der Produzent, Gene Badger, kam vorbei. Um mit mir über die Story zu reden.« Seine Augen wanderten zu dem Aktenordner auf dem Couchtisch hinüber, und Troys Blick folgte ihnen.

»Ja, wir wissen, daß Mr. Badger hier war.«

»Was wollen Sie denn dann noch mehr wissen?«

»Da war etwas in Ihrer Aussage ... etwas über Sie und Sunday Tyler. Sie beschreiben Ihr Verhältnis zu Miss Tyler als ›Geschäftsbeziehung‹, aber die meisten der Leute, mit denen wir gesprochen haben, meinen, daß es eine ... eine weitaus freundlichere gewesen sei.«

»Es geht hier um *Show*business, vergessen Sie das

nicht«, sagte Abel steif. »Showleute sind anders, sie mögen's halt, wenn der geschäftliche Umgang ein freundlicher bleibt. Umärmelung, Küßchen auf die Wange, all diese Sachen.«

Troy gelang ein Lächeln. »Und Ihre Beziehung zu Miss Tyler war eine à la Küßchen-auf-dieWange?«

»So ist es.«

»Nicht doch ein bißchen intimer?«

»Wenn Sie damit meinen sollten, ob ich mit ihr geschlafen habe, dann ist die Antwort nein. Sagten Sie nicht, Sie hätten mein Statement gelesen?«

»Ja. Und auch das Besucherbuch.«

Abel blinzelte angesichts dieser unerwarteten Antwort mit den Augen. »Was für ein Buch?«

»Das Sicherheitssystem Ihres Hauses hier ist sehr gut. Wußten Sie nicht, daß der Empfang, der Portier, alle Lieferanten und alle Besucher notiert? Auf diese Weise war es uns möglich, Ihre Aussagen bezüglich der Mordnacht zu überprüfen. Und so haben wir auch erfahren, daß Sunday Tyler in dem Monat vor ihrem Tod mindestens ein halbes Dutzend Mal hier in Ihrer Wohnung war.«

Abel sah jetzt ein bißchen weniger sonnengebräunt aus als sonst.

»Klar, okay, ich nehme an, daß ich's gewußt habe. Ich seh sie immer irgendwas da in das Buch reinkritzeln. Aber trauen Sie diesen kleinen Scheißern nicht zu sehr. Wir haben hier auch und trotz alledem schon zwei oder drei Einbrüche gehabt.«

»Natürlich ist das System nicht perfekt. Sie können ja nun mal nicht wissen, was in den Wohnungen vor sich geht, wenn die Besucher sie erst betreten haben. Miss Tylers Besuche könnten ja durchaus rein geschäftlicher Natur gewesen sein, wie Sie sagen.«

»Geschäftlich, sozial, wo zum Teufel ist da ein Unterschied?« sagte Abel gereizt. »Wir waren beide erwachsene Leute, beide ungebunden...«

»Aber nicht unverheiratet.«

»Sunday kam gern vorbei, um sich *auszuweinen*. Deshalb war sie so oft hier. Ich bin der Produzent der Serie, Schluß, aus, Ende. Sie saß da, wo Sie jetzt sitzen, trank meinen Schnaps und berichtete mir von allen ihren Kümmernissen. Das war's dann aber auch.«

»Hat sie auch mal die ganze Nacht lang geredet?«

»Was soll denn das nun wieder heißen?« Abel zog die Stirn in Falten und schüttelte den Kopf. »Junge, Junge, was bin ich froh, daß sie nicht hier ist und mich diesen Satz sagen hört!«

»Wie bitte?«

»Wenn sie diesen Satz in einem Skript entdeckte, dann trieb sie das förmlich in den Wahnsinn. Ich meine den Satz ›Was soll denn das nun wieder heißen?‹ Nein«, sagte Abel dann, »Sunday blieb nicht über Nacht. Wir waren kein Liebespaar, was immer die Leute auch denken mögen.«

»Dann muß da ein Aufzeichnungsfehler vorliegen«, sagte Troy.

»Was?«

Troy langte in seine Tasche und suchte ein Stückchen Papier. Zum ersten Mal bereute er, daß er nicht auch ein kleines Notizbüchlein hatte.

»Sie und Miss Tyler sind Anfang Juli an einem Abend zusammen hierhergekommen. Sie waren beide in Abendgarderobe, als seien Sie bei einer Party gewesen. Sie feierten noch immer... Miss Tyler hat das Gebäude dann erst am folgenden Morgen verlassen. Sie trug da immer noch ihr Abendkleid.«

Abel starrte ihn an. »Aufzeichnungsfehler«, sagte er. »Jetzt weiß ich endlich wieder, wer Sie sind. Sie sind dieser von der Stadtverwaltung angeforderte Polyp.«

»Ich bin vom Dezernat Film/Fernsehen, ja. Im Augenblick assistiere ich jedoch dem Morddezernat.« Das war zumindest im buchstäblichen Sinne zutreffend.

»Mistkerl! So also sind Sie an die ganzen Gerüchte über mich und Sunday rangekommen. Nur daß es alles Lügen sind! Zwischen uns war nichts, absolut gar nichts! Diese Nacht, die sie hier verbracht hat, da war sie halt völlig hinüber, weil sie zuviel getrunken hatte... Sie hat nie zugelassen, daß ich sie anfasse. Wenn man das versuchte, war sie wie eine Wildkatze.«

Das wußte Troy nur zu gut.

»Ich schwöre, daß ich auch nichts, gar nichts gegen Sunday hatte. Zum Teufel noch mal, ich war doch der einzige, der sie bei der Serie halten wollte, als alle anderen nur nach Wegen suchten, sie loszuwerden! Deshalb war im übrigen auch Gene Badger an jenem Abend bei mir. Er war bis zum Stehkragen voll mit Koks, und er hatte diesen neuen Entwurf...« Abel hielt inne.

»Was für einen Entwurf?«

»Er sagte mir, daß er eine Möglichkeit gefunden hätte, wie man der Andrea den Garaus machen...« Die Augen des Produzenten wanderten wieder zu dem Aktenordner hin, und Troy griff danach, ohne lange zu fragen.

»Macht jetzt auch nichts mehr«, sagte Abel langsam. »Ich meine, ich erinnere mich daran, daß ich an dem Abend, als ich erfahren hatte, was mit Sunday passiert war, bei mir dachte, daß man ihr gar nicht mehr den Garaus zu machen brauche, weil das nun schon im wirklichen Leben geschehen war ... Nur wußte Gene das natürlich nicht.«

Troy überflog die einseitige Kurzfassung.

»Nein«, sagte er gedankenverloren, »das klingt nicht so, als wenn er's gewußt hätte.«

Abel lächelte schief. »Ich nehme an, daß das Gene zu einem hieb- und stichfesten Alibi verhilft, oder nicht? Wenn er Sunday an dem Abend umgebracht hätte, dann hätte er sie ja nicht mehr aus der Sendung rausschreiben müssen.«

»Nein«, sagte Troy. »Es sei denn, er *wollte* so an ein hieb- und stichfestes Alibi kommen.«

»Was?«

»Schon gut«, sagte Troy. Er hatte Gene Badgers Darstellung der Ermordung von Andrea Harmon zu Ende durchgelesen und sah nun auf das Blatt Papier hinab, das als nächstes in dem Ordner abgelegt worden war. Da ging es ganz offensichtlich um etwas anderes, obwohl der einleitende Satz fast den gleichen Wortlaut hatte:

Wir befinden uns in der Hartford-Klinik, und es ist nach Mitternacht. Ein erschöpfter Dr. Jonathan Masters beendet gerade nach sechzehn langen Stunden seinen Dienst. Er wünscht einem jungen Assistenzarzt eine gute Nacht ...

»Was ist mit dieser Handlungsskizze?« fragte Troy. »Stammt die auch von Gene Badger?«

»Nein«, sagte Abel. »Das war Sundays Beitrag.«

»Waren denn an dieser Serie alle Mitwirkenden auch als Autoren beteiligt?«

»Das meinten alle.« Abel schürzte die Lippen und griff nach dem Aktendeckel, aber Troy entzog ihn seiner kleinen, zupackenden Faust. »Das ist vertrauliches Material«, sagte Abel nervös. »Das geht die Polizei nichts an...«

Troy überflog die Seite trotzdem, und die Implikationen der Schlußsätze ließen ihn hochfahren.

Einen Augenblick später kommt der junge Assistenzarzt, von dem Schrei herbeigelockt, auf den Parkplatz gelaufen. Er beugt sich über den am Boden liegenden Körper und sagt: »Mein Gott – das ist ja Dr. Masters! Und er ist ermordet worden!«

Troy starrte Abel an.

»Bedeutet das, was ich vermute? Nämlich daß Sunday Milo Derringer den Garaus machen wollte?«

»Und wenn sie am Leben geblieben wäre«, sagte Abel finster, »dann wäre ihr das wahrscheinlich auch gelungen. Sie bekam bei dieser Sendung immer, was sie haben wollte.«

»Milos Job war also *nicht* hundertprozentig sicher, richtig?«

»In diesem Geschäft gibt es nirgends Sicherheit«, knurrte Abel. »Deshalb muß man da ja auch so auf seine Kohlen achten. Der nächste Regentag kommt ganz gewiß.« Er schaute durch sein Panoramafenster zum dunklen Himmel hinauf. »Sieht so aus, als sei er schon unterwegs. Und ich muß zu einer Besprechung ... Dauert das hier noch lange?«

»Ich hab nur noch eine Frage«, sagte Troy. »Wissen Sie, ob Milo Derringer eine Ahnung davon hatte, was seine ... was Sunday Tyler zu bewerkstelligen versuchte? Daß sie ihn aus der Sendung rausbugsieren wollte?«

»Natürlich wußte er das. Sunday hätte nie und nimmer versäumt, ihm das kundzutun. Sie haßte ihn wie die Pest, und umgekehrt er sie auch. Eine typisch amerikanische Ehe.« Zum ersten Mal erhellten sich seine umwölkten Züge. »He, wie finden Sie das? Ich habe Ihnen doch gerade ein *Motiv* geliefert, oder etwa nicht? Vielleicht hat ihr Fiesling von Ehemann Sunday diese vierzig Hiebe versetzt? Vielleicht hat er gedacht, er würde sich auf Notwehr berufen können, wenn man ihn schnappen sollte? ›Euer Ehren, ich hab ihr den Garaus gemacht, bevor sie mir den Garaus machen konnte ...‹« Er begann wirklich und wahrhaftig zu kichern.

»Irgendwas sagt mir, daß Sie selbst den guten Milo auch nicht gerade sehr schätzen.«

»Er ist mir ein Dorn im Auge, seit ich bei dieser Sendung bin ... Ich muß ihm mal von unserer kleinen Unterredung erzählen. Es soll mir zum ganz besonderen Vergnügen gereichen, sein Gesicht zu beobachten, wenn er davon erfährt ...«

Abel McFee war von dieser erheiternden Aussicht noch immer ganz erfüllt, als sie zusammen im Lift nach unten fuhren. Er erbot sich, Troy mitzunehmen, aber dieser gab einem Taxi den Vorzug. Er hatte bereits die Bleeker Street erreicht, als ihm einfiel, daß sein »Zuhause« durchaus kein sicherer Hafen mehr war – die Chancen waren nicht gering, daß Fiona noch immer dort war und eine anheimelnde häusliche Szene einstudierte. Es war ihm zwar gelungen, in den vergangenen fünf Stunden Fiona und ihr Problem – *sein* Problem – aus seinem Kopf zu verbannen, aber das hieß ja noch lange nicht, daß es sich damit auch erledigt hatte.

Und tatsächlich entdeckte er ihren kleinen roten Mercedes, den sie mal wieder viel zu dicht am Hydranten geparkt hatte. Er klopfte hastig an die zerkratzte Plastikscheibe, die ihn vom Fahrer trennte, und bat diesen anzuhalten. Gary würde ihn eben noch eine Nacht bei sich unterbringen müssen.

Es bot sich ihm dann aber doch keine Gelegenheit, die Grenzen von Garys Gastfreundschaft zu erkunden. Er erreichte zwar dessen Wohnungstür um elf Uhr, nachdem er die dazwischen liegenden Stunden in einem Buchladen, einer Cafeteria und einem Kino totgeschlagen hatte, aber Gary war nicht zu Hause. Entweder war er mit Spätdienst dran, oder er hatte bei einer seiner Freundinnen Glück gehabt. Troy hatte eine schwere Entscheidung zu treffen. Er konnte das Wagnis auf sich nehmen und nach Hause gehen oder aber versuchen, sich vermittels einer schon stark überstrapazierten Kreditkarte ein Hotelzimmer zu besorgen. Er verwarf schließlich beide Möglichkeiten. Er tat das, was er im ersten Jahr nach seinem Abgang vom College immer getan hatte – er ging zu seinem Auto, zu dem in der Prince Street, zwei Häuserblocks von seiner

Wohnung entfernt geparkten zwanzigjährigen Volvo, und kroch auf dessen Rücksitz. Ein paar Minuten lang las er noch im trüben Schein der Deckenleuchte in dem Taschenbuchkrimi, den er sich gekauft hatte, aber dann ließ er ihn auf seine Brust hinabsinken und dachte über das einzige Verbrechen nach, das eine echte Bedeutung für ihn hatte. Aber selbst das blutbefleckte Bild Sunday Tylers wurde bald aus seinem Denken verdrängt durch die blutlose, gleichwohl aber noch weitaus abschreckendere Vision der auf dem Sofa in seinem Wohnzimmer ruhenden Fiona Farrar.

Es hätte ihn vielleicht erleichtert, wenn er gewußt hätte, daß Fiona gar nicht mehr dort war. Fiona war fort. Und mit ihr sein Album von Herbie Hancock, seine Videobänder von James Bond, seine Sammlung von Elmore Leonard, sein Walkman von Sony, die neueste Ausgabe von der TV-Programmzeitschrift und alles andere, was vor seiner Wohnungstür abgelegt worden war. Nichts davon sollte er je wiedersehen. Fiona im übrigen auch nicht.

10

In guten wie in schlechten Tagen

Es hätte schlimmer sein können. Bis zum Tage der ärztlichen Untersuchung, die den Nachweis erbringen sollte, daß Troy wieder voll einsatzfähig war, waren es noch drei Wochen – wenn sie schon an diesem Morgen stattgefunden hätte, dann wäre er wohl sofort in den vorzeitigen Ruhestand geschickt worden. Jeder einzelne Knochen schmerzte, und alle Muskelstränge führten Klage über die ihnen auf dem Rücksitz des Volvos zuteil gewordene Behandlung. Und trotzdem hatte Troy Grund zur Freude. Als er nämlich in seine Straße kam, war von Fionas kleinem rotem Zweisitzer ebensowenig zu sehen wie in der Wohnung – von Fiona selbst. Dafür waren dort deutliche Hinweise auf ihren erst kürzlich erfolgten Aufbruch vorhanden. Eine Spüle voll schmutzigen Geschirrs, die leere Verpackungsschachtel einer Bäckerei und große Unordnung bei seinen Büchern, Kassetten und Platten, was ihm hätte deutlich machen können, daß Fiona ihre diebischen Angewohnheiten noch keineswegs abgelegt hatte. Troy schätzte jedoch das Ausmaß seiner Verluste geradezu mit Dankbarkeit ab. Dann nahm er eine eiskalte Dusche, und auch die Wasser von Lourdes hätten keine wunderbarere Heilung bewirken können. Er fühlte sich nun ganz hervorragend. Deshalb rief er das Dezernat Film/Fernsehen in Flushing Meadows an und meldete sich krank.

Dieses Täuschungsmanöver verursachte ihm keine Schuldgefühle. Was ihn anbetraf, so hatte er einem ganz neuen Auftrag nachzugehen, und der war sehr viel wichtiger als die Absperrung eines Drehortes.

Als er seine alte Revierwache betrat, hatte Troy plötzlich ein *Déjà-vu*-Erlebnis, das eigentlich gar nichts mit seiner Laufbahn bei der Polizei zu tun hatte. Erst allmählich wurde ihm sein Ursprung klar – es war der Revierraum im Studio 22, und die Wirkung wurde noch durch die Anwesenheit des fiktiven Lieutenant Rick Savage verstärkt, der neben dem Tisch von Dan Lipschitz saß.

»Ihr kennt euch schon, stimmt's?« knurrte Dan.

Der Schauspieler Ramsey Duke streckte ihm die Hand entgegen. »Lieutenant Lipschitz hat endlich doch mal ein bißchen Zeit gefunden, sich mit mir zu unterhalten«, sagte er reumütig. »Nur bin ich mir nicht sicher, ob ich seine technische Beratung überhaupt noch brauche, weil es doch in der Sendung vielleicht gar keinen Mordfall mehr zu untersuchen gibt.«

»Wollen Sie sagen, daß die Mordgeschichte fallengelassen werden soll?«

»Das war ja keine einfache Mordgeschichte, sondern die gute alte Geschichte von der fälschlichen Mordanklage. Andrea Harmon wird beschuldigt, jemanden umgebracht zu haben, kommt vor Gericht, der Held überführt den wahren Täter, Andrea kommt frei, und alle, alle sind glücklich und zufrieden. Immer dieselbe alte Scheiße.«

»Scheiße stimmt«, knurrte Dan. »Wie oft ist so was wohl schon passiert?«

»Etwa fünfzigtausendmal«, grinste Duke. »Zumindest in Seifenopern. Aber in *Haus der einsamen Herzen* wird's nicht dazu kommen, weil wir ja gar keine Andrea Harmon mehr haben.«

»Vielleicht doch«, sagte Troy. »Ich habe gehört, daß sie die Rolle nun doch neu besetzen wollen.«

»Mit Julia Porterfield?« Als Troy nickte, bedachte Duke Dan Lipschitz mit einem Grinsen. »Wenn ich *Ihr* Drehbuch zu schreiben hätte, Kommissar, dann wäre das jemand, den ich ganz oben auf die Liste der Verdächtigen setzen würde.«

Dan sah ihn überrascht an. »Ich hab noch nie was von ihr gehört. Was hatte sie denn gegen Sunday Tyler?«

»Sunday übernahm ihre Rolle, als sie nach Hollywood ging, und spielte sie dann sehr viel besser, als Julia das je getan hatte. Das ist für eine Schauspielerin schon Grund genug, einen Mord zu begehen.« Dan war nicht sonderlich beeindruckt. »Hollywood war nicht sehr nett zu Julia, und deshalb kam sie hierher zurück. Und raten Sie mal, wo sie hinzog? In das gleiche Gebäude, in dem auch Sunday Tyler wohnte.«

Troy blickte zu Dan hin, der eifrig etwas in sein allgegenwärtiges Notizbüchlein eintrug. Der Anblick vermittelte Ramsey Duke ein unbehagliches Gefühl.

»He, ich beschuldige hier aber niemanden, hören Sie? Das war nur so ein Scherz. Ich glaube doch nicht *wirklich*, daß Julia Porterfield die Sunday umgebracht hat.«

»Das hat auch gar keiner behauptet«, sagte Dan munter. »Wir würden aber unserem Job nicht gerecht werden, wenn wir Hinweisen, die wir bekommen, überhaupt nicht nachgingen, nicht wahr? Noch irgendwelche weiteren Anregungen, Herr Kommissar?«

»Ich bin nicht Kommissar, sondern spiele nur einen im Fernsehen.« Duke lächelte, aber auf seiner Oberlippe waren frische Schweißperlen zu sehen.

»Na los, ich kann auch mal eine Beratung gebrauchen. Angenommen, Sie wären ein *echter* Polizist, wen würden Sie dann für den Mörder halten? Und warum?«

»Ich glaube, ich möchte bei diesem Spielchen hier doch lieber nicht mitmachen.« Er sah Troy hilfesuchend an, aber dessen Gesicht blieb unbewegt. »Ach, was soll's«, sagte Duke daraufhin. »Ich habe natürlich darüber nachgedacht. Und ich gehe davon aus, daß der Mörder jemand ist, der bei der Sendung mitmacht.«

»Wie zum Beispiel wer?«

»Ich bin mir da nicht sicher. Jemand, der sie kannte, jemand, der ihr nahestand, jemand, der sie haßte...«

»Nennen Sie einen Namen«, sagte Dan. »Wenn diese Julia Porterfield nicht ganz oben auf Ihrer Liste steht, wer dann?«

»Ich habe ja keinerlei Beweise!«

»Ich will ja auch keine Beweise haben, sondern nur Ihre Meinung hören.«

»Schaun Sie mal, das geht wirklich zu weit...«

»Ein Name, verdammt noch mal!«

»Phyl«, sagte der Schauspieler, platzte damit gerade so heraus, wie Dan es hatte haben wollen. »Phyl Wykopf wäre meine erste Wahl, okay? Aber wie ich schon sagte, ich habe keinerlei Beweise. Vielleicht war's nur die Art und Weise, wie sie in jener Nacht ausgesehen hat...«

»Sie meinen, in der Mordnacht?«

»Ja. Ich hab euch Burschen doch schon erzählt, daß ich sie da im Studio gesehen habe. Sie sagte mir, sie müsse noch was erledigen.«

»Und was haben *Sie* dort getrieben?« fragte Troy.

»Ich habe geprobt. Sozusagen.«

»Geprobt? So ganz allein?«

»Das war 'ne Tanzprobe, klar?« Duke schaute indigniert drein. »Ich habe Ihnen doch erzählt, daß ich mal Tänzer beim New York City Ballet war. Hin und wieder möchte ich halt gern mal überprüfen, ob ich's noch kann.«

»Aber Sie waren nicht den ganzen Abend dort, oder?« Dan blätterte in seinem Notizbuch. »Sie sind sogar erst gegen neun hingekommen. Was ich meine, ist«, sagte er freundlich, »daß Ihr eigenes Alibi auch noch gar nicht wasserdicht ist... Herr Kommissar. Oder?«

»He, Mann«, sagte Duke und verfiel in den entsprechenden Jargon, wobei er grinsend die Zähne zeigte, »Sie quatschen hier nich einfach mit 'nem Bullen. Sie reden mit 'nem *Schwarzen*, capito? Alle Welt weiß, daß die Schwarzen im Fernsehen keine weißen Miezen abmurksen.«

»Aber wir haben es hier doch nicht mit Fernsehen zu tun, oder wie?« Ramsey Dukes verächtliches Grinsen verschwand. Dan dagegen gestattete sich ein dünnes Lächeln und ließ seine Hand auf den Arm des Schauspielers fallen. »Keine Bange, Mr. Duke«, sagte er. »Ich bin nicht hinter Ihnen her. Ich bin lediglich an jeder Hilfe interessiert, die ich kriegen kann.«

»Was ist mit Phyl Wykopf«, sagte Troy. »Warum glauben Sie, daß sie's gewesen sein könnte?«

»Tut mir leid, daß ich mit dem allen hier angefangen habe«, sagte Duke kleinlaut. »Alles, was ich weiß, ist, daß Phyl ins Studio kam und erschrocken aussah. Ja, sie sieht überhaupt schon seit längerer Zeit so verängstigt aus, und ich kann mir nicht helfen, aber ich glaube, daß das was mit Sunday Tyler zu tun hat.«

Dan sagte: »Wie gut kannte sie Sunday?«

»Das weiß ich nicht. Ich hatte nur so den Eindruck, daß es da eine Verbindung geben könnte, die weit zurückliegt. Das aber nur wegen des Akzents.«

Diesmal war es Troy, der einen Zusammenhang erkannte. An dem Abend in ihrer Wohnung, als Sunday alle Zurückhaltung und die sich anerzogenen Sprechgewohnheiten vergessen hatte, hatte er doch das Echo von Phyl Wykopfs Stimme vernommen!

»So was wie schlicht und einfach nur *einen* Südstaatenakzent gibt's gar nicht«, sagte Duke. »Ich habe überall im Süden Verwandte. Wenn die zusammenkommen, dann können Sie Georgia von Virginia von Mississippi unterscheiden, wie man Cockney von Jiddisch unterscheiden kann... Als ich die beiden zum ersten Mal zusammen hörte, wußte ich sofort, daß sie beide aus North Carolina kamen. Ich fragte eines Tages Phyl danach, und sie erzählte mir, daß sie aus Charlotte wäre.«

»Und Sunday Tyler?«

»Mit ihr hab ich nie gesprochen. Sie war nicht gerade sehr kommunikativ.«

Troy räusperte sich. »Das kann ich bestätigen«, sagte er. Die beiden anderen blickten ihn an. »Sunday hat mir mal erzählt, daß sie auf einer Farm in North Carolina geboren wurde ... Aber das ist ja auch ein ziemlich großer Bundesstaat.«

»Immerhin ist das alles ganz interessant«, sagte Dan. »Zumal, da Miss Wykopf für die Zeit des Mordes keinerlei Alibi hat ... Mr. Duke könnte auf der richtigen Fährte sein.«

»He, Augenblick mal«, sagte Duke besorgt. »Ich hab *wirklich* keine Ahnung, wer Sunday getötet hat. Das kann auch irgend so ein Psychopath gewesen sein, der an ihre Tür geklopft hat, um ihr Schneebesen zu verkaufen ...«

»Machen Sie sich mal nicht so viele Gedanken«, sagte Dan aufmunternd. »Niemand denkt daran, sich auf Ihre Worte zu berufen, Mr. Duke. Ich brauche wirklich nur ein paar Ideen. Wenn Sie noch welche haben oder wenn Sie im Studio irgendwas hören, von dem Sie meinen, daß ich es wissen sollte, dann rufen Sie mich doch bitte an.«

»Aber gewiß doch«, sagte Ramsey Duke unsicher. »Ich soll ja schließlich so was wie ein Kriminalbeamter sein, stimmt's?«

»Stimmt«, grinste Dan.

Als der Schauspieler gegangen war, schüttelte Troy den Kopf.

»Ich darf wohl davon ausgehen, daß damit meine Frage schon beantwortet ist. Du hast noch keine heiße Spur. Wenn du eine hättest, würdest du wohl kaum solche Nachwuchsagenten einsetzen.«

Dan sah zufrieden mit sich aus. »Ich habe allen Leuten von der Sendung das gleiche erzählt. Man kann ja nie wissen, ob nicht plötzlich doch einer mit 'nem heißen Tip daherkommt.«

»Eben das habe ich auch gedacht, als ich gestern mit Abel McFee sprach.«

Er erzählte dem Kriminalbeamten von seiner Begegnung mit Milo Derringer und dem Nachspiel in Abels Wohnung.

»Milo hat mich angelogen«, sagte Troy. »Er wußte sehr wohl, was Sunday vorhatte, daß sie daran arbeitete, ihn abzusägen. Und das sehr intensiv.«

»Nehmen wir mal an, Abel McFee hätte recht mit der Behauptung, daß Sunday ihrem Mann von dem geänderten Handlungsverlauf erzählt hat.«

»Aber *wenn* er es wußte, dann hätten wir ja gerade das, was wir nach Milos Ansicht nicht haben, nämlich ein Motiv.«

»Das klingt ganz so, als stünde dein Urteil über diesen Fall schon fest.«

»Nein«, sagte Troy niedergeschlagen. »Ich wünschte, es wäre so. Aber da ist so was... Unwirkliches an diesen Leuten, an der Welt, in der sie leben. Es ist, als seien sie alle nur Schatten auf einer Leinwand. Vielleicht müßte ich ein Drehbuch in Händen haben, wenn ich mit ihnen spreche.«

»Wer hat denn gesagt, daß du mit ihnen sprechen sollst?«

»Hol's der Geier«, sagte Troy. »Wenn du so einen Fernsehbeamten wie Ramsey Duke für dich einspannen kannst, kann ich dann nicht auch mitspielen? Was hieltest du zum Beispiel davon, wenn ich mir mal Phyl Wykopf vornähme?«

Der Kriminalbeamte blickte ins Leere.

»Was du da eben gesagt hast, habe ich nicht gehört.«

Im Studio berichtete ihm der Regisseur, der auf den Namen Lou hörte, daß Phyl Wykopf schon vorzeitig zum Mittagessen gegangen sei, weil sie bereits um ein Uhr wieder auf ihrem Posten sein müsse, da für diesen Termin eine SFX-Probe vorgesehen sei, was immer das bedeuten mochte. Troy ging über die Straße in die ›Grüne Grotte‹, wo er das Produktionsteam von *Haus der einsamen Herzen* kennengelernt hatte. Es saßen noch nicht viele Menschen im Restaurant, weshalb es ihm nicht schwerfiel festzustellen, daß Phyl nicht zu ihnen gehörte. Bevor er aber den Rückzug antreten konnte, rief die vertraute Stimme von Kiki Carney seinen Namen. Er zögerte, und dies erst recht, als er die ihm nicht so vertraute Frau an Kikis Tisch bemerkte. Als er näher kam, fiel ihm ihre annäherungsweise Ähnlichkeit mit Sunday Tyler auf, und als Kiki sie dann miteinander bekannt machte, hatte er schon erraten, daß er da die jüngste Bereicherung von Dans Verdächtigenliste kennenlernte, nämlich Julia Porterfield.

»Das ist so eine Art Willkommen-daheim-Essen für Julia«, sagte Kiki – angesichts der Umstände ein wenig zu lebhaft, dachte Troy.

Es gelang Julia zwar, sich zurückhaltend zu geben, aber das schien doch nur eine Pflichtübung zu sein. Sie war umgeben von einer Aura harter Professionalität, und alle ihre Bewegungen hätten im Auge der Kamera ganz vorzüglich ausgesehen.

»Natürlich dauert es noch Wochen, bis ich wirklich bei der Serie anfangen kann«, sagte sie. »Die Autoren müssen ja erst noch einen Weg finden, wie sie die Andrea wieder in die Story hineinbekommen.«

»Und wie wird man die Veränderung ihres Aussehens erklären?«

»Das machen wir grundsätzlich nie«, sagte Kiki. »Keine Entschuldigungen, keine Erklärungen – Seifenopernregel. Wir weisen lediglich am Anfang der ersten Folge mit ihr darauf hin, daß die Rolle der Andrea Harmon fortan von Julia Porterfield gespielt wird. Sie nehmen das hin, wie sie alles hinnehmen. Das ist Teil der Übereinkunft zwischen der Serie und den Zuschauern.«

»Oder der Verschwörung«, sagte die Schauspielerin mit unbeschwertem Lachen. Sie hob das Glas Weißwein mit zarten Porzellanfingern. In diesem Augenblick kam Troy völlig irrationalerweise zu dem Schluß, daß Julia Porterfield nicht der Mörder mit dem Hackebeil war, den Dan Lipschitz suchte. Wenn *sie* Sunday Tyler ermordet hätte, dann hätte sie's mit Messer oder Gabel getan!

»Ich habe eigentlich Phyl Wykopf gesucht«, sagte Troy, als Kiki ihn fragte, ob er sich nicht zu ihnen setzen wolle. »Es gibt da noch ein paar Fragen, die ich ihr gern gestellt hätte.«

»Zu dem Mord?« sagte Kiki fröhlich. »Wollen Sie etwa sagen, Sie glauben, *Phyl* hätte irgendwas damit zu tun? Nun, damit wären wenigstens Sie aus dem Schneider.« Sie sah Julia schelmisch an. Als sie Troys verständnislosen Blick sah, fuhr sie fort: »Julia war ganz betroffen, als sie erfuhr, daß Sunday im gleichen Haus wie sie gewohnt hat. Das wußte sie nämlich bis zu der gestrigen Besprechung überhaupt nicht. Ophelia Utley war taktlos genug, diesen Umstand zur Sprache zu bringen.«

»Was war das für eine Besprechung?«

»Bei der Agentur. Hat Abel nichts davon gesagt? Dafür hat er aber *Sie* uns gegenüber erwähnt.«

»Mich?« sagte Troy überrascht. »Wieso das?«

»Er sagte, Sie wären mit Ermittlungen im Mordfall Sunday Tyler beauftragt worden. Und er schien zu glauben, daß Sie im Begriff stünden, jemanden wegen Mordes dranzukriegen, hat aber nicht gesagt, wen ... Hat er denn recht damit?«

»Sagen wir mal so: Die Ermittlungen sind noch nicht abgeschlossen«, erklärte Troy ihr.

»Gut, mein Alibi können Sie gleich haben«, sagte Julia leichthin. »Ich war an dem Abend, als die arme Sunday getötet wurde, nicht mal zu Hause. Ich habe mir im Village diese Neuinszenierung vom *Eismann* angesehen. Das Stück von O'Neill.«

»Was wollen Sie mehr«, antwortete ihr Troy mit einem Lächeln und hatte dabei das Gefühl, als rekapituliere er mit ihr einen Text. »Ein paar Hundert Zeugen.«

»Na ja, eher so vierzig oder fünfzig«, sagte die Schauspielerin. »Es ist nicht gerade ein großer Hit. Aber ich habe das Stück mal in Long Wharf gespielt und wollte es deshalb sehen. Leider habe ich keine Bekannten getroffen. Die Mitzuschauer eignen sich also wohl nicht als Zeugen, nehme ich an.«

»Sie haben Glück, Herr Kommissar«, sagte Kiki, aber diese Äußerung bezog sich nicht auf Julia Porterfields dürftiges Alibi. Sie hatte vielmehr Phyllis Wykopf entdeckt, die gerade das Restaurant betreten hatte. Troy entschuldigte sich und ging, um sie abzufangen. Ihm entging die Beunruhigung nicht, die in den Augen der Produktionsleiterin sichtbar wurde, aber er beschloß, keinen Versuch zu machen, sie zu deuten.

Phyl war alles andere als glücklich darüber, daß sich ihr Lunch durch Troys Befragung verzögerte, und er versprach ihr, sie nicht über Gebühr aufhalten zu wollen. Er wählte einen Tisch außer Hörweite Kikis und ihres Gastes – eine Entscheidung, die Phyl durchaus zu schätzen wußte.

»Ich dachte, Sie wären mit uns fertig«, sagte sie, wobei ihre Augen und Lippen die Nervosität zeigten, auf die Ramsey Duke hingewiesen hatte. »Abel hat uns erzählt, Sie hätten den Mörder schon so gut wie hinter Schloß und Riegel.«

»Abel tut mir zuviel der Ehre an«, sagte Troy. »Da ist noch eine ganze Menge, was wir nicht wissen. Vor allem auch über Sunday. Ich meine, über ihre Herkunft und so.«

»Wenn Sie an ihrer Biographie interessiert sind, dann reden Sie doch mal mit unserem kleinen Wuselbienchen. Das ist ihr Gebiet.«

»Wuselbienchen«, sagte Troy mit einem Lächeln. »Ich nehme an, daß damit Kiki Carney gemeint sein soll?« Phyl antwortete nicht. »Komisch, jeder scheint einen anderen Spitznamen für Kiki zu haben.«

»Jedem Tierchen sein Pläsierchen.«

»Nur daß in diesem Falle Sie und Sunday den gleichen Spitznamen zu benutzen scheinen. Ist das Zufall?«

»Ich weiß nicht, was Sie meinen.«

»Wie nahe standen Sie eigentlich Sunday Tyler? Hatten Sie ein freundschaftliches Verhältnis zu ihr? Ich meine, außerhalb des Studios.«

»Ja, ganz am Anfang, als sie zu der Sendung kam. Ich war es ja auch gewesen, die damals dafür gesorgt hatte, daß sie vorsprechen konnte, als Julia Porterfield den Entschluß gefaßt hatte, uns zu verlassen. Aber dann wurde Sunday ein großer Star, und das bedeutete das Ende unserer freundschaftlichen Beziehung.«

Troy entschied sich für einen Frontalangriff.

»Sie haben Sunday schon gekannt, bevor sie nach New York kam, nicht wahr? Da in North Carolina?«

Phyls Zögern dauerte nicht lange. »Ja, wir kannten uns. Wir lernten uns bei einer Theatergruppe kennen, die Nancy Nixon in Charlotte aufbaute. Ich versuchte es damals mit Regie, war aber nicht sehr gut darin. Sie war erst sechzehn und lebte bei ihrer Tante Ursula. Anfangs war sie nur Kulissenmalerin, aber dann gab ich ihr ein paar Statistenrollen, später kleine Nebenrollen... Sie machte schon etwa drei Monate bei der Truppe mit, als ihre Tante dahinterkam, daß sie gar nicht in der Schule war, wo sie eigentlich sein sollte. Und so kam Ursula eines Tages ins Theater marschiert und schleppte Sunday an den Haaren davon. Das war das letzte Mal, daß ich sie sah, bevor sie nach New York kam und ihre ersten Auftritte hier hatte.«

»Sie haben ihr also den Job bei *Haus der einsamen Herzen* verschafft, und sie hat sich nicht gerade als sonderlich dankbar erwiesen. Stimmt das so?«

»Was genau meinen Sie denn mit ›das‹?«

»Ich meine den Grund dafür, daß Sie Sunday so wenig mochten.«

»So wenig, daß ich sie ermordet habe?« sagte Phyl trokken. »Wollen Sie etwa darauf hinaus?«

»Sie eilen mir weit voraus. Ich spreche im Augenblick noch von dem Tag, an dem Sie genau *dort* saßen, an dem Tisch da neben der Kübelpalme, und ich hörte, wie Sie und Gene Badger und Bob Neffer planten, Andrea Harmon zu beseitigen. Es wurde dabei nur zu deutlich, wie wenig Sie sich aus Ihrer Freundin Sunday machten.«

»Sind Sie schon jemandem begegnet, bei dem das anders war?«

Troy beschloß, die Verteidigung Sundays durch Abel McFee nicht zu erwähnen. »Nein«, sagte er. »Ich nehme an, daß es nicht Sundays Stärke war, sich Freunde zu machen.«

»Aber sie war furchtbar gut darin, sich die Feindschaft anderer zuzuziehen«, sagte Phyl Wykopf. »Deshalb waren ja auch so viele Leute auf ihrer Beerdigung. Wie mal jemand gesagt hat: ›Man gebe den Menschen nur, was sie haben wollen, und sie werden kommen.‹« Ihre Augen weiteten sich, und Troy kam schnell dahinter, warum. Kiki Carney hatte ihren Tisch verlassen und kam auf sie zu. Sie bedachte Phyl mit einem bösen kleinen Lächeln und wandte sich dann an Troy.

»Haben Sie eine japanische Freundin?«

»Hab ich was?«

»Ich habe gerade mit Lou im Studio telefoniert – wieder mal ein Aufzeichnungsproblem, fürchte ich. Wie dem auch sei, er erwähnte bei der Gelegenheit, daß ein japanisches Mädchen Mr. Wayland zu erreichen versuche.«

»Wahrscheinlich Mitso«, sagte Troy eher zu sich selbst. »Aber wie hat die mich bloß da gefunden?«

»Ich kümmere mich um das Aufzeichnungsproblem«,

sagte Phyl Wykopf und erhob sich. »Ich glaube kaum, daß ich Officer Wayland noch sehr viel mehr sagen kann... Warum ziehst du dir keinen Hocker ran und setzt dich?«

Als er das Restaurant verließ, war er sich mit sich selbst nicht einig, aber am Ende siegte doch die Neugier. Er ging in eine Telefonzelle und rief das Büro in Flushing Meadows an.

»Ich dachte, Sie wären krank«, sagte Mitso anklagend. »Ich hab's bei Ihnen zu Hause versucht, aber da war niemand, deshalb hab ich im Studio angerufen.«

»Eine Freundin!« knurrte Troy. »Versuchen Sie, sich beim Captain lieb Kind zu machen?«

»Der Captain ist gar nicht da, er hat eine Besprechung bei einem großen Filmregisseur, Fielberg oder Spellini, hab vergessen, welcher... Da war noch jemand, der Sie gesucht hat, aber ich mag den Namen nicht sagen, denn wenn ich ihn falsch rausbringe, klingt's grausig.«

»Also, Mitso, was soll das alles?«

Sie nannte den Namen und sprach ihn falsch aus. Aber Troy wußte, wen sie meinte, wählte mit ungeschickten Fingern die Nummer des Polizeireviers und hoffte, Dan Lipschitz werde ihm erzählen, was er so sehnsüchtig zu hören wünschte, nämlich daß Sunday Tylers Mörder gefaßt worden sei. Aber Dan wußte weitaus unerwartetere Dinge zu berichten.

»Ich habe noch mehr schlechte Nachrichten für dich. Deine Freundin Fiona hatte gestern abend einen Autounfall und ist dabei ums Leben gekommen.«

Troy wußte nicht, wie er darauf reagieren sollte. Er hoffte, Dan würde das als ›überwältigtes Schweigen‹ ansehen. Wo er doch alles andere als überwältigt war. Ein Dutzend verschiedene Gedanken drängten alle gleichzeitig in seinen Kopf, und er wagte nicht, einen davon für seine Antwort auszuwählen. Am Ende stellte er Dan einfach nur eine Frage:

»Was soll ich machen, Danny? Soll ich wohl zum Krankenhaus gehen, zum Leichenschauhaus, was? Sag mir, was ich machen soll.«

»Ich glaube, du solltest erst mal herkommen«, sagte der Lieutenant. »Du machst am besten deine Aussage so bald wie möglich.«

»Eine Aussage? Wieso denn eine Aussage?«

»Fiona ist offenbar unmittelbar vor dem Unfall in deiner Wohnung gewesen. Sie ist dort gegen zehn Uhr dreißig weggefahren und dann etwa zehn Minuten später in einen in der Spring Street geparkten Lastwagen rein. Nach der Gewalt des Aufpralls zu urteilen, muß sie sofort tot gewesen sein. Es gibt ja Menschen, die solche Dinge gerne wissen möchten.«

»Aber warum brauchst du dann eine Aussage von mir? Ich habe Fiona gestern abend überhaupt nicht gesehen, Danny, und ich hab mit Sicherheit nicht in dem Auto da gesessen.«

»Uns liegt aber eine andere Aussage vor«, sagte der Kriminalbeamte. »Und deshalb brauchen wir auch deine. Die andere stammt übrigens von Fiona Farrars Mutter, die im Augenblick gerade bei mir ist. Du kommst besser schnell mal hierher, mein teurer Freund.«

Als er das Vernehmungszimmer betrat und Fionas Mutter wie ein sehr eng geschnürtes Paket in dem hölzernen Drehstuhl sitzen sah, schämte sich Troy des in ihm aufsteigenden Gedankens, der aber trotzdem bis in seinen Kopf vordrang.

Dort sitzt, Gott hab Erbarmen, meine Schwiegermutter.

Violet Farrar war kaum über fünfzig Jahre alt, hatte es aber vermittels eines überzogenen Versuches, jünger auszusehen, geschafft, sich um ein Jahrzehnt älter zu machen. Ihre Lippen waren zu rot, ihre Haare zu rotblond, ihr Lidschatten zu blau. Und in der Tiefe dieser irisierenden Kreise glühten ihre Augen mit glasiger Intensität.

»Sie hat mich zweimal angerufen«, sagte Fionas Mutter. »Sie rief mich während der Bill-Cosby-Show an und dann noch mal während der Nachrichten von Kanal 5. Sie sagte, sie warte darauf, das *der* da nach Hause komme.« Sie blickte Troy anklagend an, als sei er Fionas auf Abwege geratener Ehemann. »Wir sprachen ungefähr zehn, fünfzehn Minuten miteinander. Sie wolle sich irgendwas zu essen suchen, sagte sie. Nicht, daß da viel im Haus gewesen wäre, Sie wissen ja, wie *die* so sind.«

»Die?« fragte Dan höflich, wobei er sich wahrscheinlich schon im klaren darüber war, daß sie damit alle Junggesellen – oder vielleicht auch alle Polizisten – bezeichnet wissen wollte.

»Als sie mich um zehn wieder anrief, sagte sie, daß sie sich nicht wohl fühle, daß sie Krämpfe habe. Ich bekam's ihretwegen wirklich mit der Angst zu tun, weil ich selbst ja drei verloren habe.«

»Drei was?« fragte Dan.

Sie überhörte auch diese Frage.

»Na ja, sie fühlte sich echt mies und meinte, es könne auch was von dem gewesen sein, was sie gegessen hätte. Ich sagte zu ihr, vielleicht war's irgendwas Verdorbenes, da aus dem Kühlschrank, wissen Sie? Ein olles Stück Fleisch oder Fisch, was *er* da offen drin liegengelassen hat, aber sie sagte nein, sie hätte nur ein bißchen Suppe gegessen und Zeugs aus Dosen und ein Stückchen Zitronenrolle... Sie klang richtig wie in Panik, deshalb sagte ich ihr, sie solle so schnell wie möglich zum Krankenhaus fahren, zur Notaufnahme, verstehen Sie?«

»Augenblick mal«, sagte Troy. Aber Dan ließ sich die Gesprächsführung nicht nehmen.

»Sie war also dorthin unterwegs, Mrs. Farrar? Zu einem Krankenhaus, zum Beispiel zur St.-Vincent-Klinik?«

»Das weiß ich nicht. Vielleicht hat sie auch versucht, nach Hause zu fahren. Ich meine, zu mir nach New Jersey. Fiona hatte große Angst vor Krankenhäusern, seit ich sie mal wegen ihrer Mandeln in eins reinbringen mußte.« Die Erinnerung löste aufgestaute Tränen, sie schluckte schwer und schluchzte den nächsten Satz heraus. »Immer, wenn sie Hilfe brauchte, kam sie zu ihrer Mama. Sie war immer so unabhängig, aber sie hörte auch nie auf, mein kleines Mädelchen zu sein.«

»Ich möchte nur eines fragen«, sagte Troy. »Als sie wegging, um diesen Kuchen zu kaufen, warum hat sie sich da nicht ein Sandwich besorgt oder so etwas?«

»Ich habe Ihnen doch gesagt, daß sie nicht weggegangen ist«, sagte Mrs. Farrar, würdigte ihn dabei aber keines

Blickes. »Sie hat die Wohnung nicht verlassen, weil sie ja drauf wartete, daß *der* nach Hause käme.« Und sie fügte flehentlich hinzu: »Fiona war eine gute Fahrerin, sie hatte in ihrem ganzen Leben noch keinen Unfall. Es müssen diese Krämpfe gewesen sein, die sie hatte, ist Ihnen das nicht klar? Sie muß schreckliche Schmerzen gehabt haben, und deshalb hat sie wohl die Kontrolle über dieses Auto verloren.«

»Klingt einigermaßen plausibel, Mrs. Farrar«, sagte Dan versöhnlich. »Aber es ist nicht die einzig denkbare Erklärung.«

»Ja«, sagte die Frau bitter, »das ist wohl so. Sie könnte es auch verloren haben, wie ich meine verloren habe. Das Baby meine ich.«

Troy war fast erleichtert, daß das Wort endlich ausgesprochen worden war. Aber ganz offenkundig nicht zum ersten Mal.

»Ja«, sagte Danny, »Sie haben mir schon berichtet, daß Ihre Tochter schwanger war.« Er bemühte sich sehr angestrengt, Troy nicht anzusehen. »Und das ist von der Klinik bestätigt worden. Ihre Tochter war im dritten Monat. Aber es gibt keinerlei Anzeichen für eine Fehlgeburt, deshalb könnten diese ›Krämpfe‹, von denen Sie da gesprochen haben, auch eine Magensache gewesen sein.«

»Das ist ja genau das, was ich wissen möchte«, sagte die Frau, und ihre Stimme, die zuvor schrill und belegt gewesen war, hatte jetzt einen harten, metallischen Klang. »Ich möchte wissen, woran es lag, daß ihr so schlecht wurde. Meine Fiona hatte einen Magen aus Eisen. Sie wurde nie krank, nie. Vielleicht hier und da mal ein Geschniefe, jeder erkältet sich mal, nicht wahr? Aber essen konnte sie alles, sie hatte immer 'nen Appetit für zwei.«

Troy, der diesen Appetit mehrfach gestillt hatte, hätte diese Aussage bestätigen können. Statt dessen aber sagte er: »Also, Mrs. Farrar, wenn Sie versuchen sollten, mir die Schuld daran zuzuschieben, daß Fiona übel wurde, weil ich angeblich irgendwelche verdorbenen Lebensmittel hätte rumliegen lassen, dann möchte ich Ihnen mal folgendes sagen. Ich habe Ihre Tochter nicht in meine Wohnung eingeladen, sondern sie war dort, weil sie halt einen Schlüssel dazu hatte. In gewissem Sinne hat sie sich unbefugten Zutritt verschafft.«

»Wußte ich's doch«, sagte Violet Farrar und schaukelte mit dem Drehstuhl. »Das hab ich erwartet! Dem Opfer die Schuld in die Schuhe schieben, was?«

»Und ich behaupte nach wie vor, daß sie fortgewesen sein muß, vor allem wenn sie Zitronentörtchen gegessen hat, denn so etwas war mit Sicherheit nicht in meinem Kühlschrank.«

»Zitronenrolle«, sagte Fionas Mutter ausdruckslos. »Und so was war da, fragen Sie doch den Lieutenant.«

»Die Schachtel war da«, erklärte Dan. »Sie stammte von einer Großbäckerei in der Provinz, die eine der Supermarktketten mit Kuchen und Gebäck beliefert.«

Jetzt erinnerte sich Troy, die Pappschachtel in dem in seiner Küche stehenden Mülleimer gesehen zu haben.

»Dann ist Fiona zum Einkaufen in den Supermarkt gegangen. Da ist einer grad bei mir um die Ecke.«

»Nein«, sagte Dan. »Sie führen dort diese Marke nicht. Sie hätte sehr weit laufen müssen. Die Kette, die dieses

Zitronengebäck anbietet, hat im Village keine Filialen. Die nächstgelegene ist in der 23. Straße.«

»Woher weißt du das alles?« Die Temperatur im Raum schien plötzlich zu fallen. »Sind deine Leute etwa in meiner Wohnung gewesen?«

»Wir mußten doch das Woher und Wohin von Miss Farrar überprüfen«, sagte Dan und vermied noch immer jeden Blickkontakt. »Keine Sorge, alles legal. Wir brauchten nicht mal dein Türschloß aufzubrechen. Als Miss Farrar gegangen war, hatte sie sich nicht mal die Mühe gemacht, die Wohnungstür hinter sich zuzumachen.«

In Troys Kopf klickte ein kleiner Schalter.

»Laß mich mal sehen, ob ich das richtig verstehe. Du denkst, da könnte *Absicht* dahintergesteckt haben? Daß ich *wollte*, daß Fiona übel wurde?«

»Sie hat mir erzählt, wie Sie auf die Nachricht von dem Baby reagiert haben«, sagte die Frau. »Sie sind ganz grün im Gesicht geworden, als ob *Sie* sich übergeben müßten.«

Dan räusperte sich und sagte: »Ich möchte glauben, daß das eine bei Männern eher normale Reaktion ist, Mrs. Farrar, meinen Sie nicht?«

Statt ihm zu antworten, wandte Violet Farrar ihren Kopf und bohrte ihren glasigen Blick in Troys Augen.

»Nur daß *ein paar* Männer Dinge tun, die andere nicht machen.«

Das Telefon auf dem Schreibtisch zirpte leise. Dan Lipschitz nahm ab und lauschte dem, was ihm da jemand zu sagen hatte, wobei sich nun seine Gesichtsfarbe veränderte. Seine dunklen Brauen stießen unter einer in Falten gelegten Stirn zusammen, als auch er jetzt Troy anblickte.

»Das war Bushin von der Gerichtsmedizin«, sagte er. »Sie haben die Todesursache festgestellt. Eine schwere Gehirnerschütterung.« Er ließ Troy jedoch keine Zeit, sich erleichtert zu fühlen. »Sie haben zudem eine ordentliche Portion Arsen in ihrem Körper gefunden. Ich nehme an, daß man das als ›Sekundärursache‹ bezeichnen könnte.«

11
Am Rande der Nacht

Ein einziger Nachmittag reichte völlig aus, um dem Polizisten Angst vor der Polizei einzujagen.

Als er den Streifenwagen an der Ecke entdeckte, überquerte er schnell die Straße und betrat die Reinigung, die noch immer im Besitz seines blauen Anzugs war, den er bei dem Fest zu Ehren seiner Eltern zu tragen beabsichtigte. Er hatte den Kontrollabschnitt nicht bei sich, kramte aber in seinen Taschen herum, als müsse er ganz bestimmt dort sein, und behielt dabei die ganze Zeit das Polizeiauto im Auge. Als es schließlich weiterfuhr, murmelte er, daß er den Abschnitt holen und wiederkommen werde, und verließ den Laden. Er war aber noch nicht daheim und befreit! Zwei Polizisten, die mit ihm auf der Polizeischule gewesen waren, traten gerade aus dem Fotoladen und betrachteten grinsend einen Umschlag mit frisch entwickelten Bildern. Sie waren viel zu beschäftigt, um ihn zu bemerken, und er erreichte endlich die Haustür seines Wohnblocks, ohne dem Gesetz noch ein weiteres Mal begegnet zu sein.

Als er die Wohnung betrat, erwartete er, Spuren der polizeilichen Untersuchung zu finden, konnte aber nur die von seiner eigenen und Fionas Unordentlichkeit entdecken. Die Erleichterung, die er empfand, machte ihm nur seinen paranoiden Zustand noch bewußter. Es bestand keinerlei Anlaß zu Panik, sagte er sich. Was Fionas Tod anbetraf, so gab es da ganz offensichtlich ein Fragezeichen, aber das stand nicht notwendigerweise auch über seinem Haupt. War's nicht das gewesen, was Dan Lipschitz in seiner kleinen Abschiedsrede hatte andeuten wollen? Er ging sie in Gedanken noch einmal durch und suchte in Dans Worten nach all der Ermutigung, die sie enthielten.

»Mach dir wegen dieser Geschichte keine allzu großen Sorgen, den Menschen widerfahren oftmals eigenartige Dinge. Vielleicht hat deine Freundin irgendeine Medizin geschluckt. Vielleicht haben wir's ja auch mal wieder mit so einem Spinner zu tun, der im Supermarkt Sachen vergiftet. Alle möglichen Erklärungen sind denkbar, und im übrigen ...«

Im übrigen was? Dan hatte den Satz nicht zu Ende gesprochen, aber es fiel Troy auch nicht allzu schwer, das selbst zu besorgen. Fionas Mutter hatte ja bereits auf die Möglichkeit des vorsätzlichen Mordes hingewiesen, ohne sich allerdings dieser Begriffe bedient zu haben, und nach allem, was er wußte, tat sie in diesem Augenblick das gleiche wieder, diesmal im Büro der für Manhattan zuständigen Staatsanwaltschaft.

Aber Dan hatte schon recht – es war töricht, sich große Sorgen zu machen. Er mochte ja ein auf der Hand liegendes Motiv haben, aber gerade seine Offensichtlichkeit stellte auch wieder eine Art Verteidigung dar. Er mochte nicht in der Lage sein zu beweisen, wo er in der vergangenen Nacht gesteckt hatte, aber Tatsache war und blieb auch, daß er sie allein verbracht hatte, auf dem Rücksitz seines Volvo zusammengerollt. Er hatte keine Zitronenrolle mit einem Schuß Zyanid in seinem Kühlschrank liegenlassen. Er machte sich überhaupt nichts aus Zitronenrolle. Fiona hatte sie sich gekauft – sie hatte immer eine Schwäche für Süßes gehabt. Er hatte oft gedacht, daß sie ihr Essen nur deshalb so schnell in sich hineinschlang, weil sie es so eilig hatte, zum Nachtisch zu kommen. Im übrigen wanderten Menschen ja nicht für Verbrechen ins Gefängnis, die sie gar nicht begangen hatten, das war Blödsinn. Er erinnerte sich, daß Dan dieses Wort im Zusammenhang mit Ramsey Dukes Beschreibung des neuen Handlungsverlaufs von *Haus der einsamen Herzen* gebraucht hatte. Die alte Geschichte von der fälschlichen Mordanklage. *Blödsinn!* sagte Troy noch einmal. Das würde ihm nicht passieren. Dies war doch das wirkliche Leben und keine Seifenoper. Das Leben ahmte nicht die Kunst nach, auch wenn Oscar Wilde diese Ansicht vertreten hatte.

Es war ihm gelungen, sich selbst dahin zu bringen, daß er sich wieder wohler fühlte. Von frischer Energie erfüllt fing er an, die auf dem Fußboden verstreut liegenden Bücher und Schallplatten aufzuräumen. Bei dieser Gelegenheit entdeckte er auch Fionas letzten Diebstahl – die Bond-Bänder fehlten ebenso wie die Taschenbuchausgabe von Elmore Leonard. Er beschimpfte die Freundin leise, ganz vergessend, daß er eine Tote tadelte. Vielleicht war sie ja deshalb gestorben. Vielleicht hatte Fiona einen Diebstahl zuviel begangen. Vielleicht gab es da einen Freund, von dem er nichts wußte, einen Freund, der so wütend auf sie geworden war, daß er ihr die tödliche Dosis Zyanid verabreicht hatte. Troy begann, ein optimistisches Szenario zu entwerfen. Der besagte Freund würde sich als der Vater des Kindes herausstellen, mit dem sie schwanger ging, und sie hatte jenem gedroht, wie sie ihm gedroht hatte. Der Freund würde schon bei der ersten Vernehmung durch die Polizei ein Geständnis ablegen, sich schluchzend schuldig bekennen. Troy sah die ganze Szene deutlich vor sich, und sie erschien ihm wie die Auflösung bei einem Fernsehkrimi. Der hartnäckige Polizist wurde von Ramsey Duke gespielt, und der Mörder sah aus wie ein jüngerer Milo Derringer. Der Mord wurde aufgeklärt, die Titelmusik erklang, und der Bildschirm wurde langsam schwarz...

Troy hatte seinen Appetit wiedergefunden. Er ging in die Küche, aber das ganze Wohlgefühl, das er in der vergangenen halben Stunde in sich erzeugt hatte, schmolz dahin beim Anblick der Mülltüte, die in den Abfalleimer neben der Spüle gesteckt worden war. Die Mülltüte war neu. Die alte, in der die weiße Pappschachtel gewesen war, war fort. Er wußte natürlich, wo sie war. In einem Polizeilabor nämlich, wo man die Überreste einer Zitronenrolle mit dem Mikroskop untersuchte.

Es klingelte an der Tür. Da das just in diesem Augenblick geschah, löste es zunächst eine panikartige Reaktion aus, die er aber unterdrückte. Dann tat er etwas, was er sonst nur sehr selten tat – er blickte durch den Spion. Das Gesicht in dem winzigen Durchblick war jung, lateinamerikanisch und ihm irgendwie bekannt. Außerdem ließ es ihn »Bulle!« denken, weshalb er zögerte. Schließlich hörte er aber auf zu denken und öffnete die Tür.

»Hallo, wie geht's, wie steht's«, sagte Luis Campos. Troy sagte dieser Name nichts, und deshalb wiederholte ihn sein Besucher. »Sie erinnern sich doch. Fünftes Revier, Sitte.«

»Ja, richtig«, sagte Troy, und jetzt brachte er den anderen mit etwas in Verbindung – mit plötzlicher Gewalt, mit der Erinnerung an Schmerzen. Dann dämmerte es ihm. Eine nasse Straße im Village, eine Nutte mit dem Gesicht eines Engels von Botticelli ... Campos war damals sein Streifenkollege gewesen, damals an dem Abend, als er niedergestochen worden war.

Troy bat Campos herein und bot ihm einen Drink an, aber der andere meinte, er nähme besser keinen, denn er sei im Dienst, jetzt allerdings nicht mehr für die Sitte, sondern bei der Drogenfahndung. Diese kurze Zusammenfassung seiner Karriere wirkte auf Troy entspannend – zumindest war Luis nicht hergekommen, um ihn wegen Mordverdacht festzunehmen. Weshalb dann aber dessen Nervosität? Campos zeigte weit mehr Angst, als er, Troy, verspürte.

Es kam nicht zum Austausch von Erinnerungen. Troy und Campos waren gerade erst eine Woche zusammen auf Streife gegangen, als Troy die Feindseligkeit der jungen Prostituierten, die er mit aufs Revier hatte nehmen wollen, unterschätzt hatte. Er erinnerte sich noch daran, daß Campos all das getan hatte, was in einer solchen Situation getan werden mußte. Er hatte sich erst um seinen verletzten Kumpel gekümmert, danach um die Missetäterin. Aber irgendwas war da noch mit diesem Burschen, irgend etwas, das er vergessen oder zu vergessen beschlossen hatte ...

»Also, ich hab dich ja irgendwie aus den Augen verloren, damals, nachdem du aus dem Krankenhaus entlassen worden warst«, erklärte Campos. »Ich meine, ich hab dann später schon noch gehört, daß du wieder in Ordnung bist und auch wieder im Dienst. Hat irgendwas mit der Stadtverwaltung zu tun.«

»Ja, etwas«, sagte Troy. »Sonderkommission Film/Fernsehen.«

»Jawoll ja, tolle Sache«, grinste Campos. »Nur daß du im Augenblick eigentlich für andere tätig bist, nicht? Fürs Morddezernat?«

»Wer hat dir das erzählt?« fragte Troy vorsichtig.

»Hab nur so was läuten hören. Daß du da bei diesem Seifenopernfall mitarbeitest. Die Schauspielerin, die ermordet worden ist. Ich kann mich nicht an ihren Namen erinnern, aber ich hab die Serie gesehen. Nicht regelmäßig, nur so ein paar Folgen. Da ist auch dieser Mensch dabei, den ich kenne.« Er hielt inne, und ein Hauch von Röte überzog sein dunkles Gesicht. »Vielleicht sollte ich das lieber ein bißchen genauer erklären.«

»Das wäre nicht schlecht«, sagte Troy.

»Wie gesagt, ich bin jetzt bei der Drogenfahndung, arbeite da als v-Mann. Ich treib mich halt so rum, versuche rauszukriegen, was wo läuft. Sitze oft in der Bar ›Orangen und Zitronen‹, wo wir mal Hinweise bekamen, die zu ein paar hübschen Festnahmen führten.«

»Die kenne ich«, sagte Troy und sah, wie sich das Erröten vertiefte. Jetzt fiel ihm auch wieder ein, was an Luis Campos so anders war und was ihn wahrscheinlich zu einem so guten Polizisten machte.

»Jawoll ja, ist 'ne Schwulenbar«, sagte Campos, offensichtlich erleichtert, das ausgesprochen zu haben. »Egal. Letzte Woche jedenfalls treffe ich da diesen Burschen, der bei der Serie mitarbeitet, wie immer die auch heißt...«

»*Haus der einsamen Herzen.*«

»Okay, genau die. Er ist da als Autor dabei. Er hatte ganz hübsch einen im Kahn an dem Abend, als ich ihn traf, war ganz zerknickt wegen irgendwas. Er gab mächtig an, von wegen er hätte allen möglichen Stoff in seiner Wohnung, Koks, Crack, was du willst. Deshalb beschloß ich, mit zu ihm nach Hause zu gehn. Stellte sich dann raus, daß der ganze Stoff nur in seinem Kopp war... alles, was er hatte, war'n ein paar Joints. O Mann, das war wirklich ein Häschen. Wenn der high war, dann höchstens von Amaretto on the Rocks, verstehste?«

»Aber ja, ich kann mir so ungefähr ein Bild machen«, sagte Troy. »Wie heißt denn dieses Häschen?«

»Norman. Norman Levi. Ist aber eigentlich gar nicht er, über den ich mit dir reden wollte, sondern was, was er mir erzählt hat.«

Troy fühlte, wie sich ihm die Kehle zusammenschnürte. »Über den Mord?«

»Ich erklär lieber gleich noch was«, sagte Campos. »Ich hab dem Norman verschwiegen, daß ich ein Bulle bin. Irgendwie freundeten wir uns an, und ich wollte nicht, daß er dachte, ich wollte ihn schikanieren oder so. Ich meine, ich sag's ihm schon mal, früher oder später, aber nicht jetzt, okay? Also schön, es war was über diesen Burschen, für den er arbeitet, ein Autor mit Namen Neffer. Kennst du den?«

»Ja«, sagte Troy, »den kenne ich. Was ist mit ihm?«

»Nun ja, Norman machte sich Sorgen wegen dieser Frau, die umgebracht worden ist. Aus irgendeinem Grund meinte er, das könnte Folgen für seinen Job haben. Der ist wirklich durch und durch unsicher, dieser Norman. Auf der andern Seite ist er auch irgendwie ehrgeizig, verstehst du? Und er meinte, vielleicht wär's blöd, der Polente die Sache von Neffer nicht zu sagen. Denn wenn der Neffer raus wär, würde vielleicht er, Norman, *seinen* Job kriegen. Er wußte also nicht recht, was er tun sollte, und deshalb hat er mit mir darüber geredet...«

»Willst du mir erzählen, daß Norman irgendwas *Belastendes* über Bob Neffer weiß?«

»Genau. In dem Zusammenhang hat er auch dich erwähnt und daß du bei dem Fall mitarbeitest. Und, hol's der Geier, ich dachte mir, daß ich dir noch was schuldig bin.«

»Du verdrehst da doch wohl was«, sagte Troy. »Du bist der, der den Schuldschein hat. Der, der mich in den Krankenwagen verfrachtet hat.«

»Ich weiß nicht, ich dachte immer, die kleine Nutte da, die hätte ihr Küchenmesser ja auch mir zwischen die Rippen stecken können – und nicht dir. Hab ich nicht recht? Ist ja auch egal. Ich mußte das einfach mal jemandem erzählen und dachte mir, daß ein Kumpel wohl der geeignetste Zuhörer ist.«

»Dann schieß mal los«, sagte Troy.

»Na ja, es war so, daß dieser Vogel, dieser Neffer, an dem Abend, an dem die Schauspielerin umgebracht wurde, zu Norman in die Wohnung kam und dem erzählte, daß er ein Alibi bräuchte.«

»Ein Alibi wofür?«

»Das hat er nicht gesagt. Aber er war ganz nervös und aufgeregt, und er verlangte, daß Norman schwören sollte, daß sie zusammen ausgegangen wären, um was zu trinken, verstehst du? Ich meine, was konnte der Norman da groß machen? Er arbeitet für diesen Kerl, und der konnte ihn leicht um seinen Job bringen. Deshalb sagte er okay, er würde ihn decken. Und ich frag mich nun, wozu braucht ein Mensch ein Alibi – es sei denn, er hätte was Verkehrtes getan?«

Alle Anspannung wich aus dem Körper von Luis Campos, als er sich jetzt im Sessel zurücklehnte. Dann griente er unbekümmert und sagte:

»Ach, zum Teufel, so 'n Bier könnte eigentlich doch nix schaden.«

Troy erfuhr innerhalb der nächsten 24 Stunden drei weitere Neuigkeiten. Die eine war, daß Bob Neffer nicht mehr in seinem düsteren West-Side-Hotel hauste – er war vor einer Woche dort ausgezogen, ohne eine Anschrift hinterlassen zu haben, an die seine Post nachgeschickt werden konnte. Die zweite Offenbarung war die, daß es durchaus möglich war, eine halbe Flasche Wodka zu trinken und sich danach zurückzuziehen, ohne seiner Würde verlustig zu gehen. Und die dritte, daß es nicht möglich war, eine halbe Flasche Wodka zu trinken und sich beim Erwachen am nächsten Morgen in irgendeiner Weise wie ein menschliches Wesen zu fühlen. Fremde aus einer fernen Galaxie hatten sich im Verlauf der Nacht in sein Schlafzimmer eingeschlichen, um sich in seinem Kopf und in seinem Gedärm einzunisten. Aber trotz des Umstandes, daß sie sich nun den Rückweg nach draußen mit Laserstrahlen freischnitten, rief Troy in Flushing Meadows an, um Bescheid zu sagen, daß er zur Arbeit erscheinen werde.

Mitso gab einen kleinen Laut der Überraschung von sich. Mitso war eine Meisterin in der Kunst, ihren Gefühlen durch die Äußerung von Geräuschen Ausdruck zu verleihen – und dieses hatte noch ein zusätzliches Element in sich, das Troy nicht zu deuten vermochte. War es etwa Verlegenheit?

»Äh, ich glaube, es ist vielleicht besser, Sie reden mal mit dem Captain«, sagte sie.

»Ich kann mit niemandem reden«, stöhnte Troy. »Nicht in den nächsten Stunden. Sagen Sie ihm bloß, daß ich so gegen elf da sein werde.«

»Nein, Sie reden besser erst mit ihm. Warten Sie, warten Sie!«

Er wartete. Dann war Bagley am Apparat, und seine Megaphonstimme drohte Troy das Gehirn aus den Ohren zu pusten.

»Kommen Sie nicht her, Wayland«, sagte der Captain. »Ich hab gerade einen Anruf vom Präsidium bekommen, Sie sind bis auf weiteres vom Dienst suspendiert.«

»Ich bin *was*?«

»Sie haben mich schon verstanden. Sie sind suspendiert, bis Ihr Fall von der Abteilung ›Interne Angelegenheiten‹ überprüft worden ist. Fragen Sie mich nicht, was das alles soll, denn mir sagt ja niemand was. Oder Sie selbst wissen's bereits. Ist das der Fall?«

Troy konnte sich danach nicht mehr erinnern, ob er nun

Bagleys Frage beantwortet hatte oder nicht. Als nächstes registrierte er erst wieder, daß er lang ausgestreckt auf seinem Sofa lag und sich fragte, wann den fremden Wesen in ihm endlich der Durchbruch gelingen würde. Dann setzte er sich das Telefon auf die Brust und wählte Dans Nummer. Er landete bei der Reviervermittlung und erfuhr, daß Kriminalkommissar Lipschitz nicht zu sprechen sei – ob er eine Nachricht hinterlassen wolle? Nein, danke. Er hängte auf, gerade rechtzeitig, um seinem Telefon die Gelegenheit zu ohrenzerreißendem Klingeln zu geben. Er mahnte sich selbst, baldmöglichst ein Telefon mit Summer zu besorgen, was ihm vor allem für den Fall angebracht schien, daß er mal wieder was trinken wollte.

Seine Schwester Daisy sagte: »Ich wollte mich nur mal vergewissern, ob du daran denkst. An morgen abend.«

»Morgen?« wiederholte er verständnislos.

»O Gott, er hat's vergessen«, sagte Daisy. Sie beschwerte sich dauernd beim lieben Gott über ihren Bruder. »Die Hochzeitstagsparty«, fuhr sie mit übertriebener Geduld fort. »Mama, Papa, unsere Eltern, du erinnerst dich? Jetzt erzähl mir bloß nicht, daß du *zu tun* hättest, denn das will ich überhaupt nicht hören.«

»Nein«, sagte Troy, »ich hab nichts zu tun. Ich werde tagelang nichts zu tun haben, vielleicht auch Wochen. Ich bin suspendiert worden.«

»Hast du ein Geschenk besorgt? Ich hoffe bloß, du hast nicht wieder so was Blödes erwischt wie im letzten Jahr.«

»Nein, ich hatte bisher noch keine Gelegenheit zum Einkaufen. Ich besorge heute was.«

»Such zur Abwechslung mal was Hübsches aus. Eine Uhr oder einen silbernen Bilderrahmen.«

»Hast du eigentlich mitgekriegt, Daisy, was ich eben gesagt habe? Man hat mich vom Dienst suspendiert! Sie glauben, ich hätte da jemanden vergiftet, ein Mädchen, das ich mal kannte!«

»O Gott!« jammerte sie los, ohne sich nach weiteren Einzelheiten zu erkundigen. »Verdirb nur nicht die Party damit, daß du's *ihnen* erzählst, ja?«

»Was, ich und eine Party verderben? Unter gar keinen Umständen«, sagte Troy und versuchte, die Hysterie niederzuhalten, die er in sich aufsteigen fühlte.

Mit Rücksicht auf seinen Kater legte er den Hörer geräuschlos auf die Gabel und versuchte dann, seinen schmerzenden Kopf in Gang zu bringen. Es stand ganz außer Frage, daß seine Suspendierung etwas mit dem Tode Fionas und den entsprechenden Ermittlungen zu tun hatte. Das bedeutete aber nicht notwendigerweise, daß auch seine Festnahme kurz bevorstand – nein, allein die Klage von Fionas Mutter reichte dem Präsidium schon aus, ihn aus dem Verkehr zu ziehen. Polizeipolitik war etwas sehr Empfindliches und so komplex wie die Diplomatie Talleyrands. Aber er würde sich nicht davon ins Bockshorn jagen lassen, sagte er sich entschlossen. Teufel auch, das alles war ja eigentlich sogar ein rechter Segen. Denn jetzt konnte er ohne alle Behinderungen den Mörder von Sunday Tyler jagen! Und wenn er sich nicht irrte, dann wäre die Jagd schon zu Ende, wenn er nur in Erfahrung bringen konnte, wo Bob Neffer steckte.

Er verbrachte den Vormittag mit diesbezüglichen Versuchen. Er tat zunächst, was auf der Hand lag, und rief bei der Auskunft an, um dort zu erfragen, ob unter Neffers Name eine neue Telefonnummer eingetragen worden sei. Das war nicht der Fall, ja, ein derartiger Neueintrag war bei keinem der fünf Stadtbezirke zu finden. Er rief daraufhin das Studio 22 an, aber auch dort wußte niemand, wo Neffer jetzt wohnte – seine alte Adresse schien schon kaum jemand zu kennen. Kiki Carney hätte ihm wohl helfen können, aber sie hatte sich nach Auskunft einer Sekretärin namens Ginny einen Tag freigenommen. Er hätte auch Norman Levi anrufen können (seine Nummer stand im Telefonbuch), aber mit Rücksicht auf das Vertrauen, das Luis Campos in ihn, Troy, gesetzt hatte, nahm er davon Abstand. Das Telefonbuch brachte ihn schließlich auf eine andere Idee. Neffer hatte doch eine Frau, beziehungsweise wohl eher Exfrau, und es konnte ja sein, daß sie in Manhattan wohnte. Sein Finger fuhr die entsprechende Spalte hinunter und fand tatsächlich den Namen *R. Neffer*. Das war immerhin einen Anruf wert.

Die Stimme von R. Neffer war angenehm gedämpft, bis er den Namen des Chefautors erwähnte. Da klang sie plötzlich wie über eine Wandtafel quietschende Kreide.

»Natürlich weiß ich nicht, wo er steckt!« sagte die Frau mit wütend erhobener Stimme. »Wo immer er sich befindet, ich bin sicher, daß Harpo bei ihm ist. Sind Sie ein Freund von ihm?« Sie wartete seine Antwort nicht ab. »Dann sagen Sie ihm nur, daß ich weiß, daß er's war! Ich weiß ganz genau, was er gemacht hat und daß er damit nicht durchkommt!«

»Mit was denn?« fragte Troy.

»Sagen Sie ihm, daß ich zur Polizei gehen werde! Hören Sie mich?«

»Ich höre Sie gut, Mrs. Neffer, und ich *bin* die Polizei. Warum erzählen Sie mir deshalb nicht mal, was das alles zu bedeuten hat?«

»Kommen Sie mir doch nicht so! Er hat Sie beauftragt, mich anzurufen, nicht wahr? Er möchte nur gern rausfinden, wieviel ich weiß. Gut, ich weiß 'ne Menge und ich werde da was unternehmen! Sagen Sie ihm, daß ich Liebowitz und Adams auf die Sache angesetzt habe und daß er ins Kittchen kommt für das, was er getan hat!«

Sie warf den Hörer auf die Gabel, und er zuckte bei dem Geräusch heftig zusammen. Dann dachte er über diese recht einseitige Unterhaltung nach und gewann ihr mehr Fragen als Antworten ab. Wußte nun die Ex-Mrs. Neffer etwas über das Verbrechen, das Neffer begangen hatte? Wer waren Liebowitz und Adams? Rechtsanwälte, Privatdetektive? Und wer war Harpo, wenn schon nicht einer der Marx Brothers? Und warum hatte Bob Neffer diesen Harpo bei sich, wo immer er sich versteckt hielt, vorausgesetzt, er hielt sich wirklich versteckt?

Zumindest diese letztere Frage fand schnell eine Antwort. Das Telefon klingelte, und Ginny, die Sekretärin der Produktionsleitung, sagte:

»Mr. Neffer ist soeben ins Studio gekommen, Mr. Wayland. Soll ich ihm sagen, er soll Sie mal anrufen?«

»Ach nein, das ist nicht nötig«, sagte Troy nach schneller Überlegung – angesichts seines Zustandes eine echte Leistung. »Ich werde mich später bei ihm melden.«

»Ist kein Problem. Er ist gerade in Mr. Badgers Büro ...«

»Vergessen Sie's«, sagte Troy. »Es war überhaupt nichts Wichtiges.«

Er legte auf und wurde aktiv. Kater hin, Kater her, in sechs Minuten war er angezogen und bereit, die Wohnung zu verlassen.

»Da haben wir die Lösung«, sagte Bob Neffer und klopfte auf das Papier in seiner Hand. »Andrea lebt ganz allein, irgendwo, Chicago, L. A., ganz egal. Sie ist deprimiert, launenhaft, weiß nicht, wie sie ihr weiteres Leben gestalten soll. Eines Tages macht sie einen Spaziergang und kommt da an dieser Kirche vorbei. Einer plötzlichen Eingebung folgend, tritt sie ein...«

»Andrea geht in eine *Kirche* rein?« sagte Gene Badger skeptisch. »Sie drehen diese Figur wirklich um und um.«

»Es ist einfach so ein *Impuls*. Sie spielt nur eine Rolle, verstehen Sie? Sie geht in einen Beichtstuhl...«

»Auch noch eine katholische Kirche?«

»Sie spricht zu dem Priester, ein echter Charakter, wir müssen Jack Gilford oder so jemanden für diese Rolle gewinnen. Sie beichtet ihm, was für ein verderbtes Leben sie geführt hat. Aber jetzt habe sie das größte Opfer ihres Daseins gebracht und den Mann freigegeben, den sie liebe, damit er mit einer anderen glücklich werden könne... Das verschafft ihr einen ordentlichen Kick, verstehst du? Vor allem, daß der Priester ihr sagt, was für eine tolle Märtyrerin sie doch ist. Das geht ihr glatt runter! Aber dann... geschieht etwas. Als sie gerade die Kirche verlassen will, sieht sie, daß da eine Hochzeit stattfindet. Ein junges Paar, echt süße Kinder. Sie muß natürlich zuschauen. Aber was sie sieht, das sind *Jonathan und Maribeth, die den Gang entlangkommen*!«

Auf Badgers Gesicht erschien ein Lächeln.

»He, nicht schlecht! So können wir zu einer Hochzeit ohne Hochzeit kommen. Gar nicht übel!«

»Das Wichtige ist, daß diese Halluzination sie ihre Meinung ändern läßt. Noch in der Kirche und unmittelbar nachdem sie gebeichtet und sich ganz und gar heiligmäßig aufgeführt hat, nimmt Andrea ihr altes, mieses Ich wieder an. Sie legt den heiligen – nein, *unheiligen* – Eid ab, Jonathans Hochzeit um jeden Preis zu verhindern!«

Jetzt blickte Badger wieder besorgt drein.

»In der Kirche? So da mit dem Altar, mit diesen Kerzen, den Heiligenfiguren und all dem Zeug? Wär's nicht denkbar, daß die Zuschauer das irgendwie als ... als blasphemisch ansehen?«

»Da es von Andrea kommt, ist's nicht blasphemisch, sondern *fies*. Das ermöglicht Julia Porterfield einen fliegenden Start, gleich bei ihrem ersten Auftritt als Andrea.«

»Ja, ja, sie wird einen Tritt in den Hintern schon gebrauchen können.« Badger lehnte sich in seinem Ledersessel zurück und faltete die Hände hinter seinem Kopf. »Mir gefällt das wirklich gut, Bob. Ich finde das echt gut. Sie haben diesmal wirklich den Vogel abgeschossen.«

Dieses Lob ließ Neffer strahlen. Er beschloß, unerwähnt zu lassen, daß all das Norman Levis Idee war. Er ließ zu, daß Badger ihm auf den Rücken klopfte, legte dann seine Papiere zusammen und verließ das Studio, lag ihm doch daran, daß Ophelia Utley möglichst bald mit der Arbeit an den Vorgaben für die einzelnen Folgen beginnen konnte. Er war, was die Zukunft anbetraf, voller Zuversicht – nun, da er die bedrohliche Vergangenheit hinter sich hatte. Hinter sich hatte er auch Troy Wayland, aber Neffer war viel zu sehr mit sich selbst beschäftigt, um das zu bemerken.

Der August begann seinen Würgegriff zu lockern, in dem er die Stadt gehalten hatte. Ja, es hatte sich sogar eine leichte Brise erhoben, die wie ein verlockendes Versprechen war, daß der Herbst mit seiner kühlen, nach Wein schmeckenden Luft bald da sein werde. Neffer beschloß, zu Fuß nach Hause zu gehen. Zu seinem neuen Zuhause! Das war ein weiterer Grund seiner guten Laune. Er hatte schon seit Mai Miete für diese Wohnung mit Garten gezahlt, also seit seine Scheidung durch war, sich aber nicht getraut, sie auch zu beziehen, da er befürchtete, Rosalind könnte seine Absichten durchschauen. Der Garten hätte ihn mit Sicherheit verraten.

Troy, dessen bislang einzige Überwachungseinsätze zwei anderen Polizisten gegolten hatten, hielt den Abstand zwischen sich und dem Autor so groß wie nur irgend möglich. Einmal war er fast zu spät dran. Neffer, der stadtauswärts strebte, drehte plötzlich ab und verschwand in einem kleinen Laden an der 9. Avenue. Als er wieder herauskam, trug er eine Papiertüte im Arm, aus der oben die hellblaue Ecke einer Pappschachtel hervorsah.

Neffer lächelte, als das dreigeschossige Sandsteinhaus in Sicht kam. Er drückte die Tüte mit der Schachtel eng an sich, denn er malte sich aus, wie Harpo reagieren würde, wenn er sie vor ihm auspackte.

Troy beobachtete, wie der Autor die Haustür öffnete

und eintrat. Er wartete fünf Minuten und ging dann seinerseits zu dem Haus hinüber, um sich die Namen anzusehen, die auf den vier Schildchen neben den vier Klingelknöpfen standen. WINSTON, SANDERS, GREENE und GOLLUB. Kein »Neffer«. Benutzte er etwa ein Pseudonym? Ein weiterer Beweis seiner Schuld! Das Namensschild, das erst kürzlich angebracht worden zu sein schien, war das, auf dem GOLLUB stand, weshalb Troy auf den dazugehörenden Klingelknopf drückte und dabei inständig hoffte, daß er sich nicht geirrt haben möge. Und schon erklang das Summen des Türöffners.

Er trat in einen kleinen Flur ein und sah sich vier Briefkästen, vier weiteren Klingelknöpfen und wieder einer verschlossenen Tür gegenüber. Erneut klingelte er bei GOLLUB, und diesmal ertönte eine Stimme aus der in die Wand eingelassenen Sprechanlage. Mit Bestürzung vernahm er, daß es eine weibliche war.

»Hallo, Baby«, sagte diese. »Du bist aber spät dran. Mach bloß, daß du raufkommst, denn er kommt in einer Stunde nach Hause.«

Troy unterdrückte den Drang zu kichern und sagte: »Dann laß mich mal rein, Schätzchen.«

Der Summer gurgelte, und das Schloß der inneren Tür gab seinem Stoß nach. Er befand sich nun in einem dämmrigen Flur und wußte immer noch nicht, wo er den Inkognitomieter Bob Neffer finden konnte, von dem nur feststand, daß er sich nicht »Gollub« nannte.

Im Erdgeschoß befand sich nur eine Wohnung. Er wollte gerade an deren Tür klopfen, als er eine weitere Lichtquelle bemerkte. Es war ein kleines rautenförmiges

Fensterchen, das in eine Tür am Ende des Hausflurs eingelassen war. Durch die Milchglasscheibe konnte er zwar nicht eben viel erkennen, aber durchschimmerndes Grün deutete immerhin auf das Vorhandensein eines Gartens hin.

Bob Neffer machte es nicht viel aus, daß dieser »Garten« aus nicht viel mehr bestand als aus einem von der Trockenfäule befallenen Baum und einem schlammigen Geviert, auf dem vornehmlich Bierdosen und Zigarettenkippen zu gedeihen schienen. Er war restlos glücklich, dem kleinen braunen Hund zuzuschauen, der beim Anblick der blauen Schachtel voller knochenförmiger Hundekuchen ekstatisch auf und ab sprang. Dann machte er die Leine los, mit der das Tier an dem Baum festgebunden war, und Harpo schnellte in dem Versuch, ihm das Gesicht abzulecken, aus dem Stand über einen Meter in die Höhe. Dabei erklang kein fröhliches Gebell, denn Basenjis bellen nur ganz selten – das war eines der Argumente für diesen Hund gewesen, als er und Rosalind seinerzeit beschlossen hatten, sich ein Haustier zuzulegen. Jetzt war Neffer nur um so dankbarer dafür, daß das stumme Tier seinen Aufenthaltsort nicht verriet.

Die kühle Luft verdichtete sich zu Regen, und Neffer beschloß, den Hund mit hineinzunehmen. Als er die ins Haus führende Tür öffnete und den Polizisten dort im Flur stehen sah, erkannte er ihn in dieser befremdlichen Umgebung zunächst gar nicht wieder. Dann sagte Troy:

»Harpo! Ja, jetzt verstehe ich. Weil der nicht redet.«

»Was wollen Sie hier?« Neffer bemühte sich, entrüstet zu klingen, aber das wollte ihm nicht sehr überzeugend gelingen. »Wer hat Ihnen diese Adresse gegeben? Ich habe doch niemandem gesagt, wo ich wohne.«

»Vor allem Ihrer Frau nicht«, sagte Troy.

»Meiner *Exfrau*«, sagte Neffer grob. »Erzählen Sie mir bloß nicht, daß *sie* Sie ausgeschickt hat, mich zu suchen! Ich dachte, Sie wären ein Bulle und kein Privatdetektiv.«

»Würde es Ihnen was ausmachen, mir zu sagen, *warum* das so ein Geheimnis ist?«

»Das geht Sie doch gar nichts an!«

Der Basenji bewies, daß er sehr wohl zur Erzeugung von Lauten in der Lage war, denn er fing zu knurren an. Troy sah voll Unbehagen auf seine gefletschten Zähne hinab und sagte:

»Hören Sie, können wir nicht hineingehen und da weiterreden? Es sei denn, Sie zögen andere Lösungen vor – zum Beispiel das Polizeipräsidium?«

Das war natürlich ein Bluff, aber er ließ Neffers Widerstand in sich zusammenfallen. Er zog den Hund aus der gefährlichen Nähe zu Troys Hosenbeinen fort und ging zu seiner Wohnungstür. Als Troy drinnen war, beschloß das Tier plötzlich, sich freundlich und verspielt zu geben, wohingegen Bob Neffer so mürrisch blieb wie zuvor.

»Na schön», sagte er. »Was soll jetzt das alles? Wie haben Sie's gemacht? Sind mir vom Studio bis hierher gefolgt, was?«

»Nicht auf Veranlassung Ihrer Exfrau. Ich arbeite nicht für sie. Nein, ich bin mit dem Fall Sunday Tyler befaßt, haben Sie das nicht gehört?«

»Doch, hab ich, Abel McFee sagte, Sie verfolgten da

eine ganz heiße Spur.« Seine Augen weiteten sich. »Nicht etwa *meine*, um Himmels willen?«

»Erinnern Sie sich noch, was Sie der Polizei hinsichtlich der Mordnacht erzählt haben? Wo Sie da gewesen sind?«

»Natürlich erinnere ich mich daran. Ich war mit Norman Levi zusammen, der Drehbücher für mich schreibt. Wir sind durch ein paar Bars gezogen und haben uns über die Serie unterhalten.«

»Was wäre, wenn ich Ihnen berichtete, daß wir in den Bars rumgefragt haben, durch die Sie gezogen sein könnten, daß sich da aber keiner daran erinnern kann, auch nur einen von Ihnen beiden gesehen zu haben?«

Neffer wurde ungehalten. »Es ist doch so verflucht dunkel in diesen Höhlen, wie soll da wohl jemand wissen, wer drin war und wer nicht? Hören Sie, wenn Sie irgendwelche Fragen haben, dann wenden Sie sich doch an Norman.«

»Ich habe aber eine Frage an Sie. Wer sind Liebowitz und Adams?«

»Die Scheidungsanwälte meiner Frau. Wieso?«

»Sie erwähnte so was, daß sie diese angewiesen hätte, Jagd auf Sie ...« Seine Worte erinnerten ihn an den Basenji. Er blickte zu Neffers Hund hinab, und ein paar Puzzleteile schoben sich in seinem Kopf zusammen. »Augenblick mal. Hat *Harpo* eigentlich mit all dem was zu tun?«

»Das geht die Polizei nichts an.«

»Das ist aber nicht ganz das, was Ihre Frau sagte. Sie drohte damit, die Polizei um Hilfe anzugehen ... wegen dem, was Sie getan hätten. Die Frage stellt sich, was das eigentlich ist, was Sie nach Meinung Ihrer Frau getan haben?« Der Basenji hatte beschlossen, ihm die Hand abzulecken, und Troy streichelte seinen glatten Kopf. »Wenn's weniger ist als das, woran ich im Augenblick denke, dann sagen Sie's mir man getrost.«

Neffer sah ihn mit abschätzendem Blick an, versuchte vielleicht, seine Gedanken zu erraten. Dann seufzte er schwer und sagte:

»Okay, ich denke, ich kann Ihnen vertrauen... da Harpo es ja offensichtlich auch tut. Ich habe, was jene Nacht angeht, nicht die Wahrheit gesagt. Ich war nicht bei Norman, sondern ganz woanders.«

Troy wartete ab. Harpo nahm sein Handgelenk in die nasse Schnauze und hielt es sanft fest.

»Ich war draußen in unserem alten Haus in New Canaan«, sagte Neffer. »Meine Frau hatte zwar alle Schlösser auswechseln lassen, aber da war auf der Rückseite ein Fenster kaputt, das ich eigentlich hatte reparieren sollen. Ich hab's aber nicht getan... Ich wußte, daß sie nicht dort sein würde, denn wir hatten für diesen Abend Karten für *Das Phantom der Oper*. Die hatten wir schon sehr viel früher gekauft. Ich überließ sie ihr bei der Aufteilung unserer Besitztümer. Sie ist mit ihrer Mutter zusammen hingegangen. Ich kann nur hoffen, daß der Kronleuchter auf sie runtergefallen ist.«

»Sie sind rausgefahren, um den Hund zu stehlen, nicht wahr?«

»Bei der besagten Aufteilung des Besitzes wurde ihr auch der Hund zugesprochen. Das Gericht rechtfertigte das damit, daß ich damals noch in diesem Hotel hauste. Da waren keine Tiere erlaubt. Sie selbst *wollte* den Hund eigentlich gar nicht, aber sie wußte, daß mir sehr an ihm lag. Pure Bosheit. Deshalb beschloß ich, ihn mir zu holen.«

»Und deshalb brauchten Sie ein Alibi?«

»Als ich wieder fortging, ließ ich die Hintertür offenstehen, damit es so aussähe, als sei Harpo davongelaufen. Diese Wohnung hier habe ich schon vor Monaten angemietet, um einen Ort zu haben, wo ich ihn halten konnte. Ich brauchte nur noch jemanden, der aussagen würde, daß ich an dem Abend, an dem Harpo verschwand, bei ihm gewesen sei.«

»Und Sie wählten ausgerechnet die Nacht, in der Sunday Tyler ermordet wurde.«

»Das stellte sich dann so heraus, ja«, sagte der Autor – jetzt mit der leichten Andeutung eines Grinsens. »Wenn ich also ganz oben auf Ihrer Liste gestanden haben sollte, Herr Kommissar, dann tut es mir leid, Sie enttäuschen zu müssen. Ich habe ein echtes Alibi, wo ich doch ein Verbrechen ganz anderer Art begangen habe.«

Troy, der dieses heimliche Grinsen gar nicht mochte, preßte die Lippen aufeinander. Dann sagte er: »So? Denken Sie dran, daß niemand Sie in der fraglichen Nacht beim Hundeklau beobachtet hat! Sie haben gute Arbeit geleistet, was die Verschleierung Ihrer Unternehmung anbetrifft. Vielleicht zu gute Arbeit.«

Neffer wurde blaß. »He, das stimmt aber alles«, sagte er. »Ich schwör's Ihnen. Ich erfinde zwar Morde, aber ich begehe keine.«

»Vielleicht hätten Sie ja nicht mehr allzu lange welche für *Haus der einsamen Herzen* geschrieben, wenn Sunday Tyler noch lebte.«

Harpo fühlte sich durch seinen aggressiven Tonfall beunruhigt. Die kleinen scharfen Zähne fingen an, den Druck auf sein Handgelenk zu verstärken.

»Liebes Hundchen«, sagte er und zwang sich zu einem Lächeln. Harpo sah aus, als traue er diesem Sinneswandel nicht, ließ aber doch locker. Troy zog seine Hand vorsichtig zurück und erhob sich. »Wegen einer Sache brauchen Sie sich keine Sorgen zu machen«, sagte er. »Ich werde das mit dem Hund für mich behalten. Das können Sie alles mit Rosalind, Liebowitz und Adams klären. Aber ich rate Ihnen, die ganze Geschichte doch mal Kriminalkommissar Dan Lipschitz zu erzählen.«

»Lipschitz? Ich dachte, *Sie* wären für den Fall zuständig. Das hat uns jedenfalls Abel McFee gesagt.«

»Wer? Ich?« sagte Troy. »Im Augenblick bin ich lediglich ein normaler Mensch, der sich für den Fall allerdings interessiert.«

Er ging zur Tür, aber der Anblick eines Regals voller Video-Bänder erregte seine Aufmerksamkeit. Neffer sah zu, wie er die Titel studierte, und grinste schief.

»Können Sie sich noch an Bücher erinnern?« fragte er. »Die sind dabei, auf der roten Liste der bedrohten Arten zu landen.«

Eine der Cassetten war ungelenk mit einem Filzstift beschriftet worden. SUNDAYS FINALE stand darauf. Troy nahm die Cassette in die Hand, und Neffer meinte: »Das ist eine Aufzeichnung von Andreas letzter Sendung. Ich hebe nur die guten Folgen auf... wenn Sie sich's anschauen wollen, nur zu.«

»Ich habe leider keinen Videorecorder.«

»Leihn Sie sich einen!« Sein Grinsen wurde breiter und bekam etwas Lüsternes. »Verhilft Ihnen vielleicht zu glücklichen Reminiszenzen.«

»Sie haben Sunday Tyler wirklich gehaßt, nicht wahr?«

»Aus meinem Bett hätte ich sie nicht rausgeschmissen. Nicht, daß ich große Chancen gehabt hätte, sie da je hineinzubekommen, schon gar nicht angesichts der Art, wie sie tickte.«

»Und das soll was bedeuten?«

Neffer fuhr mit dem Zeigefinger über die Cassetten, bis er eine mit der Aufschrift PEACHES gefunden hatte. Er zog sie aus dem Regal und überreichte sie Troy.

»Vielleicht haben Sie auch an ihrer darstellerischen Leistung auf diesem hier Ihre Freude. Vergessen Sie aber nicht, mir die Bänder gelegentlich zurückzugeben.«

Er verbrachte gut eine Stunde bei Bloomingdale's und suchte ein passendes Geschenk für seine Eltern zum Hochzeitstag. Vielleicht waren es die Video-Bänder, die er mit sich herumtrug, die ihn schließlich zu einem Videorecorder hinlenkten, der zu allen möglichen visuellen Tricks befähigt war. Sein Vater würde seine Freude an all diesem technischen Schnickschnack und der komplizierten Bedienungsanleitung haben, und seine Mutter hatte eh an allem Spaß, was mit Fernsehen zusammenhing. Das war ihr geheimes Laster.

In seine Wohnung zurückgekehrt, brauchte er ungefähr noch einmal die gleiche Zeit, um den Kontrollabschnitt der Reinigung wiederzufinden, was sich als eine jener Fügungen des Schicksals erwies, die das Dasein des Menschen ganz entscheidend beeinflussen. Hätte er den Abschnitt auch nur fünf Minuten früher gefunden, dann hätte er möglicherweise den Anruf von Dan Lipschitz verpaßt, wäre irgendwo was essen und dann vielleicht ins Kino gegangen, denn er hätte ja keinerlei Veranlassung gehabt, noch mal im Revier vorbeizuschauen.

Als er den Wachraum durchquerte, um zum Schreibtisch des Kriminalbeamten zu gelangen, war die Anzahl der freudigen Begrüßungen wesentlich geringer als früher. Die Nachricht von seiner Suspendierung hatte sich – wie aller Reviertratsch – in Windeseile verbreitet. Aber auch die Begrüßung durch Dan fiel nicht gerade überschwenglich aus.

»Tut mir leid, daß ich deinen Anruf verpaßt habe«, knurrte dieser. »Ich jongliere heute mit drei Dutzend Fällen rum.«

»Meinen eingeschlossen?« fragte Troy leichthin.

»Ich weiß, daß man dich suspendiert hat. Aber das war nicht meine Idee. Mrs. Farrar hat Strafanzeige gestellt. Sie beschuldigt dich, ihre Tochter ermordet zu haben. Ich bin sicher, daß dich das nicht sonderlich überrascht.«

»Und das war alles, was es dazu brauchte, hä? Allein das Wort einer hysterischen Alten?«

»Ein bißchen mehr schon. Einen kleinen, die Behauptung erhärtenden Beweis etwa. In dieser Zitronenrolle *war* Arsen, Troy. Stammte wahrscheinlich aus einer Flasche Unkrautvernichtungsmittel. Als der gerichtsmedizinische Befund auf dem Tisch der Staatsanwaltschaft landete, gab's da zumindest einen von den Chefs, der nach einem auf deinen Namen lautenden Haftbefehl schrie. Am Ende erklärte er sich einverstanden, so lange zu warten, bis die Ermittlungen ein Stückchen weiter gediehen sein würden.«

»Und wie weit sind sie gediehen?«

»Wir haben mit deinen Nachbarn gesprochen«, sagte Dan. »Wir können einfach nicht beweisen, daß Fiona Farrar deine Wohnung vor zehn Uhr dreißig nicht verlassen hat.«

»Wenn sie sie nicht verlassen hat, dann hatte sie diesen Kuchen eben schon bei sich, als sie hinkam. Es gibt keine andere Erklärung.«

»Es gibt doch eine«, sagte Dan Lipschitz. »Wir haben da die Aussage von einer Frau, die auf deiner Etage wohnt, einer Mrs. Babcock. Sie sagt, sie hätte an dem Abend gerade fortgehen wollen, als ihr die Lebensmittel und all das Zeug vor deiner Wohnungstür aufgefallen seien.«

»Was für Lebensmittel und Zeug?«

»Sie konnte das nicht so genau beschreiben. Nur, daß da eine braune Papiertüte mit Lebensmitteln stand, daneben hätte eines von diesen kostenlosen Anzeigenblättern gelegen und eine Fernsehzeitschrift. Sie erinnert sich, daß sie sich gefragt hat, ob in der Tüte vielleicht irgendwas Verderbliches wäre und ob sie nicht eine gute Nachbarin sein und es für dich kalt stellen sollte. Aber dann hätte sie gedacht, daß es doch besser wäre, sich um die eigenen Angelegenheiten zu kümmern, und sei weggegangen. Als sie später am Abend nach Hause zurückgekehrt sei, da wären die Sachen alle weg gewesen.«

»Vielleicht hat Fiona eine telefonische Bestellung aufgegeben.«

»Nicht in dieser Gegend da. Wir haben alle in Frage kommenden Supermärkte überprüft, und bei keinem fand sich für diesen Abend eine Lieferung an deine Adresse verzeichnet.«

»Wie sieht also deine Theorie aus?« fragte Troy. »Daß ich Fiona einen hübschen Giftkuchen als Dessert dagelassen habe?«

»Ich habe gar keine Theorie«, sagte Dan, und sein schmerzlicher Gesichtsausdruck ließ Troy gewahr werden, in welchem Dilemma sich sein Freund befand. »Ich hatte gehofft, *du* hättest vielleicht eine.«

»Ich hab sogar drei«, sagte Troy. »Nummer eins: Jemand hat da einen furchtbaren Fehler begangen. Nummer zwei: Jemand versucht, mir was anzuhängen. Nummer drei: Das ist alles nur ein Traum, und ich werde in ungefähr zwei Minuten aufwachen und ins Bad gehen, um mir die Zähne zu putzen.«

»Streich eins und drei«, sagte Dan barsch, »und sprechen wir über zwei. Wer noch könnte deine Freundin vergiftet haben?«

Troy fühlte sich plötzlich erschöpft und zog den Stuhl heran, der neben Dans Schreibtisch stand – den Stuhl, auf dem für gewöhnlich die Tatverdächtigen saßen.

»Ich weiß es nicht«, sagte er müde. »Ich habe Fiona nicht sehr gut gekannt. Die einzigen Leute, mit denen sie mich mal bekannt gemacht hat, das waren Arbeitskollegen von ihr, Leute von der Firma Durolabs. Sie machen da so was wie Filmentwicklung. Aber es könnte durchaus auch sein, daß sie noch einen anderen Freund gehabt hat, Dan. Vielleicht war das ja so ein zur Eifersucht neigender Typ.

Vielleicht wollte er mit ihr Schluß machen und mich mit reinziehen. Zwei Fliegen mit einer Klappe.«

»Du stellst jetzt nur Vermutungen an, oder?«

»Ja«, sagte Troy bedrückt. »Ich rate nur rum. Aber eines weiß ich sicher. Ich hab keine Zitronenrolle mit Unkrautvernichter gewürzt und vor meiner eigenen Haustür abgestellt. Das war jemand anders, aber frag mich nicht wer und warum.«

»Bislang haben wir keine Hinweise auf einen anderen Freund gefunden. Fionas Mutter schwört, daß da außer dir keiner sonst war. Sie beharrt auch darauf, daß du der Vater von dem Kind seist, das sie bekommen hätte, und ich habe dich das auch nicht abstreiten hören.«

»Ich streite es auch nicht ab. Das kann ich nicht. Die Tatsache, daß sie schwanger war, hat mich zwar nicht gerade froh gestimmt, aber sie hat mich auch nicht an Mord denken lassen.«

»Du verlangst also von uns, daß wir einen anderen Täter und ein anderes Motiv finden. Du verlangst von uns, daß wir erklären, wie jemand in deiner Wohnung von jemand anderem vergiftet werden konnte.«

»Sie hatte dort nichts zu suchen. Sie hat sich unbefugt Zutritt verschafft, zum Donnerlittchen noch mal! Ich hab sie nicht eingeladen, Danny, sondern sie hat sich einfach von sich aus da eingenistet.«

»Und trotz alledem hat sie dieser hypothetische Mörder dort gefunden?« Troy blickte auf und Dan forschend ins Gesicht. Er konnte die Züge des Freundes nicht mehr klar erkennen. Sein Sehvermögen war beeinträchtigt – so, als sei er gerade an grauem Star erkrankt. Die ganze Welt erschien verschwommener, weniger solide, weniger sicher.

»He, weißt du was?« sagte er. »Vielleicht hatte das alles ja auch gar nichts mit Fiona zu tun. Vielleicht war dieser Zitronenkuchen ein Geschenk für mich.«

12
Eines Mannes Familie

Dutch Boy Pictures zeigen:

Spiele am Strand

Eine Walter B. Geary Produktion
mit
AURORA DAWN
und
Tammy Cummings · Mona Lowe · Amber Light
Peaches Paree · Nikki Nukey
Text und Produktion:
WALTER B. GEARY
Regie:
PHILIP W. MORGAN

Troy, der in seinem verdunkelten Wohnzimmer saß, fühlte eine Mischung aus wohltuender Erwartung und unerklärlicher Verlegenheit. Er hatte es nie fertiggebracht, sich im Kino einen Pornofilm vom Anfang bis zum Ende anzusehen, da er stets das Gefühl gehabt hatte, daß die Zuschauer weit eher *ihn* beobachteten als die gymnastischen Übungen auf der Leinwand. Diese nicht sehr wahrscheinliche Möglichkeit hätte ihn bei seiner Privatvorstellung eigentlich nicht zu beunruhigen brauchen, aber er konnte den Gedanken daran doch erst abschütteln, als der Film schon fünf Minuten lief. Da erst wurde ihm klar, daß in *Spiele am Strand* nur Mädchen mitwirkten. Er war schokkiert, was aber nichts mit Prüderie zu tun hatte. Nein, sondern er fragte sich, ob es das gewesen war, was Bob Neffer gemeint hatte, nämlich daß Sunday Tyler lesbisch gewesen war?

Troy verwarf diesen Gedanken so schnell, wie er ihm gekommen war. Sunday war eine begnadete Schauspielerin gewesen, aber *so* ungeheuer begnadet nun auch wieder nicht. Die Art und Weise, wie sie auf ihn während der einzigen Nacht, die sie zusammen verbracht hatten, eingegangen war, hatte durchaus der heißblütigen Reaktion einer Frau entsprochen, die voll und ganz Frau war. Aber die Neugier, sie spielen zu sehen, veranlaßte ihn, das Band schnell durchlaufen zu lassen, bis er das junge Mädchen gefunden hatte, das im Vorspann als »Peaches Paree« aufgeführt war. Sunday war damals ein blasser, zarter Rotschopf gewesen, langbeinig und dünner als die Frau, die sich seiner Erinnerung eingeprägt hatte, ja, fast mager. Zu seiner Erleichterung spielte sie die Lesbe nicht sehr überzeugend, berührte sie ihre Gespielin mit einer Zurückhaltung, die schon an Abscheu grenzte. Sie sprach ein paar Sätze mit dickem Südstaatenakzent, aber das galt auch für alle anderen Damen des Ensembles. Troy mutmaßte, daß der Strand irgendwo in North Carolina lag – vielleicht Roanoke Island.

Als ›Peaches‹ ihre letzte Szene gespielt hatte, hielt er das Band an und starrte auf den leeren Bildschirm. Er fragte sich, wie dieser Film in den Besitz von Bob Neffer gelangt sein konnte. Sunday hatte mit Sicherheit nichts daran gelegen, daß die Öffentlichkeit von ihrer Karriere beim Pornofilm erfuhr. Nein, sagte sich Troy, in Neffers Gesichtsausdruck hatte Gehässigkeit gelegen, als er ihm das Video-Band übergeben hatte. Es mußte eine ganz persönliche Entdeckung des Chefautors gewesen sein. Hätte sie sich eventuell auch zu erpresserischen Zwecken verwenden lassen? Und sei es auch nur im Rahmen der Selbstverteidigung? Erpressung, dachte Troy weiter, war ja ein Verbrechen, das in sehr vielen Fällen Mord nach sich zog...

Aber er hatte Bob Neffer eigentlich schon von der Liste der möglichen Täter gestrichen. Ausgenommen den Fall, daß er und seine Exfrau sich zu einer höchst komplizierten Verschwörung zusammengetan hatten, was nicht sehr wahrscheinlich erschien, würde es leicht genug sein, Neffers Alibi zu überprüfen. R. Neffer würde sich noch genau an das Datum von Harpos Entführung erinnern, und Troy war sicher, daß es mit dem Datum von Sundays Ableben übereinstimmen würde.

Das Problem war, wie Troy mit Ingrimm feststellte, daß seine Liste von Verdächtigen jeden Tag ein wenig weiter zusammenschrumpfte. Trotz der Größe des »Ich-hasse-Sunday-Clubs« fühlte er sich einer Lösung noch keineswegs näher als am Abend des Mordes, und er bezweifelte, daß es Dan und den anderen mit diesem Fall befaßten Beamten sehr viel besser erging. Könnte man daraus schließen, daß seine ursprüngliche Annahme falsch und Sunday gar nicht von jemandem hingemetzelt worden war, der etwas mit dem *Haus der einsamen Herzen* zu tun hatte?

In gewisser Weise wäre das eine Erleichterung. Es

würde bedeuten, daß seine neueste Theorie nicht stimmte und das Werkzeug von Fionas Tod nicht für ihn bestimmt gewesen war. Es würde bedeuten, daß der Zitronenkuchen mit Arsenaroma die tödliche Gabe von jemandem war, der nicht zu der Welt gehörte, in der er sich während der vergangenen paar Wochen bewegt hatte.

»Sie hatten eine Besprechung bei der Werbeagentur«, hatte er Dan mitgeteilt. »An dem Tag, an dem ich mit Abel McFee zusammengetroffen war. McFee erzählte ihnen dann, daß ich den Fall bearbeite und den Mörder praktisch schon hätte. Er meinte natürlich Milo Derringer.«

»Weil er wußte, daß Derringer dein Hauptverdächtiger war.«

»Ja. Und weil McFee ihn so haßte, wie alle anderen Sunday haßten. Er konnte der Versuchung einfach nicht widerstehen, den Kerl nervös zu machen.«

»Wer war außer Derringer noch dabei?«

»Gene Badger, Kiki Carney, Phyl Wykopf, Bob Neffer, Norman Levi, eine Drehbuchautorin namens Ophelia Utley ... und die Schauspielerin, die die Rolle der Andrea übernehmen soll, Julia Porterfield.«

»Und du meinst, einer von denen bekam es mit der Angst zu tun, als er oder sie hörte, daß du der Wahrheit schon sehr nahe gekommen seist ... und eilte nach Hause, um eine Zitronenrolle zu backen, eine mit einer ganz besonderen Zutat ...«

»Ich weiß, daß das alles etwas weit hergeholt klingt«, hatte er gesagt und sich in dem heißen Stuhl neben Dans Schreibtisch gewunden. »Aber es ergibt doch mehr Sinn als der Gedanke, daß jemand versucht haben sollte, Fiona auf diese Weise umzubringen. Vor allem, wenn dieser Jemand *ich* bin.«

Troy nahm das Pornoband aus dem Gerät und steckte es zurück in seine Schachtel. Dann schob er das Band mit der Aufschrift SUNDAYS FINALE in den Schacht des Videorecorders und drückte die Start-Taste.

Als Sunday nun in der Rolle der Andrea Harmon auf dem Bildschirm erschien, sprang der Unterschied zwischen der Pornoprinzessin und dem Seifenopernstar sofort ins Auge. Andrea Harmon war eine gekonnt zurechtgemachte Schönheit, makellos geschminkt, frisiert, gekleidet, ihre Stimme so lieblich wie die eines Streichinstruments, ohne die Spur eines ihre regionale Herkunft verratenden Akzents. Und doch war an der dürren, verletzbaren Sunday, die die ›Peaches Paree‹ gewesen war, etwas weitaus Anziehenderes als an dieser Plastikausführung einer Frau ohne Charakter und Mitgefühl. Troy fragte sich, welche von den beiden Rollen eigentlich die pornographischere war.

Er nahm das Band wieder heraus und verstaute dann den Videorecorder – in seinen ursprünglichen Zustand zurückversetzt – in der Originalverpackung. Besser gesagt: Er versuchte eine solche Wiederherstellung. Aus irgendeinem unerfindlichen Grund wollte nämlich die Styroporhülle nicht mehr zu den Konturen der Maschine passen. Alle moderne Technik verfluchend, gelang es Troy am Ende aber doch noch, das Gerät in die Schachtel hineinzubekommen. Was an Material übriggeblieben war, schmiß er in den Papierkorb.

Er entschied sich sodann für ein frühes Zubettgehen.

Aber sein Kopf ruhte kaum eine Minute auf dem Kissen, als schon der Widerhall sanft gedehnter Silben in ihm zu klingen begann. Warum verfolgten ihn diese Stimmen nur, die Stimmen jener kichernden, nackten Schönen aus dem Süden?

Dann fiel es ihm wieder ein. Phyllis Wykopf. Die sanftmütige, kuhäugige und – seien wir doch mal ehrlich – recht maskuline Phyl Wykopf! Sie hatte Sunday Tyler bei einer »Theatergruppe« in North Carolina kennengelernt. Sie hatte bei ihrem Bericht einen Namen erwähnt, der irgendwie politische Anklänge hatte, an den er sich aber nicht mehr erinnern konnte. Er versuchte, sich andere im Vorspann von *Spiele am Strand* genannte Namen ins Gedächtnis zurückzurufen. Erfundene Namen, das war klar. »Mona Lowe«, »Amber Light«, ... könnte einer davon vielleicht der »Künstlername« der Produktionsleiterin gewesen sein? Er bemühte sich, sich an ein Gesicht oder eine Gestalt zu erinnern, die einer jüngeren Phyl Wykopf hätte gehören können, aber es war hoffnungslos. Und natürlich konnte es außerdem noch vollkommen belanglos sein...

In dieser Nacht träumte er zum ersten Mal seit ihrem gewaltsamen Tod von Sunday. Es war eigenartig, daß sie sich seinem Unterbewußtsein so lange entzogen hatte, aber in dieser Nacht nun fand sie dort Einlaß. Sie stand unmittelbar vor ihm, lächelnd, kleine Fältchen um ihre strahlenden blauumschatteten Augen. Sie half ihm beim Ankleiden. Sie band ihm seine Krawatte und zog sie zurecht, dies aber so eng, daß es weh tat. Er griff nach dem Schlips und fühlte die Rauheit eines Strickes. Da wurde ihm bewußt, daß es die Schlinge des Henkers war, und er rang nach Luft und würgte, bis er husten mußte und aufwachte. Es war vier Uhr dreißig. Erst gegen sechs schlief er wieder ein – und als er dann erwachte, war es neun durch, was bedeutete, daß man im Studio 22 bei der Arbeit war.

»Heute ist kein sehr passender Tag«, erklärte ihm Phyl Wykopf. »Außer der Aufzeichnung haben wir noch eine Abordnung des ›Milo-Derringer-Fan-Clubs‹ am Hals, und raten Sie mal, wer da zur Gastgeberin erwählt wurde?«

»Ich dachte immer, Kiki kümmert sich um solche Sachen.«

»Eigentlich soll sie das auch«, sagte Phyl sarkastisch, »aber es scheint da im heutigen Drehbuch ein paar grausige Unstimmigkeiten zu geben, und Kiki geht alles mit Norman Levi noch mal durch. Deshalb ... darf ich mich also mit der ›bekloppten Lottie‹ und all den anderen abgeben.«

»Ich würde wirklich gern ein paar Minuten mit Ihnen sprechen. Ich bin in meiner Terminplanung ziemlich flexibel, deshalb bestimmen Sie doch Zeit und Ort.«

»Schön, vielleicht nach fünf, auf einen Drink oder so.«

»Ich muß um halb sieben bei einer Hochzeitstagsparty in der Provinz sein«, sagte Troy. »Hören Sie, ich rufe Sie heute nachmittag noch mal an, wie's bei Ihnen aussieht ... Ach, da ist noch etwas. Sie erwähnten neulich mal einen Namen, den einer Frau, die in North Carolina eine Theatergruppe leitete.«

»Ich habe keine Ahnung, ob sie noch immer dabei ist. Charlotte ist nicht gerade der Broadway.«

»Ihr Name ist alles, was ich brauche.«

»Der ist Nixon«, sagte Phyl. »Nancy Nixon.«

Er machte sich keine allzu großen Hoffnungen und war deshalb angenehm überrascht, als die Auskunft seinem Wunsch sofort zu entsprechen vermochte. Und er war noch glücklicher, als auf seinen nächsten Anruf eine süße südliche Stimme antwortete, die sich als die von Nancy Nixon herausstellte. Sollte diese die Tatsache erschreckt haben, daß ein New Yorker Polizeibeamter bei ihr anrief, so gelang es ihr wirklich gut, sich das nicht anmerken zu lassen.

»Ja, natürlich erinnere ich mich an Sunday, ich war schockiert, als ich hörte, was mit ihr passiert ist ... Aber Sie verstehen, es ist schon mehr als *zwanzig Jahre* her, daß sie unsere Truppe verlassen hat. Ich dachte mir, daß es wohl keinen großen Sinn hätte ... na ja, mich mit irgend jemandem in Verbindung zu setzen.«

»Natürlich nicht«, sagte Troy. »Aber ich hoffe, daß es Ihnen nichts ausmacht, mir telefonisch ein paar Fragen zu beantworten.«

»Nein, nicht das geringste.«

»Haben Sie je wieder von Sunday gehört, nachdem sie die Gruppe verlassen hatte?«

»Nein, aber das habe ich auch nicht erwartet. Leider sind wir nicht in bestem Einvernehmen voneinander geschieden.«

»Sie meinen, sie beide hatten so was wie einen Streit?«

»Ich habe eine gewisse Neigung, Leuten Ratschläge zu erteilen«, sagte die Frau trocken. »Auch dann, wenn ich nicht darum gebeten wurde. Und Sunday waren meine Einwände gegen ihre Karriereplanung völlig schnuppe.«

»Sie meinen den Pornofilm, bei dem sie da mitgemacht hat?« Es trat eine Stille ein, die er irgendwie füllen mußte.

»Wir wissen über die *Spiele am Strand* Bescheid, Mrs. Nixon. War das ihr Jungfernstück, wenn Sie den Ausdruck verzeihen wollen?«

»Das weiß ich wirklich nicht. Aber ich bin sicher, daß sie versucht hat, diese ganze Geschichte schnell wieder zu vergessen, sobald sie erst einmal ... solidere Arbeit bekommen hatte.« Und dann sagte sie noch: »Und wer weiß? Vielleicht war ich ja zum Teil dafür verantwortlich. Sie hat schließlich den Regisseur dieses Streifens hier bei meiner Theatertruppe kennengelernt.«

»Den Regisseur? Und was war mit den anderen Damen? ›Tammy Cummings‹ und ›Mona Lowe‹ und so weiter?«

»Nein«, lachte Nancy. »Sunday war die einzige von hier, da bin ich ganz sicher. Nicht, daß ich viel über den Film wüßte. Ich habe ihn nie gesehen und auch nicht die Absicht, das je nachzuholen.«

»Kann ich verstehen.«

»Es ist nicht deshalb, weil ich etwa prüde wäre. Ich *habe* sogar mal einen Pornofilm gesehen, in New York. Ich besuchte diese drei Freundinnen von mir. Wir aßen zusammen zu Mittag und gingen dann in dieses Kino da am Times Square. Na, eine halbe Stunde nach Beginn des Films fingen wir an, uns zu fragen, ob wir auch den Salat bekommen hatten, der zu dem Mittagessen dazugehören sollte.«

»Nur noch eine Frage, ja? Was können Sie mir über Phyllis Wykopf sagen?«

»Phyllis wer?«

»Wykopf. Sie gehörte auch mal zu Ihrer Truppe. Eine

Freundin von Sunday. Sie führte Regie bei Ihnen. Jetzt gehört sie zur Produktionsleitung von *Haus der einsamen Herzen*.«

»Tut mir leid«, sagte Nancy Nixon, »aber der Name ist mir vollkommen unbekannt.«

»Sind Sie sicher? Das ist eine lange Zeit her.«

»Ich erinnere mich an *jeden*, der je seinen Fuß in unser Schauspielhaus gesetzt hat, und da war niemand dieses Namens dabei, so leid es mir auch tut.«

Troy starrte noch zehn Sekunden, nachdem Nancy aufgelegt hatte, auf den Telefonhörer in seiner Hand. Warum hatte Phyl Wykopf ihn angelogen? Offensichtlich hatte sie nicht damit gerechnet, daß er sich tatsächlich die Mühe machen und ihre Geschichte von Sundays Karrierestart überprüfen würde. Aber warum sich ein solches Lügenmärchen ausdenken? Er wußte, daß er nicht bis zum Nachmittag warten konnte, um diese Frage beantwortet zu bekommen.

Der erste Mensch, auf den er im Studio traf, war Gene Badger, der durch die Eingangshalle stürmte, dabei den Kopf gesenkt hielt wie ein angreifender Stier und ein Stück Papier mit fester Hand umklammerte. Sein finsterer Gesichtsausdruck schien unmittelbar mit diesem Dokument in Verbindung zu stehen, das er da bei sich hatte. Es war dies eine instinktive Vermutung Troys, aber sie erwies sich als zutreffend. Badger, der ganz offensichtlich jemanden brauchte, bei dem er Dampf ablassen konnte, packte ihn am Arm und sagte:

»Sehen Sie sich das mal an, bitte schön! Was denken sich diese Weiber eigentlich dabei, mir so etwas zu überreichen? Was glauben die denn, wer sie sind?« Er drückte Troy das Papier in die Hand, und dieser las:

GESUCH AN DIE PRODUZENTEN VON
»HAUS DER EINSAMEN HERZEN«

Wir, die Unterzeichner dieses Schreibens, Mitglieder des Milo-Derringer-Fan-Clubs, fordern hiermit, daß die Autoren und Produzenten von ›Haus der einsamen Herzen‹ sofort die Verfolgung von Dr. Jonathan Masters durch Andrea Harmon einstellen und beenden; daß sie die Gelegenheit wahrnehmen, die sich ihnen durch die Neubesetzung der Rolle der Andrea bietet, deren niederträchtiges Wesen zu bessern und Dr. Masters Frieden und Glück in seiner Ehe mit Maribeth Armstrong finden zu lassen. Sollte diesen Forderungen nicht entsprochen werden, wird der Milo-Derringer-Fan-Club alles in seiner Macht Stehende tun, daß Sender und Sponsoren die augenblicklich für ›Haus der einsamen Herzen‹ tätigen Autoren und Produzenten von ihren Aufgaben entbinden.

Unter dieses Edikt waren ein Dutzend Unterschriften gekritzelt worden, und aus irgendeinem Grund fiel Troy auf, daß die der ›bekloppten Lottie‹ nicht dabei war.

Badger unternahm den angestrengten Versuch, eine gewisse Gleichgültigkeit an den Tag zu legen. Er kicherte schwächlich und sagte: »Eines dieser verrückten Hühner hat ihren Rechtsanwaltsgatten dazu gebracht, ihnen das aufzusetzen. Sie haben gleichzeitig auch eine solche Petition an den Sender geschickt und Julia Porterfield einen

Brief geschrieben, in dem sie sie mahnen, sich Milo gegenüber nicht mehr so ekelhaft aufzuführen, wie Sunday das getan hat ... Komisch, was?«

»Sind sie noch da?«

»Milos Monster? Ich hab Phyllis gesagt, daß sie sie aus dem Studio rausschaffen soll, bevor ich zum Massenmörder werde. Sie hat sie zum Kaffee in die ›Grüne Grotte‹ eingeladen.«

»Danke«, sagte Troy.

Es war erst ein paar Minuten nach elf, aber die Damen vom Milo-Derringer-Fan-Club hatten beschlossen, auf den Kaffee zu verzichten und statt dessen zu Mimosas und Bloody Marys zu greifen. Als Troy den Teil des Restaurants betrat, in dem sich die Bar befand, saß ein halbes Dutzend von ihnen dort um einen Tisch herum und zeigte keinerlei Anzeichen der aggressiven Stimmungslage, wie sie in ihrer Petition Ausdruck gefunden hatte. Sie gaben glücklich-schnatternde Geräusche von sich wie eine Schar von Gänsen – nur von der Gänsehirtin war weit und breit nichts zu sehen. Dann aber entdeckte er sie, wie sie gerade aus der Toilette herauskam. Ihr aufgefrischtes Make-up trug nur wenig dazu bei, den leidenden Ausdruck in ihrem Gesicht zu verdecken.

»Was soll das?« sagte sie wütend. »Ich habe Ihnen doch gesagt, daß ich nicht die Zeit habe, mich mit Ihnen zu unterhalten.«

»Ich bedaure sehr, aber es ließ sich einfach nicht länger aufschieben.«

»Wie viele Fragen muß ich denn, um Himmels willen, beantworten?«

»Ich habe gar keine Fragen mehr«, sagte Troy, »aber ich glaube, dafür möglicherweise ein paar Antworten.«

Einen Augenblick lang herrschte eisiges Schweigen. Selbst die Damen in der Bar verstummten während dieser kurzen Pause. Phyl mußte etwas in seinen Augen entdeckt haben, das sofortiges Handeln erforderlich machte. Sie schritt entschlossen zu dem Tisch hinüber und verkündete:

»Meine Damen, es tut mir außerordentlich leid, aber wir müssen unser Treffen abkürzen. Ihre Rechnung hier in der Bar wird von uns übernommen, aber wenn Sie noch einen Lunch bestellen wollen, dann geht das auf Sie.« Dann wandte sie sich an Troy und sagte ebenso kühl: »Ich muß zu meinem Arzt in die Praxis und mir ein Rezept abholen. Wenn Sie mich begleiten möchten, dann bitte sehr.«

»Gern«, sagte Troy. »Ich kann einen kleinen Spaziergang gut gebrauchen.«

Als sie das Restaurant verließen, fragte Troy: »Was ist denn mit der ›bekloppten Lottie‹ los? Sie hat ja die Petition gar nicht unterschrieben, und ich hab sie auch nicht bei den anderen Mädels da gesehen.«

»Sie sagten, sie sei krank«, antwortete Phyl. »Sie haben sie schon ein paar Wochen nicht mehr gesehen.« Das waren die letzten Worte, die sie sprach – bis sie die Ampel an der Ecke erreicht hatten. Dann sagte Phyl: »Sie haben mit Nancy Nixon telefoniert, nicht wahr?«

»Ich hatte keinerlei Schwierigkeiten, sie zu erreichen«, sagte Troy. »Manchmal ist es schon komisch, wie leicht es ist, Leute aufzutun, von denen man glaubt, sie seien gänzlich unerreichbar. Ich kannte mal einen Kollegen von der

Abteilung ›Vermißte Personen‹, der suchte ein Jahr lang einen Bigamisten namens Hofstitcher und fand ihn dann im Telefonbuch von Brooklyn.«

»Es kam mir, zwei Sekunden nachdem wir aufgehängt hatten. Daß ich Ihnen ihren Namen nicht hätte nennen sollen. Es gibt wahrscheinlich eine nette psychologische Erklärung dafür, warum ich's getan habe. Ich muß mal Dr. Linhardt dazu befragen.«

Es dämmerte Troy, daß es sich bei dem Arzt mit dem Rezept um einen Psychiater handelte.

»Vielleicht waren Sie es einfach müde, die Wahrheit zu verschweigen. Polizisten erleben so etwas immer wieder. Leute, die ein Verlangen danach haben, über ihre Sünden zu sprechen. Womit ich nicht gesagt haben will, daß an dem, was Sie getan haben, etwas ›Sündhaftes‹ wäre.«

»Und was genau habe ich Ihrer Ansicht nach getan?«

Sie gingen jetzt stadtauswärts. Die Straßen sahen seltsam verlassen aus. Die Luft war von einem spätsommerlichen Dunst erfüllt, als schwebten mikroskopisch kleine Goldteilchen in ihr herum. Das gab der ganzen Atmosphäre etwas Unirdisches, was durchaus zu Troys Gestimmtheit paßte.

»Zunächst einmal«, sagte er, »haben Sie einen Mann namens Philip Morgan umgebracht.«

Phyl lächelte und berührte seinen Ellbogen, um ihn in eine Nebenstraße zu dirigieren.

»Machen Sie sich man keine zu großen Gedanken wegen dieses Philip Morgan, sein Ableben bedeutet wahrlich keinen Verlust für die menschliche Gesellschaft. Selbst seine Familie war heilfroh, als er nicht mehr da war.«

»Und er war selbst nicht sonderlich glücklich, nehme ich an.«

»Nein«, sagte Phyl traurig. »Nicht sehr glücklich. Voller Zorn. Er verabscheute und haßte alle, am meisten sich selbst. Das ist der Grund dafür, daß er einige von den Dingen tat, die er nun mal getan hat, wie zum Beispiel bei Pornofilmen Regie führen. Bei schlechten Pornofilmen überdies.«

»Aber dann haben Sie ihn still entschlafen lassen. Und ... Phyllis Wykopf ward geboren.«

»Das war wahrscheinlich das Perverseste, was ich je gemacht habe, nämlich mich für diese Geschlechtsumwandlung zu entscheiden. Mich ›Wykopf‹ zu nennen. Das war mein zweiter Name, er kam von der Seite meiner Mutter. Sie mochte gar nicht, daß ich ihn benutzte, wohingegen mein Vater so erleichtert war, daß ich mich nicht ›Morgan‹ nannte, daß sie mir schließlich verziehen.«

»Haben Sie Ihre Familie seitdem mal wiedergesehen?«

»Nur einmal«, sagte Phyl. »Meine Mutter schenkte mir ihre abgelegten Kleider.« Sie lachte. Dann blieb sie vor einer Sandsteintreppe stehen und sagte: »Ich habe niemandem etwas von dieser Geschlechtsumwandlung gesagt. Manche Leute fühlen sich bei so etwas nur unbehaglich, obwohl es nichts Ungesetzliches ist.«

»Ich habe nicht die Absicht, es irgend jemand zu erzählen«, sagte Troy. »Ich möchte nur noch gern von Ihnen wissen, ob sonst jemand die Wahrheit kennt oder kannte. Jemand, der Sie vielleicht ... damit erpreßt hat?«

»Sie meinen Sunday, nehme ich an.«

»Oder irgend jemand sonst.«

»Sunday hat mich nicht direkt erpreßt. Sie hat mich bloß immer wieder daran erinnert. Das heißt, sie schickte mir immer wieder mal ein altes Foto von Philip Morgan, damit ich meine bescheidene Herkunft nicht vergäße.«

»Ich glaube, ich habe mal eins davon gesehen«, sagte Troy. »An dem Tag, an dem ich mit Ramsey Duke zum Mittagessen gegangen bin.«

»Sunday sorgte stets dafür, daß ihr ihre Freunde freundlich gesinnt blieben. Vielleicht verstehen Sie jetzt, warum es so schwer war, sie zu mögen. Obwohl ich irgendwie so das Gefühl habe, daß Sie es taten. Sehr sogar.«

»Ich möchte noch immer gern ihren Mörder finden, wenn es das ist, was Sie meinen.«

»Ich kann Ihnen wenigstens in einem Punkt behilflich sein«, sagte Phyl. »Sie können mich von Ihrer Liste streichen. An jenem Abend, und zwar unmittelbar bevor ich ins Studio ging, war ich nämlich hier in diesem hübschen Sandsteinhaus, lag auf Dr. Linhardts Couch und weinte mir meine kleinen transsexuellen Äuglein aus. Ich habe der Polizei dieses Alibi nicht genannt, weil ... nun ja, weil Dr. Linhardt auf Leute wie mich spezialisiert ist. Mein Geheimnis wäre dann wohl nicht mehr sehr viel länger eines geblieben.«

»Vielleicht ist das Ihr eigentliches Problem. Dieses Geheimnis zu bewahren.«

»Sie hören sich genau wie Dr. Linhardt an«, sagte Phyl Wykopf. »Wenn Sie nichts dagegen haben, würde ich mir jetzt gern mein Rezept holen. Ich muß mal wieder wenigstens eine Nacht richtig durchschlafen.«

Vor seiner Wohnungstür lag ein brauner, großformatiger Briefumschlag. Er erkannte den vertrauten Aufdruck des New Yorker Polizeipräsidiums, und ein kalter Schauer lief ihm den Rücken hinunter. Aber in dem Umschlag steckte nur ein Aktendeckel, auf dem mit ungelenker Schrift SERIENMÖRDER stand. Der Aktendeckel wiederum war vollgestopft mit schlechten Fotokopien von polizeilichen Ermittlungsunterlagen und Gesprächsnotizen, die meisten von Kriminalkommissar Sam Rivera, von dem Beamten also, der sich im Fall Sunday Tyler an die Theorie des »Serienkillers« klammerte. Auf dem Aktendeckel klebte auch noch eine Haftnotiz von Dan Lipschitz, die lautete: »Besser spät als gar nicht!«

Troy sah den Ordner ohne große Begeisterung durch. Er glaubte noch weniger an diese Theorie als Dan, obgleich er zugeben mußte, daß es ihm bislang nicht gelungen war, ihr eine wahrscheinlichere entgegenzusetzen. Während der nun folgenden Stunden las er alles über die Stadtstreicherin in Soho, die mit einem Hackebeil ins Jenseits befördert worden war, wobei ihr Mörder einen recht schauerlichen Sinn für Humor an den Tag gelegt und ihre Überreste im Einkaufswagen eines Supermarktes hinterlassen hatte. Er las über die Ermordung einer jungen Frau, die in einem die ganze Nacht geöffneten Buchladen gearbeitet hatte, über die barbarische Abschlachtung eines Mädchens in Queens, über die junge Schauspielerin, die in einer Wohnung in Manhattan in Stücke gehackt worden war...

Ein Schriftstück war dabei, das vom Büro der Staatsanwaltschaft stammte und sich auf den dritten Fall bezog –

der Staatsanwalt äußerte darin die Überzeugung, daß der Täter der Onkel des Mädchens, ein Selbstmörder, sei. Die anderen Fälle waren noch ungelöst, aber ob sie irgendwie miteinander zusammenhingen und ob sie in irgendeiner Weise relevant für den Fall Sunday Tyler waren, vermochte Troy einfach nicht zu sagen. Wenn er ganz ehrlich war, dann war er es eigentlich müde, an Tod und Vergeltung, an Sunday oder Fiona oder seine eigene, höchst unklare Zukunft zu denken. Ihm fiel die an diesem Abend stattfindende Familienfeier wieder ein, und er sehnte sich doch tatsächlich nach der tröstenden Geborgenheit im Kreise der Seinen.

Um fünf Uhr war er geduscht, rasiert und angekleidet. Der Videorecorder war hübsch in altes Weihnachtspapier eingewickelt, und er hoffte, daß niemand die Stechpalmenblätter bemerken würde. Um halb sechs saß er in seinem Auto und fuhr in Richtung Triborough Bridge los.

Der kastanienbraun funkelnde Jaguar von Noel stand mitten auf der Zufahrt zum Haus, so daß Troy nichts anderes übrigblieb, als hinter ihm zu parken und sich seines alten, mißbrauchten und doch geliebten Volvos zu schämen. Daisys Mann, von Beruf Finanzanalyst, behielt einen Wagen niemals länger als ein Jahr. Er hatte seit ihrer Heirat auch schon zweimal das Haus und dreimal den Job gewechselt. Als Daisy einmal ganz besonders mürrisch gewesen war, hatte Troy sie auf Noels unstetes Wesen hingewiesen und gemeint, daß bei ihm leicht die Kategorie Frau als nächstes drankommen könne. Sie hatte sich diese Bemerkung mehr zu Herzen genommen, als es seine Absicht gewesen war, weshalb er dieses Thema dann nie wieder angeschnitten hatte.

Daisy begrüßte ihn als erste und nahm ihn dabei sogar in die Arme, was sonst gar nicht ihre Art war – sie zeigte nur sehr selten ihre Gefühle. »Papa ist mit Noel im Keller«, unterrichtete sie ihn. »Führt sein neues Spielzimmer vor. Nur nenn es um Himmels willen nicht ›Spielzimmer‹, du weißt ja, wie sich Papa wegen *Wörtern* anstellt. Er besteht darauf, daß das Zimmer als ›Erholungsraum‹ zu bezeichnen sei.«

»Und wo ist Mama?«

»In der Küche, wo sonst? Kocht ihrem kleinen Jungchen sein Lieblingsgericht.«

»Ich hab kein Lieblingsgericht.«

»Du entscheidest dich da lieber für Backschinken mit Kartoffelbrei, denn sie ist der Meinung, das ist es.«

Troy grinste. »Jetzt erinnere ich mich. Ich hab mal gesagt, daß ich das gern äße. Wir hatten's mal im Ferienlager, da war ich vierzehn.«

»Für sie wirst du immer vierzehn bleiben. Mein Gott, wer hätte gedacht, daß eine Frau, die doch den Doktorgrad führt, so verdammt... mütterlich sein kann.«

»Wann fängst du denn an, mütterlich zu sein? Du hast mir doch immer erzählt, du wolltest ein Kind haben, bevor du dreißig wärst.«

Sie zupfte an der Perlenkette, die sie um den Hals trug. »Noel meint, dies sei kein gutes Jahr. Er denkt über einen neuerlichen beruflichen Wechsel nach. Die Westküste vielleicht.«

»Was ist an New York so übel? Hier gibt's doch genug Finanzen zu analysieren.«

»Mal sehen. Was war das für eine lachhafte Geschichte, die du mir da erzählt hast? Daß dich jemand wegen Mordes angezeigt hat? Das war doch wohl ein Witz, oder?«

Troy zögerte. Dann hörte er den Kontrapunkt zweier männlicher Stimmen, die die Treppe heraufkamen, und sagte: »Aber sicher doch, Daisy. Nur ein Witz.«

Sein Vater begrüßte ihn mit einem wohlabgestimmten Händedruck und zwei Schlägen auf den Rücken. Die Begrüßung und dazu der säuberlich gestutzte Bart, das Tweedjackett mit den Flecken auf den Ellbogen und die abgegriffene Pfeife – das waren alles Bestandteile jenes akademischen Image, das Eric Wayland als zwanzigjähriger Student kultiviert hatte. Damals war es der Affektiertheit entsprungen, heute war es nur mehr ein ganz natürliches Wesensmerkmal der Landschaft.

Noel Earnshaw hatte sich hinsichtlich seiner Persönlichkeit noch nicht festgelegt. Er trug den grauen Anzug des Bankers, aber die Haare schulterlang, als sei er noch unentschieden, ob sein Herz nun der Wall Street oder Greenwich Village gehören sollte. Er begrüßte Troy aufs herzlichste und witzelte über sein unerlaubtes Parken. Troy blieb ein gezwungenes Lachen erspart, da seine Mutter aus der Küche kam und ihn so kühl begrüßte wie keiner der anderen, wobei allerdings ganz deutlich wurde, daß sein Besuch sie am stärksten berührte.

»Ich hoffe, du hast einen gesunden Appetit mitgebracht«, sagte sie zu ihm. »Ich hab dir nämlich dein Lieblingsessen gekocht.«

»Willst du mich auf den Arm nehmen? Ich bin sicher, daß du dich gar nicht mehr an mein Lieblingsgericht erinnern kannst. Backschinken mit Kartoffelbrei?«

»Süßkartoffelbrei«, korrigierte ihn die Mutter. Dann sah sie triumphierend ihren Mann an. »Na, hab ich's dir nicht gesagt?«

Beim Essen bemühte er sich, die Unterhaltung zum Anlaß der Feier hinzulenken, aber niemand schien sonderlich daran interessiert zu sein. Alle Fragen gingen ausschließlich an ihn, und es wurde schnell klar, daß diese Jubiläumsparty nur ein Trick gewesen war, mit dem man ihn in den Zeugenstand gelockt hatte. Troy hatte es geschafft, sich aus dem Kreise der Familie fernzuhalten, seit er zum Dezernat Film/Fernsehen gekommen war, und deshalb erfüllte alle eine große Neugier.

»Bekommst du viele Filmstars zu sehen?« wollte Daisy wissen. »Nicht, daß ich noch irgendwelche Filmstars kenne, das sind heute doch alles *Kinder*.«

»Am Anfang habe ich ein paar gesehen«, sagte Troy und spielte mit dem Schinken herum, dessen Glasur zu süß geraten war. »Aber in letzter Zeit war ich nicht beim Film eingesetzt, sondern bei einer Seifenoper, die fürs Fernsehen gedreht wird.«

Eric Wayland gab ein stotterndes Geräusch von sich, das auf halbem Wege zwischen Belustigung und Verachtung lag. »Interessant, interessant. Haben da einen im College, Soziologieprofessor, der nimmt doch in der Tat den ganzen Unsinn ernst, hält sogar Vorlesungen über Seifenopern. Kriegt stets das Haus voll.«

»Dein Vater mag sie nicht«, sagte seine Mutter lächelnd.

»Er hätte fast die Scheidung beantragt, als er herausbekam, daß ich mir so etwas ansehe.«

Daisy blickte himmelwärts, flehte ganz zweifellos einmal mehr Gott an. Sein Vater rührte Sauce in seinen Süßkartoffelbrei und sagte:

»Surrogate, Surrogate! Das ist alles. Ersatz für das wirkliche Leben. Sie mögen Ihre Familie nicht? Schalten Sie den Fernseher ein – da bekommen Sie eine andere, eine ganz neue Familie. Lebt auch mit Ihnen zusammen, wenn nicht unter dem gleichen Dach, so zumindest doch nebenan.«

»Ich meine, daß es *nett* ist, Familien vereint zu sehen«, sagte seine Frau und nahm ihm die Sauciere aus der Hand, um sie an Troy weiterzureichen.

»Sie wollen einen neuen Ehemann haben? Schalten Sie doch eine Seifenoper ein, da bekommen Sie einen großen, schönen Burschen, der seine Frau stets wie eine Königin behandelt...«

Daisy verzog das Gesicht. »Für gewöhnlich betrügt er sie mit ihrer besten Freundin, Papa, du kennst dich mit diesen Seifenopern nicht sehr gut aus.«

»Ist auch okay. Ersatzuntreue. Phantasieleben, leichtgemacht. Mußt nicht mal mehr tagträumen, brauchst nur den Fernseher anzustellen.«

Noel wandte sich mit breitem Lächeln an seine Schwiegermutter. »Du siehst dir doch nicht wirklich diese Seifenopern an, Mama, oder?«

Troys Mutter verbarg die Geringschätzung, die sie sowohl dem Manne ihrer Tochter als auch seiner Frage gegenüber empfand. »Und warum nicht? Jetzt, wo sie mich in den Ruhestand versetzt haben, hab ich doch an den Nachmittagen nicht mehr *gar* so viel zu tun.«

»Aber du hast doch diese ganzen Wohltätigkeitssachen«, sagte Daisy. »Leitest du nicht auch noch diesen Frauenverein?«

»O ja. Wir treffen uns jeden Dienstag und Donnerstag hier bei mir, und was meinst du wohl, was wir tun, wenn wir erst mal den ganzen Klatsch und Tratsch erledigt haben? Wir sehen uns *Haus der einsamen Herzen* an.«

Troy räusperte sich. »Das ist die Sendung.«

»Was?«

»Das ist die Serie, bei der ich eingesetzt war. Sie wollten Außenaufnahmen machen, aber dann ergaben sich ein paar Schwierigkeiten.«

»Das kann man wohl sagen!« sagte seine Mutter. »Seit Andrea Harmon umgebracht wurde. Das war eine schreckliche Sache, nicht wahr?«

»Andrea ist nicht umgebracht worden«, sagte Troy. »Sondern die Schauspielerin, die sie gespielt hat. Sunday Tyler.«

Seine Mutter zuckte die Achseln. »Für mich ist sie immer Andrea. Ich hab sie in den vergangenen zwei Jahren praktisch täglich gesehen.«

»Weißt du, was du bist, Mama?« fragte Troys Schwester. »Du bist süchtig!« Daisy hatte sich, was das Geistige anbetraf, stets im Schatten ihrer Mutter stehend gefühlt, weshalb ihr deren Geständnis ganz offensichtlich sehr gefiel. Sie warf ihrem Vater einen vielsagenden Blick zu, der seinerseits verschwörerisch ein Auge zukniff.

»Deine Mutter scheint der Ansicht zu sein, daß das alles

reale Menschen sind. Einer von ihnen wurde mal in ein Krankenhaus eingeliefert, wo er dann starb. Da saß sie vor dem Bildschirm, Tränen in den Augen. War ganz überrascht, daß sie keine Blumen hingeschickt hat.«

»Für mich *sind* sie auch wirklich. Ich sehe sie öfter als meine eigene Familie!« Sie sah Troy mit gerunzelter Stirn an. »Auf jeden Fall hoffe ich, daß deine Freunde von der Polizei den ausfindig machen können, der sie ermordet hat.«

»Bisher ist es noch nicht gelungen«, sagte Troy.

Daisy fragte: »Hat man irgendeine Vermutung, *warum* sie umgebracht worden ist?«

»Also für mich ist das vollkommen klar«, sagte Troys Mutter, während sie ihm zum dritten Mal den Teller vollhäufte. »Man braucht sich doch nur die Sendung anzuschauen. Die Frau war eine Meisterin in der Kunst, sich Feinde zu machen. Mich hat überrascht, daß so etwas nicht schon viel früher passiert ist.«

Daisy prustete aufgebracht. »Nicht die Filmfigur ist ermordet worden, Mama, sondern die *Schauspielerin*.«

»Na gut, vielleicht«, sagte ihre Mutter. »Und vielleicht auch nicht. Ich hoffe, ihr lieben Leutchen habt noch Platz für den Nachtisch. Es gibt Bananencremetorte.«

Sie segelte in die Küche hinaus.

Und vielleicht auch nicht. Die Worte schienen in der Luft über dem Eßtisch stehengeblieben zu sein.

»Hat Daisy schon erzählt, was wir vorhaben?« sagte Noel. »Da gibt's so einen großen Investmentfonds an der Westküste, der sucht ein Finanzgenie...«

Und vielleicht auch nicht.

»Was hast du gesagt?« fragte Daisy, der nicht entgangen war, wie sich seine Lippen bewegt hatten.

»Ich weiß ja nicht, wie es euch geht«, knurrte Eric Wayland, »aber ich für mein Teil glaube, daß ich für lange, lange Zeit keinen Backschinken mehr sehen kann ...«

Troys Mutter kam mit der auf einer großen silbernen Servierplatte liegenden Torte aus der Küche zurück und trug sie vor sich her wie die olympische Flamme.

»Und vielleicht auch nicht«, sagte Troy laut.

Alle starrten ihn an, aber das bemerkte er gar nicht. Ihm war ganz plötzlich bewußt geworden, daß er vielleicht nicht nur hinter dem falschen Täter, sondern auch hinter dem falschen Opfer her gewesen war.

13

›Love is a many-splendored thing‹

»Sie wollen *was* haben?« fragte Kiki.

Er hatte zwar Ungläubigkeit erwartet, nicht aber eine solche Schockiertheit.

»Ein Bild von Milo Derringer mit seinem Autogramm«, wiederholte er. »Ich bin sicher, daß irgendwo eins rumliegt. Es ist für unsere Sekretärin in Flushing Meadows.«

»Hm, wir könnten ein paar Glanzpostkarten im Büro haben, aber ich weiß nicht, ob da welche mit Autogramm dabei sind. Und übrigens, möchte sie denn nicht, daß er dem Ganzen eine etwas persönlichere Note gibt?«

»Hol's der Geier, das besorge ich schon selbst.«

»Ist Fälschung nicht ein Verbrechen?«

»Ich habe Freunde bei der Polente.«

Kiki zuckte die Achseln und ließ ihn im Wartebereich stehen. Der Wachmann von der Tagesschicht behielt ihn argwöhnisch im Auge. Der Mann hatte einen guten Riecher, dachte Troy. Der Kerl schien zu spüren, daß er unter falschem Vorwand hierhergekommen war.

Kiki kehrte nach fünf Minuten zurück, einen Umschlag an sich drückend. »Sie haben Glück. Milo hat diesen ganzen Stapel für die gestrige Versammlung seines Fan-Clubs bereitgelegt. Sie sind nur ohne Autogramm.«

»Dann sind sie wertlos ... Und Sie sind sicher, daß Milo heute nicht herkommen wird?«

»Er wird eine ganze Woche nicht da sein. Er hat ein Filmangebot.«

»Ein was?«

»Es gibt eine Klausel, an denen den meisten Vertragsschauspielern sehr gelegen ist. Wenn sich ihnen die Möglichkeit bietet, an einem Kino- oder Werbefilm oder so etwas mitzuwirken, dann haben sie nach dem Vertrag Anspruch auf einen Kurzurlaub. Milo bemüht sich um die Rolle eines Piloten.«

»Mist, elender. Ich hasse es, wenn ich ein gegebenes Versprechen nicht halten kann.«

»Sie können's«, sagte Kiki fröhlich. »Was glauben Sie wohl, wer Milos Autogramme schreibt, wenn er zu besoffen ist, um einen Stift halten zu können, wie?« Sie entnahm ihrer Handtasche einen Kugelschreiber und öffnete den Umschlag.

»Wer ist denn nun hier der Fälscher?«

»Ich kann seine Unterschrift so gut, daß selbst Milo keinen Unterschied erkennt... Okay, wie heißt Ihre Sekretärin? Ist das dieses japanische Mädchen?«

»Sie ist Eurasierin. Aber lassen Sie ihren Namen weg, ich hab keine Ahnung, wie sich der schreibt. Schreiben Sie einfach ›Gute Besserung!‹« Als Kiki zu ihm aufblickte, erklärte er: »Sie hat die Grippe. Ich dachte, das würde sie vielleicht ein bißchen aufheitern.«

Kiki zuckte erneut die Achseln und kam seinem Wunsch nach. Troy ließ sie seinen Seufzer der Erleichterung nicht hören.

Er beschloß, die Blumen erst zu kaufen, wenn er Crown Heights erreicht hatte – der Gedanke, die Fahrt in der

U-Bahn mit einem Blumenstrauß in der Hand anzutreten, mißfiel ihm gar zu sehr. Er quetschte sich zwischen zwei wohlgenährte Damen auf einen Sitz und warf einen verstohlenen Blick auf den Inhalt des Umschlages. Milo Derringer starrte ihn anklagend an, so daß er das Foto schnell wieder zurückschob.

Der Weg von der U-Bahn-Station war nicht sehr weit, aber Troy sah sich zu einem längeren Umweg gezwungen, denn er mußte ja erst noch einen Blumenladen finden. Dort wählte er das, was seiner Meinung nach auch Milo gewählt haben würde, nämlich weiße Rosen. Sie waren prächtig und jungfräulich zugleich, und er war sicher, daß die Rekonvaleszentin das mögen würde.

Die Nummer 435 stellte sich als schmales, fünfstöckiges Sandsteingebäude heraus. Irgend etwas sagte ihm, daß es da keinen Lift geben und sich die gesuchte Wohnung in der fünften Etage befinden würde. Er behielt beinahe recht – sie befand sich in der vierten.

Gut, und da war die Wohnungstür. Na los, sagte er zu sich selbst. Du hast dich entschlossen, es so zu machen, dann mach's auch so.

Er klingelte.

Er brauchte ein paar Augenblicke, bis er begriffen hatte, daß die Klingel nicht funktionierte. Er besann sich auf seine Fingerknöchel. Nachdem er dreimal zögerlich und zweimal kräftig geklopft hatte, hörte er hinter der Tür Geräusche. Er war sicher, daß er sehr aufmerksam durch den Spion betrachtet wurde, und bemühte sich, nett und harmlos auszusehen. Er mußte die Prüfung bestanden haben, denn ein Riegel wurde zurückgezogen und die Tür gerade weit genug geöffnet, um dem Blick eine schwere Kette und ein großes, bebrilltes, fragendes Auge preiszugeben.

»Ja?«

»Miss Orwasher?« sagte er. »Hallo! Ich komme vom Studio, von *Haus der einsamen Herzen*. Ich heiße Wayland und bin der Assistent des Aufnahmeleiters.«

Sie blickte verwirrt drein. Jedenfalls dieses eine Auge, denn das war noch immer alles, was sie von sich zu zeigen gewillt war. Troy entschied sich, sein Drängen zu verstärken.

»Ich komme im Namen von Mr. Derringer. Er mußte kurzfristig verreisen, wollte aber unbedingt, daß Sie dies noch heute bekommen.«

Er schwenkte den Strauß vor dem Auge hin und her. Unverzüglich zeigte sich eine Wirkung, aber Troy mutmaßte, daß diese wohl eher dem Zauber des Namens als dem Strauß zu verdanken war. Die Kette glitt beiseite, und die Tür öffnete sich – und nun sah er, daß die Frau hinter den flachen Gläsern ihrer Brille *zwei* große, blaßblaue Augen hatte. Ihre Nase war so rosig wie die eines Kaninchens, was aber ihr natürlicher Zustand und nicht das Ergebnis irgendeiner Erkrankung der Atemwege zu sein schien. Sie trug einen Bademantel, der ihr um drei Nummern zu groß war. Ihre nackten Füße schauten unten daraus hervor wie zwei Seezungenfilets.

Die Wohnung ließ sich bei einigem guten Willen als Zweieinhalb-Zimmer-Apartment beschreiben, wobei das »einhalb« eine Kochnische mit einer Spüle voller unabgewaschenen Geschirrs war. Beide Räume waren vollgestopft mit Sachen und ungemütlich. Die einzige Ausschmückung bestand aus einer Vase, in der verwelkte Blumen staken, und einer Wand voller Fotos, die ohne jeden Sinn für Symmetrie dort angepinnt worden waren. Zu allem nicht passend, gab es eine Ansammlung überdimensionierter Möbelstücke von guter Qualität – wahrscheinlich das Erbe einer weniger einsamen Zeit. Das beherrschendste Objekt des Wohnzimmers war jedoch eine riesige Fernsehtruhe, die vor die hintere Wand geschoben worden war. Und auf dieser Truhe noch mehr Fotos in runden, an Eheringe gemahnenden Doppelrahmen. Um den 71-cm-Bildschirm herum waren ein zweisitziges Sofa, zwei Sessel sowie ein Couchtisch so angeordnet, als sei der Fernseher ein Kamin – ein Vergleich, der wahrscheinlich gar nicht so unpassend war, bildete er doch die einzige Wärmequelle im Leben dieser Frau.

»Ich wollte Sie eigentlich vorher anrufen«, sagte Troy, »aber ich konnte Ihre Nummer nicht finden.« Es blieb ungesagt, daß sie gar kein Telefon hatte. »Miss Carney meinte dann aber, es würde Ihnen nichts ausmachen, wenn ich Ihnen die Blumen schnell vorbeibrächte.«

»Nein«, sagte sie und zog den Kragen des Bademantels enger um ihren Hals zusammen. Sollte sie befürchtet haben, daß sie vielleicht so etwas wie einen Brustansatz hatte sehen lassen, so bestand dazu kaum Anlaß. »Das ist sehr nett von Ihnen«, fügte sie hinzu. »Sie sehen, ich bin krank gewesen ...«

»Ja, Ihre Freunde haben uns das mitgeteilt. Deshalb wollte Mr. Derringer ja auch, daß ich herkäme und ... Ihnen die hier bringe.«

Er überreichte ihr die Blumen. Sie nahm sie mit zitternden Händen in Empfang.

»Weiße Rosen«, murmelte sie. »Woher wußte er das? Meine absoluten Lieblingsblumen! Ich hoffe nur, daß ich etwas finde, wo ich sie hineinstellen kann.«

Sie fand etwas – einfach dadurch, daß sie den welken Inhalt der Vase in den Mülleimer warf. Troy wartete, bis sie diese mit frischem Wasser gefüllt und die Rosen zu ihrer Zufriedenheit darin arrangiert hatte. Dann verehrte er ihr das handsignierte Foto. Es war offenkundig nicht das erste, das sie bekam – die Hälfte der Bilder an der Wand zeigten Milo Derringer. Er fragte sich, wie viele der Autogramme wohl von Kiki Carney gefälscht worden waren.

»›Gute Besserung!‹«, las sie. »›Gute Besserung!‹« Sie schloß beglückt die Augen und nahm die Poesie dieser Worte in sich auf. »Oh, zu denken, daß er sich die *Zeit* dazu genommen hat. Zu denken, daß er an mich *gedacht* hat. Ich kann Ihnen gar nicht sagen, was mir das bedeutet, Mr. ...«

»Wayland«, sagte Troy.

»Das einzige, was ich nicht verstehe, ist... Na ja, ich weiß schon, daß er *diesen* Namen im Fernsehen benutzen muß. Er hat mir das mal vor langer, langer Zeit erklärt, das mit dem Namen. Aber warum hat er ihn hier benutzt?«

»Ich verstehe nicht, was Sie meinen.«

»Na ja, diesen Namen, dieses ›Milo Derringer‹. So hat er noch nie unterschrieben, verstehen Sie?«

Sie sah an ihm vorbei auf die Wand mit den Fotografien. Er drehte sich um und erkannte mit einem Blick, daß Milo unter alle seine Bilder »Dr. Jonathan Masters« gesetzt hatte. In einigen Fällen auch einfach nur »Jonathan«. Die Anführungszeichen waren, wie Troy nicht entging, deutlicher Hinweis auf den fiktiven Rollennamen, aber ganz offensichtlich hatten sie für Lottie Orwasher diese Bedeutung nicht.

»Nun, macht ja auch nichts«, sagte sie. »Er muß es sehr eilig gehabt haben, vor allem, wo er doch auf Reisen gehen mußte... Wird er sehr lange fort sein?«

»Nur eine Woche oder zwei«, sagte Troy. »Er sagt, er würde sich melden, wenn er wieder zurück wäre. Er hofft, daß Sie bis dahin gänzlich wiederhergestellt sind.«

Ihr Körper sank in dem übergroßen Bademantel in sich zusammen. »Ich weiß nicht«, sagte sie kläglich. »Ich glaube nicht, daß ich mich je wieder wirklich wohl fühlen kann, wo sie...«

»Wo sie was?«

»Ich bin sicher, daß Sie das sehr gut wissen. Diese Frau wieder ins Spiel zu bringen! Ich weiß nicht, warum sie das tun wollen. Ich weiß nicht, *wie* sie das machen können!«

»Oh«, sagte Troy, »ich nehme an, Sie meinen Andrea.«

»Ist das wirklich wahr?« fragte Lottie, und ihre Augen erflehten eine Verneinung. »Es steht in allen Zeitschriften, daß sie sie zurückbringen wollen. Können sie das wirklich machen, wo sie doch... na, Sie wissen schon.«

»Ich bin nicht ganz sicher, ob ich's tue.«

»Wo sie doch... *tot* ist?«

Plötzlich war sie auf der Hut. Sie straffte die Schultern und fing an, die Gastgeberin zu spielen. »Darf ich Ihnen etwas anbieten?« fragte sie. »Kaffee oder Tee? Ich selbst wollte mir gerade einen Tee machen.«

»Ein Tee wäre wunderbar«, sagte Troy.

»Bitte ... wollen Sie sich nicht setzen?«

»Danke«, sagte Troy und war sich bewußt, daß sie da eine Szene durchspielte, die sie wahrscheinlich unendlich oft in *Haus der einsamen Herzen* gesehen hatte. Aber er mußte, was die Regieanweisungen anbetraf, etwas falsch gemacht haben. Als er sich in den am nächsten stehenden Sessel setzen wollte, sagte Lottie schnell: »Nein, nicht in den da. Der andere ist viel bequemer.«

Troy sah zu, wie sie zur Kochnische ging, um in dem Aluminiumkessel Wasser heiß zu machen.

»Alle haben Sie bei dem gestrigen Treffen sehr vermißt ... Ich nehme an, Sie wissen von der Petition?«

»Von der was?«

»Wir haben wohl bemerkt, daß Sie sie nicht unterschrieben haben ... diese Eingabe, in der die Produzenten der Serie aufgefordert werden, Dr. Masters besser zu behandeln. Vielleicht haben Sie das ja auch noch gar nicht zu Gesicht bekommen, weil sie doch krank waren.«

»Nein«, sagte Lottie. »Ich weiß nichts davon. Ich hatte keinen Kontakt zum Club. Und ich habe schon seit mehr als einem Monat nicht mehr mit Dr. Masters ...«

»Worüber haben Sie da gesprochen?«

»Wir unterhielten uns natürlich über *sie*. Ich sagte ihm, wie schrecklich schlecht sie mit ihm umginge und daß ich es kaum mehr ertragen könne, mir die Sendung anzusehen. Und er sagte mir, daß das alles durchaus noch schlimmer werden könnte.«

»In welcher Beziehung?«

»Ach, das wissen Sie doch«, sagte Lottie ungeduldig. »Sie arbeiten doch im Studio, da werden Sie wohl mitbekommen haben, was die planen!«

»Die im Studio erzählen uns keineswegs *alles*. Sie wissen doch, wie die Leutchen da oben so sind.«

»Sie hat versucht, ihn aus der Sendung rauszukriegen! *Das* hat Andrea getan! Es gab sogar den Plan, ihn umzubringen!«

»Das ist doch nicht Ihr Ernst!«

»Doch! Andrea wollte den armen Jonathan *ermorden*! Sie wollte ihn mit einem Beil erschlagen, auf dem Parkplatz vom Krankenhaus. Oh, er war so fassungslos! Ich dachte schon, mir wollte das Herz brechen ...« Sie unterdrückte ein Schluchzen.

»Nun«, sagte Troy und räusperte sich, »Andrea kann ihm jetzt ja nichts mehr tun, nicht wahr?«

»Ja, das dachte ich auch«, sagte Lottie Orwasher bitter. »Ich dachte, jetzt wäre er endlich sicher vor diesem Weib. Aber jetzt heißt es, sie käme wieder! Wie ist das möglich? Andrea ist tot! Diese Frau, von der da die Rede ist, die ist eine Betrügerin, eine Hochstaplerin!«

»Ist das der Grund dafür, daß Sie gestern nicht mit ins Studio gekommen sind? Wegen ihr?«

»Ich weiß nicht mehr, was ich machen soll«, sagte Lottie und rang die Hände. »Ich weiß nicht, was ich noch mehr tun kann, um ihm zu helfen.«

»Dr. Masters muß Ihnen sehr viel bedeuten«, sagte Troy.

»Er weiß, was ich für ihn empfinde, da bin ich sicher.

Ich hab ihm gesagt, daß ich alles für ihn tun würde, wirklich alles. Darum geht's doch schließlich bei der Liebe, oder nicht? So heißt es doch auch hier...«

Sie wandte sich der anderen Wand zu, und Troy bemerkte erst jetzt, daß nicht in allen Rahmen Fotos waren. Da gab es auch noch ein Sticktuch und einen handgeschriebenen, goldgefaßten Spruch.

»›Die Liebe rechtet nicht‹«, zitierte Lottie aus dem Gedächtnis, »›sondern gibt reichlich, verschwendet unbekümmert noch ihr Letztes und fürchtet nur, sie tue nicht genug...‹ Ist es nicht so?«

»Ja«, sagte Troy, »ich denke, das ist so.«

Er hatte ein *Déjà-vu*-Erlebnis, das ihn aus dem Sessel hochzwang. Er trat näher an das Sticktuch heran, um es genauer betrachten zu können. Darauf stand zu lesen:

Morgen wird mein Tanzfest sein.
Ach, wollte doch die Liebe mein
Den Sinn nur recht erfassen.
Ich lade sie zum Tanze ein
Und will sie nicht mehr lassen.
Sing, Liebe mein! Oh, Liebe mein!
Oh, Liebe, Liebe, Liebe mein!
Dies tat ich nur für dich allein!

»Das habe ich schon mal irgendwo gesehen«, sagte Troy zu Lottie. »Haben Sie Andrea Harmon jemals ein Geschenk geschickt?«

»Ja«, sagte sie. »Ich hab ihr das gleiche Sticktuch geschickt, ins Studio. Das war vergangene Weihnachten. Es ist aus einem alten Lied, es handelt von ... Jesus, von dem, was er erlitten hat ... Ich dachte, es könnte ihr vielleicht helfen, sich zu ändern, ihr helfen *zu bereuen*. Aber es bewirkte gar nichts.«

»Ich kann mich gar nicht erinnern, da auch diese letzten beiden Zeilen gesehen zu haben ... Was bedeuten die für Sie?«

»Genau das, was sie sagen. Es gibt nichts, was der Herr nicht tun würde für die, die Er liebt.«

»Und ... nichts, was eine Frau nicht tun würde?«

»Nein!« sagte sie trotzig. »Nichts!«

»Auch einen Mord, Lottie?«

Sie gab keine Antwort.

»Sie sagten eben ›nichts‹. Das würde auch Mord einschließen, nicht wahr?« Troy zog die Lederbörse aus seiner Gesäßtasche und klappte sie auf. »Sehen Sie, ich arbeite nicht wirklich da im Studio, Lottie. Ich bin Polizeibeamter, und wir wissen, was Sie getan haben, um Dr. Masters zu helfen. Sie haben Andrea Harmon getötet, bevor diese ihn töten konnte, und Sie benutzten dazu die gleiche Waffe.«

»Nein«, sagte Lottie Orwasher ruhig, »es war kein Beil. Es war nur ein Messer, eine Art Hackmesser, ungefähr so lang.«

Sie hob die Hände und zeigte eine Länge an, die fast genau der Länge jener Klinge entsprach, mit der Sunday Tyler getötet worden war.

14
Verborgene Gesichter

»Die Feder hat alles entschieden«, sagte Dan Lipschitz. »Eins dieser Details, die wir für uns behalten, um sicherzugehen, daß wir das richtige Geständnis von der richtigen Person bekommen.«

»Was für eine Feder denn?« fragte Troy und wünschte sich, daß sein Kaffee heißer und seine Stimmung heiterer wären. Er war deprimiert, seit Lottie Orwasher aus ihrer Zweieinhalb-Zimmer-Wohnung in Crown Heights abgeholt und in eine Zelle des Untersuchungsgefängnisses gebracht worden war. Er und der Kriminalbeamte hatten von dem Fenster des kleinen Cafés aus eine gute Sicht auf das graue Gebäude, und Troy stellte sich dauernd Lottie vor, wie sie da drinnen saß und verwirrt und selbstzufrieden zugleich aussah, als sei sie sich nicht sicher, ob man sie für ihre Tat bestrafen oder belohnen werde.

»Sie ist auf der Klinge des Messers«, sagte Dan. »Das Markenzeichen des Herstellers. Von diesen Messern gibt es nicht mehr allzu viele, da das Unternehmen schon vor zwanzig Jahren pleite gemacht hat. Lottie konnte sich aber noch daran erinnern. Sollte sie wohl auch, wenn man bedenkt, welch intensiven Gebrauch sie bei deiner Freundin Sunday von ihrem Messer gemacht hat... Verzeihung!« fügte er dann hinzu. »Ich werde wirklich von Tag zu Tag abgestumpfter. Meinst du, ich sollte diesen Job aufgeben?«

»Du liebst ihn doch viel zu sehr.«

»Da war noch was anderes. Das Drehbuch, das neben Sundays Leiche lag. Das haben wir in unseren Presseverlautbarungen gar nicht erwähnt, aber Lottie tat's.«

»Sie kann für das alles ja doch nicht zur Verantwortung gezogen werden, weißt du.« Troy setzte den Kaffeebecher ab. »Sie ist geistig verwirrt, Danny. Ich hoffe, ich habe das klar genug gemacht.«

»Über diese Dinge haben wir nicht zu befinden, Jungchen. Wir ergreifen sie nur und buchten sie ein. Der Rest ist Sache der Gerichte.«

»Sie hat überhaupt kein Verhältnis mehr zur Realität. Sie glaubt, diese Leute, die sie da in *Haus der einsamen Herzen* sieht, seien alle wirklich. Sie hat gar nicht Sunday umgebracht, sondern Andrea Harmon, eine Frau, die es nie gegeben hat.«

»Aber es war doch Sunday Tyler, die wir da zu Grabe getragen haben, nicht wahr?« Er drückte Troys Arm. »Mach dir nicht zu viele Gedanken. Ich bin ganz sicher, daß du nicht der einzige bist, der weiß, was hier geschehen ist. Ich wette mit dir um ein Abendessen im ›River Café‹, daß Lottie in der Klapsmühle landet.«

»Ich weiß auch, wer *eigentlich* hinter Gitter gehörte«, sagte Troy grimmig. »Der Bursche nämlich, der das alles in Gang gebracht hat.«

»Du meinst Derringer? Schlag dir das aus dem Sinn, mein Freund. Wir haben nichts gegen ihn in der Hand. Er hat sich lediglich bei ihr ausgeweint, hat ihr Mitgefühl erweckt. Das ist nicht das gleiche, als wenn er sie gebeten hätte, seine Frau umzubringen. Wir haben's hier nicht mit jemandem wie Charles Manson zu tun, der für dieses Massaker bei Sharon Tate verantwortlich war.«

»Er hätte sie aber auf den Gedanken gebracht haben können, indirekt. Er muß doch gewußt haben, daß er es da mit einer Verrückten zu tun hat, die keinen Unterschied zwischen Wirklichkeit und Phantasie erkennen kann.«

»Sie behauptet steif und fest, das alles sei allein ihre Idee gewesen«, sagte Dan. »Ihre eigene Eingebung. Sie hätte dem Kerl helfen wollen, weil sie ihn liebt... Du bist nicht glücklich mit deiner Rolle, nicht wahr?«

»Nicht sehr.«

»Wenn es dich tröstet, dann laß dir sagen, daß es etliche Beamte im Morddezernat gibt, denen es kein bißchen anders ergeht. Sie würden dir alle nur zu gern in den Arsch treten für das, was du getan hast und was sie nicht geschafft haben... Wenn ich genauer darüber nachdenke, gehöre ich auch dazu.« Aber er grinste nur und nahm noch einen Schluck von seinem kalten Kaffee.

Sie kehrten zusammen zum Revier zurück, und unterwegs sagte Dan:

»Ich hoffe, dir ist klar, daß die Sache unangenehme Folgen für dich haben kann.«

»Inwiefern?«

»Ich meine den Fall Fiona Farrar. In gewisser Weise hast du ein Eigentor geschossen, indem du den Mord an Sunday Tyler der ›bekloppten Lottie‹ angehängt hast. Du dachtest doch, daß der vergiftete Kuchen für dich bestimmt gewesen sein, daß jemand von der Sendung ihn an deine Adresse geschickt haben könnte, weil er das Gefühl hatte, du säßest ihm schon im Nacken.«

»Tja, diese Theorie habe ich wohl selbst erledigt.«

»Ziemlich«, sagte Dan.

»Und was bleibt jetzt?« fragte Troy. »Die Theorie der Polizei? Daß ich Fiona ermordet habe, weil ich nicht Papi werden wollte?«

Dan sagte nichts mehr, bis sie wieder auf dem Polizeirevier waren. Dort fand er auf seinem Tisch eine ganze Reihe von Nachrichten vor. Er nahm eine davon auf und sah Troy mit einer eigentümlichen Grimasse an.

»Äh, sag mal, erinnerst du dich an diese Lady, an diese Produktionsleiterin von der Serie, Phyllis Wykopf?«

»Natürlich«, sagte Troy und erinnerte sich genau an diese ›Lady‹.

»Ich hoffe nur, du hast nicht auch gegen sie ermittelt«, sagte Dan. »Weil sie sich nämlich gestern abend das Leben genommen hat.«

»Sag das noch mal!«

»Sie hat Selbstmord begangen. Überdosis Schlaftabletten. Wenn du nicht die ›bekloppte Lottie‹ festgenagelt hättest, dann wäre sie wohl im Mordfall Tyler eine denkbare Kandidatin gewesen.«

Troy nahm die hingekritzelte Notiz auf, aber die Worte verschwammen auf dem rosa Papier. Im Magen hatte er ein Gefühl, als habe er eine Drehtür verschluckt.

»Nein«, sagte er, »das war nicht ihr Grund. Ich glaube, sie litt darunter, daß sie mal jemand ganz anderen umgebracht hat.«

»Wie bitte?«

»Das spielt jetzt keine Rolle mehr«, sagte Troy.

Über der Bar der Kneipe namens ›Orangen und Zitronen‹ hing ein Rettungsring mit der Aufschrift BERMUDA QUEEN. Und den starrte Luis Campos an, während er an seinem Bier nippte und auf Norman Levi wartete, mit dem er sich zum Mittagessen verabredet hatte. Norman kam niemals mehr als eine halbe Stunde zu spät, wobei er sich diese Zeitüberschreitung als das *cum tempore* der Homos zugestand. Jetzt war er jedoch der Rekordzeit von einer Stunde und fünfzehn Minuten schon sehr nahe. Als er schließlich doch noch hereingeschlendert kam, vertraute er restlos der Stichhaltigkeit seiner Entschuldigung.

»Erster Selbstmord bei dieser Serie«, sagte er. »Irgendwie überraschend, wenn man's recht bedenkt. Jeder, der bei einer Seifenoper mitmacht, kommt früher oder später an den Punkt, wo er sich die Kehle durchschneiden möchte.«

»Ich dachte immer, ihr Leutchen da wärt auf Dolchstöße in den Rücken spezialisiert.«

»Das auch«, sagte Norman. »Los, laß uns was essen.«

Als Tagesgericht stand etwas Mexikanisches auf der Karte. Nachdem sie ihre Bestellung aufgegeben hatten, erzählte Norman dem Freund Genaueres über die Tragödie. Luis Campos war über den Selbstmord von Phyl Wykopf eigentlich schon informiert, sagte aber nichts.

»Niemand von der Sendung stand Phyl persönlich näher«, sagte Norman. »Irgendwie hat sie sich immer von allen ferngehalten. Vielleicht hat sie's deshalb getan, ich meine, vielleicht war sie nur ganz beschissen einsam.«

»Tja«, sagte Luis und nickte mit dem Kopf. »Einzelgänger bringen sich viele um. Wenn sie nicht gerade andere Leute umbringen.«

»Junge, Junge, eines weiß ich«, sagte Norman kopfschüttelnd. »Wenn ich Geschichten wie die höre, dann bin ich wirklich froh, daß ich schwul bin.«

»Du machst Scherze. Kennst du den alten Spruch nicht? Zeig mir einen glücklichen Homo, und ich zeig dir eine schwule Leiche?«

»Das ist eben ein Irrtum«, sagte Norman selbstgefällig. »Es sind die Normalen, die einsam sind. Ich meine, denk doch mal nach. Wenn du schwul bist, dann bist du wie das Mitglied eines ganz exklusiven Clubs. Du kannst sein, in welcher Stadt du willst, du weißt immer, wo du Freunde findest. Du hast etwas, worüber du reden kannst, gemeinsame Erfahrungen ... Nein, nein, es sind die sogenannten normalen Leute da draußen, die nicht miteinander in Kontakt kommen können.« Er grinste. »Ich sollte wirklich ein Buch darüber schreiben.«

»Also, da hab ich nun auch eine Neuigkeit für dich«, sagte Luis. »Deine Freundin Phyl Wykopf war nicht ganz so normal, wie du denkst.«

Norman ließ fast sein Taco-Stück in die scharfe Sauce fallen. »Wovon redest du? Phyl verzehrte sich dauernd nach irgendwelchen Jungs. Das war das einzige, was uns verband.« Er grinste wieder und schob den Taco-Bissen in den Mund.

»Ich sag ja nicht, daß sie 'ne Lesbe war«, sagte Luis. »Sie war transsexuell.«

»Du willst mich wohl verarschen«, sagte Norman.

»Es stimmt aber. Ich hab's heute morgen gehört.«

»Wo solltest du wohl so was zu hören kriegen, hm? Ich dachte, du arbeitest beim Fuhrpark.«

»Also ... deshalb hab ich ja heute mit dir zum Mittagessen gehen wollen. Ich dachte, es wäre an der Zeit, dir mal was zu sagen.«

»O Gott, sag's nicht! Du bist auch transsexuell, was? Du warst früher mal eine Bardame namens Louise. Ich frage mich nur, wie zum Teufel sie das so rum hinkriegen.«

Luis lachte nicht, sondern sagte: »Ich bin ein Bulle, Norm.«

Normans Unterkiefer fiel herunter und entblößte eine Zunge, die ganz rot von Sauce war.

»Das ist ja noch schlimmer! Ein richtig schwerer Schlag! Du wirst mich also verhaften, weil ich's mit einer Hühnerpastete getrieben habe.«

»Das ist kein Quatsch. Ich bin wirklich bei der Polizei.«

»Augenblickchen mal. Es hat was mit dem Fall Sunday Tyler zu tun, nicht? Schön, da hast du leider den Falschen erwischt, Plattfuß.«

»Der Fall ist schon abgeschlossen. Ich bin im übrigen bei der Drogenfahndung. Deshalb hab ich hier rumgelungert, an dem Abend, als wir uns kennenlernten. Hier ist mächtig was im Gange, du würdest staunen.«

»Ich kann's einfach noch nicht glauben ... Ich dachte, das liefe ganz gut zwischen uns, und jetzt kommst du daher und erzählst mir, daß das alles nur so 'ne Geheimoperation war!«

»Schieb dir das sonstwohin«, knurrte Luis. »Wenn ich einen wirklich ganz großen Fisch hätte hopsnehmen wollen, dann wäre das mit Sicherheit nicht so abgelaufen. Du hast nicht mehr als zwei Joints gehabt, seit wir uns kennengelernt haben.«

»Ich mag keine Drogen«, sagte Norman. »Sie machen mich müde, und wenn ich müde werde, kann ich nicht schreiben. Und wenn ich nicht schreiben kann, verdiene ich kein Geld. Ich mag Geld.«

»Ich nehm's dir nicht übel, wenn du sauer bist. Ich meine, ich war tatsächlich drauf aus, dich an dem Abend dranzukriegen, aber dann hat sich die Lage halt geändert, weißt du. Ich möchte nur, daß du das verstehst.«

»Jaha«, sagte Norman, und seine Augen leuchteten. »Ich verstehe vollkommen. Es ist genau wie beim Film! Es könnte sogar ... eine Seifenoper sein! Was für eine großartige Idee!«

»Eine Homoseifenoper? Zeig mir eine.«

»Nein, ich müßte die Geschichte ein bißchen verändern! Ein Kerl verfolgt dieses Mädchen, von dem er denkt, daß es eine große Drogenhändlerin ist ... Nein, warte! Noch besser! Es geht um eine Polizistin. Die ist hinter dem Kerl her. Sie macht sich an ihn ran und dann verliebt sie sich in ihn! Wie klingt das?«

»Abgedroschen«, sagte Luis. »Das habe ich schon x-mal gesehen.«

»Deshalb ist es ja so vollkommen! Anheimelnd und vertraut, das ist die Art von Geschichte, die die Zuschauer haben wollen! Ich fange noch an diesem Nachmittag mit der Arbeit an. Ich werde dem Produzenten eine Kopie zukommen lassen ... der kriegt sich nicht wieder ein, wenn er die sieht. Wahrscheinlich bekomme ich dann

Neffers Job. Sie sind ja jetzt schon gewillt, ihn rauszuschmeißen ...«

Er beugte sich über den Tisch und gab Luis einen lauten, schmatzenden Kuß auf die Stirn.

»*Madre dios*«, sagte Luis. »Wo meinst du wohl, wo du hier bist?«

Bob Neffer setzte sich erst zum Mittagessen nieder, als Harpo mit Fressen fertig war. Ehrlich gesagt, sah das Mittagsmahl des Basenji weitaus appetitanregender aus als das seine. In der Hundeschüssel schwammen große, saftige Fleischstücke in delikater Sauce, während sein Lunch aus vorverarbeitetem Truthahnfleisch bestand, das zwischen zwei schwammige Scheiben Brot gestopft worden war. Neffer, der bis zu seinem sechsundzwanzigsten Lebensjahr bemuttert worden und von da an stets beweibt gewesen war, hatte nicht den blassesten Schimmer, was man in einer Küche beziehungsweise in einem Supermarkt machte. Voller Wehmut dachte er an all die Restaurants, in die er hätte gehen können – aber er konnte nun mal nicht zulassen, daß der Hund sein Mittagessen ganz allein zu sich nahm.

Harpo widmete seine Aufmerksamkeit uneingeschränkt der Schüssel, bis es an der Tür klingelte. Da hob er den Kopf und beobachtete, wie sich die Tür öffnete, um eine bekannte Gestalt und einen vertrauten Geruch hereinzulassen, was beides sein Herz mit hündischer Freude erfüllte. Er stopfte sich den letzten Bissen ins Maul und sprang dann wie wild umher, um die große Liebe seines Lebens zu begrüßen, wobei es ihn nicht kümmerte, daß sein Herrchen gerade einen Schock erlitten hatte. Harpo sprang hoch in die Luft und stieß sich dann mit allen vier Pfoten von Rosalind Neffers Hüften ab. Natürlich hatte Rosalind im Kampf um Harpos Zuneigung – der Teil ihrer so kriegerischen Ehe gewesen war – immer die Oberhand behalten, denn schließlich war sie ja den ganzen Tag zu Hause gewesen. Und jetzt hatte sie zu Neffers größtem Verdruß den Weg hierher gefunden, hierher zu seinem heimlichen Versteck.

»Wie zum Teufel«, sagte er, »hast du mich gefunden? Wer hat dir erzählt, daß ich hier bin? Doch nicht etwa dieser Bulle da, oder?«

»Ach Gott, du bist wirklich zu bedauern«, sagte seine Frau. »Der Assistent von Mark Liebowitz hat nicht mehr als einen Tag dazu gebraucht.« Sie streichelte das Tier, dessen Leidenschaftlichkeit sie aber mit Gleichgültigkeit begegnete. »Hast du wirklich geglaubt, du könntest damit so durchkommen?«

»Du willst doch Harpo gar nicht wirklich haben!« sagte Neffer mit einer Inbrunst, die der des Hundes entsprach. »Du weißt, daß du's nur aus Bosheit tust. Laß ihn mir, Rosalein, bitte! Ich weiß, daß mir früher was Ordentliches fehlte, wo ich ihn hätte halten können, vor allem da in dem Hotel. Aber sieh dir doch das hier an. Genau das richtige für einen Hund. Da ist sogar ein Garten dabei!«

»Was baust du da an? Unkraut?« Sie ging zum Fenster, das auf das Gartenstück hinausging, und schürzte verächtlich die Lippen. »Dachte ich mir's doch. Du verstehst so viel vom Gärtnern, wie du vom Kochen verstehst. Du bist so was von einem hilflosen Idioten, Bobby, weißt du das?«

»Ich bin Autor«, sagte Neffer schwach. »Autoren sind nun mal...«

»Komm mir nicht so! Norman Levi kocht, näht und hält seine Wohnung sauberer als ich die meine. Und er ist zudem noch ein besserer Autor, zumindest was den Mist anbetrifft, den *du* da zusammenschmierst.«

»Du weißt genau, warum ich das mache! Um dir das große Haus in der Vorstadt zu ermöglichen, dazu den großen Garten, den du da hast! Denkst du vielleicht, es wäre mein *Wunsch* gewesen, mit dem Bücherschreiben aufzuhören?«

»Wir waren damals glücklicher, stimmt's? Wir haben nicht tagtäglich zwölf Stunden gearbeitet. Wir haben uns nicht die ganze Zeit gestritten. Du hast in der Nacht nicht mit den Zähnen geknirscht.«

»Du hast recht«, sagte Neffer kläglich. »Wir wären wahrscheinlich noch zusammen, nicht wahr? Wenn ich diesen Job nie angenommen hätte.«

»Ja«, sagte Rosalind, »das wären wir wahrscheinlich noch.«

»Glaubst du nicht, daß ich tausendmal daran gedacht habe, dort aufzuhören? Aber ich hatte nie den Mumm dazu. Ich wache jeden Morgen auf und warte auf irgendein Wunder, irgendein *Zeichen*, das mir sagt, was ich tun soll.«

»Du? Ein Zeichen? Seit wann bist du denn religiös?«

»Ich brauche einfach etwas, Rosalein.«

Aus unerfindlichen Gründen schauten beide den Hund an.

Harpo bellte.

Gene Badgers Magen gab einen Kommentar zu der Gänseleberpastete ab, die er gerade verzehrt hatte, aber Abel McFee hörte es nicht – er war viel zu sehr damit beschäftigt, mit dem Getränkekellner die Weinliste zu erörtern. Badger verfluchte das riesige Frühstück, das er an diesem Morgen zu sich genommen hatte. Natürlich hatte er nicht ahnen können, daß ihn der Chefproduzent heute zum Lunch ins allerfeinste Lokal der Stadt einladen würde. Er war erst ein einziges Mal mit Abel essen gegangen, nämlich damals, als er bei *Haus der einsamen Herzen* angefangen hatte. War dies nun das andere Ende der Strecke?

Abel hatte gewählt – ein *Mouton Cadet* sollte es sein. Badger wußte, daß dieser ihm einen schläfrigen Nachmittag bescheren würde. Was übrigens auch Abel klar war, ihn aber nicht weiter beunruhigte, da er die Absicht hatte, nach dem Lunch erst mal in seine Wohnung zurückzukehren und dort ein kleines Nickerchen zu machen.

»Na, das ist wirklich mal ein Tag, was?« sagte Abel. »Sundays Mörder gefaßt, die arme Phyllis begeht Selbstmord... Und da sagen die Leute immer, man könne Seifenopern nur schwer glauben.«

»Ich wünschte nur, Phyllis hätte noch ein wenig damit gewartet«, murrte Badger. »Ich weiß, das klingt herzlos, aber die Serie hatte nach dem Mord schon genug negative Publicity.«

»Nun ja, wir müssen eben das alles hinter uns lassen, Gene. Müssen uns weiter vorankämpfen. Uns ganz auf die Bewertungen konzentrieren. Unmittelbar nach Sundays Tod sahen wir ja noch recht gut aus, aber haben Sie schon die heutigen Umfrageergebnisse gesehen?«

Badger hatte ganz vergessen, daß heute Donnerstag war.

»Nein, ich hatte heute vormittag zu viel um die Ohren. Dauernd riefen Leute an, fragten wegen Phyl...«

»Wir sind drei Prozentpunkte runter. Ich schlage keinen Alarm. Ich möchte nur, daß Sie's berücksichtigen. Sie wissen ja selbst, wie diese Großmuftis so sind ... ein erstes Zeichen von Schwäche, und schon bricht bei ihnen die Panik aus.«

»Also Julia Porterfield, die wird in wenigen Wochen dabeisein. Vielleicht erholen sich die Einschaltquoten, wenn die Zuschauer erst ihre liebe Andrea wiederkriegen.«

»Das hoffe ich sehr. Die Zuschauer mögen ja keine Veränderungen, aber manchmal ... ist ein Wandel unvermeidbar.« Er spielte mit seinem leeren Weinglas, und Badger fragte sich, was wohl als nächstes kommen würde. Was kam, war aber der Wein. Der Getränkekellner entkorkte die Flasche, und Abel quittierte den Probeschluck mit Zustimmung. Als ihre Gläser gefüllt waren, brachte er einen Toast aus: »Auf *Haus der einsamen Herzen*«, sagte er.

Zu Badgers Erstaunen trank Abel in großen Zügen – nicht wie ein Kenner, sondern wie jemand, der die Absicht hat, sich zu besaufen.

Natürlich hatte Abel seine Gründe. An sie dachte er gerade, erinnerte sich an den Klang der Türglocke in seiner Wohnung, den er erst vor zwei Stunden vernommen hatte. Als er Kiki Carney auf seiner Schwelle hatte stehen sehen, hatte er geglaubt, sie wollte ihm die Nachricht überbringen, die er bereits kannte.

»Wenn es wegen Phyl Wykopf ist, Engelchen«, sagte er, »dann weiß ich schon Bescheid. Ein Bekannter von mir rief mich aus dem Krankenhaus an, in das man sie gebracht hatte. Schrecklich, nicht wahr?«

»Ja«, sagte Kiki und trat unaufgefordert ein. »Ich weiß, daß Sie das sehr beunruhigt haben muß, Mr. McFee, und ich möchte Sie nicht noch mehr beunruhigen. Aber ich muß mit Ihnen doch mal über eine Sache sprechen.«

»Können Sie's kurz machen, Engelchen?«

»Mein Name ist Kiki, Mr. McFee.« Sie lächelte – und dies mit der Süße eines Zitronenkuchens.

»Aber natürlich weiß ich, wie Sie heißen, mein Schätzchen. Könnten Sie also schnell zur Sache kommen? Phyl hat sich wirklich eine saublöde Zeit ausgesucht, um sich umzubringen. Ich muß heute noch eine Menge von Dingen erledigen.«

»Es braucht nicht viel Zeit in Anspruch zu nehmen. Darf ich mich setzen?«

»Klar doch, wir können uns gern ein paar Minuten hinsetzen.« Er beobachtete, wie sie die Beine kreuzte. Sehr hübsche Beine. Er hatte die Assistentin der Produktionsleitung eigentlich noch nie so richtig wahrgenommen – Abel bevorzugte bei seinen Frauen ein klein wenig mehr Reife. Er setzte sich neben sie und ließ seine Hand auf ein wohlgeformtes Knie fallen.

»Es ist wegen Julia Porterfield«, sagte Kiki, wobei sie, ohne innezuhalten, sanft seine Hand beiseite schob. »Wegen der Vertragsbedingungen.«

»Was ist damit? Julia weiß, was wir ihr zahlen.«

»Mr. Badger hat die abschließende Verhandlung mir

übertragen... was er meistens tut. Deshalb mußte ich mich natürlich mit ihrem Agenten in Verbindung setzen. Das Problem war nur, daß ich nicht wußte, mit *welchem* Agenten, eine Frage, die auch Mr. Badger nicht beantworten konnte. Und wie Sie vielleicht wissen, hält sich Miss Porterfield an der Westküste auf, um dort ihren Hausstand aufzulösen.«

Langsam wurde Abel gereizt, vor allem nach der Verschiebung seiner Hand. »Warum behelligen Sie *mich* damit? Das sind doch nur Details.«

»Aber sie müssen geklärt sein, bevor Julia die Arbeit aufnimmt. Als ich sie in L.A. nicht erreichen konnte, bin ich die alten Akten durchgegangen, um zu sehen, ob ich den Namen ihres früheren Agenten finden könnte, der damals ihre Interessen vertrat, als sie das erste Mal bei der Serie mitwirkte.«

»Hören Sie, Zuckerpüppchen, ich hab da eine Idee. Warum reden wir nicht heute beim Lunch über das alles?«

»Ich habe leider keine Zeit«, sagte sie lächelnd. »Aber trotzdem vielen Dank.« Sie öffnete ihre Aktenmappe und entnahm ihr ein paar zusammengefaltete Papiere. »Ich war mir nicht ganz sicher, ob diese alten Rechnungen das waren, was ich suchte, zumal da Miss Porterfield auf ihnen auch gar nicht speziell genannt ist. Aber der Name klang wie der einer Agentur, und deshalb sah ich im Telefonbuch nach. In mehr als nur einem Telefonbuch.«

»Ich bin überzeugt, daß Sie mit all dem auf irgend etwas hinauswollen.«

»Ja, nämlich darauf, daß es nirgends eine Agentur zu geben scheint, die sich ›Talentmarkt‹ nennt, Mr. McFee.«

Abel war froh, daß seine Hand nicht mehr auf ihrem Knie lag. Sie wäre auf ihm zu Eis erstarrt.

»Natürlich war ich neugierig, warum da so viele Rechnungen einer nicht registrierten Vertretung junger Talente vorlagen. Diese Firma schien noch keine Geschäftsadresse zu haben, nur ein Postfach bei einem Postamt, das zwei Straßen von hier entfernt liegt.«

»Hören Sie, Darling, soll das so eine Art Anklage werden?«

»Mein Name ist Kiki, Mr. McFee.« Er konnte ihr seine Bewunderung nicht versagen. Nicht einmal Sunday hatte eine Tonlage so gut durchhalten können wie diese tüchtige kleine Blondine. »Da sitzt ein allerliebster kleiner Mann am Schalter«, fuhr sie fort. »Als ich mich nach ›Mr. McFees Fach‹ erkundigte, fragte er mich, ob ich denn von nun an die Post abholen würde, und sagte mir dann, daß, wenn dem so wäre, ich eine von Ihnen unterschriebene Vollmacht haben müßte.«

»Und deshalb sind Sie nun hier? Um ›bevollmächtigt‹ zu werden?«

»Nein«, sagte Kiki lachend. »Deshalb bin ich nicht hier. Ich kam wirklich her, um mit Ihnen über Geschäftliches zu sprechen. Über *Haus der einsamen Herzen*.«

Abel schenkte sich ein drittes Glas Wein ein und versuchte gleichzeitig, auch Badger nachzuschenken.

»Für mich nichts mehr«, sagte Badger. »Das Zeug macht mich ziemlich müde, und ich habe einen vollen Terminkalender.«

»Nun, da gibt's gleich noch eine Sache, die ich auf Ihren Terminkalender setzen muß«, sagte Abel mit feuchtem

Lächeln, einen dünnen Film von *Mouton Cadet* auf den Lippen. »Ich weiß, der Leichnam der armen Phyl ist noch nicht kalt, aber... aber wir können uns da keine Sentimentalität leisten.«

»Wo?«

»Bei der Suche nach einem Ersatz. Ich glaube jedoch auch, daß uns das keine allzu großen Schwierigkeiten zu machen braucht. Ich denke, wir sollten den Job einfach Kiki Callahan übertragen.«

Badger hob beide Augenbrauen. »Augenblick mal«, sagte er. »Kiki hat noch nicht übermäßig viel Erfahrung, wissen Sie. Noch vor zehn Monaten war sie eine schlichte Sekretärin.«

»Ich glaube nicht, daß das viel zu besagen hat.«

»Aber es ist ein sehr wichtiger Job. Und ein sehr harter.«

»Also, sie ist doch ein zäher kleiner Kerl. Ich bin sicher, daß sie damit fertig werden wird... Oh, ich weiß schon, Sie denken, daß ich diesen Dingen keine große Beachtung schenke, Gene. Aber ich tu's sehr wohl. Ich habe Miss Callahan schon seit einiger Zeit beobachtet und dabei nicht nur auf ihre Titten geschaut. Das ist wirklich ein gescheites kleines Mädchen, das Sie da haben, und ich bin überzeugt, daß sie's packen kann.«

»Es freut mich, daß Sie sie so gut kennen«, sagte Badger. »Übrigens, sie heißt nicht Callahan.«

Das Telefon klingelte gerade, als Troy seine Wohnung in der Bleeker Street betrat. Er fühlte sich versucht, es einfach klingeln zu lassen, aber der Reflex war zu stark. Als er am anderen Ende der Leitung Bagleys Knurren vernahm, erwartete er, daß der ihm nun die Ohren abreißen würde. Aber der Captain überraschte ihn mit einem fast freundlich klingenden Tonfall.

»Ich habe Neuigkeiten für Sie, Wayland. Ich glaube, man wird Ihre Suspendierung bald wieder aufheben.«

»Sie meinen, ich kann mich wieder an die Arbeit machen?«

»Die einzige Frage ist nur noch, wo. Heute nachmittag hat sich jemand bei mir nach Ihnen erkundigt. Jemand da oben wollte wissen, was ich davon hielte, wenn Sie von der Sonderkommission wegversetzt würden.«

»Ich habe aber gar nicht um eine Versetzung gebeten.«

»Taten sprechen eine beredtere Sprache als Worte, mein Junge.«

»Wie meinen Sie das?«

»Ich meine diesen Seifenopern-Fall. Sie sind da zum Helden avanciert, und jetzt ist die Rede davon, Sie zum Morddezernat zu versetzen.«

»Sie machen Scherze«, sagte Troy.

»Die oben fragen nach, ob ich Sie entbehren könne, und ich hab gesagt, hol's der Teufel, meine Leute schaffen die Arbeit so oder so nie. Denken Sie mal darüber nach, Wayland. Wenn Sie wollen, daß ich denen sage, da liefe nichts, bitte schön.«

Als Troy aufgelegt hatte, klang das Wort »Held« noch angenehm in seinen Ohren nach. Dann dachte er daran, was für einen gefährlichen Verbrecher er da gefaßt hatte – die kleine Lottie Orwasher, ganze 95 Pfund schwer ... Er schüttelte den Kopf und ließ sich aufs Sofa fallen. Morddezernat, dachte er. Viele Polypen hielten das für eine Sinekure, für den besten Job bei der ganzen Polizei. Hoher Anteil von Festnahmen und Verurteilungen, weil die meisten Morde eine Frage von familiären Zwistigkeiten, Schlägereien in Bars, Bandenkriegen, Hinrichtungen durch den Mob und so etwas waren ... Echte Polizeiarbeit eben, dachte Troy, hart, fordernd, schmutzig ...

Das ließ ihn wieder an die »Serienmörder«-Theorie von Sam Rivera denken. Kommissar Rivera mußte von Lotties Geständnis ziemlich enttäuscht gewesen sein. Der Aktenordner lag noch auf dem Couchtisch. Troy nahm ihn zur Hand und überflog den Inhalt ein zweites Mal, wobei er nun alles mit den Augen eines potentiellen Mitarbeiters der Mordkommission betrachtete ...

Es mögen diese Augen gewesen sein, die den Unterschied ausmachten. Jedenfalls sah er auf das Polizeifoto von Claudine Potters blutigem Leichnam, als sähe er es zum ersten Mal. Hatte er zuvor keinerlei Einzelheiten in sich aufgenommen, so sah er nun den an eine zerbrochene Puppe erinnernden Körper, das lange Haar, das das Gesicht des Mädchens gnädig bedeckte, die blutverschmierte Kleidung und den Teppich, die um sie herum verstreuten Gegenstände, darunter auch etwas, was wie ein Skript aussah ...

Troy suchte in aller Eile nach einem Vergrößerungsglas. In der letzten Schublade, die er ausleerte, fand sich eins. Er hielt die Lupe über den Gegenstand auf dem Foto und war nun in der Lage, die Worte auf dem Umschlag zu entziffern – einen Titel von grauenvoller Relevanz:

Eines langen Tages Reise in die Nacht.

15
Gemalte Träume

Sie war wirklich erfreut, ihn zu sehen. Er war der Mann, der dafür verantwortlich war, daß sie ihre Freiheit verloren hatte, aber ihre Augen, die in dem kalten Licht der Leuchtstoffröhre die Farbe von Milch gehabt hatten, leuchteten bei seinem Anblick wieder blau auf. Sie faltete die Hände und stützte ihre knochigen Ellbogen auf die schwarze Kunststoffplatte des Tisches, als warte sie darauf, daß Troy ein Spiel vorschlagen werde. In gewisser Weise war er ja auch gekommen, um eins zu spielen.

»Ich hoffe, Sie sind mir nicht böse, Lottie«, sagte er. »Ich hab nur das getan, wofür ich bezahlt werde. Das verstehen Sie doch, nicht wahr?«

»O ja«, sagte Lottie. »Und ich hab eigentlich auch nichts gegen diesen Ort hier. Es gibt im Aufenthaltsraum einen Fernseher. Ich habe Dr. Masters im Krankenhaus gesehen, und deshalb nehme ich an, daß er schließlich wohl doch nicht fortgegangen ist.«

»Das ist ein Band, Lottie. Es wurde vor längerer Zeit gemacht. Deshalb haben Sie den Doktor gesehen.«

Sie lächelte nachsichtig, und Troy hatte den Verdacht, daß sie ihn eben gewähren ließ. »Ja, ich weiß. Die hier haben mir das auch schon alles erklärt. Aber es ist unwichtig, solange ich meine Freunde sehen kann ... Ja, was war es denn nun, worüber Sie mit mir sprechen wollten?«

»Ich denke, das wissen Sie schon.«

»Ich habe mit *so* vielen Leuten darüber geredet. Ein paar davon waren Ärzte! Ich hab sie gefragt, ob sie Jonathan kennen, aber sie kannten ihn nicht.«

»Ich habe Ihre Aussage gelesen, die Sie der Polizei gegenüber gemacht haben. Da waren ein paar Dinge, an die Sie sich anscheinend nicht mehr sehr gut erinnern konnten, nicht wahr?«

Sie sah auf den Tisch nieder wie ein Kind, das gescholten wird. »Ich war an dem Abend in einem fürchterlichen Zustand. Mein Herz schlug so rasend schnell, daß ich schon dachte, es würde explodieren. Ich fühlte mich ganz so, als wenn ich in einem Traum drin wäre, als wenn ich schlafwandelte...« Sie hob ihre Augen mit flehendem Blick. »Ich wollte das gar nicht so... so schlimm machen. Ich wollte es auch nur ein einziges Mal tun. Als sie die Tür aufmachte. Nur einmal, so, wie mein Daddy im Hinterhof immer die Kaninchen totgemacht hat. Er hat immer gesagt, es gäbe eine richtige Art, wie man das macht, und eine falsche... Ich hab's falsch gemacht, ist es nicht so?«

»Ich weiß nur eines, was Sie falsch gemacht haben, Lottie. Sie haben, was Ihr Gespräch mit Dr. Masters angeht, nicht die ganze Wahrheit gesagt. Sie haben niemandem erzählt, daß er zu Ihnen gekommen ist, zu Ihnen in Ihre Wohnung in Crown Heights.«

Lottie gab ein schnalzendes Geräusch der Mißbilligung von sich, und ihre Augen bewegten sich schnell von links nach rechts.

»Pssst! Das dürfen Sie niemandem sagen! Das soll doch unser Geheimnis bleiben!«

»Ihres und Dr. Masters'?«

»Wenn die Leute erführen, daß er mich besucht hat, würden sie ihn deswegen dauernd belästigen! Sie wissen doch, wie *Fans* so sind«, sagte sie lächelnd, sich selbst von dieser Kategorie ausnehmend.

»Dr. Masters hat also diesen Hausbesuch bei Ihnen gemacht und Sie gebeten, niemandem zu sagen, daß er bei Ihnen gewesen ist?«

»Ja«, sagte Lottie. »Es war so wundervoll! Und ich war kein bißchen aufgeregt, jedenfalls nach einem Weilchen war ich's nicht mehr. Er brachte mir Blumen mit. Ich hab sie einen ganzen Monat nicht weggeworfen. Das tat ich erst, als Sie mir die frischen von ihm brachten...«

»Und er hat da bei Ihnen in dem großen Sessel gesessen, nicht wahr? In dem Sie mich nicht sitzen lassen wollten.«

»Ich hoffe, Sie waren nicht gekränkt. Ich kann einfach keinen anderen in dem Stuhl mehr sitzen lassen, das verstehen Sie doch?«

»Klar«, sagte Troy. »Mein Vater hat mal Aldous Huxley die Hand geschüttelt und sie dann eine Woche lang nicht gewaschen... Das muß ein sehr bedeutungsvoller Abend für Sie gewesen sein, Lottie. Und für Dr. Masters auch.«

»Ich fühlte mich so *geehrt*«, sagte die Frau. »Schon die Art und Weise, wie er mit mir sprach. Und nicht bloß nur deshalb, weil ich Mitglied vom Fan-Club war. Ich glaube, daß er wirklich *gern* mit mir geredet hat. Er wußte, daß ich verstehen würde, was er Andrea gegenüber und angesichts der Art, wie diese Frau sein Leben ruinierte, empfand...«

»Und natürlich auch angesichts der Tatsache, daß sie vorhatte, seinem Leben ein *Ende* zu setzen, nicht wahr?«

»Ja, das hat er mir auch erzählt. Er sagte, sie hätte vor, ihn zu töten... mit einem Beil da auf dem Parkplatz vor dem Krankenhaus!«

»Aber das hat er nicht wirklich so gemeint, Lottie. Tief in Ihrem Innersten wissen Sie sehr wohl, daß das alles nur Spiel ist. Oder wissen Sie das nicht?«

»Genauso reden auch die Ärzte mit mir«, sagte Lottie steif. »Als wenn ich irgend so ein zurückgebliebenes kleines Kind wäre, als ob ich den Unterschied zwischen einem Fernsehapparat und dem wirklichen Leben nicht kennen würde! Natürlich kenne ich den! Ich weiß, daß Andrea ihn gar nicht umbringen würde. Das sollte... ihre Zwillingsschwester tun!«

Troy lehnte sich zurück und fragte sich, wie er sich nun eigentlich zu dem allem stellen sollte.

»Das ist nicht ganz das, was ich meinte, Lottie.«

»Bitte«, sagte sie, und ihre ineinander verschränkten Finger begannen zu zittern, »verwirren Sie mich nicht so, wie die Ärzte das immer machen. Ich dachte, Sie wären hergekommen und wollten freundlich sein. Wenn Sie nicht nett sein können, dann möchte ich lieber nichts mehr sagen.«

»Ich habe nur versucht zu verstehen...«

»Ich weiß nur, daß, wenn Andrea Harmon ihren Willen bekommen hätte, es jetzt keinen Dr. Masters in der Sendung mehr geben würde. Er wäre längst tot und weg, und ich hätte ihn nie wiedergesehen!«

Ihre Lippen bebten. Troy, der befürchtete, daß das Gespräch entgleisen könnte, sagte: »Das war also der Augenblick, wo Sie beschlossen, ihm zu helfen. Sie ganz allein.

Das haben Sie jedenfalls zu Protokoll gegeben. Daß Dr. Masters Sie *nicht gebeten* hat, Andrea umzubringen, sondern daß das ganz allein Ihre Idee war.«

»Ja, das war es.«

»Und Sie versuchen nicht einfach nur, ihn zu schützen?«

»Das haben sie mich auch gefragt. Die Polizisten und die Ärzte. Aber die Antwort ist nein. Ich hab meinen eigenen Kopf, wissen Sie?«

»Sie nahmen also ein Messer aus ihrem Küchenbuffett und gingen los, um diese üble, so zerstörerisch wirkende Frau zu beseitigen.«

»Ja, das ist genau das, was ich getan habe.«

Troy holte tief Luft, denn er wußte, daß er an einem gefährlichen Punkt angelangt war.

»Jetzt sagen Sie mir nur noch eines: Wie haben Sie sie gefunden?«

Lottie blinzelte dreimal schnell hintereinander mit den Augen.

»Wie ich sie *gefunden* habe? Das war leicht.«

»Weil ihre Adresse in den Fan-Zeitschriften steht? Oder weil Dr. Masters sie Ihnen gegeben hat?«

»Nein, keins von beidem. Sie steht nicht in den Zeitschriften, und Dr. Masters hat sie mir nicht gegeben. Ich hab einfach im Telefonbuch nachgeschaut, wie das wohl jeder andere auch getan hätte.«

Troy griff neben seinen Stuhl und hob seinen Aktenkoffer auf den Tisch. Er nahm das Telefonbuch von Manhattan heraus und legte es vor sie hin. »War's da, wo Sie nachgeschaut haben, Lottie?«

»Ja«, sagte die Frau und war anscheinend über seine simplen Fragen amüsiert. »Hätten Sie nicht genau das gleiche getan?«

»Ich nehme es an. Ja, ich hab's tatsächlich getan, nämlich erst gestern abend. Würde es Ihnen was ausmachen, noch einmal für mich nachzusehen? Jetzt gleich?«

»Wozu?«

»Bitte, Lottie.«

Sie gab ein kleines Lachen von sich und öffnete das Telefonbuch in der Mitte. Dann blätterte sie langsam die Seiten um, bis sie bei der richtigen angelangt war. Nun glitt ihr Finger eine Spalte hinunter und verhielt, als er sein Ziel erreicht hatte.

»Da«, sagte sie, Triumph in der Stimme. »Da steht's! A. Harmon, 42 Monroe Street.« Sie sah, wie sich seine Mundwinkel nach unten verzogen, und sagte schnell: »Oh, ich weiß schon, ich weiß! Es steht nicht ›Andrea Harmon‹ da, sondern nur ›A. Harmon‹! Aber ich bin nicht so blöd, wie Sie vielleicht denken. Ich hab vorher angerufen. Und als sie sich meldete, sagte ich ›Andrea?‹, und sie sagte ›Ja!‹« Lottie lachte jetzt glücklich auf – sie weidete sich nicht an ihrem Erfolg, sondern teilte ihn großzügig mit ihm.

»Also gingen sie zur Nummer 42 in der Monroe Street, das Messer unter Ihrem Mantel verborgen. Sie klingelten an der Tür, und als die Frau aufmachte...«

»Oh, machen Sie nicht, daß ich mich an das alles wieder erinnern muß!« jammerte Lottie kläglich. »Ich hab Ihnen doch *gesagt*, daß es schrecklich war. Ich dachte, ich könnte das ganz *schnell* machen, aber sie *starb* dann nicht schnell. Und deshalb mußte ich's wieder und wieder und wieder tun...«

Zum ersten Mal seit Beginn dieses Interviews löste Lottie die Hände voneinander und legte sie vor ihr Gesicht – wie eine Maske. Troy erwartete, daß nun Tränen fließen würden, aber als keine kamen, sagte er:

»Und hat Ihnen denn niemand erzählt, daß Sie die Falsche getötet haben, Lottie? Daß das gar nicht Andrea Harmon war, sondern die Schauspielerin, mit der sie die Wohnung teilte, eine Claudine Potter?«

Die Hände sanken ganz langsam herab.

»Ja«, flüsterte sie. »Man hat mir das gesagt. Jetzt verstehe ich endlich, warum sie in das *Haus der einsamen Herzen* zurückkehren kann. Ich habe einen Fehler begangen, einen schrecklichen Fehler...«

»Weißt du, als was ich diesen Fall bezeichnen würde?« sagte Dan Lipschitz. »Als ›Tragödie des Irrens‹. Verzehr dich nur vor Neid, o Shakespeare!«

»Aber das war nicht einfach nur ein Irrtum«, sagte Troy. »Es war ein Mißverständnis. Eine tragische Verwechslung...« Er ließ sich vom Freund das Glas wieder füllen. »Und es könnte auch noch etwas anderes sein. Nämlich eine fürchterliche Fehlkalkulation auf seiten Milo Derringers.«

»Du glaubst also immer noch, daß Derringer sie darauf angesetzt hat? Daß er absichtlich und in der Hoffnung nach Crown Heights hinausgefahren ist, die ›bekloppte Lottie‹ wäre bekloppt genug, auch einen Mord zu begehen?«

»Ich habe die Antwort auf diese Frage noch immer nicht

bekommen«, gab Troy zu. Er ging zum Fenster und zog die Gardine zur Seite, um nach seinem kostbaren Volvo zu schauen, der wieder viel zu dicht am Hydranten geparkt war.

»Er konnte doch nicht *sicher* sein, daß sie es wirklich tun würde.«

»Nein«, sagte Troy. »Und er wußte mit Sicherheit nicht, daß sie versuchen würde, die *Filmfigur* umzubringen und nicht die Schauspielerin und daß da tatsächlich eine ›Andrea Harmon‹ im Telefonbuch stand.«

»Warum aber hat Lottie nicht gemerkt, daß es die falsche Frau war?«

»Ihre Augen sind erbärmlich schlecht, und Claudine Potter sah in ausreichendem Maße wie Sunday Tyler aus, um... Sie hielt sogar ein Drehbuch in der Hand, als sie die Tür aufmachte. Lottie stach sie nieder und stach dann immer wieder zu...«

»Das steht einwandfrei fest«, sagte Dan.

»Es wäre alles vielleicht anders abgelaufen, wenn Andrea Harmon zu Hause gewesen wäre. Sie ist klein und dunkelhaarig und sieht ganz und gar nicht aus wie die Andrea Harmon vom *Haus der einsamen Herzen*.«

»Wir haben das Mädchen noch immer nicht erreicht«, sagte Dan. »Sie hatte nach dem Mord solche Angst, daß sie erst mal nach Hause, nach Ohio, zurückgegangen ist. Sie weiß noch nicht einmal, daß eigentlich *sie* das Opfer sein sollte.«

Troy kehrte zu seinem Sessel und zu seinem Drink zurück. Er kippte den halben Wodka hinunter, bevor er fortfuhr:

»Und nun zum Fall Sunday Tyler.«

»Ja«, sagte Dan, »ich höre.«

»Wenn man den ersten Teil der Geschichte kennt, ist der Rest nicht mehr gar so schwierig ... Also, Lottie Orwasher tat ihren Liebesdienst. Sie tat, was sie, wie sie meinte, nach dem Willen von Dr. Masters tun sollte, das heißt, sie beseitigte Andrea Harmon. Sie mußte aber auch sicherstellen, daß ihr geliebter Jonathan *erfuhr*, was sie da vollbracht hatte.«

»Du meinst, sie hat es Milo Derringer wirklich *gesagt*?«

»Ich bin fest davon überzeugt«, sagte Troy. »Unsere ›bekloppte Lottie‹ erzählte ihm, daß sie die Andrea aus dem Weg geräumt habe, was ja – jedenfalls für unbekloppte Leute – bedeuten mußte, daß sie niemand anderen als Sunday Tyler getötet hatte.«

»Sunday aber lebte.«

»Ja«, sagte Troy. »Und Milo wußte auch das. Stell dir nun diese Situation mal vor. Er kannte da eine Frau, die überzeugt davon war, die Mörderin der Sunday Tyler zu sein, die fest glaubte, sie erstochen zu haben. Aber Sunday war noch am Leben. Für Milo Derringer gab es da logischerweise nur eins.«

»Mein Gott, Troy«, sagte Dan, von echter Ehrfurcht erfüllt.

»Bei Claudine Potter wurde am Tatort keine Waffe gefunden, nicht wahr? Ganz einfach deshalb, weil Lottie sie wieder mit nach Hause genommen hatte. Das Messer mit der Feder auf der Schneide lag wieder in ihrer Küchenschublade, blitzblank und gesäubert, als Lottie und Milo zum *zweitenmal* in Crown Heights zusammentrafen. Da berichtete sie ihm dann, was sie getan hatte. ›*Sing, Liebe mein! Oh, Liebe mein! Oh, Liebe, Liebe, Liebe mein! Dies tat ich nur für dich allein!*‹«

»Aha. Milo wußte aber, daß Sunday lebte, daß sie wohlauf und munter war und das Ende seiner Rolle und seiner Karriere plante... Deshalb ging er in die Küche und nahm das Messer mit der Feder auf der Schneide an sich. Er klingelte an Sundays Tür, die keine Angst vor ihm hatte und ihn einließ. Und dann starb Sunday genau so, wie Lottie Orwasher glaubte, daß Andrea Harmon gestorben war... Und wenn Milo dieses blutbeschmierte Hemd nicht in die Reinigung gebracht hätte, dann hätten wir Sundays Blut darauf finden können...«

»Und noch etwas«, sagte Troy. »Zu Fiona.«

»Fiona?«

»Abel McFee hatte es *tatsächlich* geschafft, Milo bei der Besprechung zu Tode zu erschrecken. Derringer glaubte nun ernsthaft, daß ich im Begriff stünde, ihn wegen des Mordes an Sunday zu verhaften. Deshalb schickte er mir diesen Zitronenkuchen à la Unkrautvernichter... Wenn's dir nichts ausmacht, überlaß ich jetzt all die schmutzigen Einzelheiten dir. Ich muß nämlich dringend mal wieder schlafen«, sagte Troy Wayland.

Troy ging ins Studio 22 und sah Bob Neffer mit seinem Hund im Wartebereich sitzen. Neffer grinste ihn an, und das tat – bei Lichte besehen – auch Harpo.

»Da drinnen wartet jemand auf Sie«, sagte er.

»Wer?«

»Sehen Sie selbst nach.«

Troy betrat die Halle, in der die Kulissen standen. Seit er zum letzten Mal dort gewesen war, waren drastische Änderungen vorgenommen worden. Die Kulissenbauer hatten eine malerische Steinbrücke über etwas gebaut, was so aussah wie ein im Mondlicht glänzender Fluß. Auf der Brücke stand eine Frau mit lang herabwallendem Haar, die ein tief ausgeschnittenes, mit funkelndem Straß besetzes Kleid trug. Die Neigung ihres Kopfes hatte etwas Vertrautes an sich – sie erinnerte ihn schmerzlich an eine andere. Aber es konnte natürlich nicht sein, daß...

Er kam näher, und die Frau wandte sich um. Das Mondlicht war künstlich, und doch ließ sein sanfter Glanz ihre Haut schimmern. Er sah ein engelhaftes Gesicht, aber etwas Teuflisches in seinen Augen.

Es war Sunday.

Troy versuchte, seine wankenden Knie unter Kontrolle zu bringen. Er machte einen Schritt auf sie zu und hörte sie lachen.

»Hab keine Angst«, sagte sie.

Dann lag sie in seinen Armen, und er küßte sie hungrig, nicht gewillt, sie wieder loszulassen, auch nicht, um sie das Unmögliche erklären zu lassen...

»*Ich* war's nicht«, sagte Sunday Tyler. »Nicht *ich* war's, die ermordet wurde, mein Liebling. Nein, das war meine Zwillingsschwester! Deshalb wollte ich ja immer, daß sie in der Serie eine Zwillingsschwester bringen! Aber nun ist es zu spät. Meine arme Schwester ist tot. Mein kranker Mann hat sie getötet! Sie wartete gerade auf mich in meiner Wohnung, als er mit diesem entsetzlichen Messer da auftauchte... Aber wenigstens bin ich noch am Leben, liege wieder in deinen Armen... das ist doch alles, was zählt...«

»Ja«, sagte Troy heiser. »Ich pfeif auf alles andere! Auf Bagley, auf Fiona, auf den Job beim Morddezernat...«

»Morddezernat?« sagte Sunday. »Was soll denn das nun wieder heißen?«

Er starrte sie an und fühlte plötzlich ein Frösteln.

»Aber diese Zeile würdest du nie und nimmer sprechen. Sunday würde das niemals sagen!«

Sie lächelte boshaft. »Dann halte ich vielleicht auch dich zum Narren. Vielleicht bin ich ja am Ende gar nicht Sunday. Vielleicht bin ich ihre Zwillingsschwester, und Sunday ist tot. Oder vielleicht laß ich dich morgen auch einfach rausfinden, daß...«

Das Mondlicht wurde ganz plötzlich ausgeschaltet. Er stand im Dunkeln, und Sunday war fort.

»Sunday!« schrie er, aber dann wurde ihm bewußt, daß es keinen Zweck hatte. Er würde bis morgen warten müssen. Er mußte dringend zum Gericht, um seine Aussage zu machen, aber er würde dafür sorgen, daß er rechtzeitig wieder fort käme, damit er die Sendung noch sehen und herausfinden könnte, ob Sunday wirklich zu ihm zurückgekehrt... Die Erkenntnis, daß er in der Falle einer Seifenoper gefangen saß, beunruhigte ihn, und er wünschte sich sehnlichst, wach zu sein. Seine Augen öffneten sich. Er lag in seinem Bett und hatte geträumt, aber nun war der Traum zu Ende. Nein, nicht zu Ende, dachte Troy. Fortsetzung folgt. Er barg seinen Kopf in den Kissen und wartete auf die nächste Folge.

Henry Slesar im Diogenes Verlag

Coole Geschichten für clevere Leser
Aus dem Amerikanischen von Thomas Schlück. detebe 21046

Fiese Geschichten für fixe Leser
Deutsch von Thomas Schlück. detebe 21125

Schlimme Geschichten für schlaue Leser
Deutsch von Thomas Schlück. detebe 21036

Das graue distinguierte Leichentuch
Roman. Deutsch von Paul Baudisch und Thomas Bodmer. detebe 20139

Vorhang auf, wir spielen Mord!
Roman. Deutsch von Thomas Schlück
detebe 20216

Erlesene Verbrechen und makellose Morde
Geschichten. Deutsch von Günter Eichel
Vorwort von Alfred Hitchcock. Zeichnungen von Tomi Ungerer. detebe 20225

Ein Bündel Geschichten für lüsterne Leser
Deutsch von Günter Eichel. Vorwort von Alfred Hitchcock. Zeichnungen von Tomi Ungerer. detebe 20275

Hinter der Tür
Roman. Deutsch von Thomas Schlück
detebe 20540

Aktion Löwenbrücke
Roman. Deutsch von Günter Eichel
detebe 20656

Ruby Martinson
Geschichten vom größten erfolglosen Verbrecher der Welt. Deutsch von Helmut Degner
detebe 20657

Böse Geschichten für brave Leser
Deutsch von Christa Hotz und Thomas Schlück. detebe 21248

Die siebte Maske
Roman. Deutsch von Gerhard und Alexandra Baumrucker. detebe 21518

Frisch gewagt ist halb gemordet
Geschichten. Deutsch von Barbara und Jobst-Christian Rojahn. detebe 21577

Das Morden ist des Mörders Lust
Sechzehn Kriminalgeschichten. Deutsch von Barbara Rojahn-Deyk und Jobst-Christian Rojahn. detebe 21602

Meistererzählungen
Deutsch von Thomas Schlück. detebe 21621

Rache ist süß
Geschichten. Deutsch von Ingrid Altrichter
detebe 21944

Das Phantom der Seifenoper
Erzählungen. Deutsch von Jobst-Christian Rojahn und Edith Nerke. detebe 22409

Teuflische Geschichten für tapfere Leser
Deutsch von Jürgen Bürger. detebe 22460

Mord in der Schnulzenklinik
Roman. Deutsch von Jobst-Christian Rojahn
detebe 22560

Listige Geschichten für arglose Leser
und elf andere Geschichten. Deutsch von Barbara Rojahn-Deyk und Irene Holicki
detebe 22561

Lord Dunsany im Diogenes Verlag

Smetters erzählt Mordgeschichten
Fünf Kriminalgrotesken. Aus dem Englischen von Elisabeth Schnack. Mit Zeichnungen von Paul Flora
detebe 20597

Jorkens borgt sich einen Whisky
Zehn Clubgeschichten. Deutsch von Elisabeth Schnack
Mit Zeichnungen von Paul Flora. detebe 20598

Fredric Brown

Flitterwochen in der Hölle

und andere Schauer- und Science-Fiction-Geschichten

Aus dem Amerikanischen von B. A. Egger
Illustrationen von Peter Neugebauer unter Verwendung von Zeichnungen von Ludwig Richter und Julius Schnorr von Carolsfeld
detebe 20384

Fredric Brown, Schach-, Flöten-, Pokerspieler, versucht die Grenzen der Vernunft, überwindet Raum und Zeit, zähmt und entfesselt die Dämonen.
Vergessen Sie alles, was Sie von Yetis, Wudus, Vamps, Rotbart oder dem Planeten Placet wissen. Fredric Brown, Mathematiker, Musiker, Phantastiker, gibt letztmögliche Aufschlüsse: über den engelhaften Angelwurm und Flitterwochen in der Hölle, über den Solipsisten Jehova und die tödlichen Puppen Giesenstecks, den Anonymus Alcoholicus, der uns alle vor interstellarischer Sklaverei bewahrte, und den endzeitlichen Zweikampf mit dem roten Kugelwesen auf der Arena des blauen Planeten.

»Seit Ray Bradbury und Roald Dahl haben wir keinen Erzähler kennengelernt, der seine Leser auf so phantastische Zukunftsabenteuer geschickt hätte. Ein Meister des schwarzen Humors und logischer Hochakrobatik.« *Westermanns Monatshefte, Braunschweig*

»Mit diesem ergötzlichen, phantastischen und bizarren Buch erweitert Diogenes seinen Vorrat an brillanten Kabinettstücken um eine höchst attraktive Neuerwerbung.« *Westdeutscher Rundfunk, Köln*

Ray Bradbury im Diogenes Verlag

Friedhof für Verrückte
Roman. Aus dem Amerikanischen von Gerald Jung. Leinen

Die Mars-Chroniken
Roman in Erzählungen. Deutsch von Thomas Schlück. detebe 20863

Der illustrierte Mann
Erzählungen. Deutsch von Peter Naujack detebe 20365

Fahrenheit 451
Roman. Deutsch von Fritz Güttinger detebe 20862

Die goldenen Äpfel der Sonne
Erzählungen. Deutsch von Margarete Bormann. detebe 20864

Medizin für Melancholie
Erzählungen. Deutsch von Margarete Bormann. detebe 20865

Das Böse kommt auf leisen Sohlen
Roman. Deutsch von Norbert Wölfl detebe 20866

Löwenzahnwein
Roman. Deutsch von Alexander Schmitz detebe 21045

Das Kind von morgen
Erzählungen. Deutsch von Hans-Joachim Hartstein. detebe 21205

Die Mechanismen der Freude
Erzählungen. Deutsch von Peter Naujack detebe 21242

Familientreffen
Erzählungen. Deutsch von Jürgen Bauer detebe 21415

Der Tod kommt schnell in Mexico
Erzählungen. Deutsch von Walle Bengs detebe 21641

Der Tod ist ein einsames Geschäft
Roman. Deutsch von Jürgen Bauer detebe 21774

Die Laurel & Hardy-Liebesgeschichte
und andere Erzählungen. Deutsch von Otto Bayer. detebe 22478

E. W. Heine

Kille Kille

Makabre Geschichten

detebe 21053

»Für die Geschichten von E. W. Heine sollte man einen guten Magen haben. Sie beginnen immer als leichte nette Unterhaltung, aber dann! Heine ist ein Meister der Pointe und schafft es, die Fragwürdigkeit menschlicher Verhaltensweisen in extremen Situationen zu entlarven, Nur schade, daß man von dem Buch nicht lange etwas hat. Einmal angefangen, kann man es nämlich vor der letzten Seite nicht mehr aus der Hand legen.« *Darmstädter Tagblatt*

»Liebhabern gepflegter Kurzgeschichten in der Art Henry Slesars, Roald Dahls und Stanley Ellins ist der Name Ernst W. Heine nicht mehr unbekannt.«
Frieder Middelhauve/Darmstädter Echo

»Ein Nachfahre von Twain und Poe.«
Salzburger Nachrichtern

Hackepeter

Neue Kille Kille Geschichten

detebe 21219

»Das Grauen wächst aus dem alltäglichen Leben. Eben deshalb ist es so grauenhaft und makaber.«
Westfälische Rundschau

»Geschichten, deren hintersinniger Lakonismus in der Tradition von Edgar Allan Poe und Mark Twain bis zu Gustav Meyrink steht. Wo sie gelingen, untergräbt das von ihnen erpreßte Lachen jede Sinnstiftung.« *Stern*

»Für mich ist dieses Buch die Überraschung schlechthin. Den Autor kannte ich bisher nicht. Seine Stories sind überraschend in Aufbau und Pointen. Heine arbeitet nicht mit den üblichen Horror-Effekten. Es ist der Mensch, der den Horror auslöst, die Technik, die immer wieder für makabre Überraschungen sorgt. Grauen im Alltag mit immer wieder purzelbaumschlagenden Pointen.« *Hannoversche Allgemeine*

Kuck Kuck

Noch mehr Kille Kille Geschichten
detebe 21692

»E. W. Heines Alptraum soll es sein, Leser zu langweilen. Da kann er ruhig schlafen: Auch bei seinem dritten Erzählband mit 13 Stories ist nur eines zu bedauern – daß es nicht mehr geworden sind. Meist wird da knapp und knackig aus der Welt bzw. Halbwelt der Kriminalität und verwandter Bereiche erzählt. Und die immer überraschende Pointe lauert kunstgerecht in den letzten beiden Sätzen. Wenn nicht die deutschen Ortsnamen wären, man fühlte sich im tiefschwarzen angelsächsischen Satire- und Schaudergewerbe und die Herren Poe, Twain und Bierce lassen grüßen. Doch bei den Themen liegt der Autor am Puls unserer Tage. Manches meint man (und es stimmt sogar), gerade in der Zeitung gelesen zu haben. Und nun wird die letzte Konsequenz aus der alltäglichen ›Realsatire‹ herausgekitzelt. Von deutscher Umständlichkeit kann man hier nichts bemerken.« *Westfälische Nachrichten*

Das Glasauge

Neue Kille Kille Geschichten
detebe 22471

»In einer Zeit, da den literarisch interessierten Lesern profunde pseudophilosophische Notate über die Postmoderne zuhauf verabreicht werden, fällt E. W. Heine gänzlich aus dem Rahmen. Denn bei der Lektüre darf – je nach Mentalität des Lesers – geschmunzelt oder zuweilen sogar herzhaft gelacht werden.«
Neue Zürcher Zeitung

Jakob Arjouni im Diogenes Verlag

Happy birthday, Türke!
Ein Kayankaya-Roman. detebe 21544

Mehr Bier
Ein Kayankaya-Roman. detebe 21545

Ein Mann, ein Mord
Ein Kayankaya-Roman. detebe 22563

»Der deutsche Schriftsteller Jakob Arjouni schreibt die besten Großstadtthriller seit Raymond Chandler. Ein großer, fantastischer Schriftsteller, der genau und planvoll und lesbar schreibt. Ja, er ist ein gnadenloser Realist – ein Glück! –, und er ist einer, der sich mühelos über den schnöden Realismus normaler Krimiautoren und Trivialschreiber hinwegsetzt, denn es zählen bei ihm nie allein Indizien, Konflikte und Fakten, sondern vielmehr sein skeptisch heiteres Menschenbild. Ihm ist es gelungen, mit seinem türkischen Privatdetektiv Kayankaya eine literarische Figur zu erschaffen, die man nie mehr vergißt. Die sich einem, wie ein alter Freund, für immer ins Gedächtnis frißt. Eine Gestalt, die es, jawohl, in der deutschen Literatur seit Oskar Matzerath nicht mehr gab. Nein, ich übertreibe nicht. Ich wollte, unsere anderen jungen Autoren würden etwas Vergleichbares schaffen.«
Maxim Biller / Tempo, Hamburg

»Der Spott des Autors und seine Lust an der Satire kennen keine Grenzen. Dieser Türke mit dem deutschen Paß schlägt nach allen Seiten aus und begrüßt seine Nachbarn im Treppenhaus nur noch mit einem fröhlichen Heil Hitler. Er tut es für uns alle. Kemal Kayankaya ist wirklich der richtige Mann zur rechten Zeit.«
Robin Detje / Die Zeit, Hamburg

Mary Hottingers Anthologien im Diogenes Verlag

Mord
Kriminalgeschichten von Edgar Allan Poe bis Raymond Chandler. Mit Vignetten von Paul Flora. detebe 20030

Mehr Morde
Kriminalgeschichten von Cyril Hare bis Henry Slesar. Mit Vignetten von Paul Flora. detebe 20031

Noch mehr Morde
Kriminalgeschichten von Dorothy Sayers bis Peter Cheyney. Mit Vignetten von Paul Flora. detebe 20032

Wahre Morde
Die berühmt-berüchtigtsten Kriminalfälle aus England. detebe 20587

Gespenster
Geschichten aus England von Daniel Defoe bis Edward Bulwer-Lytton. detebe 20497

Mehr Gespenster
Geschichten aus England, Schottland und Irland von Rudyard Kipling bis H. G. Wells. detebe 21027

Noch mehr Gespenster
Geschichten aus aller Welt, von Balzac bis Čechov. In memoriam Mary Hottinger, herausgegeben von Dolly Dolittle.
detebe 21310

Ehegeschichten
von Joseph Conrad bis Mary McCarthy, für den Literaturfreund ausgewählt von Mary Hottinger. detebe 21529

Familiengeschichten
von W. Somerset Maugham bis F. Scott Fitzgerald, für den Literaturfreund ausgewählt von Mary Hottinger. detebe 21530

Kindergeschichten
von Charles Dickens bis Doris Lessing, für den Literaturfreund ausgewählt von Mary Hottinger. detebe 21531

Ganz gemeine Geschichten
von Rudyard Kipling bis D.H. Lawrence, für den Literaturfreund ausgewählt von Mary Hottinger. detebe 21532

Unheimliche Geschichten
Eine Sammlung von ungewöhnlichen, kuriosen und gar schauerlichen Geschichten von Ambrose Bierce bis G.K. Chesterton, für den Literaturfreund ausgewählt von Mary Hottinger. detebe 21547

Horror
Klassische und moderne Horrorgeschichten von Charles Dickens bis Ernest Hemingway. Ausgewählt und eingeleitet von Mary Hottinger. detebe 22488